神鵰俠侶

金庸

THE GIANT EAGLE AND ITS COMPANION

3

神鵰重劍

吳昌碩「富岡百鍊」

右頁圖／潘天壽「禿鷲」：潘天壽，近代負有盛名的國畫家。有人譽之為「畫壇魁首，藝苑班頭」。

上圖／晉祠宋代泥塑女像：晉祠位於山西太原，其中有「聖母殿」，舊名「女郎祠」，建造於宋徽宗崇寧元年（公元一一〇二年），殿有彩塑四十四身，神態生動，表情豐富，由此可見到宋代女子的衣飾與形象。

蘇漢臣「美人梳妝圖」：蘇漢臣，宋徽宗、高宗、孝宗年間畫院待詔。由此可見到宋代貴族女子的服飾及化妝用具。

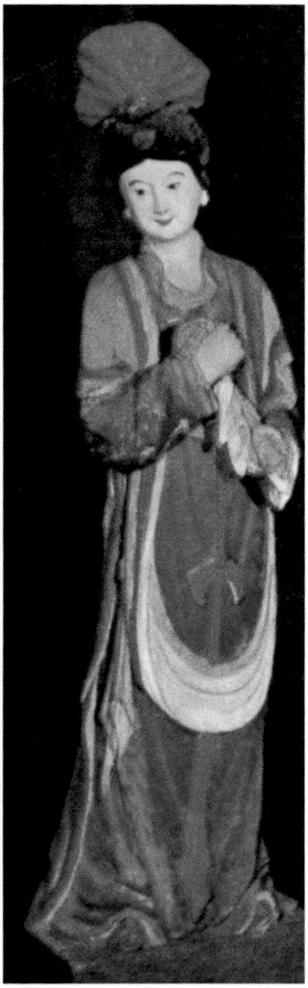

晉祠宋代女像之二。

右頁圖／晉祠宋代女像之三。

上圖／西藏拉薩喇嘛廟的大法輪：佛教中教法稱為法輪，說教法稱為轉法輪。佛教中輪有二義，一為迴轉，二為碾摧，稱為「迴轉四天下，碾摧諸怨敵」，金輪法王的法名與兵器當據此而來。上乘佛法則稱「迴轉眾生界，摧破諸煩惱」。「仁王經」中有五大力菩薩，轉法輪菩薩為其中之一。佛教密宗以地、水、火、風、空為五輪。「俱舍輪」以風輪、水輪、金輪、地輪為四輪。轉輪聖王七寶之一為金輪，此寶位居銀輪、銅輪、鐵輪諸輪之上。

元世祖忽必烈像：現藏臺灣故宮博物院。

元世祖皇后徹伯爾像：這位皇后極有才幹而賢慧。蒙古大汗蒙哥攻南宋時死於戰陣，蒙哥之弟阿里不哥自立，徹伯爾阻止部屬擁戴阿里不哥，派遣急使請忽必烈北歸，發兵與弟爭位。忽必烈接位後，蒙古大官主張劃京城以外之地為牧場，忽必烈已予批准，因徹伯爾皇后力諫而罷。「新元史」說她「貌甚美，最有寵，生皇太子真金。」她是忽必烈第二斡兒朵的皇后。

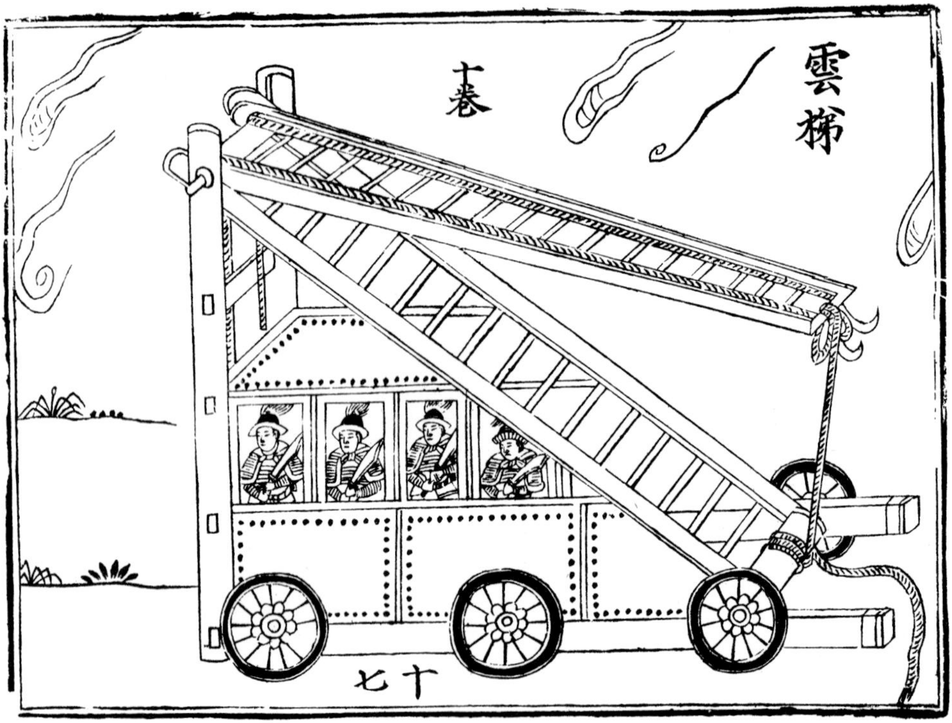

宋代攻城的雲梯：錄自「武經總要」。該書於北宋仁宗時編定出版，南宋理宗紹定四年（楊過幼年時期）重刻，是兩宋欽定的兵法戰陣總典。

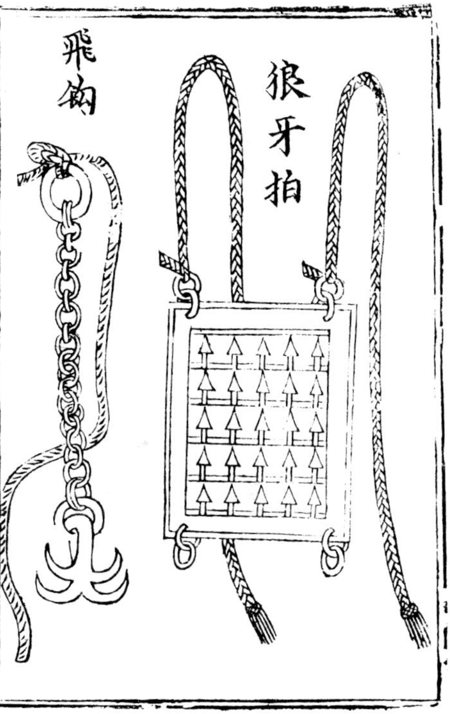

右狼牙拍合榆木為箕長五尺闊四尺五寸厚三寸以狼牙鐵釘二千二百箇皆長五寸重六兩布釘於拍上出木三寸四面施一刃刀刃入木寸半前後各施二鐵環貫以麻繩鈎於城上敵人蟻附登城則使人掣起下而拍之

飛鉤一名鐵鴟脚鉤鋒長利四出而曲貫鐵索以麻繩續之凡敵人被重甲頭有鍪笠又畏矢石不得仰視候其聚處則擲鉤於稠人中急牽挽之每鉤可取三兩人

宋代守城的狼牙拍及飛鉤。
錄自《武經總要》。

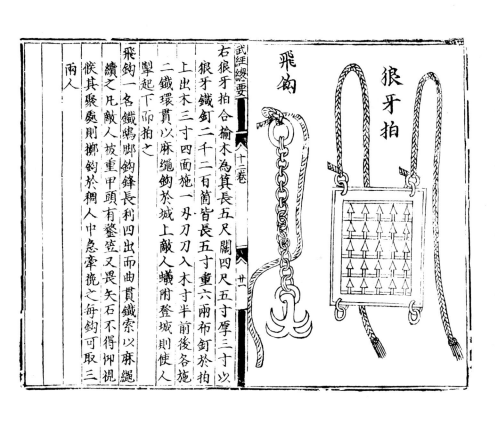

劉貫道「元世祖出獵圖」：劉貫道，元初畫家，元貞年間替忽必烈繪肖像，忽必烈很是喜歡，賞他做「衣局使」的官，圖中的忽必烈的相貌相信畫得很像。圖中一人正彎弓射鵰，圖頂雙鵰隱約可見。

「元世祖出獵圖」部分：忽必烈身材矮胖，他喜歡的也是肥胖女子。

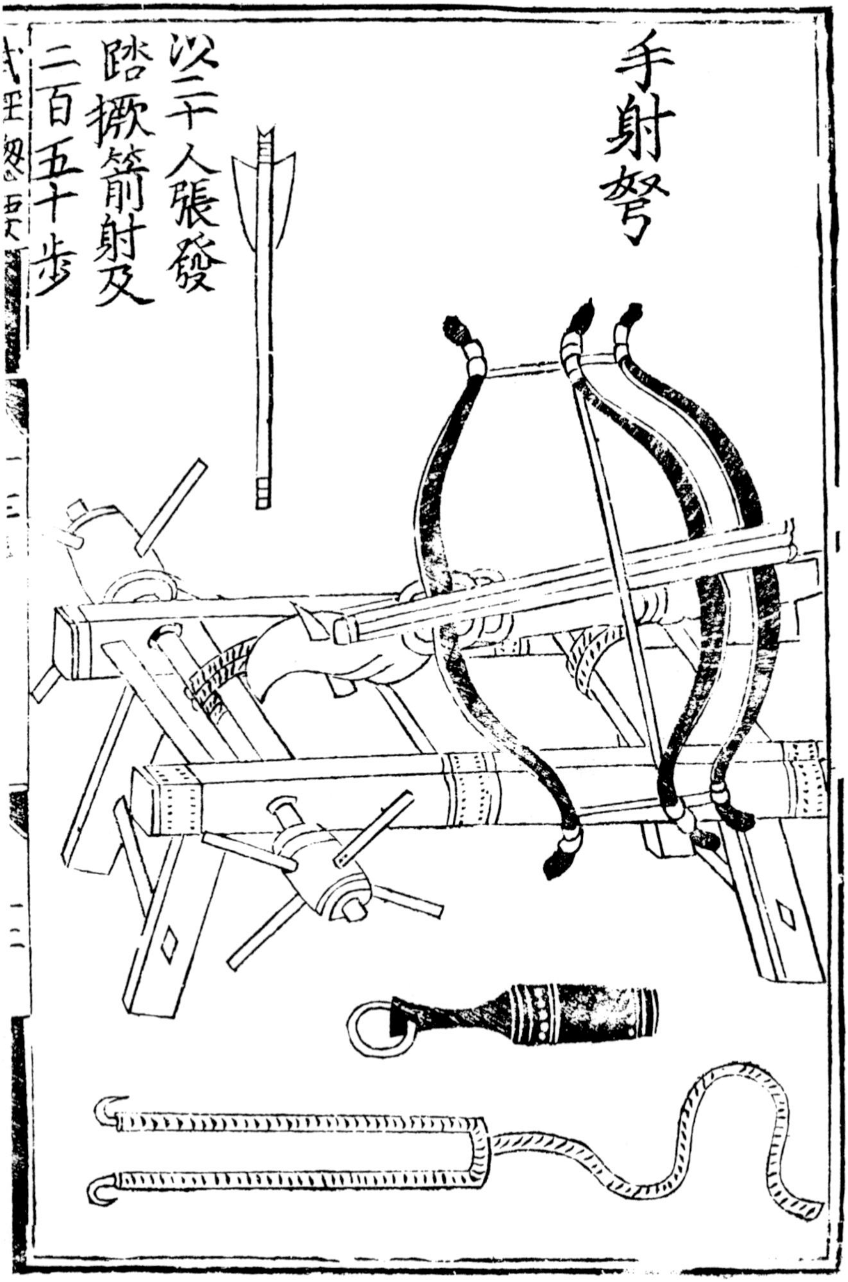

宋代的手射弩。錄自「武經總要」。

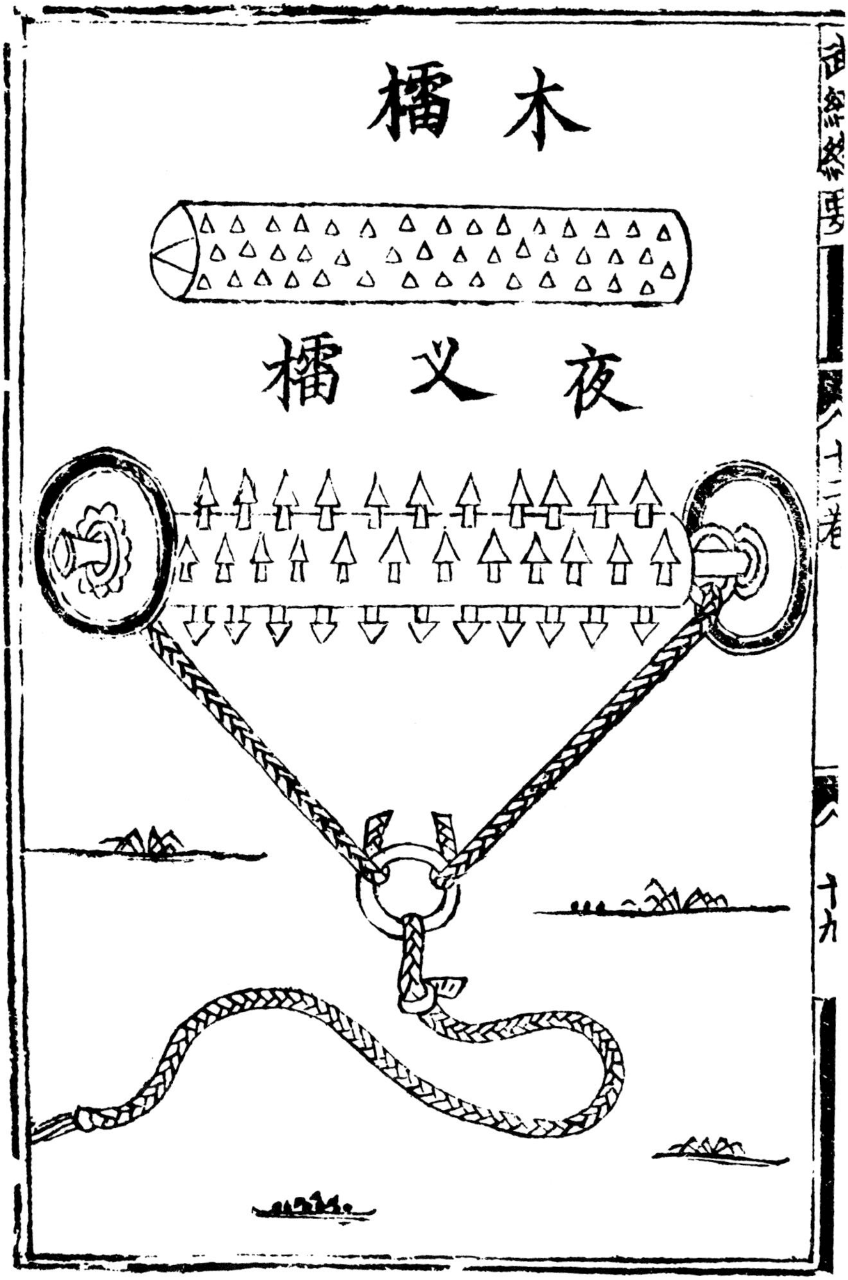

宋代守城的木檑及夜叉檑。錄自「武經總要」。

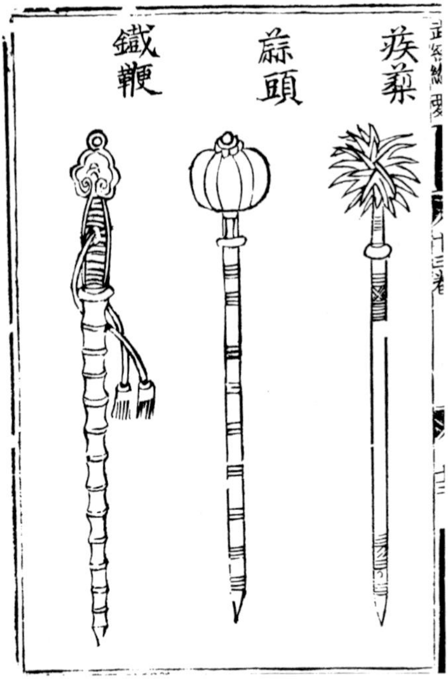

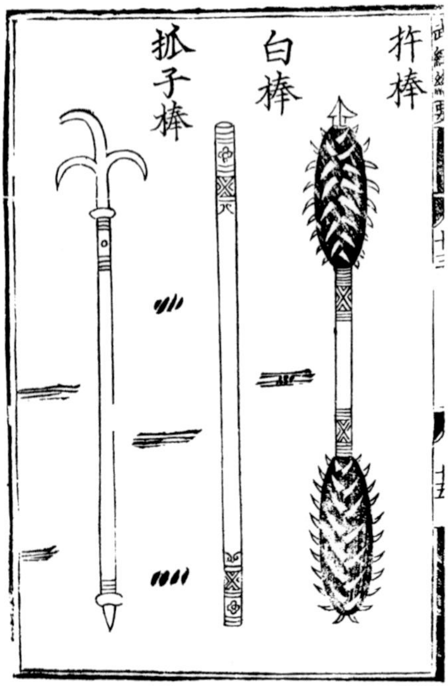

右圖／宋代的短兵器三種。
左圖／宋代的長兵器三種。
均錄自「武經總要」。

神鵰俠侶

3

神鵰重劍

金庸 著

目錄

第二十一回

襄陽鏖兵

郭靖左足在城牆上一點，身子斗然拔高丈餘，右足跟著在城牆上一點，再升高了丈餘。霎時間城上城下寂然無聲，數萬道目光盡皆注視在他身上。

楊過正想拔出匕首，忽聽得窗外有人輕輕彈了三下，急忙閉目不動。

郭靖便即驚醒，坐起身來，問道：「蓉兒麼？可有緊急軍情？」窗外卻再無聲音。郭靖見楊過睡得鼻息調勻，心想他好容易睡著了，別再驚醒了他，於是輕輕下床，推門出房，只見黃蓉站在天井中招手。郭靖走近身去，低聲問道：「甚麼事？」

黃蓉不答，拉著他手走到後院，四下瞧了瞧，這才說道：「你和過兒的對答，我在窗外都聽見啦。他不懷好意，你知道麼？」郭靖吃了一驚，問道：「甚麼不懷好意？」黃蓉道：「我聽他言中之意，早在疑心咱倆害死了他爹爹。」郭靖道：「他或許確有疑心，但我已答允將他父親逝世的情由詳細說給他知道。」黃蓉道：「你當真要毫不隱瞞的說給他聽？」郭靖道：「他父親死得這麼慘，我心中一直自責。楊康兄弟雖然誤入歧途，但咱們也沒好好勸他，沒想法子挽救。」黃蓉哼了一聲，道：「這樣的人又有甚麼可救的？我只恨殺他不早，否則你那幾位師父又何致命喪桃花島上？」郭靖想到這樁恨事，不禁長長嘆了口氣。

黃蓉道：「朱大哥叫芙兒來跟我說，這次過兒來到襄陽，神氣中很透著點兒古怪，又說你和他同榻而眠。我擔心有何意外，一直守在你窗下。我瞧還是別跟他睡在一房的好，須知人心難測，而他父親……總是因為一掌拍在我肩頭，這才中毒而死。」郭靖道：「那可不能說是你害死他的啊。」黃蓉道：「既然你我均有殺他之心，結果他也因我而死，那麼是否咱們親自下手，也沒多大分別。」郭靖沉思半晌，道：「你說得對。那麼我還是不跟他明言的為是。蓉兒，你累了半夜，快回房休息罷。過了今晚，明日我搬到軍營中睡。」

他知愛妻識見智計勝己百倍，雖不信楊過對己懷有惡意，但她既如此說，也便遵依，於是伸手扶著她腰，慢慢走向內堂，說道：「過兒奮力奪回武林盟主之位，於國家大事上是非分明；兩次救你和芙兒，全不顧自身安危，這等俠義心腸，他父親如何能比？」黃蓉點頭道：「這樣的少年本是十分難得，但他心中有兩個死結難解，一是他父親的死因，一是跟他師父的私情。唉，我好容易說得龍姑娘離他而去，可是過兒神通廣大，不知怎地又找到了她。瞧他師徒倆的神情，此後是萬萬分拆不開的了。」郭靖默然半晌，忽道：「蓉兒，你比過兒更加神通廣大，怎生想個法子，好歹要救他不致誤入歧途。」

黃蓉嘆了口氣道：「別說過兒的事我沒法子，就連咱們的大小姐，我也不知如何是好。靖哥哥，我心中只有一個你，你心中也只有一個我。可是咱們的姑娘卻不像爹娘，心裏同時有兩個少年郎君，對武家哥兒倆竟是不分軒輊。這教做父母的可有多為難。」

郭靖送黃蓉入房，等她上床睡好，替她蓋好了被，坐在床邊，握住她手，臉露微笑。近月來二人都為軍國之事勞碌，夫妻之間難得能如此安安靜靜的相聚片刻。二人相對不語，心中甚感安適。

黃蓉握著丈夫的手，將他手背輕輕在自己面頰上摩擦，低聲道：「靖哥哥，咱們這第二個孩子，你給取個名字。」郭靖笑道：「你明知我不成，又來取笑我啦。」黃蓉道：「你總是說自己不成。靖哥哥，普天下男子之中，真沒第二個勝得過你呢。」這兩句話說得情意深摯，極是懇切。

郭靖俯下頭來，在愛妻臉上輕輕一吻，道：「若是男孩，咱們叫他作郭破虜，若是女孩呢？」想了一會，搖頭笑道：「我想不出，你給取個名字罷。」黃蓉道：「丘處機道長給你取這個『靖』字，是叫你不忘靖康之恥。現下金國方滅，蒙古鐵蹄又壓境而來，孩子是在襄陽生的，就讓她叫作郭襄，好使她日後記得，自己是生於這兵荒馬亂的圍城之中。」

郭靖道：「好啊，但盼這女孩兒將來別像她姊姊那麼淘氣，年紀這麼大了，還讓父母操心。」黃蓉微微一笑，道：「若是操心得了，那也罷了，就只……」嘆了口氣，道：「我好生盼望是個男孩兒，好讓郭門有後。」郭靖撫摸她頭髮，說道：「男孩兒、女孩兒不都一樣？快睡罷，別再胡思亂想了。」給她攏了攏被窩，吹滅燭火，轉身回房，見楊過睡得兀自香甜，鼓交三更，於是上床又睡。

那知他夫妻倆在後院中這番對答，都教楊過隱身在屏門之後聽了個清楚。郭靖黃蓉走入內堂，楊過仍是站著出神，反來覆去的只是想著黃蓉那幾句話：「我只恨殺他不早……他父親一掌拍在我肩頭，這才中毒而死……你我均有殺他之心，結果他也因我而死。」心想：「我父因他二人而死，那是千真萬確、再無可疑的了。這黃蓉好生奸滑，對我已然起疑，今晚我若不下手，只怕再無如此良機。」當下回房靜臥，等郭靖回來。

郭靖揭被蓋好，聽得楊過微微發出鼾聲，心道：「這孩子這時睡得真好。」於是輕輕著枕，只怕驚醒了他。過了片刻，正要矇矓睡去，忽覺楊過緩緩翻了個身，但他翻身之際鼾聲仍是不停。郭靖一怔：「任誰夢中翻身，必停打鼾。這孩子呼吸異常，難道他練內功時運逆了氣麼？這岔子可不小。」卻全沒想到楊過是假裝睡熟。

楊過緩緩又翻了個身，見郭靖仍無知覺，於是繼續發出低微鼾聲，一面走下床來。原來初時他想在被窩中伸手過去行刺，但覺相距過近，極是危險，倘若郭靖臨死之際反擊一掌，只恐自己也難逃性命，便想坐起之後出刀，總是忌憚對方武功太強，於是決意先行下床，一刀刺中郭靖要害，立即破窗躍出，又怕自己鼾聲一停，使郭靖在睡夢中感到有異，因是一面下床，一面假裝打鼾。

這麼一來，郭靖更是給他弄得滿腔胡塗，心想：「這孩子莫非得了夢遊離魂之症？我若此時出聲，他一驚之下，氣息逆衝丹田，立時走火入魔。」於是一動也不敢動，側耳靜聽他的動靜。

楊過從懷中緩緩拔出匕首，右手平胸而握，一步步走到床前，突然舉臂運勁，挺刀正要刺出，只聽得郭靖說道：「過兒，你做甚麼惡夢了？」

楊過這一驚真是非同小可，雙足一點，反身破窗而出。他去得快，郭靖追得更快，他人未落地，只覺雙臂一緊，已被郭靖兩手抓住。楊過萬念俱灰，知道自己武功遠非其敵，抗拒也是無用，當下閉目不語。

郭靖抱了他躍回房中，將他放在床上，搬他雙腿盤坐，兩手垂於丹田之前，正是玄門練氣的姿式。楊過又恨又怕：「不知他要用甚麼惡毒的法子折磨我？」突然間想起了小龍女，深吸一口氣，要待縱聲大呼：「姑姑，我已失手被擒，你趕快逃命。」

郭靖見他突然急速運氣，更誤會他是練內功岔了氣道，心想：「當此危急之際只能緩緩吞吐，如此大呼大吸，大有危害。」忙出掌按住了他小腹。

楊過丹田被郭靖運渾厚內勁按住，竟然叫不出聲，心中掛念著小龍女的安危，只急得面紅耳赤，急想掙扎，苦於丹田被按，全身受制，竟然動彈不得。

郭靖緩緩的道：「過兒，你練功太急，這叫做欲速則不達，快別亂動，我來助你順氣歸源。」楊過一怔，不明他其意何指，但覺一團暖氣從他掌心漸漸傳入自己丹田，說不出的舒服受用，又聽郭靖道：「你緩緩吐氣，讓這股暖氣從水分到建里，經巨闕、鳩尾，到玉堂、華蓋，先通了任脈，不必去理會別的經脈。」

楊過聽了這幾句話，又覺到他正在以內功助己通脈，一轉念間已猜到了八九分，暗叫：「慚愧！原來他只道我練功走火入魔，以致行為狂悖。」當下暗運內息，故意四下衝走，橫奔直撞，似乎難以剋制。郭靖心中擔憂，掌心內力加強，將他四下遊走的亂氣收束在一處。楊過索性力求逼真，他此時內功造詣已自不淺，體中內息狂走之時，郭靖一時卻也不易對付，直花了半個時辰，才將他逆行的氣息盡數歸順。

這番衝盪，楊過固然累得有氣無力，郭靖也是極感疲困，二人一齊打坐，直到天明，方始復元。郭靖微笑道：「過兒，好了嗎？想不到你的內力已有如此造詣，險些連我也照護不了。」楊過知他為了救助自己，不惜大耗功力，不禁感動，說道：「多謝郭伯伯救護，姪兒昨晚險些鬧成了四肢殘廢。」

郭靖心道：「你昨晚昏亂之中，竟要提刀殺我，幸好你自己不知，否則寧不自愧？」他只怕楊過知曉此事後過意不去，於是岔開話題，說道：「你隨我到城外走走，瞧一下四城的防務。」楊過應道：「是！」

二人各乘一匹戰馬，並騎出城。郭靖道：「過兒，全真派內功是天下內功正宗，進境雖慢，卻絕不出岔子。各家各派的武功你都可涉獵，但內功還是以專修玄門功夫為宜。待敵兵退後，我再與你共同好好研習。」楊過道：「昨晚我走火之事，你可千萬別跟郭伯母說，她知道後定要笑我，說我學了龍姑姑旁門左道的功夫，以致累得郭伯伯辛苦一場。」郭靖道：「我自然不說。其實龍姑娘的功夫也非旁門左道，那是你自己胡思亂想，未得澄慮守一之故。」楊過料知此事只要給黃蓉獲悉，立時便識破真相，聽郭靖答應不說，心中大安。

二人縱馬城西，見有一條小溪橫出山下。郭靖道：「這條溪水雖小，卻是大大有名，名叫檀溪。」楊過「啊」了一聲，道：「我聽人說過三國故事，劉皇叔躍馬過檀溪，原來這溪水便在此處。」郭靖道：「劉備當年所乘之馬，名叫的盧，相馬者說能妨主，那知這的盧竟躍過溪水，逃脫追兵，救了劉皇叔的性命。」說到此處，不禁想起了楊過之父楊康，喟然嘆道：「其實世人也均與這的盧馬一般，為善即善，為惡即惡，好人惡人又那裏有一定的？分別只在心中一念之差而已。」

楊過心下一凜，斜目望郭靖時，見他神色間殊有傷感之意，顯然不是出言譏刺自己，心想：「你這話雖然不錯，但甚麼是善？甚麼是惡？你夫妻倆暗中害死我父，難道也是善麼？當真是大言炎炎，不知羞慚。」他對郭靖事事佩服，但一想到父親死於他夫妻手下，總是不自禁的胸間橫生惡念。

二人策馬行了一陣，到得一座小山之上，升崖遠眺，但見漢水浩浩南流，四郊遍野都是難民，拖男帶女的湧向襄陽。郭靖伸鞭指著難民人流，說道：「蒙古兵定是在四鄉加緊屠戮，令我百姓流離失所，實堪痛恨。」

從山上望下去，見道旁有塊石碑，碑上刻著一行大字：「唐工部郎杜甫故里。」楊過道：「襄陽城真了不起，原來這位大詩人的故鄉便在此處。」

郭靖揚鞭吟道：「大城鐵不如，小城萬丈餘……連雲列戰格，飛鳥不能踰。胡來但自守，豈復憂西都？……艱難奮長戟，萬古用一夫。」

楊過聽他吟得慷慨激昂，跟著唸道：「胡來但自守，豈復憂西都？艱難奮長戟，萬古用一夫。郭伯伯，這幾句詩真好，是杜甫做的麼？」郭靖道：「是啊，前幾日你郭伯母和我談論襄陽城守，想到了杜甫這首詩。她寫了出來給我看。我很愛這詩，只是記心不好，讀了幾十遍，也只記下這幾句。你想中國文士人人都會做詩，但千古只推杜甫第一，自是因他憂國愛民之故。」楊過道：「你說『為國為民，俠之大者』，那麼文武雖然不同，道理卻是一般的。」郭靖聽他體會到了這一節，很是歡喜，說道：「經書文章，我是一點也不懂，但想人生在世，便是做個販夫走卒，只要有為國為民之心，那就是真好漢、真豪傑了。」

楊過問道：「郭伯伯，你說襄陽守得住嗎？」郭靖沉吟良久，手指西方鬱鬱蒼蒼的丘陵樹木，說道：「襄陽古往今來最了不起的人物，自然是諸葛亮。此去以西二十里的隆中，便是他當年耕田隱居的地方。諸葛亮治國安民的才略，我們粗人也懂不了。他曾說只知道『鞠躬盡瘁，死而後已』，至於最後成功失敗，他也看不透了。我與你郭伯母談論襄陽守得住、守不住，談到後來，也總只是『鞠躬盡瘁，死而後已』這八個字。」

說話之間，忽見城門口的難民回頭奔跑，但後面的人流還是繼續前湧，一時之間，襄陽城外大哭小叫，亂成一團。

郭靖吃了一驚，道：「幹麼守兵不開城門，放百姓進城？」忙縱馬急奔而前，一口氣馳到城外，只見一排守兵彎弓搭箭，指著難民。郭靖大叫：「你們幹甚麼？快開城門。」守將見是郭靖，忙打開城門，放他與楊過進城。郭靖道：「眾百姓慘受蒙古兵屠戮，怎不讓他們進來？」守將道：「呂大帥說難民中混有蒙古奸細，千萬不能放進城來，否則為禍不小。」

郭靖大聲喝道：「便有一兩個奸細，豈能因此誤了數千百姓的性命？快快開城。」郭靖守城已久，屢立奇功，威望早著，雖無官職，但他的號令守將不敢不從，只得開城，同時命人飛報安撫使呂文德。

眾百姓扶老攜幼，湧入城來，堪堪將完，突見遠處塵頭大起，蒙古軍自北來攻。宋兵分別散開，隱身城垜之後守禦。只見城下敵軍之前，當先一大羣人衣衫襤褸，手執棍棒，並無一件真正軍器，亂糟糟不成行列，齊聲叫道：「城上不要放箭，我們都是大宋百姓！」蒙古精兵鐵騎卻躲在百姓之後。

自成吉思汗以來，蒙古軍攻城，總是驅趕敵國百姓先行，守兵只要手軟罷射，蒙古兵隨即跟上。此法既能屠戮敵國百姓，又可動搖敵兵軍心，可說是一舉兩得，殘暴毒辣，往往得收奇效。郭靖久在蒙古軍中，自然深知其法，但要破解，卻是苦無良策。只見蒙古精兵持槍執刀，驅逼宋民上城。眾百姓越行越近，最先頭的已爬上雲梯。

襄陽安撫使呂文德騎了一匹青馬，四城巡視，眼見情勢危急，下令道：「守城要緊，放箭！」眾兵箭如雨下，慘叫聲中，眾百姓紛紛中箭跌倒，其餘的百姓回頭便走。蒙古兵一刀砍去個首級，一槍刺出個窟窿，逼著眾百姓攻城。

楊過站在郭靖身旁，見到這般慘狀，氣憤難當，只聽呂文德叫道：「放箭！」又是一排羽箭射了下去。郭靖大叫：「使不得，莫錯殺了好人！」呂文德道：「如此危急，便是好人，也只得錯殺了。」郭靖叫道：「不，好人怎能錯殺？」

楊過心中一動，暗唸：「莫錯殺了好人！好人怎能錯殺？」

郭靖叫道：「丐幫兄弟和各位武林朋友，大家跟我來！」說著奔下城頭。楊過跟了下來。郭靖道：「你昨晚練氣傷身，今日千萬不能用力，在城頭上給我掠陣罷。」楊過見蒙古兵屠戮漢人，真是當他們豬狗不如，本想隨郭靖下去大殺一陣，聽了他這話，心中一怔，又不能直說昨晚其實並非練功走火，只得回上城頭。

郭靖率領眾人，大開西門，衝了出去，迂迴攻向蒙古軍側翼。在眾百姓之後押隊的蒙古軍當即分兵來敵。郭靖所率領的大半是丐幫好手，另有一小半是各地來投的忠義之士，齊聲吶喊，奮勇當先，兩軍相交，即有百餘名蒙古兵被砍下馬來。眼見這隊蒙古千人隊抵擋不住，斜刺裏又衝到一個千人隊，揮動長刀，衝刺劈殺。蒙古軍是百戰之師，猛勇剽悍，郭靖所率壯士雖然身有武藝，一時之間卻也不易取勝。被逼攻城的眾百姓見蒙古軍專心廝殺，不再逼攻，發一聲喊，四下逃散。

只聽得東邊號角聲響，馬蹄奔騰，兩個蒙古千人隊疾衝而至，接著西邊又有兩個千人隊馳來，將郭靖等一羣人圍在垓心。

呂文德在城頭見到蒙古兵這等威勢，只嚇得心膽俱裂，那敢分兵去救？

楊過站在城頭觀戰，心中反覆念著郭靖那兩句話：「莫錯殺了好人！好人怎能錯殺？」眼見他身陷重圍，心想：「城頭本來只須不斷放箭，射死一些百姓，蒙古兵便無法攻上。郭伯伯眼下身遭危難，全是為了不肯錯殺好人而起。這些百姓與他素不相識，絕無淵源，他尚且捨命相救，他又何以要害死我爹爹？」

眼望著城下的慘烈廝殺，心中的念頭卻只是繞著這個難解之謎打轉：「他和我爹爹義結金蘭，交情自不尋常，但終於下手害他，難道我爹爹真是個十惡不赦的壞人麼？」他自小想像父親仁俠慷慨，英俊勇武，乃是天下一等一的好男兒，突然要他承認父親是個壞人，實是萬萬不能。可是在他內心深處，早已隱約覺得父親遠遠不及郭伯伯，只是以前每當甫動此念，立即強自壓抑，此刻卻不由得他不想到此節了。

這時城下喊聲動天地，郭靖一干人左衝右突，始終殺不出重圍。朱子柳率領一隊人馬，武氏兄弟與郭芙另行率領一隊人馬，均欲出城接應，只聽得號角聲急，蒙古又有四個千人隊衝到城門之前。忽必烈用兵果然非同尋常，只待城中開門接應，四隊精兵便一擁而入。呂文德瞧得心驚肉跳，大聲傳令：「不許開城！」又命兩百名刀斧手嚴守城門之旁，有敢開啟城門者立斬。大將王堅率領弓弩手在城頭不住放箭。

城內城外亂成一團，楊過心中也是諸般念頭互相交戰，一時盼望郭靖就此陷沒在亂軍之中，一時又望他殺退敵軍。突見蒙古軍陣勢亂了，數千騎兵如潮水般向兩旁潰退，郭靖手持長矛，縱馬馳出，身後壯漢結成方陣，衝殺而前。這方陣甚是嚴整，片刻間已衝到城門口，郭靖回轉馬頭，親自殿後，長矛起處，接連將七八名蒙古將官挑下馬來。蒙古兵將一時不敢逼近。

呂文德對郭靖倚若長城，見他脫險，心中大喜，忙叫：「開城！只可小開，千萬不能大開！」當下城門開了三四尺，僅容一騎，眾壯漢陸續奔進城來。蒙古中軍黃旗招動，兩隊軍馬分自左右衝到。呂文德大叫：「郭靖兄弟，快進城！咱們不等旁人了。」郭靖見部屬未曾盡數脫險，那肯先行入城，反而回馬上前，刺殺了兩名衝得最近的蒙古勇士。

但大軍既動，猶如潮水一般，郭靖雖武藝精深，一人之力，又怎抵擋得了大軍衝擊？朱子柳在城頭見情勢危急，忙垂下一根長索，叫道：「郭兄弟，抓住了。」郭靖一回頭，見最後一名丐幫兄弟已經入城，卻有十餘名蒙古兵跟著衝進城門。城門旁的刀斧手一面抵敵，一面用力關門，兩尺厚的鐵門緩緩合攏。郭靖大喝一聲，挺矛刺死了一名蒙古十夫長，縱身躍起，拉住了長索。朱子柳奮力拉扯，郭靖登時向上升了丈許。

蒙古軍督戰的萬夫長大喝：「放箭！」霎時之間千弩齊發。郭靖上躍之際早已防到此著，扯下長袍下襟，右手拉索，左手將袍子在身前舞得猶如一塊大盾牌，勁力貫袍，將羽箭盡皆擋開，只是他所乘的坐騎卻在城門前連中數百枝長箭，竟如刺蝟一般。朱子柳雙手交替，將郭靖越拉越高。

眼見他身子離城頭尚有二丈，蒙古軍中突然轉出一個高瘦和尚，身披黃色袈裟，正是金輪法王。他從一名蒙古軍官手中接過鐵弓長箭，拉滿了弦，搭上狼牙鵰翎，心知郭靖與朱子柳都武藝深湛，倘若射向人身，定被擋開，當下右手一鬆，羽箭離弦，向長索中節射去。這一招甚是毒辣，羽箭離郭朱二人均有一丈上下，二人無法相擋。金輪法王尚怕二人突出奇法破解，一箭既出，又分向朱子柳與郭靖各射一箭。第一箭拍的一聲，將長索斷成兩截，第二第三箭勢挾勁風，續向朱郭二人射到。

長索既斷，郭靖身子一沉，那第二箭自是射他不著。朱子柳但覺手上一輕，叫聲：「不好！」羽箭已到面門。這一箭勁急異常，發射者顯是內力極為深厚，此刻城頭上站滿了人，朱子柳心知若是低頭閃避，這箭定須傷了身後之人，當下左手伸出二指，看準長箭來勢，在箭桿上一撥，那箭斜斜的落下城頭去了。

郭靖一覺繩索斷截，暗暗吃驚，跌下城去雖然不致受傷，但在這千軍萬馬包圍之中，如何殺得出去？此時敵軍逼近城門，我軍若是開城接應，敵軍定然乘機搶門。危急之中不及細想，左足在城牆上一點，身子斗然拔高丈餘，右足跟著在城牆上一點，再升高了丈餘。這路「上天梯」的高深武功當世會者極少，即令有人練就，每一步也只上升得二三尺而已，他這般在光溜溜的城牆上踏步而上，一步便躍上丈許，武功之高，的是驚世駭俗。霎時之間，城上城下寂靜無聲，數萬道目光盡皆注視在他身上。

金輪法王暗暗駭異，知道這「上天梯」功夫全憑提一口氣躍上，只消中間略有打岔，令他一口氣鬆了，第三步便不能再行竄上，當下彎弓搭箭，又是一箭向郭靖背心射去。

箭去如風，城上城下眾軍齊叫：「休得放箭！」兩軍見郭靖武功驚人，個個欽服，均盼他就此縱上城頭。蒙古兵雖是敵人，卻也崇敬英雄好漢，突見有人暗箭加害，無不憤慨。

郭靖聽得背後長箭來勢凌厲，暗叫：「罷了！」只得回手將箭撥開。兩軍數萬人見他背後猶似生了眼睛一般，這一箭偷襲竟然傷他不得，齊聲喝采。但就在震天響的采聲之中，郭靖身子已微微向下一沉，距城頭雖只數尺，卻再也竄不上去了。

當兩軍激戰之際，楊過心中也似有兩軍交戰一般，眼見郭靖身遭危難，他上升下降，再上再落，這兩下起伏只片刻間之事，楊過心中卻已轉了幾次念頭：「他是我殺父仇人，我殺他不殺？救他不救？」當郭靖使「上天梯」功夫將上城頭之際，楊過便想凌空發掌擊落，郭靖在半空無所借力，定然身受重傷，墮下城去。他稍一遲疑，郭靖已被法王發箭阻撓，無法縱上。楊過心中亂成一團，突然間左手拉住朱子柳手中半截繩索，撲下城去，右手已抓住了郭靖的手臂。

這一下奇變陡生，但朱子柳隨機應變，快捷異常，當即雙臂使勁，先將繩索向下微微一沉，隨即勁運雙臂，急甩過頂。楊過與郭靖二人在半空中劃了個圓圈，就如兩頭大鳥般飛在半空。城上城下兵將數萬，無不瞧得張大了口合不攏來。

郭靖身在半空，心想連受這番僧襲擊，未能還手，豈非輸於他了？望見金輪法王又是一箭射來，左足一踏上城頭，立即從守軍手中搶過弓箭，猿臂伸屈，長箭飛出，對準金輪法王發來的那箭射去，半空中雙箭相交，將法王來箭劈為兩截。法王剛呆得一呆，突然疾風勁急，錚的一響，手中鐵弓又已斷折。要知法王與郭靖的武功雖在伯仲之間，但郭靖自幼在蒙古受神箭手哲別傳授，再加上精湛內力，弓箭之技，天下無雙，法王自是瞠乎其後。他連珠三箭，第一箭劈箭，第二箭斷弓，第三箭卻對準了忽必烈的大纛射去。

這大纛迎風招展，在千軍萬馬之中顯得十分威武，猛地裏一箭射來，旗索斷絕，忽必烈的黃旗立時滑了下來。城上城下兩軍又是齊聲發喊。

忽必烈見郭靖如此威武，己軍士氣已沮，當即傳令退軍。

郭靖站在城頭，但見蒙古軍軍形整肅，後退時井然有序，先行者不躁，殿後者不懼，不禁嘆了一口長氣，心想：「蒙古精兵，實非我積弱之宋軍可敵。」想起國事，不由得憂從中來，濃眉雙蹙。朱子柳、楊過等見他揚威於敵陣之中，耀武於萬眾之前，但竟沒半點驕色，心下無不深佩。

忽必烈退軍數十里，途中默思破城之策，心想有郭靖在彼，襄陽果是難克。法王道：「殿下親眼所見，若非楊過那小子出手救援，郭靖今日性命不保。老衲早知那楊過是個反覆無常之徒。」忽必烈道：「不然！料那楊過是要手刃郭靖，為父報仇，不願假手於人。我瞧他為人飛揚勇決，並非深沉險詐之小人。」法王不以為然，但不敢反駁，只道：「但願如殿下所料。」

蒙古兵退，襄陽城轉危為安。安撫使呂文德興高采烈，又在元帥府大張筵席慶功，這一次楊過也被請為席中上賓。眾人對他飛身相救郭靖時出手迅捷、奮不顧身，無不交口大讚。武氏兄弟坐在另席旁座，見楊過一到立時建功，不免心生妒意，又怕經此一役，郭靖感他相救之德，更要將女兒許配於他。兩兄弟一言不發，只喝悶酒。

筵席過後，一行人回到郭靖府中。黃蓉請楊過到內堂相見，溫言嘉讚。楊過遜謝。郭靖道：「過兒，適才你使力強猛，胸口可有隱隱作痛麼？」他擔心楊過昨晚走火之餘，今日城頭使力狠了，只恐傷了內臟。

楊過怕黃蓉追問情由，瞧出破綻，忙道：「沒事，沒事。」隨即岔開話題，道：「郭伯伯，你這飛躍上城的功夫，那真是獨步武林了。」郭靖微笑道：「這功夫我擱下已久，數年沒練了，不免生疏，這才出了亂子。」其實昨晚他若非運用真力助楊過意守丹田，以致大耗元氣，那麼使「上天梯」功夫之際，即使有法王射箭阻撓，也難為不了他。但他於此節自然不提，只道：「當年丹陽子馬道長在蒙古傳我這功夫，想不到竟用於今日。你若喜歡，這功夫過幾天我便傳你。」

黃蓉見楊過神情恍惚，說話之際每每若有所思，他今日奮力相救郭靖乃萬目共睹，自是更無可疑，但終究放心不下，說道：「靖哥哥，今晚我不大舒服，你在這兒照看一下。」郭靖點頭答應，向楊過說道：「過兒，今日累了，你早些回去休息罷。」

楊過辭別兩人，獨自回房，耳聽得更樓上鼓交二更，坐在桌前，望著忽明忽暗的燭火，心中雜念叢生，忽聽得門上剝啄一聲，一個女子聲音在門外說道：「沒睡麼？」正是小龍女的聲音。楊過大喜，一躍而起，打開了房門，只見小龍女穿著淡綠色衫子，俏生生的站在門外。楊過道：「姑姑，有甚麼事？」小龍女笑說道：「我想來瞧瞧你。」楊過握住了她手，柔聲道：「我也正想著你呢。」

兩人並肩慢慢走向花園。園中花木扶疏，幽香撲鼻。小龍女望了望天上半邊月亮，道：「你非親手殺他不可麼？時日無多了呢。」楊過忙在她耳邊低聲道：「此間耳目眾多，別提此事。」小龍女癡癡的望著他，說道：「等到月亮圓了，那便是十八日之期的盡頭。」

楊過矍然而驚，屈指一算，與裘千尺別來已有九日，若不在一二日內殺了郭靖夫婦，毒發之前便不能趕回絕情谷了。他幽幽嘆了口氣，與小龍女並坐在一塊太湖石上。兩人相對無語，柔情漸濃，靈犀互通，渾忘了仇殺戰陣之事。

過了良久，忽聽假山外傳來腳步之聲，有兩個人隔著花叢走近。

一個少女的聲音說道：「你再逼我，乾脆拿劍在我脖子上一抹，也就是了，免得我零碎受苦。」一個男人聲音氣憤憤的道：「哼，你三心兩意，我就不知道麼？這姓楊的小子一到襄陽，便在人前大大露臉。你從前說過的話，那裏還再放在心上？」聽聲音正是郭芙和武修文。小龍女向楊過裝個鬼臉，意謂你到處惹下情絲，害得不少姑娘為你煩惱。楊過一笑，拉她靠近自己，微微搖手，叫她不可作聲，且聽他二人說些甚麼。

郭芙一聽武修文這幾句話，登時大為惱怒，提高了聲音道：「既是如此，咱們從前的話就算白說。我一個人走得遠遠地，永遠不見楊過，咱們也永遠別見面了。」只聽衣衫噗的一響，想是武修文拉住了郭芙的衣袖，而她用力一摔。她話中怒意更增，說道：「你拉拉扯扯的幹甚麼？人家露臉不露臉，干我甚麼事？我爹娘便將我終身許配於他，我寧可死了，也決不從。爹爹若是迫得我緊，我會逃得遠遠地。楊過這小子自小就飛揚跋扈，自以為了不起，我偏就沒瞧在眼裏。爹爹當他是寶貝，哼，我看他就不是好人。」武修文忙道：「是啊，是啊。先前算我瞎疑心，芙妹你千萬別生氣。以後我再這樣，教我不得好死，來生變個烏龜大王八。」語音中喜氣洋溢。郭芙噗哧一笑。

楊過與小龍女相視一笑，一個意思說：「你瞧，人家將我損得這樣。」另一個意思說：「原來我先前想錯了，我心中歡喜你，旁人卻是情有別鍾。」聽郭芙語意，對武修文雖是一時呵責，一時使小性兒，將他播弄得俯頭帖耳、顛三倒四，但心中對他實是大有柔情。

只聽武修文道：「師母是最疼你的，你日也求，夜也求，纏著她不放。只要師母答應你不嫁那姓楊的，師父決沒話說。」郭芙道：「哼，你知道甚麼？爹雖肯聽媽的話，但遇上大事，媽是從不違拗爹爹的。」武修文嘆道：「你對我也是這般，那就好了。」

但聽得拍的一響，武修文「啊」的一聲叫痛，急道：「怎麼又動手打人？」郭芙道：「誰叫你說便宜話兒？我不嫁楊過，可也不能嫁你這小猴兒。」武修文道：「好啊，你今晚終於吐露了心事，你不肯做我媳婦，卻肯做我嫂子。我跟你說，我跟你說……」氣急敗壞，下面的話說不出來了。

郭芙語聲忽轉溫柔，說道：「小武哥哥，你對我好，已說了一千遍一萬遍，我自早知道你是真心。你哥哥雖然一遍也沒說過，可我也知他對我是一片癡情。不管我許了誰，你哥兒倆總有一個要傷心的。你體貼我，愛惜我，你便不知我心中可有多為難麼？」

武敦儒、武修文自小沒爹娘照顧，兄弟倆向來友愛甚篤，但近年來兩人都癡戀郭芙，不由得互相有了心病。武修文心中一急，竟自掉下淚來。郭芙取出手帕，擲了給他，嘆道：「小武哥哥，咱們自小一塊兒長大，我敬重你哥哥，可是跟你說話卻更加投緣些。對你哥兒倆，我實在沒半點偏心。你今日定要逼我清清楚楚說一句，倘若你做了我，該怎麼說呢？」武修文道：「我不知道。我只跟你說，若是你嫁了旁人，我便不能活了。」

郭芙道：「好啦，今晚別再說了。爹爹今日跟敵人性命相搏，咱們卻在園子中說這些沒要緊的話，若是給爹爹聽到了，大家都討個沒趣。小武哥哥，我跟你說，你想要討我爹娘歡心，幹麼不多立戰功？整日價纏在我身旁，豈不讓我爹娘看輕了？」武修文跳了起來，大聲道：「對，我去刺殺忽必烈，解了襄陽之圍，那時你許不許我？」郭芙嫣然一笑，道：「你立了這等大功，我便想不許你，只怕也不能呢。但那忽必烈身旁有多少護衛之士？單是一個金輪法王，就連爹爹也未必勝得了。快別胡思亂想了，乖乖的去睡罷。」

武修文向著郭芙俊俏的臉孔戀戀不捨的望了幾眼，說道：「好，那你也早些睡罷。」他轉身走了幾步，忽又停步回頭，問道：「芙妹，你今晚做夢不做？」郭芙笑道：「我怎知道？」武修文道：「若是做夢，你猜會夢到甚麼？」郭芙微笑道：「我多半會夢見一隻小猴兒。」武修文大喜，跳跳躍躍的去了。

小龍女與楊過在花叢後聽他二人情話綿綿，不禁相對微笑，均想他二人一個癡戀苦纏，一個心意不定，比起自己兩人的一往情深、死而無悔，心中的滿足喜樂實是遠遠不及。

武修文去後，郭芙獨自坐在石凳上，望著月亮呆呆出神，隔了良久，長嘆了一聲。忽然對面假山後轉出一人，說道：「芙妹，你嘆甚麼氣？」正是武敦儒。楊過與小龍女都微微一驚，想是他早已在彼，尚比自己二人先到，否則他過來時不能不知。

郭芙微嗔道：「你就總是這麼陰陽怪氣的。我跟你弟弟說的話，你全都聽見了，是不是？」武敦儒點點頭，站在郭芙對面，和她離得遠遠的，但眼光中卻充滿了眷戀之情。兩人相對不語，過了好一陣，郭芙道：「你要跟我說甚麼？」武敦儒道：「沒甚麼。我不說你也知道。」說著慢慢轉身，緩緩走開。

郭芙望著武敦儒的背影，見他在假山之後走遠，竟是一次也沒回頭，心想：「不論是大武還是小武，世間倘若只有一人，豈不是好？」深深嘆了口氣，獨自回房。

楊過待她走遠，笑問：「倘若你是她，便嫁那一個？」小龍女側頭想了一陣，道：「嫁你。」楊過笑道：「我不算。郭姑娘半點也不歡喜我。我說倘若你是她，二武兄弟之中你嫁那一個？」小龍女「嗯」了一聲，心中拿二武來相互比較，終於又道：「我還是嫁你。」楊過又是好笑，又是感激，伸臂將她摟在懷裏，柔聲道：「旁人那麼三心二意，我的姑姑卻只愛我一人。」

二人相倚相偎，滿心愉樂的直坐到天明。

眼見朝暾東升，二人仍是不願分開。忽見一名家丁匆匆走來，向二人請了個安，說道：「郭爺請楊大爺快去，有要事相商。」

楊過見他神情緊急，心知必有要事，當即與小龍女別過，隨那僕人走向內堂。那僕人道：「我到處都找過了，原來楊爺在園子裏賞花。」楊過道：「郭大爺等了我很久麼？」那僕人低聲道：「兩位武少爺忽然不知去了那裏，郭大爺和郭夫人都著急得很，郭姑娘已哭了幾次啦！」楊過一怔，已知其理：「武家哥兒倆為了爭娶師妹，均想建立奇功，定是出城行刺忽必烈去了。」匆匆來到內堂，只見黃蓉穿著寬衫，坐在一旁，容色憔悴，郭靖不停的來回走動，郭芙紅著雙目，泫然欲泣。桌上放著兩柄長劍。

郭靖一見楊過，忙道：「過兒，你可知武家兄弟倆到敵營去幹甚麼？」楊過向郭芙望了一眼，道：「兩位武兄到敵營去了麼？」郭靖道：「不錯，你們小兄弟之間無話不說，你事先可曾瞧出一些端倪？」楊過道：「小姪沒曾留心。兩位武兄也沒跟我說過甚麼。料來兩位武兄定是見城圍難解，心中憂急，想到敵營去刺殺蒙古大將，若是得手，倒是奇功一件。」

郭靖嘆了口氣，指著桌上的兩把劍，道：「便算存心不錯，可是太過不自量力，兵刃都給人家繳下，送了回來啦。」

這一著頗出楊過意料之外，他早猜到武氏兄弟此去必難得逞，以他二人的武功智慧，焉能在法王、尹克西、瀟湘子等人手下討得了好去？卻想不到只幾個時辰之間，二人的兵器也給送了回來。郭靖拿起壓在雙劍之下的一封書信，交給楊過，與黃蓉對望一眼，兩人都搖了搖頭。楊過打開書信，見信上寫道：

「大蒙古國第一護國法師金輪法王書奉襄陽城郭大俠尊前：昨宵夜獵，邂逅賢徒武氏昆仲，常言名門必出高弟，誠不我欺。老衲久慕大俠風采，神馳想像，蓋有年矣。日前大勝關英雄宴上一會，匆匆未及深談，茲特移書，謹邀大駕。軍營促膝，杯酒共歡，得聆教益，洵足樂也。尊駕一至，即令賢徒歸報平安如何？」

信中語氣謙謹，似乎只是請郭靖過去談談，但其意顯是以武氏兄弟為質，要等郭靖到來方能放人。郭靖等他看完了信，道：「如何？」

楊過早已算到：「郭伯母智謀勝我十倍，我若有妙策，她豈能不知？她邀我來此相商，唯一用意，便是要我和姑姑伴同郭伯伯前去敵營。郭伯伯到得蒙古軍營，法王、瀟湘子等合力縱能敗他，但要殺他擒他，卻也未必能夠。有我和姑姑二人相助，他自能設法脫身。」隨即想到：「但若我和姑姑突然倒戈，一來出其不意，二來強弱之勢更是懸殊，那時傷他可算得易如反掌。我即令不忍親手加害，假手於法王諸人取他性命，豈不大妙？」於是微微一笑，說道：「郭伯伯，我和師父陪你同去便是。郭伯母見過我和師父聯劍打敗金輪法王，三人同去，敵人未必留得下咱們。」

郭靖大喜，笑道：「你的聰明伶俐，除了你郭伯母之外，旁人再也難及。你郭伯母之意也正如此。」

楊過心道：「黃蓉啊黃蓉，你聰明一世，今日也要在我手下栽個觔斗。」說道：「事不宜遲，咱們便去。我和師父扮作你的隨身僮兒，更顯得你單刀赴會的英雄氣概。」郭靖道：「好！」轉頭向黃蓉道：「蓉兒，你不用擔心，有過兒和龍姑娘相伴，便是龍潭虎穴，我們三人也能平安歸來。」他一整衣衫，說道：「相請龍姑娘。」

黃蓉搖頭道：「不，我意思只要過兒一人和你同去。龍姑娘是個花朵般的閨女，咱們不能讓她涉險，我要留她在這兒相陪。」

楊過一怔，立即會意：「郭伯母果有防我之心，她是要留姑姑在此為質，好教我不敢有甚異動。我如定要姑姑同往，只有更增其疑。」當下並不言語。

郭靖卻道：「龍姑娘劍術精妙，倘能同行，大得臂助。」黃蓉懶懶的道：「你的破虜、襄兒，就快出世啦，有龍姑娘守著，我好放心些。」郭靖忙道：「是，是，我真胡塗了。過兒，咱們走罷。」楊過道：「讓我跟姑姑說一聲。」黃蓉道：「回頭我告知她便是，你爺兒倆去敵營走一趟，半天即回，又不是甚麼大事。」

楊過心想與黃蓉鬥智，處處落於下風，但郭靖誠樸老實，決不是自己對手，同去蒙古軍中後對付了他，再回來相救小龍女不遲，於是略一結束，隨同郭靖出城。

郭靖騎的是汗血寶馬，楊過乘了黃毛瘦馬，兩匹馬腳力均快，不到半個時辰，已抵達蒙古大營。

忽必烈聽報郭靖竟然來到，又驚又喜，忙叫請進帳來。

郭靖走進大帳，只見一位少年王爺居中而坐，方面大耳，兩目深陷，不由得一怔：「此人竟與他父親拖雷一模一樣。」想起少年時與拖雷情深義重，此時卻已陰陽相隔，不禁眼眶一紅，險些兒掉下淚來。

忽必烈下座相迎，一揖到地，說道：「先王在日，時常言及郭靖叔叔英雄大義，小姪仰慕無已，日來得睹尊顏，實慰生平之願。」郭靖還了一揖，說道：「拖雷安答和我情逾骨肉，我幼時母子倆托庇成吉思汗麾下，極仗令尊照拂。令尊英年，如日方中，不意忽爾謝世，令人思之神傷。」忽必烈見他言辭懇摯，動了真情，心中也自傷感，當即與瀟湘子、尹克西等一一引見，請郭靖上座。

楊過侍立在郭靖身後，假裝與諸人不識。法王等不知他此番隨來是何用意，見他不理睬各人，也均不與他說話。馬光佐卻大聲道：「楊兄……」下面一個「弟」字還未出口，尹克西在他大腿上狠狠捏了一把。馬光佐「啊喲」一聲，叫道：「幹甚麼？」尹克西轉過了頭不理。馬光佐不知是誰捏他，口中嘮嘮叨叨罵人，便忘了與楊過招呼。

郭靖坐下後飲了一杯馬乳酒，不見武氏兄弟，正要動問，忽必烈已向左右吩咐：「快請兩位武爺。」左右衛士應命而出，推了武敦儒、武修文進帳。兩人手足都被用牛筋綁得結結實實，雙足之間的牛筋長不逾尺，邁不開步子，只能慢慢的挨著過來。二武見到師父，滿臉羞慚，叫了一聲：「師父！」都低下了頭再也不敢抬起。

他兄弟倆貪功冒進，不告而行，鬧出這樣一個大亂子，郭靖本來十分惱怒，但見他二人衣衫凌亂，身有血污，顯是經過一番劇鬥才失手被擒，又見二人給綁得如此狼狽，不禁由怒轉憐，心想他二人雖然冒失，卻也是一片為國為民之心，於是溫言說道：「武學之士，一生之中必受無數折磨、無數挫敗，那也算不了甚麼。」

忽必烈假意怪責左右，斥道：「我命你們好好款待兩位武爺，怎地竟如此無禮？快快鬆綁。」左右連聲稱是，伸手去解二人綁縛。但那牛筋綁縛之後，再澆水淋濕，深陷肌膚，一時解不下來。郭靖走下座去，拉住武敦儒胸前的牛筋兩端，輕輕往外一分，波的一響，牛筋登時崩斷，跟著又扯斷了武修文身上的綁縛。這一手功夫瞧來輕描淡寫，殊不足道，其實卻非極深厚的內功莫辦。瀟湘子、尼摩星、尹克西等相互望了一眼，均暗讚他武功了得。忽必烈道：「快取酒來，給兩位武爺陪罪。」

郭靖心下盤算：今日此行，決不能善罷，少時定有一番惡戰，二武若不早走，不免要分心照顧，當下向眾人作了個四方揖，朗聲道：「小徒冒昧無狀，承王爺及各位教誨，兄弟這裏謝過了。」轉頭向武氏兄弟道：「你們先回去告知師母，說我會見故人之子，略敘契闊，稍待即歸。」武修文道：「師父，你……」他昨晚行刺不成，為瀟湘子所擒，知道敵營中果然高手如雲，不由得擔心郭靖的安危。郭靖將手一揮，道：「快些走罷！你們稟報呂安撫，請他嚴守城關，不論有何變故，總之不可開城，以防敵軍偷襲。」這幾句話說得神威凜然，要叫忽必烈等人知道，即令自己有何不測，襄陽城決不降敵。

武氏兄弟見師父親自涉險相救，又是感激，又是自悔，當下不敢多言，拜別師父，自行回城。

忽必烈笑道：「兩位賢徒前來行刺小姪，郭叔父諒必不知。」郭靖點頭道：「我事先未及知悉，小兒輩不知天高地厚，胡鬧得緊。」忽必烈道：「是啊，想我與郭叔父相交三世，郭叔父念及故人之情，必不出此。」郭靖正色道：「那卻不然，公義當前，私交為輕。昔日拖雷安答領軍來攻襄陽，我曾起意行刺義兄，以退敵軍，適逢成吉思汗病重，蒙古軍退，這才全了我金蘭之義。古人大義滅親，親尚可滅，何況友朋？」

這幾句話侃侃而談，法王、尹克西等均是相顧變色。楊過胸口一震，心道：「是了，刺殺義兄義弟，原是他的拿手好戲，不知我父當年有何失誤，致遭他毒手。郭靖啊郭靖，豈難道你一生之中，從未做過任何錯事麼？」想到此處，一股怨毒又在胸中漸漸升起。

忽必烈卻全無慍色，含笑道：「既然如此，郭叔父何以又說兩位賢徒胡鬧？」郭靖道：「想他二人學藝未成，不自量力，貿然行刺，豈能成功？他二人失陷不打緊，卻教你多了一層防備之心，後人再來行刺，那便大大不易了。」忽必烈哈哈大笑，心想：「久聞郭靖忠厚質樸，口齒遲鈍，那知他辭鋒竟是極為銳利。」其實郭靖只是心中想到甚麼，口中便說甚麼，只因心中想得通達，言辭便顯凌厲。法王等見他孤身一人，赤手空拳而在蒙古千軍萬馬之中，居然毫無懼色，這股氣概便非己所能及，無不欽服。

忽必烈見郭靖氣宇軒昂，不自禁的喜愛，心想若能將此人羅致麾下，勝於得了十座襄陽城，說道：「郭叔父，趙宋無道，君昏民困，奸佞當朝，忠良含冤，我這話可不錯罷！」郭靖道：「不錯，理宗皇帝乃無道昏君，宰相賈似道是個大大的奸臣。」眾人又都一怔，萬料不到他竟會直言指斥宋朝君臣。忽必烈道：「是啊，郭叔父是當世大大的英雄好漢，卻又何苦為昏君奸臣賣命？」

郭靖站起身來，朗聲道：「郭某縱然不肖，豈能為昏君奸臣所用？只是心憤蒙古殘暴，侵我疆土，殺我同胞，郭某滿腔熱血，是為我神州千萬老百姓而灑。」

忽必烈伸手在案上一拍，道：「這話說得好，大家敬郭叔父一碗。」說著舉起碗來，將馬乳酒一飲而盡。隨侍眾人暗暗焦急，均怕忽必烈顧念先世交情，又被郭靖言辭打動，竟將他放歸，再要擒他可就難了，但見忽必烈舉碗，也只得各自陪飲了一碗。左右衛士在各人碗中又斟滿了酒。

忽必烈道：「貴邦有一位老夫子曾道：民為貴，社稷次之，君為輕。這話當真有理。想天下者，天下人之天下也，唯有德者居之。我大蒙古朝政清平，百姓安居樂業，各得其所。我大汗不忍見南朝子民陷於疾苦之中，無人能解其倒懸，這才弔民伐罪，揮軍南征，不憚煩勞。這番心意與郭叔父全無二致，可說是英雄所見略同了。來，咱們再來乾一碗。」說著又舉碗飲乾。

法王等舉碗放到口邊。郭靖大袖一揮，勁風過去，嗆啷啷一陣響處，眾人的酒碗盡數摔在地下，跌得粉碎。郭靖大聲怒道：「住了！你蒙古兵侵宋以來，殘民以逞，白骨為墟，血流成河。我大宋百姓家破人亡，不知有多少性命送在你蒙古兵刀箭之下，說甚麼弔民伐罪，解民倒懸？」

這一下拂袖雖然來得極是突兀，大出眾人意料之外，但法王等人人身負絕藝，竟然被他打落酒碗，均覺臉上無光，一齊站起身來，只待忽必烈發作，立時上前動手。

那知忽必烈仰天長笑，說道：「郭叔父英雄無敵，我蒙古兵將提及，無不欽仰，今日親眼得見，果真名下無虛。小王不才，不敢傷了先父之義，今日只敘舊情，不談國事如何？」郭靖拱手道：「拖雷有子，氣度寬宏，蒙古諸王無一能及，他日必膺國家重任。我有良言奉告，不知能蒙垂聽否？」忽必烈道：「願聽叔父教誨。」

郭靖叉手說道：「我南朝地廣人多，崇尚氣節。俊彥之士，所在多有，自古以來，從不屈膝異族。蒙古縱然一時疆界逞快，日後定被逐回漠北，那時元氣大傷，悔之無及，願王爺三思。」忽必烈笑道：「多謝明教。」郭靖聽他這四字說得言不由衷，說道：「就此別過，後會有期。」忽必烈將手一拱，說道：「送客。」

法王等相顧愕然，一齊望著忽必烈，均想：「好容易魚兒入網，豈能縱虎歸山？」但忽必烈客客氣氣的送郭靖出帳，眾人也不便動手。

郭靖大踏步出帳，心中暗想：「這忽必烈舉措不凡，果是勁敵。」向楊過使個眼色，加快腳步，走向坐騎之旁。

突然旁邊搶出八名蒙古大漢，當先一人說道：「你是郭靖麼？你在襄陽城頭傷了我不少兄弟，今日竟到我蒙古軍營來耀武揚威。王爺放你走，我們卻容你不得。」一聲吆喝，八名大漢同時擁上，各使蒙古摔跤手法，十六隻手抓向郭靖。

摔跤勾打之術，蒙古人原是天下無雙，這八名大漢更是蒙古軍中一等一的好手，忽必烈特地埋伏在帳外擒拿郭靖。但郭靖幼時在蒙古長大，騎射摔跤自小精熟，眼見八人抓到，雙手連伸，右腿勾掃，霎時之間，四人被他抓住摔出丈餘，另四人被他勾掃倒地。他使的正是蒙古人正宗摔角之術，只是有了上乘武功為底，手腳上勁力大得異乎尋常，那八名大漢如何能敵？忽必烈王帳外駐著一個親兵千人隊，一千名官兵個個精擅摔跤，見郭靖手法利落，一舉將八名軍中好手同時摔倒，神技從所未見，不約而同的齊聲喝采。

郭靖向眾軍一抱拳，除下帽子轉了個圈子。這是蒙古人摔角獲勝後向觀眾答謝的禮節，眾官兵更是歡聲雷動。那八名大漢爬起身來，望著郭靖呆呆發怔，不知該縱身又上呢，還是就此罷手？

郭靖向楊過道：「走罷！」只聽得號角聲此起彼和，四下裏千人隊百人隊來往奔馳，原來忽必烈調動軍馬，已將郭楊二人團團圍困。郭靖暗暗吃驚，心想：「我二人縱有通天本領，怎能逃出這軍馬重圍？想不到忽必烈對付我一人，竟如此興師動眾。」他怕楊過膽怯，臉上神色自如，說道：「我二人馬快，只管疾衝，先過去奪兩面盾牌來，以防敵軍亂箭射馬。」又在他耳邊低聲道：「先向南衝，隨即回馬向北。」

楊過一怔：「襄陽在南，何以向北？」隨即會意：「啊，是了，忽必烈軍馬必集於南，防他逃歸襄陽，北邊定然空虛。先南後北，衝他一個出其不意，措手不及，便可乘機突圍。我當如何阻住他才好？」

楊過心念甫動，只見忽必烈王帳中竄出幾條人影，幾個起落，已攔住去路，跟著嗚嗚之聲大作，一個銅輪一個鐵輪往兩匹坐騎飛到，正是法王出手阻擋二人脫身。郭靖見雙輪飛來之勢極為剛猛，不敢伸手去接，頭一低，雙手在兩匹坐騎的頸中一按，兩匹馬前足跪下，銅鐵雙輪剛好在馬頭上掠過，在空中打了一個轉，回到了法王手中。就這樣微一躭擱，尼摩星與尹克西已奔到二人身前，法王與瀟湘子跟著趕到，四人團團圍住。

金輪法王、瀟湘子等均是一流高手，與人動手，決不肯自墮身分，倚多為勝，但郭靖武功實在太強，每人又均想得那「蒙古第一勇士」的封號，只怕給旁人搶了頭籌，但見白刃閃動，黃光耀眼，四人手中均已執了兵刃。法王所持是個金輪，尹克西手執一條鑲珠嵌玉的黃金軟鞭，瀟湘子拿著一條哭喪棒模樣的桿棒，尼摩星的兵刃最怪，是一條鐵鑄的靈蛇短鞭，在他手臂上盤旋吞吐，宛似一條活蛇。

郭靖眼看四人奔跑身形和取兵刃的手法，四人中似以尹克西較弱，當即雙掌拍出，擊向瀟湘子面門。瀟湘子桿棒一立，棒端向他掌心點來。郭靖見桿棒上白索纏繞，棒頭拖著一條麻繩，便如是孝子手中所執的哭喪棒，心想此人武功深湛，所用兵刃怪模怪樣，必有特異之處，當下右手回轉，一招「神龍擺尾」，已抓住了尹克西的金鞭。尹克西待要抖鞭回擊，鞭梢已入敵手，當即順著對方一扯之勢，和身向郭靖撲去，左手中已多了一柄明晃晃的匕首。這一招以攻為守，乃是十八小擒拿手的絕招。

郭靖叫道：「好！」雙手同施擒拿，右手仍是抓住金鞭不放，左手逕來奪他匕首。這時右手奪他右手兵刃，左手奪他左手兵刃，雙手已成交叉之勢。尹克西滿擬這一匕首刺出，敵人非放脫金鞭而閃避匕首不可，豈知他連匕首也要一併奪去。

就在這時，法王的金輪和瀟湘子的桿棒已同時攻到。郭靖一扯金龍鞭不下，大喝一聲，一股罡氣自金鞭上傳了過去。尹克西胸口猶如被大鐵錘重重一擊，眼前金星亂舞，哇的一聲，噴出一口鮮血。郭靖已放脫金鞭，回手招架。尹克西自知受傷不輕，慢慢退開，在地下盤膝而坐，氣運丹田，忍住鮮血不再噴出。

法王與瀟湘子、尼摩星見郭靖一上手就將尹克西打傷，都是一則以喜，一則以懼，喜的是少了一人搶那「蒙古第一勇士」的頭銜，懼的是郭靖如此厲害，只怕自己也折在他手裏。當下三人不敢冒進，嚴密守住門戶。

郭靖見招拆招，細察瀟湘子和尼摩星的兩件奇特兵刃。那哭喪棒顯是精鋼打就，但除了沉重堅實之外，一時之間也瞧不出異處。尼摩星的蛇形兵器卻甚是古怪，活脫是條頭呈三角的毒蛇，蛇身柔軟屈折，當是無數細小鐵球鑲成，蛇頭蛇尾均具鋒銳尖刺，最厲害的是捉摸不定蛇身何時彎曲，蛇頭蛇尾指向何方，但見那鐵蛇短鞭在尼摩星手中忽而上躍飛舞，忽而盤旋打滾，變幻百端，靈動萬狀。郭靖當年見過歐陽鋒蛇杖的招數，杖上怪蛇乃是真蛇，兼之劇毒無比，尼摩星的蛇形兵刃縱然厲害，究是死物，出招收招之際定有規矩可尋，因此心中最忌憚的仍是金輪法王。

四人拆得數招，突聽一人虎吼連連，大踏步而至，魁梧奇偉，宛似一座肉山，正是馬光佐到了。他手挺一根又粗又長的熟銅棍，在尼摩星身後往郭靖頭頂砸了下去。四位高手激鬥正酣，各人嚴守門戶，絕無半點空隙，郭靖的掌風、法王的金輪、瀟湘子的桿棒、尼摩星的鐵蛇來往交錯，織成了一道力網，馬光佐這一棍砸將下去，給四人合組的力網一撞，雖然無聲無息，熟銅棍猛地反彈上來。他一覺不對，大喝一聲，勁貫雙臂，硬生生將銅棍在半空止住，饒是如此，雙手虎口已震得鮮血長流。他高聲大叫：「邪門，邪門！」手上加力，更進剛勁，猛擊而下。

法王與他正面相對，料得他這一棍擊下，吃到的苦頭更大，只是微微冷笑。楊過在側瞧得明白，知他膂力雖強，武功卻連郭靖的一成也及不上，出手一味剛猛，若是與郭靖天下陽剛之至的「降龍十八掌」正面相撞，那裏還有生路？便算郭靖不下毒手，給法王、尼摩星等的兵刃掃上了一些，也非受傷不可，他愛這渾人心地質樸，又曾數次迴護自己，眼見他這一棍擊下，定然遭殃，大叫：「馬光佐，看劍！」君子劍出手，往他後心刺去。

馬光佐一呆，銅棍停在半空，愕然道：「楊兄弟，你幹麼跟我動手？」楊過罵道：「你這渾人，在這兒瞎攪甚麼？快給我回去！」長劍顫動，連刺數劍，只刺得馬光佐手忙腳亂，不住倒退。楊過長劍急刺，迫得他一步步退後。馬光佐腿長腳大，一步足足抵得常人二步，退得十餘步，已離郭靖等甚遠。他見眼前劍光閃爍，全力抵禦都是有所不及，更無餘暇去想楊過何以忽然對己施展辣手。

楊過等他又退數步，收劍指地，低聲道：「馬大哥，我救了你一命，你知不知道？」馬光佐大聲道：「甚麼？」楊過低聲道：「你說話小聲些，別讓他們聽見了。」馬光佐瞪眼道：「為甚麼？我不怕這個郭靖。」這兩句話仍是聲音響亮，於他不過是平常語氣，在常人卻已似叫喊一般。楊過道：「好，那你別說話，只聽我說。」馬光佐倒真聽話，點了點頭。楊過道：「那郭靖會使妖法，口中一唸咒語，便能取人首級，你還是走得遠遠的好。」馬光佐睜大了銅鈴般的眼睛，將信將疑。

楊過有心要救他性命，心知若說郭靖武功了得，他必不肯服輸，但說他會使妖法，這渾人多半會信，又道：「你一棍打他的頭，棍子沒撞上甚麼，卻反彈上來，這豈不古怪？那賣珠寶的胡人武功很厲害，怎麼一上手便給他傷了？」馬光佐信了七八成，又點了點頭，卻向法王、瀟湘子等望了一眼。

楊過猜到他心中想些甚麼，說道：「那大和尚會畫符，他送了給殭屍鬼和黑矮子，身上佩了這符，便不怕妖法。大和尚有沒給你？」馬光佐憤憤的道：「沒有啊。」楊過道：「是啊，這賊禿不夠朋友，也沒給我，回頭咱們跟他算帳。」馬光佐大聲道：「不錯，那咱們怎麼辦？」楊過道：「咱們袖手旁觀，離開得越遠越好。」馬光佐道：「楊兄弟你是好人，多虧你跟我說。」收起熟銅棍，遙望郭靖等四人相鬥。

郭靖此時所施展的正是武林絕學「降龍十八掌」。法王等三人緊緊圍住，心想他內力便再深厚，掌力如此凌厲，必難持久。豈知郭靖近二十年來勤練「九陰真經」，初時真力還不顯露，數十招後，降龍十八掌的勁力忽強忽弱，忽吞忽吐，從至剛之中竟生出至柔的妙用，那已是洪七公當年所領悟不到的神功，以此抵擋三大高手的兵刃，非但絲毫不落下風，而且乘隙反撲，越鬥越是揮灑自如。

楊過在旁觀鬥，驚佩無已，他也曾在古墓中練過「九陰真經」，只是乏人指點，不知真經的神奇竟至於斯。他以真經功訣印證郭靖掌法，登時悟到了不少極深奧的拳理，心中默默記習，一時忘了身上負著血海深仇，立意要將郭靖置於死地。

金輪法王的武功與郭靖本在伯仲之間，郭靖雖然屢得奇遇，但法王比他大了二十歲年紀，也即多了二十年的功力，二人若是單打獨鬥，非到千招之外，難分勝敗，再加上瀟湘子和尼摩星兩個一流好手相助，法王本來不難取勝，只是郭靖的降龍十八掌實在威力太強，兼之他在掌法之中雜以全真教天罡北斗陣的陣法，鬥到分際，身形穿插來去，一個人竟似化身為七人一般；又因他一上來便將尹克西打傷，這一下先聲奪人，敵對的三人先求自保，不敢放手攻擊，是以雖然以三敵一，也只打了個平手。

又拆數十招，法王的金輪漸漸顯出威力，尼摩星的鐵蛇也是攻勢漸盛。郭靖暗感焦躁：「如此纏鬥下去，我終究要抵敵不住。過兒和那大個兒到那邊相鬥，那大個兒武功平平，這會兒該當已料理了他。須得儘快跟過兒會合，共謀脫身。」四人全力拚搏，目光不敢有瞬息旁顧，楊過與馬光佐在十餘丈外觀鬥，郭靖等四人均無暇顧及。

忽聽得怪嘯一聲，瀟湘子雙腳僵直，一竄數尺，從半空中將哭喪棒點將下來。郭靖側身避過，突覺眼前一暗，哭喪棒的棒端噴出一股黑煙，鼻中登時聞到一股腥臭之氣，頭腦微微一暈。他暗叫不好，知道棒中藏有毒物，忙拔步倒退。瀟湘子見他明明已聞到自己棒中的劇毒，竟然並不暈倒，不禁大異，暗想：「便是獅虎猛獸，遇到我棒中的蟾蜍毒砂也得暈倒，他居然若無其事，這可奇了。」當下二次竄起，又揮毒砂棒臨空點落。

當年瀟湘子在湖南荒山中練功，曾見一隻蟾蜍躲在破棺之後口噴毒砂，將一條大蟒蛇毒倒，心有所悟，於是捕捉蟾蜍，取其毒液，煉製而成毒砂，藏於哭喪棒中。棒尾裝有機括。手指一按，毒砂便激噴而出，發射時縱躍竄高，毒砂威力更增。這毒砂棒在遇到巨蟒猛獸時曾經用過，當者立暈，豈知郭靖內力深厚，竟能強抗劇毒。

法王與尼摩星便在郭靖之側，雖非首當其衝，但聞到少些，已是胸口煩惡欲嘔，忙竄躍遠離。瀟湘子鼻中早已塞有解藥，在黑氣中直穿而前，揮棒追擊。郭靖一掌「見龍在田」往他僵直的膝蓋上擊去。瀟湘子收棒擋格，未及發毒，身子已被掌力推得飄開五尺。

郭靖斜過身子，卻見尼摩星的鐵蛇遞近身來，當下一掌「潛龍勿用」擊出。尼摩星忙橫過鐵蛇，右手握蛇尾，左手執蛇頭，在胸口一擋，豈知郭靖這一掌之力卻是在出掌之處的四周，掌心雖對準他的胸口，他胸口竟是毫不受力，尼摩星一擋擋了個空，情知不妙，面門與小腹上已感到掌力，總算他身子矮小，行動敏捷，急忙往地下一撲，隨即幾個小觔斗，就似個大皮球般滾了開去。

郭靖見有隙可乘，叫道：「過兒，咱們去罷！」向空曠處躍出數步。金輪法王見他脫出包圍，飛竄趕來。郭靖身後與蒙古兵將相距已不過數丈，十餘枝長矛指向他背心。郭靖雙臂一振，架開長矛，反手抓住兩名軍士向法王投去，叫道：「接住了！」法王如伸手接住，這麼一延緩，勢必給郭靖走得更遠，當即側過左肩一撞，兩名軍士飛出丈餘，金輪猛往郭靖背上砸去。

郭靖情知只要還得一招，立時給他纏住，數招一過，尼摩星與瀟湘子又跟著攻上，那時想脫身又得大費周章，當即奪過兩枝長矛向後戳出。他腳下竟沒片刻停留，背上又如長了眼睛一般，一矛刺向法王右肩，一矛刺向他胸口，準頭勁力，絕無分毫減色。法王暗暗喝采，金輪橫砸，喀喀兩聲，雙矛齊斷，看郭靖時，卻已鑽入了蒙古軍陣中。

蒙古軍奉忽必烈將令，在帳外排得密密層層，務要生擒郭靖，此時給他搶入陣來，眾兵將擒他不得，傷他不能，只聽得刀槍撞擊，叱喝叫嚷，反而阻住了法王等三人的追擊。

郭靖藏身軍馬之中，猶如入了密林，反比曠地上更易脫身。他幾個起伏，奔到一個百夫長馬前，伸手將他拉下馬來，隨即躍上馬背，在眾軍中東衝西突，斗然間繞出陣後，放馬急奔，口中長哨。那汗血寶馬站在遠處，聽得主人招呼，如風馳至。

楊過遠立觀望，突見汗血寶馬疾馳而前，奔向郭靖，暗叫：「不妙！」心想郭靖只要一乘上寶馬，忽必烈便是盡集天下精兵也追他不上了。情急之下，猛地大叫：「啊喲，痛死我也！」搖搖晃晃的似欲摔跌，隨即低聲向馬光佐道：「別說話，快走開！越遠越好。」他那一聲大叫運了丹田之氣，雖在眾軍雜亂之中，郭靖必能聽見，料得他聽見後定然來救，馬光佐倘若在旁，說不定給他一掌送了性命。馬光佐很肯聽楊過的話，雖不明白他用意，還是撒開長腿，向王帳狂奔。

郭靖聽得楊過的叫聲，果然大是憂急，不等紅馬奔到，立刻回過馬頭，又衝入陣，向楊過站立之處馳來。法王念頭一轉，已明楊過用意，讓郭靖在身邊掠過，不加阻攔，卻回身擋住了他的退路。

郭靖馳到楊過身前，急叫：「過兒，怎麼啦！」楊過假意搖晃身子，說道：「那大漢不是我敵手，但不知怎的，我一運真力，一股氣走逆了，丹田中痛如刀絞。」這番謊話全無破綻，馬光佐武功平常，只出手砸了一棍，郭靖已然看出，楊過如說給馬光佐打傷，不免令他生疑，但說運力出了岔子，外表上卻決計瞧不出。何況前一晚郭靖誤認楊過練功走火，此時激鬥之下舊傷復發，事極平常。郭靖眼見他左手按住小腹，額上全是大汗，傷勢甚是不輕，忙道：「你伏在我背上，我負你出去。」楊過假意道：「郭伯伯你快走，小姪性命無足重輕，你卻是襄陽的干城。合郡軍民，盡皆寄望於你。」郭靖道：「你為我而來，豈能撇下你不顧？快快伏上。」

楊過猶自遲疑，郭靖雙腿蹲下，將他拉著伏在自己背上。就在此時，搶來的那匹馬接連中箭，長聲哀鳴，倒斃於地。郭靖一生經歷過無數凶險，情勢越危急，越是鼓足勇氣，沉著應付，說道：「過兒，別怕，咱們定須衝殺出去。」長身站起，逕往北衝。

此時法王、尼摩星、瀟湘子又已攻到身前，郭靖眼瞧四周軍馬雲集，比適才圍得更加緊了。王帳前大纛之下，忽必烈手持酒碗，與一個和尚站著指指點點的觀戰，顯見勝算在握，神情極是得意。

郭靖大喝一聲，負著楊過向忽必烈撲去，只三四個起伏，已竄到他身前。左右衛護親兵大驚，十餘人挺著長刀長矛上前阻攔。郭靖掌風虎虎，當者披靡，一名親兵被他掌力掃得向外跌開，只須再搶前數步，掌力便可及忽必烈之身。眾親兵捨命來擋，又怎敵得住郭靖的神勇？法王眼見危急，金輪飛出，往郭靖頭頂撞去。郭靖低頭讓過，腳下絲毫不停。

楊過心想：「倘若他拿住了忽必烈，蒙古人投鼠忌器，勢必放他脫身。我再不下手，更待何時？」稍一遲疑，終於又問一句：「郭伯伯，我爹爹當真罪大惡極，你非殺他不可麼？」郭靖一怔，此時那裏還有餘暇細想，順口答道：「他認賊作父，叛國害民，人人得而誅之。」楊過道：「好！」更無半點遲疑，提起君子劍，對準他後頸便插了下去。

突然眼前白影閃動，一棒揮來，將他長劍擋開。楊過順手黏引，卸開對方棒力，看清楚這棒是瀟湘子所發，心下詫異：「我劍刺郭靖，何以你反而阻擋？」但隨即省悟：「啊，是了，郭靖若是死在我劍下，那蒙古第一勇士之號便歸於我。嘿嘿，你這殭屍那知我是為報父仇，這區區世間虛名，豈放在心上？」他疾出數劍，將瀟湘子的哭喪棒逼開，迴劍又向郭靖背心刺落。瀟湘子仍是揮棒擋開。

此時郭靖正以掌力與法王的金輪、尼摩星的鐵蛇周旋，那知楊過在自己背後搗鬼，只道他正奮力與瀟湘子相鬥，說道：「小心他棒中放毒。」法王與尼摩星在郭靖對面，卻瞧得明白，眼見楊過已可得手，卻兩次被瀟湘子擋開，齊聲喝道：「瀟湘子，你幹甚麼？」

瀟湘子陰惻惻的一笑，猛地揮棒擊向郭靖，郭靖側身避過。楊過第三次欲再下毒手，瀟湘子又伸棒架開他的長劍。郭靖掛念楊過身上有傷，怕他擋不住哭喪棒，迴過左掌往瀟湘子胸口疾拍。瀟湘子忙退開數步。

此時楊過無人攔阻，揮劍又向郭靖頸中刺落。那知瀟湘子生怕楊過得手，一退即進，哭喪棒疾點楊過後心要穴，要他不得不先救自身。郭靖右掌正與法王各以上乘內力相比拚，發覺自己與楊過卻同時遇險，他不救自己，先護楊過，左掌「神龍擺尾」，砰的一聲，擊中桿棒，只震得瀟湘子全身發燒，一張白森森的臉登時通紅。

但便在此時，尼摩星著地滾進，鐵蛇挺上，蛇頭已觸到郭靖左脅。郭靖全身內勁有七成正在對付金輪法王，三成震開瀟湘子的桿棒，全無餘力抵禦鐵蛇，危急中左脅斗然向後縮了半尺，總算避過了敵招最厲害的鋒芒，但鐵蛇蛇頭還是刺入他脅中數寸。

郭靖一運氣，肌肉迴彈，鐵蛇進勢受阻，難再深入，跟著飛起左腿，將尼摩星踢了個觔斗。尼摩星眼見鐵蛇刺中要害，這一招定然送了郭靖性命，「蒙古第一勇士」的榮號已經穩穩到手，大喜之下，萬料不到敵人竟有敗中求勝的厲害功夫，這一腿正中胸口，喀喇一響，三根肋骨齊斷。

這一邊瀟湘子和尼摩星同時挫敗，法王卻乘虛而入，掌力疾催。郭靖左脅氣門已破，再也抵擋不住，只覺一股大力排山倒海般壓至，再行硬拚，非命喪當場不可，只得卸去掌力，以本身二十餘年上乘內功強接了這一招，身子連晃，哇的一聲，噴出一口鮮血。他命雖垂危，還是顧念楊過，叫道：「過兒，快去搶馬，我給你擋住敵人。」

楊過眼見他拚命救護自己，胸口熱血上湧，那裏還念舊惡？心想郭伯伯義薄雲天，我若不以一命報他一命，真是枉在人世了。當即從他背上躍下，將君子劍舞成一團劍花，護住了郭靖，勢如瘋虎，招招都是拚命。法王與瀟湘子一呆，叫道：「楊過，你幹甚麼？」楊過不答，刷的一劍向法王刺去，劍尖顫動，又向瀟湘子迴刺。兩人見他雙目通紅，神情大異，不由得退開兩步，都料他要搶那「蒙古第一勇士」的名號，要獨佔擊殺郭靖之功。

郭靖道：「過兒快別理我，自己逃命要緊。」楊過只道：「郭伯伯，是我害了你，今日我和你死在一起。」一劍光霍霍，只是護著郭靖，竟不顧及自己安危。

法王與瀟湘子提起兵刃，一齊攻向郭靖身前。但楊過劍招靈動，竟逼得二人近不了身。

蒙古數千軍馬四下裏圍住，呼聲震動天地，眼望著三人激鬥。

郭靖連聲催楊過快逃，卻見他一味維護自己，又是焦心，又是感激，觸動內傷，再也支持不住，雙膝一軟，坐倒在地。

尼摩星斷了三根肋骨，仍是強忍疼痛，提著鐵蛇慢慢走近，想來刺殺郭靖。楊過狂刺數劍，俯身將郭靖負在背上，向外猛衝。他武功本就不及法王，這時負著郭靖怎能支持？又鬥數合，嗤的一聲，左臂被金輪劃破了一道長長的口子。

第二十二回

危城女嬰

背後嗚嗚聲響，金輪急飛而至，聲音甚低，竟是來削馬足。楊過只得迴劍去擋，明知自己氣力耗盡，絕難擋架得住，眼見輪子距馬足已不過兩尺，嗚嗚之聲，響得驚心動魄。

郭靖與楊過眼見無倖，蒙古軍馬忽地紛紛散開，一個年老跛子左手撐著鐵拐，右手舞動鐵錘，衝殺進來，叫道：「楊公子快向外闖，我給你斷後。」楊過百忙中一瞥，認得是桃花島弟子鐵匠馮默風，甚覺詫異，激鬥之際，也無暇去細想這人如何會突然到來。

原來馮默風被蒙古人徵入軍中，打造修整兵器，已暗中刺殺了蒙古兵的一名千夫長、一名百夫長。他下手隱秘，未被發覺。這日聽得吶喊聲響，在高處望見郭靖、楊過被圍，當下殺入解救。他那大鐵錘舞得風聲呼呼，當者立斃，登時給他殺出一條血路。

楊過心中一喜，揮劍搶出，但法王金輪轉動，將他劍招和馮默風的鐵錘同時接過，只有當瀟湘子哭喪棒向郭靖背上遞去之時，法王才放鬆楊過，讓他迴劍相救。但若他的輪子砸向郭靖，瀟湘子也必運桿棒架開。若非他二人爭功，楊過雖然捨命死戰，郭靖亦早已喪命。忽必烈當日許下「蒙古第一勇士」的榮號，本盼人人奮勇，豈知各人互相牽制，反生大弊，這也是他始料所不及的了。

但郭靖的性命雖保於一時，蒙古軍卻已在四周布得猶如銅牆鐵壁一般。法王與瀟湘子著著爭先。尼摩星咬牙忍痛，也是尋瑕抵隙，東一下西一下的使著陰毒招數。

這時郭靖與楊過在萬軍之中已鬥了大半個時辰，日光微偏，法王舞動金輪，招數突變，噹的一下，與楊過長劍相交。君子劍乃削鐵如泥的利刃，金輪登時被削出了一道缺口。法王乘勢向前一送，輪子隨伴著一股極強的勁風壓將過來。楊過只怕傷到郭靖，不敢側身閃避，迴劍相擋，金輪微斜，嗤的一聲輕響，右手下臂又被輪口劃傷，傷口雖然不深，但劃破了血脈，鮮血迸流，數招之間，只覺腿臂漸漸發軟，力氣愈來愈弱，敵人攻勢正急，那能緩出手來裏傷止血？

馮默風鐵鎚急揮，奮力搶上救援，但法王左手一掌接著一掌拍到，令他只有招架之功，若非竭盡全力，連自保也已難能。瀟湘子眼見有便宜可撿，揮棒將尼摩星鐵蛇震開，猛地躍起，桿棒向郭靖當頭點下，便要施放毒砂。

楊過大驚，危急中左手長出，抓住了桿棒棒頭，右手中長劍順勢刺出。此時他全身門戶大開，法王只要輕輕一輪，立時便可送了他性命，但法王有意要借他之手逐開瀟湘子，揮掌逼開馮默風，伸左手便向郭靖背上抓去，要將他生擒活捉，立下奇功。瀟湘子沒料想楊過竟會拚命胡來，身未落地，桿棒已被抓住，半空中使不出力氣，眼前白光閃動，劍尖已刺到了胸口，這一來形格勢禁，只得撒手放棒，身子向後一仰，保住了性命。

馮默風鎚拐齊施，往法王背心急砸。法王回輪擋開，噹噹兩響，震得馮默風雙手虎口齊裂，左掌往郭靖背心抓去。馮默風虎吼一聲，拋去鎚拐，雙手自法王背後伸前，牢牢抱住了他身子，兩人翻倒在地。法王大怒，揮掌擊在他肩頭，只震得他五臟六腑猶如倒翻一般。馮默風在軍中眼見蒙古軍殘忍暴虐、驅民攻打襄陽，又眼見郭靖奮力死戰，擊退敵軍，他與郭靖素不相識，更不知他是師門快婿，但知此人一死，只怕襄陽難保，是以立定了主意，寧教自己身受千刀之苦，亦要救郭靖出險。法王出掌快捷無倫，拍拍拍幾下，登時打得馮默風筋折骨斷，內臟重傷，然他雙手始終不放，十指深深陷入法王胸口肌肉。

蒙古眾兵將本來圍著觀鬥，只道法王等定能成功，是以均不插手，突見法王倒地，瀟湘子退開，當下一擁而上。

當此情勢，縱然郭靖身上無傷，他與楊過二人武功再強，焉能敵得住同時擁到的千百兵將？楊過暗嘆：「罷了，罷了！」揮動瀟湘子的桿棒亂打，突然間波的一聲輕響，棒端噴出一股黑煙，身前十餘名蒙古兵將給毒煙一薰，登時摔倒。原來他拿著哭喪棒亂揮亂打，無意中觸動機括，噴出棒中所藏的蟾蜍毒砂。

楊過微微一怔，立時省悟，負著郭靖大踏步往前，只見蒙古兵將如潮水般湧至，他一按機括，黑煙噴出，又是十餘名軍卒中毒倒地。蒙古兵將雖然善戰，但人人奉神信鬼，眼見他桿棒一揮，黑煙噴出，即有十餘人倒地而死，齊聲發喊：「他棒上有妖法，快快躲避！」忽必烈的近衛親兵勇悍絕倫，念著王爺軍令如山，雖然眼見危險，還是撲上擒拿。楊過桿棒一點，黑煙噴出，又毒倒了十餘人。

他撮唇作哨，黃馬邁開長腿，飛馳而至。楊過奮力將郭靖擁上馬背，只感手足酸軟，再也無力上馬，只得伸手在馬臀上輕輕一拍，叫道：「馬兒，馬兒，快快走罷！」黃馬甚有靈性，見主人無力上馬，竟是仰頭長嘶，不肯發足。楊過眼見蒙古軍又從四下裏漸漸逼至，心想桿棒上毒砂雖然厲害，總有放盡之時，提起劍來要往馬臀上一刺催其急走，總是不忍，大叫：「馬兒快走！」伸桿棒往馬臀戳去。他戰得脫力，桿棒伸出去準頭偏了，這一下竟戳在郭靖腿上。郭靖本已昏昏沉沉，突然被桿棒一戳，睜開眼來，當即俯身拉住楊過胸口，將他提上馬背。黃馬長聲歡嘶，縱蹄疾馳。

但聽得號角急鳴，此起彼落，郭靖縱聲低嘯，汗血寶馬跟著奔來，大隊蒙古軍馬卻也急衝追至。紅馬奔在黃馬之旁，不住往郭靖身上挨擦。楊過知道黃馬雖是駿物，畢竟不如紅馬遠甚，當下猛吸一口氣，抱住郭靖，一齊躍上紅馬。就在此時，只聽得背後嗚嗚聲響，金輪急飛而至。楊過心中一痛：「馮鐵匠死在法王手下了。」心念甫動，金輪越響越近，楊過低伏馬背，只盼金輪從背上掠過，但聽聲音甚低，竟是來削紅馬馬足。

原來法王將馮默風打死，站起身來，見郭靖與楊過已縱身上馬，追之不及，當即擲出金輪，準頭卻定得甚低。他算到若以金輪打死楊過，紅馬仍會負了郭靖逃走，只有削斷馬足，方能建功。

楊過聽得金輪漸漸追近，只得迴劍去擋，明知自己氣力耗盡，這一劍絕難擋架得住，但實迫處此，也只得盡力而為，眼見輪子距馬足已不過兩尺，嗚嗚之聲，響得驚心動魄，他垂劍護住馬腿，豈知紅馬一發了性，越奔越快，過得瞬息，金輪與馬足相距仍有兩尺，並未飛近。楊過大喜，知道金輪來勢只有漸漸減弱，果然一剎那間，輪子距馬足已有三尺，接著四尺、五尺，越離越遠，終於噹的一聲，掉在地下。

楊過正自大喜，猛聽得身後一聲哀嘶，只見黃馬肚腹中箭，跪倒在地，雙眼望著主人，不盡戀戀之意。楊過心中一酸，不禁掉下淚來。

紅馬追風逐電、迅如流星，片刻間已將追兵遠遠抛在後面。楊過抱住郭靖，問道：「郭伯伯，你怎樣？」郭靖「嗯」了一聲。楊過探他鼻息，只覺得呼吸粗重，知道一時無礙，心頭一寬，再也支持不住，便昏昏沉沉的伏在馬背上，任由紅馬奔馳。突見前面又有無數軍馬來擒郭靖，當即揮動長劍，大叫：「莫傷了我郭伯伯！」左右亂刺亂削，眼前一團模糊，只見東一張臉，西一個人，舞了一陣劍，終於撞下馬來。他還在大叫：「殺了我，殺了我，是我不好，別傷了郭伯伯。」驀地裏天旋地轉，人事不省。

也不知過了多少時候，這才悠悠醒轉，他大叫：「郭伯伯，郭伯伯，你怎樣？別傷了郭伯伯！」身旁一人柔聲道：「過兒，你放心，郭伯伯將養一會兒便好。」楊過回過頭來，見是黃蓉，臉上滿是感激神色。她身後一人淚光瑩瑩，愛憐橫溢的凝視著他，卻是小龍女。楊過驚叫：「姑姑，你怎麼來了？你也給蒙古人擒住了？快逃，快逃，別理我。」

小龍女低聲道：「過兒，你回來啦，別怕。咱們都是平平安安的在襄陽。」楊過嘆了口長氣，但覺四肢百骸軟洋洋的一無所依，當即又閉上了眼。

黃蓉道：「他已醒轉，不礙事了，你在這兒陪著他。」小龍女答應了，雙眼始終望著楊過。黃蓉站起身來，正要走出房門，突聽屋頂上喀的一聲輕響，臉色微變，左掌一揮，滅了燭火。

楊過眼前驀地一黑，一驚坐起。他受的只是外傷，只因流血多了，兼之惡戰脫力，是以暈去，但此刻已將養了半日，黃蓉給他服了桃花島秘製的療傷靈藥九花玉露丸，他年輕體健，已是好了大半，驚覺屋頂有警，立時振奮，便要起身禦敵。小龍女擋在他的身前，抽出懸在床頭的君子劍，低聲道：「過兒別動，我在這兒守著。」

只聽得屋頂上有人哈哈一笑，朗聲道：「小可前來下書，豈難道南朝禮節是暗中接見賓客麼？倘若有何見不得人之事，小可少待再來如何？」聽口音卻是法王的弟子霍都王子。黃蓉道：「南朝禮節，因人而施，於光天化日之時，接待光明正大之貴客；於燭滅星沉之夜，會晤鬼鬼祟祟之惡客。」霍都登時語塞，輕輕躍下庭中，說道：「書信一通，送呈郭靖郭大俠。」黃蓉打開房門，說道：「請進來罷。」

霍都見房內黑沉沉地，不敢舉步便進，站在房門外道：「書信在此，便請取去。」黃蓉道：「自稱賓客，何不進屋？」霍都冷笑道：「君子不處危地，須防暗箭傷人。」黃蓉道：「世間豈有君子而以小人之心度人？」霍都臉上一熱，心想這黃幫主口齒好生厲害，與她舌戰定難得佔上風，不如藏拙，當下一言不發，雙目凝視房門，雙手遞出書信。

黃蓉揮出竹棒，倏地點向他的面門。霍都嚇了一跳，忙向後躍開數尺，但覺手中已空，那通書信不知去向。原來黃蓉將棒端在信上一搭，乘他後躍之時，已使黏勁將信黏了過來。她分娩在即，肚腹隆起，不願再見外客，是以始終不與敵人朝相。霍都一驚之下，大為氣餒，入城的一番銳氣登時消折了八九分，大聲道：「信已送到，明晚再見罷！」

黃蓉心想：「這襄陽城由得你直進直出，豈非輕視我城中無人？」順手拿起桌上茶壺，向外一抖，一壺新泡的熱茶自壺嘴中如一條線般射了出去。

霍都早自全神戒備，只怕房中發出暗器，但這茶水射出去時無聲無息，不似一般暗器先有風聲，待得警覺，頸中、胸口、右手都已濺到茶水，只覺熱辣辣的燙人，一驚之下，「啊喲」一聲叫了出來，急忙向旁閃避。黃蓉站在門邊，乘他立足未定，竹棒伸出，施展打狗棒法的「絆」字訣，騰的一下，將他絆了一交。霍都縱身上躍，但那「絆」字棒法乃是一棒快似一棒，第一棒若能避過，立時躲開，方能設法擋架第二棒，現下一棒即被絆倒，爬起身來想要擋過第二棒，真是談何容易？但覺得腳下猶如陷入了泥沼，又似纏在無數籐枝之中，一交摔倒，爬起來又是一交摔倒。

霍都的武功原本不弱，若與黃蓉正式動手，雖然終須輸她一籌，但亦不致一上手便給摔得如此狼狽，只因身上斗然被潑熱茶，只道是中了極厲害的劇毒藥水，料想此番性命難保，稍停毒水發作起來，不知肌膚將爛得如何慘法，正當驚魂不定之際，黃蓉突然襲擊，第一棒既已受挫，第二棒更無還手餘地，黑暗中只摔得鼻青目腫。

這時武氏兄弟已聞聲趕至。黃蓉喝道：「將這小賊擒下了！」

霍都情急智生，知道只要縱身站起，定是接著又被絆倒，當下「哎喲」一聲大叫，假裝摔得甚重，躺在地下，不再爬起。武氏兄弟雙雙撲下，去按他身子。霍都的鐵骨摺扇忽地伸出，嗤嗤兩下，已點了兩人腿上穴道，將二人身子同時推出，擋住黃蓉竹棒，飛身躍起，已自上了牆頭，雙手一拱，叫道：「黃幫主，好厲害的棒法，好膿包的徒弟！」

黃蓉笑道：「你身上既中毒水，旁人豈能再伸手觸你了？」霍都一聽，只嚇得心膽俱裂：「這毒水燙人肌膚，又帶著一股茶葉之氣，不知是何等厲害古怪的藥物？」黃蓉猜度他的心意，說道：「你中了劇毒，可是連毒水的名兒也不知道，死得不明不白，諒來難以瞑目。好罷，說給你聽那也不妨，這毒水叫作子午見骨茶。」

霍都喃喃的道：「子午見骨茶？」黃蓉道：「不錯，只要肌膚上中了一滴，全身潰爛見骨，子不過午，午不過子，你還有六個時辰可活，快快回去罷。」

霍都素知丐幫黃幫主武功既強、智謀計策更是人所難測，她父親黃藥師所學淵博之極，名字都叫作「藥師」，自是精於藥理，以她聰明才智與家傳之學，調製這子午見骨藥茶自是易如反掌，一時呆在牆頭，不知該當回去挨命，還是低頭求她賜予解藥。

黃蓉知道霍都實非蠢人，毒水之說，只能愚他一時，時刻長了，必被瞧出破綻，說道：「我與你本來無冤無仇，你若非言語無禮，也不致枉自送了性命。」霍都從這幾句話中聽出一線生機，當下再也顧不得甚麼身分骨氣，躍下牆頭，一躬到地，說道：「小人無禮，求黃幫主恕罪。」黃蓉隱身門後，手指輕彈，彈出一顆九花玉露丸，說道：「急速服下罷。」霍都伸手接過，這是救命的仙丹，那敢怠慢，急忙送入口中，只覺一股清香直透入丹田，全身說不出的舒服受用，當下又是一躬，說道：「謝黃幫主賜藥！」這時他氣燄全消，緩緩倒退，直至牆邊，這才翻牆而出，急速出城去了。

黃蓉見他遠離，微微嘆息，解開武氏兄弟的穴道，想起霍都那兩句話：「好厲害的棒法，好膿包的徒弟。」雖然以計挫敵，心中殊無得意之情，她以打狗棒法絆跌霍都，使的固是巧勁，但也已牽得腹中隱隱作痛，當下坐在椅上，調息半晌。

小龍女點亮燭火。黃蓉打開來信，只見信上寫道：

「蒙古第一護國法師金輪法王致候郭大俠足下：適才枉顧，得仰風采，實慰平生。原期秉燭夜談，豈料青眼難屈，何老衲之不足承教若斯，竟來去之匆匆也？古人言有白頭如新，傾蓋如故，悠悠我心，思君良深。明日回拜，祈勿拒人於千里之外也。」

黃蓉吃了一驚，將信交給楊過與小龍女看了，說道：「襄陽城牆雖堅，卻擋不住武林高手，你郭伯伯身受重傷，我又使不出力氣，眼見敵人大舉來襲，這便如何是好？」

楊過道：「郭伯伯……」小龍女向他橫了一眼，目光中大有責備之意。楊過知她怪自己不顧性命相救郭靖，登時住口不言。黃蓉心中起疑，又問：「龍姑娘，過兒身子亦未痊愈，咱們只能依靠你與朱子柳大哥拒敵了。」

小龍女自來不會作偽，想到甚麼，便說甚麼，淡淡的道：「我只護著過兒一人，旁人死活可不和我相干。」

黃蓉更感奇怪，不便多說甚麼，向楊過道：「郭伯伯言道，此番全仗你出力。」楊過想起自己幾次三番要害郭靖，心中慚愧，道：「小姪無能，致累郭伯伯重傷。」黃蓉道：「你好好休息罷，敵人來攻之時，咱們若是不能力敵，即用智取。」轉頭向小龍女說道：「龍姑娘，你來，我跟你說句話。」

小龍女躊躇道：「他……」自楊過回進襄陽之後，小龍女守在他床前一直寸步不離，聽黃蓉叫她出去，生怕楊過又受損傷。黃蓉道：「敵人既說明日來攻，今晚定然無事。我跟你說的話，與過兒有關。」小龍女點點頭，低聲囑咐楊過小心提防，才跟黃蓉出房。

黃蓉帶她到自己臥室，掩上了門，說道：「龍姑娘，你想殺我夫婦，是不是？」

小龍女雖然生性真純，卻絕非傻子，她立意要殺郭靖夫婦以救楊過性命，黃蓉若用言語盤套，她焉能吐露實情，但黃蓉摸準了她的性格，竟爾單刀直入的問了出來。小龍女一怔，支支吾吾的道：「我……我……你們待我這樣好，我幹麼……幹麼要殺你們？」黃蓉見她臉生紅暈，更料得準了，說道：「你不用瞞我，我早知道啦。過兒說我夫婦害死了他爹爹，要殺我夫婦二人報仇。你心愛過兒，便要助他完成這番心願。」

小龍女給她說中，無法謊言欺騙，又道楊過已露了口風，半晌不語，嘆了口氣道：「我便是不懂。」黃蓉道：「不懂甚麼？」小龍女道：「過兒今日卻又何以捨命救助郭大爺回來？他和金輪法王他們約好，是要一齊下手殺死郭大爺的。」

黃蓉一聽之下，這一驚真是非同小可，她雖猜到楊過心存歹念，卻絕未料到他竟致與蒙古人勾結，當下不動聲色，裝作早已明白一切，道：「想是他見郭大爺對他推心置腹，義氣深重，到得臨頭，卻又不忍下手。」

小龍女點點頭，淒然道：「事到如今，也沒甚麼可說的。他既然寧可不要自己性命，也只由得他罷啦。我早知道他是世上最好的好人，甘願自己死了，也不肯傷害仇人。」

黃蓉於倏忽之間，腦中轉了幾個念頭，卻推詳不出她這幾句話是何用意，但見她神色之間甚是淒苦，順口慰道：「過兒的殺父之仇，中間另有曲折，咱們日後慢慢跟他說明。他受傷不重，將養幾日，也便好了，你不用難過。」

小龍女向她怔怔的望了一會兒，突然兩串眼淚如珍珠斷線般滾下來，哽咽道：「他……他只有七日之命了，還……還說甚麼將養幾日？」黃蓉一驚，忙問：「甚麼七日之命？你快說，咱們定有救他之法。」

小龍女緩緩搖頭，但終於將絕情谷中之事說了出來，楊過怎樣中了情花之毒，裘千尺怎地給他只服半枚絕情丹，怎地限他在十八日中殺了他夫婦二人回報才給他服另半枚，又說那情花劇毒發作時如何痛楚，世間又如何只有那半枚絕情丹才能救得楊過性命。

黃蓉越聽越是驚奇，萬想不到裘千丈、裘千仞兄弟竟還有一個妹子裘千尺，以致釀成了這等禍端。

小龍女述畢原委，說道：「他尚有七日之命，便是今晚殺了你夫婦，也未必能趕回絕情谷了，我更要害你夫婦作甚？我只是要救過兒，至於他父仇甚麼的，全不放在心上。」

黃蓉初時只道楊過心藏禍胎，純是為報父仇，豈知中間尚有這許多曲折，如此說來，他力護郭靖，實如自戕，這般捨己為人的仁俠之心當真萬分難得。她緩緩站起，在室中彷徨來去，饒是她智計絕倫，處此困境，苦無善策，想到再過幾個時辰，敵方高手便大舉來襲，自己雖安慰楊過說：「不能力敵，便當智取。」可是如何智取？如何智取？

小龍女全心全意只是深愛楊過。黃蓉的心兒卻分作了兩半，一半給了丈夫，一半給了女兒，只想：「如何能教靖哥哥與芙兒平安。」斗地轉念：「過兒能捨身為人，我豈便不能？」當下轉身慨然說道：「龍姑娘，我有一策能救得過兒性命，你可肯依從麼？」小龍女大喜之下，全身發顫，道：「我……我……便是要我死……唉，死又算得甚麼，便是比死再難十倍……我……我都……」黃蓉道：「好，此事只有你知我知，可千萬不能洩漏，連過兒也不能說給他知道，否則便不靈了。」小龍女連聲答應。黃蓉道：「明日你和過兒聯手保護郭大爺，待危機一過，我便將我首級給你，讓過兒騎了汗血寶馬，趕去換那絕情丹便是。」

小龍女一怔，問道：「你說甚麼？」黃蓉柔聲道：「你愛過兒，勝於自己的性命，是不是？只要他平安無恙，你自己便死了也是快樂的，是不是？」小龍女點頭道：「是啊，你怎知道？」黃蓉淡淡一笑，道：「只因我愛自己丈夫也是如你這般。你沒孩兒，不知做母親的心愛子女，不遜於夫妻情義。我只求你保護我丈夫女兒平安，別的我還希罕甚麼？」

小龍女沉吟不答。黃蓉又道：「若非你與過兒聯手，便不能打退金輪法王。過兒曾數次捨命救我夫婦，我便一次也救他不得？那汗血寶馬日行千里，不到三日，便能趕到絕情谷。我跟你說，那裘千丈與過兒的父親全是我一人所傷，跟郭大爺絕無干係。裘千尺見了我的首級，縱然心猶未足，也不能不將解藥給了過兒。此後你二人如能為國出力，為民禦敵，那自然最好，否則便在深山幽谷中避世隱居，我也是一般感激。」

這番話說得明明白白，除此之外，確無第二條路可走。小龍女近日來一直在想如何殺了郭靖、黃蓉，好救楊過的性命，但此時聽黃蓉親口說出這番話來，心中又覺萬分過意不去，只是不住搖頭，道：「那不成，那不成！」

黃蓉還待解釋，忽聽郭芙在門外叫道：「媽，媽，你在那兒？」語聲甚是惶急。黃蓉吃了一驚，問道：「芙兒，甚麼事？」郭芙推門而進，也不理小龍女便在旁邊，當即撲在母親懷裏，叫道：「媽，大武哥哥和小武哥哥……」哇的一聲哭了出來。黃蓉皺眉道：「又怎麼啦？」郭芙哽咽道：「他……他哥兒倆，到城外打架去啦。」

黃蓉大怒，厲聲道：「打甚麼架？他兄弟倆自己打自己麼？」郭芙極少見母親如此發怒，不禁甚是害怕，顫聲道：「是啊，我叫他們別打，可是他們甚麼也不聽，說……說要拚個你死我活。他們……他們說只回來一個，輸了的便是不死，也不回來見……見我。」

黃蓉越聽越怒，心想大敵當前，滿城軍民性命只在呼吸之間，這兄弟倆還為了爭一個姑娘竟爾自相殘殺。她怒氣衝動胎息，登時痛得額頭見汗，低沉著聲音道：「定是你在中間搗亂，你跟我詳詳細細的說，不許隱瞞半點。」郭芙向小龍女瞧了一眼，臉上微微暈紅，叫了聲：「媽！」

小龍女記掛楊過，無心聽她述說二武相爭之事，轉身而出，又去陪伴楊過，一路心中默默琢磨黃蓉適才的言語。

郭芙等小龍女出房，說道：「媽，他們到蒙古營中行刺忽必烈，失手被擒，累得爹爹身受重傷，全是女兒不好。這回事女兒再不跟你說，爹媽不是白疼我了麼？」於是將武氏兄弟如何同時向她討好、她如何教他們去立功殺敵以定取捨等情說了。黃蓉滿腔氣惱，卻又發作不出來，只是向她恨恨的白了一眼。

郭芙道：「媽，你教我怎麼辦呢？他哥兒倆各有各的好處，我怎能說多歡喜誰一些兒？我教他們殺敵立功，那不正合了爹爹和你的心意麼？誰教他們這般沒用，一過去便讓人家拿住了？」黃蓉啐道：「二武的武功不強，你又不是不知道。」郭芙道：「那楊過呢？他又大不了他們幾歲，怎地又鬥法王又闖敵營，從來也不讓人家拿住？」

黃蓉知道女兒自小給自己嬌縱慣了，她便是明知錯了，也要強辭奪理的辯解，於是也不追問過去之事，說道：「放回來也就是了，幹麼又到城外去打架？」郭芙道：「媽，是你不好，只因為你說他們是好膿包的徒弟。」

黃蓉一怔，道：「我幾時說過了？」郭芙道：「我聽大武哥哥和小武哥哥說，適才霍都來下戰書，你叫他們擒他，反給點了穴道，你便怪他們膿包。」黃蓉嘆了口氣，道：「藝不如人，那有甚麼法子？『好膿包的徒弟』這句話，是霍都說的。」郭芙道：「那便是了，你不跟霍都爭辯，就是默認。他二兄弟憤憤不平，說啊說的，二人爭執起來，一個埋怨哥哥擒拿霍都時出手太慢，另一個說兄弟擋在身前，礙手礙腳。二人越吵越兇，終於拔劍動手。我說：『你們在襄陽城裏打架，給人瞧見了，卻成甚麼樣子？再說爹爹身上負傷，你們氣惱了他，我永世也不會再向你哥兒倆瞧上一眼。』他們就說：『好，咱們到城外打去。』」

黃蓉沉吟片刻，恨恨的道：「眼前千頭萬緒，這些事我也理不了。他們愛鬧，由得他們鬧去罷。」郭芙摟著她脖子道：「媽，若是二人中間有了損傷，那怎生是好？」黃蓉怒道：「他們若是殺敵受傷，才要咱們牽掛。他們同胞手足，自己打自己，死了才是活該。」郭芙見母親神色嚴厲，與平時縱容自己的情狀大異，不敢多說，掩面奔出。

這時天將黎明，窗上已現白色。黃蓉獨處室中，雖然惱怒武氏兄弟，但從小養育他們長大，總是懸念，想起來日大難，不禁掉下淚來，又記著郭靖的傷勢，於是到他房中探望。只見郭靖盤膝坐在床上靜靜運功，臉色雖然蒼白，氣息卻甚調勻，知道只要休養數日，便能痊愈，當此情景，不禁想起少年時兩人同在臨安府牛家村密室療傷的往事。

郭靖緩緩睜開眼來，見妻子臉有淚痕，嘴角邊卻帶著微笑，說道：「蓉兒，你知道我的傷勢不礙事，又何必擔心？倒是你須得好好休息要緊。」黃蓉笑道：「是了。這幾天腹中動得厲害，你的郭破虜還是郭襄，就要見爹爹啦。」她怕郭靖擔心，於霍都下戰書與武氏兄弟出城之事自是絕口不提。郭靖道：「你叫二武加緊巡視守城，敵人知我受傷，只怕乘機前來襲擊。」黃蓉點頭答應。郭靖又道：「過兒的傷勢怎樣啦？」

黃蓉還未回答，只聽得房外腳步聲響，楊過的聲音接口道：「郭伯伯，我只是外傷，服了郭伯母的九花玉露丸，全不當他一回事。」說著推門進來，說道：「我已到城頭上去瞧了一周，眾弟兄都是鬥志高揚，只是武家兄弟……」黃蓉一聲咳嗽，向他使個眼色，楊過當即會意，說道：「武家兄弟說，你為他們身受重傷，敵人若是來襲，必當死戰，方能報答你老人家的恩德。」郭靖嘆道：「經此一役，他兄弟倆也該長了一智，別把天下事瞧得太過容易了。」楊過道：「郭伯母，姑姑沒跟你在一起麼？」黃蓉道：「我跟她說了一會子話，想是她回去睡啦。自你受傷之後，她還沒合過眼呢。」

楊過「嗯」了一聲，心想她與黃蓉說話之後，必來告知，只是她回來時，恰好自己到城頭巡視去了。原來他初進襄陽，一心一意要刺殺郭靖夫婦，但一經共處數日，見他二人赤心為國，事事奮不顧身，已是大為感動，待在蒙古營中一戰，郭靖捨命救護自己，這才死心塌地的將殺他之心盡數拋卻，反過來決意竭力以報。他自知再過七日，情花之毒便發，索性一切置之度外，在這七日之中做一兩件好事，也不枉了一世為人。他也料到郭靖既受重傷，敵軍必乘虛來攻，是以力氣稍復，即到城頭察看防務。

這時牽記著小龍女，正要去尋她，忽聽十餘丈外屋頂上一人縱聲長笑，跟著錚錚兩聲大響，金鐵交鳴，正是金輪法王到了。

郭靖臉色微變，順手一拉黃蓉，想將她藏於自己身後。黃蓉低聲道：「靖哥哥，襄陽城要緊，還是你我的情愛要緊？是你身子要緊，還是我的身子要緊？」

郭靖放開了黃蓉的手，說道：「對，國事為重！」黃蓉取出竹棒，攔在門口，心想自己適才與小龍女所說的那番話，她尚未轉告楊過，不知他要出手禦敵，還是要乘人之危，既報私仇、又取解藥？此人心性浮動，善惡難知，如真反戈相向，那便大事去矣，是以雖然橫棒守在門口，眼光卻望著楊過。

郭靖夫婦適才短短對答的兩句話，聽在楊過耳中，卻宛如轟天霹靂般驚心動魄。他決意相助郭靖，也只是為他大仁大義所感，還是一死以報知己的想頭，此時突聽到「國事為重」四字，又記起郭靖日前在襄陽城外所說「為國為民，俠之大者」、「鞠躬盡瘁，死而後已」那幾句話，心胸間斗然開朗，眼見他夫妻倆相互情義深重，然而臨到危難之際，處處以國為先，自己卻念念不忘父仇私怨、念念不忘與小龍女兩人的情愛，幾時有一分想到國家大事？有一分想到天下百姓的疾苦？相形之下，真是卑鄙極了。

霎時之間，幼時黃蓉在桃花島上教他讀書，那些「殺身成仁、捨生取義」的語句，在腦海間變得清晰異常，不由得又是汗顏無地，又是志氣高昂。眼見強敵來襲，生死存亡繫乎一線，許多平時從來沒想到、從來不理會的念頭，這時突然間領悟得透徹無比。他心志一高，似乎全身都高大起來，臉上神采煥發，宛似換了一個人一般。

他心中所轉念頭雖多，其實只是一瞬間之事。黃蓉見他臉色自迷惘而羞愧，自激動而凝定，卻不知他所思何事，忽聽他低聲道：「你放心！」一聲清嘯，拔出君子劍搶到門口。

金輪法王雙手各執一輪，站在屋頂邊上，笑道：「楊兄弟，你東歪西倒，朝三暮四，成了反覆小人，這滋味可好得很啊？」

若在昔日，楊過聽了此言定然大怒，但此時他思路澄澈，心境清明，暗道：「你這話說得不錯，時至今日，我心意方堅。此後活到一百歲也好，再活一個時辰也好，我是永遠不會反覆的了。」笑道：「法王，你這話挺對，不知怎地鬼迷上了身，我竟助著郭靖逃了回來。他一到襄陽，便不知藏身在何處，我再也找他不到了，正自後悔煩惱。你可知他在那裏麼？」說著躍上屋頂，站在他身前數尺之地。

法王斜眼相睨，心想這小子詭計多端，不知此言是真是假，笑道：「若是找到了他，那便怎地？」楊過道：「我提手便是一劍。」法王道：「哼，你敢刺他？」楊過道：「誰說刺他？」法王愕然道：「那你刺誰？」

嗤的一響，君子劍勢挾勁風，向他左脅刺去，楊過同時笑道：「自然刺你！」他在笑談之中斗然刺出一劍，招數固極凌厲，又是出其不意的近身突襲，法王只要武功稍差，若與尼摩星、瀟湘子等人相仿，這一劍已自送了他的性命，總算他變招迅捷，危急中運勁左臂，向外疾掠，擋開了劍鋒。但君子劍何等銳利，他手臂上還是給劍刃劃了一道長長的口子，深入近寸，鮮血長流。

法王雖知楊過狡黠，卻也萬料不到他竟會在此時突然出招，以致一入襄陽便即受傷，折了銳氣，不由得心中大怒，右手金輪呼呼兩響，連攻兩招，同時左手銀輪也遞了出去。楊過一步不退，敵來三招，他也還了三劍，笑道：「我在蒙古軍中受你金輪之傷，此刻才還得一劍。我這劍上有些古怪，你知不知道？」法王銀輪連連搶攻，忍不住問道：「甚麼古怪？」楊過笑道：「這古怪須怪不得我。」法王道：「花言巧語，無恥狡童！甚麼怪不得你？」楊過洋洋得意，說道：「我這劍從絕情谷中得來。公孫止擅用毒藥，日後你若僥倖中毒不死，那便去找他算帳罷。」

法王暗暗吃驚，心想莫非那公孫老兒在劍鋒上餵了毒藥？驚疑不定，出招稍緩。其實劍上何嘗有毒？楊過想起黃蓉以熱茶嚇倒霍都，自知武功不是法王敵手，於是乘機以言語擾敵心神，眼見一言生效，當下凝神守禦，得空便還一招，總要使他緩不出手來裹傷。法王左臂傷勢雖不甚重，但血流不止，便算劍上無毒，時候一長，力氣也必大減，心想眼前情勢，利在速戰，於是催動雙輪，急攻猛打。

楊過知他心意，揮動長劍，守得嚴密異常。法王雙輪上的勁力越來越大，猛地裏金輪上擊，銀輪橫掃，楊過眼見抵擋不住，當即縱躍逃開。法王撕下衣襟待要裹傷，楊過卻又挺劍急刺。如此來回數次，法王計上心來，待他遠躍避開之際，自己同時後躍，跟著銀輪擲出，教楊過不得不再向後退，如此兩人之間相距遠了，待得楊過再度攻上，他已乘這瞬息之間，將撕下的衣襟在左臂上一繞，包住了傷處，又覺傷口只是疼痛，並無麻癢之感，看來劍上有毒多半是假，心中為之一寬。

就在此時，只聽得東南角上乒乒乓乓之聲大作，兵刃相互撞擊。楊過放眼望去，見小龍女手舞長劍，正自力戰瀟湘子與尼摩星兩人。瀟湘子的哭喪棒在蒙古戰陣中被楊過奪去，楊過昏迷中早不知抛在何處，此刻他手中又持一棒，形狀與先前所使的一模一樣，只不知其中是否藏有毒砂。楊過心想郭靖夫婦就在下面房中，若被法王發覺，為禍不小，該當將他引得越遠越好，但此事必須不露絲毫痕跡，否則弄巧反拙，叫道：「姑姑莫慌，我來助你！」幾個縱躍，搶到尼摩星身後，挺劍向他刺去。

法王中了楊過暗算，自是極為惱怒，但想此行的主旨是刺殺郭靖，這狡童一劍之仇日後再報不遲，於是縱聲大叫：「郭靖郭大俠，老衲來訪，你怎地不見客人？」他叫了幾聲，四下無人答應，只西北方傳來一陣陣吆喝呼鬥，正是他兩個弟子達爾巴和霍都在圍攻朱子柳。眼見楊過、小龍女與瀟湘子、尼摩星一時勝敗難分，屋下人聲漸雜，卻是守城的兵將得知有人來襲，紛紛趕來捉拿奸細。法王心想這些軍士不會高來高去，自是奈何不了自己，但人手一多，終是礙手礙腳，於是又高聲叫道：「郭靖啊郭靖，枉為你一世英名，何以今日竟做了縮頭烏龜？」

他連聲叫陣，要激郭靖出來，到後來越罵越厲害，始終不見郭靖影蹤，心想：「襄陽數萬戶人家，怎知他躲在何處？此人甘心受辱，一等養好了傷，再要殺他便難了。」微一沉吟，毒計登生，當即躍下屋頂，尋到後院的柴草堆，取出火刀火石，縱起火來，東躍西竄，連點了四五處火頭，才回到屋頂，心想火勢一大，不怕你不從屋裏出來。

楊過雖與瀟湘子二人接戰，但眼光時時望向法王，突見他縱火燒屋，郭靖居室南北兩處都冒上了煙燄，心中一驚，險些給尼摩星的鐵蛇掃中胸口，急忙縮胸避開。若非尼摩星先一日給郭靖打斷肋骨，此番為了爭功才拚命前來，這一記毒招楊過非受重傷不可。楊過暗叫：「好險！」又想：「郭伯伯受傷沉重，郭伯母臨盆在即，這番大火一起，兩人若不出屋，必受火困，但如逃出屋來，正好撞見金輪賊禿。」當下顧不得小龍女以一人而敵兩大高手，向瀟湘子急刺兩劍，躍下屋頂，冒煙突火，來尋郭靖夫婦。

只見黃蓉坐在郭靖床邊，窗中一陣陣濃煙衝了進來。郭靖閉目運功，黃蓉雙眉微蹙，臉上卻是神色自若，見楊過進來，只微微一笑。楊過見二人毫不驚慌，心下略定，一轉念間，已想到一計，低聲道：「我去引開敵人，你快扶郭伯伯去安穩所在暫避。」說著伸手輕輕揭下郭靖頭頂帽子，越窗而出。

黃蓉一怔，不知他搗甚麼鬼，眼見煙火漸漸逼近，伸手扶住郭靖，說道：「咱們換個地方。」手上剛欲用勁，突然間腹中一陣劇痛，不由得「哎唷」一聲，又坐回床邊，心中大恨：「小鬼頭兒，不遲不早，偏要在這當口出世，那不是存心來害爹娘的性命？」她產期本來尚有數日，只因連日驚動胎息，竟催得孩子提前出生了。

楊過一出窗口，但見四下裏兵卒高聲叫嚷，有的提桶救火，有的向屋頂放箭，有的在地下揮動長刀、雙腳亂跳的喝罵。他躍向一名灰衣小兵身後，伸手點了他穴道，將郭靖的帽子往他頭上一罩，隨即將他負在背上，提劍舞動劍花，躍上屋頂。

此時瀟湘子、尼摩星雙戰小龍女，達爾巴、霍都合鬥朱子柳，均已大佔上風。金輪法王卻將兩個輪子逼住了郭芙，雙輪利口不住在她臉邊劃來劃去，相距不過數寸，只是喝問她父母的所在。郭芙頭髮散亂，手中長劍的劍頭已被金輪砸斷，兀自咬緊牙關惡鬥，對法王的問話宛似不聞，心中惱怒異常：「大武小武若不去自相殘殺，此時我們三人聯手，何懼這個賊禿？」忍不住脫口而出：「好，你們兩個只管爭去，不論是誰勝了，回來只見到我的屍首罷啦！」法王奇道：「你說甚麼？郭靖到底是在那裏？」

他正在等郭芙回答，突見楊過負著一人向西北方急逃，他背上那人一動也不動，自是郭靖，當即撇下郭芙，發腳追去。瀟湘子、尼摩星、達爾巴、霍都四人見到，也都拋下對手，隨後趕去。朱子柳不敢怠慢，追去助楊過護衛郭靖。

楊過上屋之時，奔過小龍女身旁，向她使個眼色，微微一笑，神氣甚是詭異。小龍女知他又在行詐，只是猜不透他安排下甚麼計策，眼見敵人勢大，甚是放心不下，便要一同追去相助，忽聽得屋下「哇哇」幾聲，傳出嬰兒啼哭之聲。郭芙喜道：「媽媽生了弟弟啦！」一躍下地。小龍女好奇心起，又想楊過智計多端，這一笑之中似是顯佔上風，且去瞧瞧黃蓉的孩兒再說，於是跟著進屋。

金輪法王提氣急追，距楊過越來越近，心下大喜，暗想：「這一次瞧你還能逃出我的手掌？」見他背負那人頭上帽子正是郭靖昨日所戴，自是郭靖無疑。

楊過所學的古墓派輕功可說天下無雙，雖然背上負人，但想到多走一步，郭伯伯便離危險遠一步。他沒命價狂奔，法王一時倒也追他不上。楊過在屋頂奔馳一陣，聽得背後腳步聲漸近，於是躍下地來，在小巷中東鑽西躲，大兜圈子，竟與法王捉起迷藏來。

楊過的輕功雖然稍勝法王一籌，畢竟背上負了人，若在平原曠野之間，早給趕上，但他儘揀陰暗曲折的里巷東躲西藏，法王始終追他不上。兩人兜得幾個圈子，瀟湘子、尼摩星與朱子柳三人也已先後到來。

法王向尼摩星道：「尼摩兄，你守在這巷口，我進去趕那兔崽子出來。」尼摩星怪眼一翻，喝道：「我幹麼要聽你號令？」法王心想這天竺矮子不可理喻，躍上牆頭，放眼四望，只見楊過負著郭靖正縮在牆角喘氣。他心下大喜，悄悄從牆頭掩近，正要躍下擒拿，楊過突然大叫一聲，跳起身來，鑽入了煙霧之中，登時失了影蹤。

法王縱火本是要逼郭靖逃出，但這時到處煙燄瀰漫，反而不易找人了，正自東張西望，忽聽達爾巴大叫：「在這裏啦！」法王尋聲跟去，只見達爾巴揮動黃金杵，正與楊過相鬥。法王縱身而前，先截住了楊過的退路。楊過向前疾衝，一晃身便閃到了達爾巴身旁。便在此時，法王銀輪已然擲出。

銀輪來勢如風，楊過不及閃避，嗤的一聲，已掠過郭靖肩頭，在他背上深深劃了一道口子。法王大喜，叫聲：「著！」那知楊過不理郭靖死活，仍是放步急奔。

楊過衝出巷頭，只聽一個陰森森的聲音說道：「小子，投降了罷！」正是瀟湘子手執桿棒，攔在巷口。此時楊過前無退路，後有追兵，抬頭一望，牆頭上黑漆一團，卻是尼摩星站著。楊過縱身跳上牆頭，尼摩星怪蛇當頭擊下，要逼他回入巷中。楊過心想拖延已久，郭靖與黃蓉此時定已脫險，反手抓起背上那小兵往尼摩星手中一送，叫道：「郭靖給你！」

尼摩星驚喜交集，只道楊過反反覆覆，突又倒戈投降，卻將一件大功勞送到自己手中，當即伸手抱住。楊過飛腳狠踢，正中他臀部，將他踢下牆頭。尼摩星大聲歡叫：「我捉到了郭靖的，我是蒙古國第一大勇士的！」瀟湘子和達爾巴焉肯讓他獨佔功勞，前來爭奪。三人分別拉住那小兵的手足用力拉扯，三人全是力大異常，只這麼一扯，將那小兵拉成了三截。他頭上帽子落下，三人看清楚原來不是郭靖，登時呆在當地，半晌做聲不得。

法王見楊過撇下郭靖而逃，早知其中必有蹊蹺，並不上前爭奪，見三人突然呆住，哼了一聲，罵道：「呆鳥！」逕自又去追趕楊過，心想今日便拿不到郭靖，只要殺了這反覆奸詐的小子，也就不枉了來襄陽一遭。

但此時楊過已逃得不知去向，卻又往何處追尋？法王微一沉吟，已自想到：「楊過這兔崽子背了個假郭靖，費這麼大的力氣奔逃，自是要引得我瞎追一場。郭靖卻必在我先前縱火之處附近。他既使奸計，我也便將計就計，引他過來。」當下逕往火頭最盛處奔去。

楊過躲在一家人家的屋簷下察看動靜，見法王又迅速奔回郭靖的住所。他不知郭靖是否已然逃遠，心中掛慮，於是悄悄跟隨。只見法王奔到那大屋附近，向下躍落，叫道：「好郭靖，原來你在此處，快跟老和尚走罷！」楊過大驚，正要跟著躍下，只聽得乒乒乓乓的兵刃相交，又聽法王大喝：「郭靖，快快投降罷！」跟著金鐵撞擊之聲連續不絕。楊過眼珠子一滾，暗笑：「臭賊禿，險些上了你的鬼當。可笑你弄巧成拙，假裝甚麼兵器撞擊。郭伯伯傷成這個樣子，怎能用兵刃跟你過招？又怎能如此乒乒乓乓的打個不休？你想騙我出來，我偏躲在這兒瞧你搗鬼。」

忽聽得法王大聲叫道：「楊過，這次你總死了罷！」楊過一奇：「甚麼這次我死了？」隨即會意：「他引不出我，便想引得郭伯伯衝出來救我。」只聽法王哈哈笑道：「楊過啊楊過，你今日將小命送在我手裏，也算是活該。」

他一言方畢，突然煙霧中白影晃動，一個少女竄了出來，挺劍向法王撲去。楊過叫道：「姑姑，我在這兒！」但法王已揮動輪子將小龍女截住。原來法王大叫大嚷，顯得楊過遭逢危難，小龍女聽到後情切關心，衝出來動手。楊過仗劍上前，和小龍女相對一笑，使出「玉女素心劍法」，將法王裹在劍光之中，法王暗暗叫苦：「這番惹禍上身，卻教他二人雙劍合璧。」四下裏熱氣蒸騰，火柱煙樑，紛紛跌落。

法王奮力揮輪擋開兩人雙劍，急往西北角上退卻。楊過叫道：「今日不容他再逃，務須誅了這個禍根。」長劍顫動，身隨劍起，刺向法王後心。

法王自上次在「玉女素心劍法」下鎩羽，潛心思索，鑽研出一套對付這劍法的武功，只是想對方雙劍合璧，奧妙無方，兩人心靈合一，成為一個四腿四臂的武學高手，是否真能破解，殊無把握，此時形勢危急，顧不得自己這套「五輪大轉」尚有許多漏洞，只得一試，於是探手懷中，嗆啷啷一陣響亮，空中飛起三隻輪子，手中卻仍是各握一輪。這金銀銅鐵鉛五輪輕重不同，大小有異，他隨接隨擲，輪子出來時忽正忽歪。

楊過與小龍女登感眼花繚亂，心下暗驚。楊過向左刺出兩劍，身往右靠，小龍女立時會意，手中淑女劍向右連刺，腳步順勢移動，往楊過身側靠近。兩人見敵招太怪，不敢即攻，要先守緊門戶，瞧清楚敵人招數的路子，再謀反擊。

法王五輪運轉如飛，但見兩人劍氣縱橫，結成一道光網，五輪合起來的威力雖強，卻攻不進劍光之中，暗嘆：「瞧我這五輪齊施，還是奈何不了兩個小鬼的雙劍合璧。」正自氣餒，小龍女懷中突然「哇哇」兩聲，發出嬰兒的啼哭。這一來不但法王大吃一驚，連楊過也是詫異無比，三人一呆之下，手下招數均自緩了。

小龍女左手在懷中輕拍，說道：「小寶寶莫哭，你瞧我打退老和尚。」那知嬰兒越哭越是厲害。楊過低聲道：「郭伯母的？」小龍女點點頭，向法王刺了一劍。

法王橫金輪擋住，他沒聽清楚楊過的問話，一時想不透小龍女懷抱一個嬰兒作甚，但想她身上多了累贅，劍法勢必威力大減，當下催動金輪，猛向小龍女攻擊。

楊過連出數劍，將他的攻勢接了過去，側頭問道：「郭伯伯、郭伯母都好麼？」小龍女道：「黃幫主扶郭大爺從火窟中逃走……」噹的一響，她架開法王左手銅輪，又道：「當時情勢危急，大樑快摔下來啦，我在床上搶了這女孩兒……」楊過向法王右腿橫削一劍，解開了他推向小龍女的鉛輪，說道：「是女孩兒？」他想郭靖已生了一個女兒，這次該生男孩，那知又是一個女兒，頗有點出乎意料之外。小龍女點頭道：「是女孩兒，你快接去……」說著左手伸到懷中，想把嬰孩取出來交給楊過。

但嬰兒哭叫聲中，法王攻勢漸猛，三個輪子在頭頂呼呼轉動，俟機下擊，手中雙輪更是凌厲。楊過竭盡全力也只勉強擋住，那裏還能緩手去接嬰兒？小龍女叫道：「你快抱了孩兒，騎汗血寶馬到……」噹噹兩響，法王雙輪攻得二人連遇凶險，小龍女一句話再也說不下去。這時他二人心中所想各自不同，玉女素心劍法的威力竟然施展不出。

楊過心想只有自己接過嬰兒，小龍女才不致分神失手，於是慢慢靠向她身旁。小龍女也正要將嬰兒交給楊過，二人心意合一，霎時間雙劍鋒芒陡長，法王被迫得退開兩步。小龍女左手將嬰兒送了過來，楊過正要伸手去接，倏地黑影閃動，鐵輪斜飛而至，砸向嬰兒。小龍女怕嬰兒受傷，左手鬆開嬰兒，手掌翻起，往鐵輪上抓去。那鐵輪來勢威猛，輪子邊緣鋒利逾於刀刃，但小龍女手上帶著金絲手套，手掌與鐵輪相接，立即順勢向外一推，再以斜勁消去輪子急轉之勢，向上微托，抓了下來，正是四兩撥千斤的妙用。

就在此時，楊過已將嬰兒接過，見小龍女抓住鐵輪，叫了聲：「好！」法王這輪子若是向小龍女直砸，她原是抓之不住，只因準頭向著嬰兒，她才側拿得手。小龍女一拿到輪子，甚是高興，但臉上仍是冷冰冰地，驀地裏學著法王的招式，舉起鐵輪往敵人砸去，要來一個即以其人之道，還治其人之身。

法王又驚又愧，五輪既失其一，這「五輪大轉」登時破了。他索性收回兩輪，手中只賸金銀二輪，橫砍直擊，威力又增。

楊過左手抱了孩子，道：「咱們先殺了這賊禿，其餘慢慢再說。」小龍女道：「好！」左手持鐵輪擋在胸口，與楊過雙劍齊攻。她手中多了一件厲害武器，又少了嬰兒的拖累，本該威力倍增，豈知數招之下，與楊過的劍法格格不入，竟爾難以合璧。她越打越驚，不知何以如此。卻不知「玉女素心劍法」的妙詣，純在使劍者兩情歡悅，心中全無渣滓，此時雙劍之中多了一個鐵輪，就如一對情侶之間插進了第三者，波折橫生，如何再能意念相通？如何能化你心為我心？兩人一時之間均未悟到此節，又鬥數合，竟比兩人各自為戰尚要多了一番窒滯。小龍女大急，道：「今日鬥他不過了，你快抱嬰兒到絕情谷……」

楊過心念一動，已明白了她用意：此時若騎汗血寶馬出城，七日之內定能趕到絕情谷，他雖不能攜去郭靖、黃蓉的首級，但帶去了二人的女兒，對裘千尺說郭靖夫妻痛失愛女，定會找上絕情谷來，那時自可設法報仇。當此情境，裘千尺勢必心甘情願的交出半枚丹藥來。待得身上劇毒既解，可再奮力救此幼女出險。這緩兵之計，料想裘千尺不得不受。若在兩日之前，楊過對此舉自是毫不遲疑，但他此時對郭靖赤心為國之心欽佩已極，實不願為了自己而使他女兒遭遇凶險，這時奪他幼女送往絕情谷，無論如何是乘人之危，非大丈夫所當為，因此微一沉吟，便道：「姑姑，這不成！」

小龍女急道：「你……你……」她只說了兩個「你」字，嗤的一響，左肩衣服已被法王金輪劃破。楊過道：「如此作為，我怎對得起郭伯伯？有何面目使這手中之劍？」說著將君子劍一舉。他心意忽變，小龍女原不知情，她全心全意只求解救楊過身上之毒，聽他說既要對得起殺父仇人，又要做一個有德君子，不禁錯愕異常。二人所思既左，手上劍法更是難於相互呼應。法王乘勢踏上，手臂微曲，一記肘錘擊在楊過左肩。

楊過只覺半身一麻，抱著的嬰兒脫手落下。他三人在屋頂惡鬥，嬰兒一離楊過懷抱，逕往地下摔落。楊過與小龍女齊聲驚叫，想要躍落相救，那裏還來得及？

法王聽了二人斷斷續續的對答，已知這嬰兒是郭靖、黃蓉之女，心想便拿不著郭靖，擄走他女兒為質，再逼他降服，豈不是奇功一件？眼見情勢危急，右手一揮，金輪飛出，剛好托在嬰兒的襁褓之下。

金輪離地五尺，平平飛去，將嬰兒托在輪上。三人齊從屋頂縱落，要去搶那輪子。楊過站得最近，眼見金輪越飛越低，不久便要落地，當即右足在地下一點，一個打滾，要墊身金輪之下，連輪和人一併抱住，使嬰兒不受半點損傷。突見一隻手臂從旁伸過，抓住了金輪，連著嬰兒抱了過去。那人隨即轉身便奔。

楊過翻身站起，法王與小龍女已搶到他身邊。小龍女叫道：「是我師姊。」

楊過見那人身披淡黃道袍，右手執著拂塵，正是李莫愁的背影，不知如何，此人竟會在這當口來到襄陽，心想此人生性乖張，出手毒辣無比，這幼女落在她的手中，那裏還會有甚麼好下場？當下提氣疾追。

小龍女大叫：「師姊，師姊，這嬰兒大有干連，你抱去作甚？」李莫愁並不回頭，遙遙答道：「我古墓派代代都是處女，你卻連孩子也生下了，好不識羞！」小龍女道：「不是我的孩兒啊。你快還我。」她連叫數聲，中氣一鬆，登時落後十餘丈。眼見李莫愁等三人向北而去，當即追了下去。

這時城中兵馬來去，到處是呼號喝令之聲，或督率救火，或搜捕奸細。小龍女一概不聞不見，堪堪奔到城牆邊，只見魯有腳領著一批丐幫的幫眾正在北門巡視，以防敵人乘著城中火起前來攻城，他一見小龍女，忙問：「龍姑娘，黃幫主與郭大俠安好罷？」小龍女不答他的問話，反問道：「可見到楊公子和金輪法王？可見到一個抱著孩子的女人？」魯有腳向城外一指，道：「三人都跳下城頭去了。」

小龍女一怔，心想城牆如是之高，武功再強跳下去也得折手斷腳，怎能三人都跳下了？正待詢問，一瞥眼見一名丐幫弟子牽著郭靖的汗血寶馬正在刷毛，心中一凜：「過兒便算奪得嬰兒，若無這匹寶馬，怎能及時趕到絕情谷去？」一個箭步上前，拉住了馬韁，轉頭向魯有腳道：「我有要事出城去，急需此馬一用。」

魯有腳只記掛著黃蓉與郭靖二人，又問：「黃幫主與郭大俠可安好嗎？」小龍女翻身上馬，道：「他二人安好。黃幫主剛生的嬰兒卻給那女人搶了去，我非去奪回不可。」魯有腳一驚，忙喝令開城。

城門只開數尺，吊橋尚未放落，小龍女已縱馬出城。汗血寶馬神駿非凡，後腿一撐，已如騰雲駕霧般躍過了護城河。城頭眾兵將見了，齊聲喝采。

小龍女出得城來，只見兩名軍士血肉模糊的死在城牆腳下，另有一匹戰馬也摔得腿斷頭裂，放眼遠望，但見蒼蒼羣山，莽莽平野，怎知這三人到了何處。她愁急無計，拍著寶馬的頭頸道：「馬兒啊馬兒，我是去救你幼主，快快帶我去罷！」那馬也不知是否真懂她的言語，昂頭長嘶，放開四蹄，潑剌剌往東北方奔去。

原來楊過與法王追趕李莫愁，直追上了城頭，均想城牆極高，她已無退路，必可就此截住。那知李莫愁一上城頭，順手抓過一名軍士，便往城下擲去，跟著向下跳落。待那軍士與地面將觸未觸之際，她左足在軍士背上一點，已將下落的急勢消去，身子向前縱出，輕飄飄的著地，竟連懷中的嬰兒亦未震動，那軍士卻已頸折骨斷，哼都沒哼一聲，已然斃命。

法王暗罵：「好厲害的女人！」依樣葫蘆，也擲了一名軍士下城，跟著躍落。

楊過要以旁人來作自己的墊腳石，實是有所不忍，眼見時機緊迫，心念一動，發掌將一匹戰馬推出城頭，不待戰馬落地，飛身躍在馬背，那馬摔得骨骼粉碎，他卻安然躍下，跟在法王之後追去。他先一日在蒙古軍營中大戰，被法王的輪子割傷兩處，雖無大礙，但流血甚多，身子疲軟，這日又苦戰多時，實已支撐不住，然想到郭靖的幼女不論落在李莫愁或法王手中都是凶多吉少，雖覺心跳漸劇，還是仗劍急追。

這三人本來腳程均快，但李莫愁手中多了一嬰兒，法王臂受劍傷，劍上到底是否有毒畢竟捉摸不準，時時擔心創口毒發，不敢發力，因此每人奔跑都已不及往時迅捷，待得奔出數里，襄陽城早已遠遠拋在背後，三人仍是分別相距十餘丈，法王追不上李莫愁，楊過也追不上法王。

李莫愁再奔得一陣，見前面丘陵起伏，再行數里便入叢山，於是加快腳步，只要入了山谷，便易於隱蔽脫身。她雖聽小龍女說這不是她的孩子，但見楊過捨命死追，料來定是他與小龍女的孽種無疑，只要挾持嬰兒在手，不怕她不拿師門秘傳「玉女心經」來換。

三人漸奔漸高，四下裏樹木深密，山道崎嶇。法王心想再不截住，只怕被她藏入叢林幽峽之內，那就難以找尋。他從未與李莫愁動過手，但見她輕功了得，實是個勁敵，自己五輪已失其二，原不想飛輪出手，但見情勢緊迫，不能再行猶豫遷延，於是大聲喝道：「兀那婆娘，快放下孩兒，饒你性命，再不聽話，可莫怪大和尚無情了。」李莫愁格格嬌笑，腳下卻更加快了。法王右臂揮動，呼呼風響，銀輪捲成一道白虹，向她身後襲到。

李莫愁聽得敵輪來勢凌厲，不敢置之不理，只得轉身揮動拂塵，待要往輪上拂去，驀見輪子急轉，銀光刺眼，拂塵若是搭上了只怕立即便斷，於是斜身閃躍，避開了輪子的正擊。法王搶上兩步，銅輪出手，這一次先向外飛，再以收勢向裏迴砸。李莫愁仍是不敢硬接，倒退三步，纖腰一折，以上乘輕功避了開去。但這麼一進一退，與法王相距已不逾三丈。法王左手接過銀輪，右手鉛輪向她左肩砸下。

李莫愁拂塵斜揮，化作萬點金針，往法王眼中灑將下來。法王鉛輪上拋，擋開了她這一招，右手接住迴飛而至的銅輪，雙手互交，銀銅兩輪碰撞，噹的一響，只震得山谷間回聲不絕，這時左手的銀輪已交在右手，右手的銅輪已交在左手，雙輪移位之際，殺著齊施。李莫愁斗逢大敵，精神為之一振，想不到這高瘦和尚膂力固然沉厚，出招尤是迅捷，當下展開生平所學，奮力應戰。

兩人甫拆數招，楊過已然趕到，他站在圈外數丈之地旁觀，一面調勻呼吸，俟機搶奪嬰兒。只見二人越鬥越快，三輪飛舞之中，一柄拂塵上下翻騰。

說到武功內力，法王均勝一籌，何況李莫愁手中又抱著一個嬰兒，按理不到百招，她已非敗不可。那知她初時護著嬰兒，生怕受法王利輪傷害，但每見輪子臨近嬰兒身子，他反而急速收招，微一沉吟，已然省悟：「這賊禿要搶孩子，自是不願傷她性命。」以她狠毒的心性，自然不顧旁人死活，既看破了法王的心思，每當他疾施殺著、自己不易抵擋之時，便即舉嬰兒護住要害。這樣一來，嬰兒非但不是累贅，反成為一面威力極大的盾牌，只須舉起嬰兒一擋，法王再兇再狠的絕招也即收回。

法王連攻數輪，都被李莫愁以嬰兒擋開，楊過瞧得心中大急，二人中那一個只要手上勁力稍大了半分，如何不送了嬰兒的小命？正想上前搶奪，只見法王右手銀輪倏地自外向內迴砸，左手銅輪跟著平推出去，這一來，兩輪勢成環抱，將李莫愁圍在雙臂之間。李莫愁臉上微微一紅，啐了一口，暗罵賊禿這一招不合出家人的莊嚴身分，當下拂塵後揮，架開銀輪，左手舉嬰兒護在胸前。法王當雙手環抱之時，早已算就了後著，左手鬆指，銅輪突然向上斜飛，砸向她的面門。

這輪子和她相距不過尺許，忽地飛出，來勢又勁急異常，實是不易招架，總算李莫愁一生縱橫江湖，大小數百戰，臨敵經歷實比法王豐富得多，危急中身子向後一仰，雙腳牢牢釘在地下，拂塵卻還攻敵肩。法王右肩疾縮，拂塵掠肩而過，仍有幾根帚絲拂中了肩頭。他左掌既空，順勢在李莫愁左臂上斬落。李莫愁手臂登時酸麻無力，低呼一聲：「啊喲！」縱身躍起，但覺手中已空，嬰兒已被法王搶去。

法王正自大喜，突聽得身旁風響，楊過和身撲上，已奪過了嬰兒，在地下一個打滾，長劍舞成一道光網，護住身後，跟著翻身站起，長劍一招「順水推舟」，阻住兩個敵人近身。原來他見嬰兒入了法王之手，心知只要遲得片刻，再要搶回那便千難萬難，乘著他抱持未穩之際，不顧性命的撲上，一舉奏功。嬰兒在三人手中輪轉，只一瞬間之事。

李莫愁喝采：「小楊過，這一手耍得可俊！」法王大怒，雙輪一擊，聲若龍吟，悠悠不絕，左手袍袖揮處，右手輪子向楊過遞出。楊過長劍虛刺，轉身欲逃，忽聽得身後風響，卻是李莫愁揮拂塵擋住了去路，笑道：「楊過別走！且鬥鬥這大和尚再說。」楊過眼見法王的銅輪已遞到身前不逾半尺，只得還劍招架。

二人連日鏖戰，於對方功力招數，都是心中明明白白，一出手均是以快打快，但見二人身形晃動，三道白光上下飛舞，轉瞬間拆了二十餘招。李莫愁暗暗驚異：「怎地相隔並無多日，這小子武功已練到了如此地步？」

其實楊過武功固然頗有長進，一半也因自知性命不久，為了報答郭靖養育之恩，決意死拚，遇到險招之時常不自救，卻以險招還險招，逼得法王只好變招。然楊過不顧自己性命，卻須顧到嬰兒的安全，那肯如李莫愁這般以嬰兒掩蔽自己要害？雖見法王與李莫愁相鬥之時招數避開嬰兒，但想到這是郭靖之女，實是半點不敢冒險大意，只因處處護著嬰兒，時刻稍長，便被法王逼得險象環生。

法王見李莫愁不顧嬰兒，招數便盡力避開嬰兒身子，但見楊過唯恐傷害於她，兩個輪子便攻向嬰兒的多而攻向他本人的反少。這一來，楊過更是手忙腳亂，抵擋不住，大聲叫道：「李師伯，你快助我打退賊禿，別的慢慢再說不遲。」

法王向李莫愁望了一眼，見她閒立微笑，竟是隔山觀虎鬥，兩不相助，心中大惑不解：「小龍女也叫她師姊，這女人的確是他師伯，何以又不出手相助？其中必有詭計？須得儘快傷了這小子，搶過嬰兒。」當下手上加勁，更逼得楊過左支右絀，難以招架。

李莫愁知道法王不會傷害嬰兒，不管楊過如何大叫求助，只是不理，雙手負在背後，意態甚是閒適。

又鬥一陣，楊過胸口隱隱生疼，知道自己內力不及對方，如此蠻打實是無法持久，多時不聽到嬰兒哭泣，只怕有失，百忙中低頭向嬰兒望了一眼，只見她一張小臉眉清目秀，模樣甚是嬌美，正睜著兩隻黑漆漆的眼珠凝視自己。楊過素來與郭芙不睦，但對懷中這個幼女心頭忽起異樣之感：「我此刻為她死拚，若是天幸救得她性命，七日之後我便死了，日後她長到她姊姊那般年紀，不知可會記得我否？」激情衝動之下，心頭一酸，險些掉下淚來。

李莫愁在旁眼見他勢窮力竭，轉瞬間便要喪於雙輪之下，要待上前相助，但隨即想到：「這小子武功大進，正好假手和尚除他，否則日後便不可復制。」於是仍然袖手不動。

三人中法王武功最強，李莫愁最毒，但論到詭計多端，卻推楊過。他一陣傷心過了，隨即籌思脫身之策，心想：「郭伯母當年講三國故事，說道其時曹魏最強，蜀漢抗曹，須聯孫權。」李莫愁既不肯相助自己，只有自己去助李莫愁了，當下刷刷兩劍，擋住了法王，疾退兩步，突將嬰兒遞給李莫愁，說道：「給你！」

這一著大出李莫愁意料之外，一時不明他的用意，順手將嬰兒接過。楊過叫道：「李師伯，快抱了孩子逃走，讓我擋住賊禿！」奮力刺出兩劍，教法王欺不近身來。李莫愁心道：「原來他想我總還顧念師門之誼，不致傷了孩子，危急中遞了給我，那真是再妙不過。」她那想到這是楊過嫁禍的惡計，剛提步要走，法王迴過手臂，銀輪砸出，竟是捨卻楊過，擊向她後心。這一招來得好快，她身形甫動，銀輪已如影隨形的擊到。李莫愁無奈，只得回過拂塵擋架。

楊過見計已售，登時鬆了一口氣，他顧念嬰兒，卻不肯如李莫愁般袖手旁觀，以待二人鬥個兩敗俱傷，才出來收漁人之利，呼吸稍一調勻，立即提劍攻向法王。

這時紅日中天，密林中仍有片片陽光透射進來，楊過精神一振，長劍更是使得得心應手，只聽得噹的一響，銅輪被君子劍削去了一片。法王暗暗心驚，出招卻愈見凌厲。楊過斗地心生一計，叫道：「李師伯，你小心和尚這個輪子，被我削破的口子上染有劇毒，莫給他掃上了。」李莫愁問道：「為甚麼？」楊過道：「我這劍上所餵毒藥甚是厲害！」

適才法王被楊過長劍刺傷，一直在擔心劍上有毒，但久戰之後，傷口上並無異感，也就放心，此時聽他一提，不由得心中一震：「公孫止為人險詐，只怕劍上果然有毒。」想到此處，登時氣便餒了。

李莫愁拂塵猛地揮出，叫道：「過兒，用毒劍刺這和尚。」伸手一揚，似有暗器射出。法王舞輪護住胸前，李莫愁這一下卻是虛張聲勢，她見法王如此武功，料想冰魄銀針也射他不中，只阻得他一阻，已脫出雙輪威力的籠罩。

金輪法王雖然疑心楊過劍上有毒，但傷口既不麻癢，亦不腫脹，實不願此番徒勞往返，落得個負傷而歸，見李莫愁逃走，立即拔步急追。

楊過心想如此打打追追，不知如何了局，令這初生嬰兒在曠野中經受風寒，便算救回，只怕也難以養活，只有合二人之力先將法王擊退，再籌良策，大聲叫道：「李師伯，不用走啦！這賊禿身中劇毒，活不多久了。」叫聲甫畢，只見李莫愁向前急竄，鑽進了山邊的一個洞中。

法王一呆，不敢便即闖入。楊過不知李莫愁搶那嬰兒何用，生怕她忽下毒手，他早已將自己生死置之度外，當即長劍護胸，衝了進去，眼見銀光閃動，當即揮劍將三枚冰魄銀針打落，叫道：「李師伯，是我！」洞中黑漆一團，但他雙目能暗中見物，見李莫愁左手抱著孩子，右手又扣著幾枚銀針，他為顯得並無敵意，轉身向外，說道：「咱們聯手先退賊禿。」仗劍守在洞口。

法王料想二人一時不敢衝出，於是盤膝坐在洞側，解開衣衫，檢視傷口，見劍傷處血色殷紅，殊無中毒之象，伸手按去，傷口微微疼痛，再潛運內功一轉，四肢百骸沒半分窒滯，心中又喜又怒，喜的是楊過劍上無毒，怒的是竟爾受了這小子之騙，白白擔心半日。瞧那山洞時，見洞口長草掩映，入口處僅容一人，自己身軀高大，若是貿然衝入，轉折不便，只怕受了洞內兩人的暗算。

一時正無善策，忽聽得山坡後一人怪聲叫道：「大和尚，你在這裏幹麼？」語聲正是天竺矮子尼摩星。法王仍是瞧定洞口，說道：「三隻兔兒鑽進了洞裏，我要趕他們出來。」

尼摩星在襄陽城混鬧一場，無功而退，在回歸軍營途中，遠遠望見法王的銀銅鉛三輪在空中飛旋，知他正與人動手，於是認明了方向過來，見法王全神貫注瞧著山洞，心中一喜，問道：「郭靖逃進了洞裏麼？」法王哼了一聲，說道：「一隻雄兔，一隻雌兔，還有隻小兔。」尼摩星更是歡喜，道：「啊，除了郭靖夫婦，還有楊過小子的。」法王由得他自說自話，不予理睬，四下一瞧，已有計較，伸手拾些枯枝枯草堆在洞口，打火點燃。是時西南風正勁，一陣陣濃煙立時往洞中湧入。

當法王堆積枯柴之時，楊過已知其計，對李莫愁低聲道：「我去瞧瞧這山洞是否另有出口。」於是向內走去，走了七八丈，山洞已到盡頭，回過頭來低聲道：「李師伯，他們用煙薰，你說怎麼辦？」李莫愁心想硬衝決計擺脫不了法王，躲在這裏自然亦非了局，當真不濟之時，只有丟下嬰兒獨自脫身，這和尚和自己無冤無仇，他志在嬰兒，那時自也不會苦纏，因此並不驚慌，只是微微冷笑。

過不多時，山洞中濃煙越進越多，楊李二人閉住呼吸，一時尚可無礙，那嬰兒卻又哭又咳。李莫愁冷笑道：「你心疼麼？」楊過懷抱著這女嬰一番捨生忘死的惡鬥，心中已對她生了憐惜之情，聽她哭得厲害，道：「讓我抱抱！」伸出雙手，走近兩步。李莫愁拂塵刷的一下，向他的手臂揮去，喝道：「別走近我！你不怕冰魄銀針嗎？」

楊過向後躍開，聽了「冰魄銀針」四字，忽地生出一個念頭，想起幼時與她初次相遇，只將銀針在手中握了片刻，即已身中劇毒，當下撕一片衣襟包住右手，走到洞口拾起李莫愁適才射他的三枚銀針，針尾向下，將銀針插入土中，只餘一寸針尖留在土外，再灑上少些沙土，掩住針尖的光亮。此時洞口堆滿了柴草，又是濃煙滿洞，他弓身插針，法王與尼摩星全未瞧見。

楊過布置已畢，退身回來，低聲道：「我已有退敵之計，你哄著孩子別哭。」於是大聲叫道：「好極了，山洞後面有出口，咱們快走！」聲音中充滿了歡喜之情。李莫愁一怔，還道山洞後面真有出路。楊過將口俯到她耳畔低聲說道：「假的，我要叫賊禿上當。」

法王與尼摩星聽得楊過這般歡叫，一愕之下，但聽得洞中寂然無聲，嬰兒的哭喊也漸漸隱去，那想得到是楊過以袍袖蓋在嬰兒臉上，只道他真的從洞後逸出。尼摩星不加細想，立即飛身繞到山坡之後去阻截。法王卻心思細密，凝神一聽，嬰兒的哭喊只是低沉細微，卻非漸漸遠去，知道又是楊過使詐，想騙他到山坡之後，便抱了孩子從洞口衝出，不禁暗暗冷笑：「這小小的調虎離山之計，也想在老和尚面前行使。」於是躲在洞側，提起銀銅兩輪，只待楊過出來。

楊過叫道：「李師伯，那賊禿走了，咱們並肩往外。」忽又低聲道：「咱們同時驚呼，誘他進洞。」李莫愁不明楊過要使何等詭計，但素知這小子極是狡猾，自己便曾吃過他不少大虧，他既然安排下妙策，諒必使得，好在嬰兒抱在自己手中，只要先驅退法王，不怕他不拿「玉女心經」來換孩子，於是點了點頭。

兩人齊聲大叫「啊喲！」楊過假裝受傷甚重，大聲呻吟，叫道：「你……你如何對我下此毒手？」隨即低聲道：「你裝作性命不保。」李莫愁怒道：「好，我今日……雖然死在你手裏，卻教你這小賊……也活不成。」說到後來，語聲斷續，已是上氣不接下氣。

法王在洞口聽了大喜，心想這二人為了爭奪嬰兒，還未出洞，卻已自相殘殺起來，看來已鬥得兩敗俱傷。他生怕嬰兒連帶送命，那便不能挾制郭靖，當即撥開柴草，搶進洞去，只跨得兩步，突覺左腳底微微一痛。

他應變奇速，不待踏實，立即右足使勁，倒躍出洞，左足落地時小腿一麻，竟然險些摔倒。以他的深厚內功，即使給人連砍數刀，縱躍時也不致站立不穩，心念一轉之下，已知足底心被劇毒之物刺中，正要拉下鞋襪察看，尼摩星已從山坡後轉回，叫道：「小子騙人的，山後出口沒有的，洞裏郭靖和老婆還是的。」法王住手不再脫鞋，臉上不動聲色，說道：「你所料不錯，但洞內並無聲息，想來他們都給煙火薰得昏過去了。」

尼摩星大喜，心想這番生擒郭靖之功終於落在自己手上，他也不想法王何以不搶此功勞，舞動鐵蛇護住身前要害，從洞口直鑽進去。楊過這三枚銀針倒插在當路之處，不論來人步子大小如何，都非踏中一枚不可。尼摩星身矮步短，走得又快，右腳一腳踏中銀針，一痛之下未及縮步，左腳又踏上了另一枚針尖。天竺國天氣炎熱，國人向來赤足，尼摩星也不穿鞋，雖然腳底板練得厚如牛皮，但那冰魄銀針何等鋒銳，早已刺入寸許。他生性勇悍，小小受傷毫不在意，揮鐵蛇在地下一掃，察覺前面地下再無倒刺，正要繼續進內活捉郭靖和老婆的，猛地裏兩腿麻軟，站立不穩，一交摔倒。才知針刺上的毒性厲害非凡，急忙連滾帶爬的衝出洞來。只見法王除去鞋襪，捧著一隻腫脹黝黑的左腿，正在運氣阻毒上升。

尼摩星大怒，喝道：「壞賊禿，你明明中毒受傷，幹麼不跟我說，讓我也上當的？」法王微微一笑，說道：「我上一當，你也上一當，這才兩不吃虧啊。」尼摩星怒氣勃發，不可遏制，大聲怒罵：「我，郭靖也不要拿了，尼摩星，壞和尚，今日拚個死樣活氣的！」他雙足已使不出半點力氣，左手在地下一撐，和身向法王撲去，右手鐵蛇往他頭頂擊落。法王舉銅輪擋開鐵蛇，隨即橫過手臂，一個肘錘撞出。尼摩星身在半空，難以閃避，法王這一招又是來勢迅捷，竟被他一錘打中肩頭。

尼摩星雖然筋骨堅厚，卻也給打得劇痛攻心，他狂怒之下，也不顧自己死活，撲將上去，牢牢抱住了法王，張口便咬，一口正咬在對方頸下的「氣舍穴」上。若在平時，以法王如此武功，如何能讓他欺近抱住？即令抱住了，又如何能給他咬中頸下的大穴？但此時法王知道腳底所中毒針實是非同小可，全身內力都在與毒氣相抗，硬逼著不令毒氣衝過大腿與小腿之間的「曲泉穴」，只要嚴守此關，最多是廢去一隻小腿，還不致送了性命，是以當尼摩星撲上來之時，他已變成內力全失，只以外功與他相抗。尼摩星卻是全力施為，一咬住對方穴道，牙齒再不放鬆。

法王伸出右足一鉤，尼摩星雙足早無力氣，向前撲出，兩人一齊跌翻在地。法王伸手想將他扯開，但大穴被制，手上力道已大為減弱，卻那裏拉得動？只得回手扣住他後頸「大椎穴」，以防他下毒手制自己死命。兩人本來都是一流高手，但中毒之後近身搏鬥，卻如潑皮無賴蠻打硬拚一般，已是全然不顧身分。

兩人在地下翻翻滾滾，漸漸滾近山谷邊的斷崖之旁。法王瞧得明白，大聲叫道：「快放手，你再進一步，兩個兒都跌得粉身碎骨。」

但尼摩星此時已失了理性，他不運氣與毒氣相抗，內力比法王深厚得多，用力前推，法王竟是抵擋不住。眼見距離崖邊已不過數尺，下面便是深谷，法王情急智生，大叫：「郭靖來了！」尼摩星一凜，問道：「那裏的？」他這三個字一說，口一張，登時放開了法王的穴道。法王氣貫左掌，呼的一聲，向前擊出。尼摩星知道上當，低頭避開，彎腰前撞。

法王這一掌本是要逼使尼摩星向後閃避，但他忘了對方雙足中毒，早已不聽使喚，那裏還能向後退躍？但見他不後反前，一驚之下，兩人又已糾纏在一起，突覺身下一空，兩人齊往山谷中直掉下去。

李莫愁見楊過奇計成功，暗暗佩服這小子果然了得，聽得二人在外喝罵毆鬥，知道已無危險，拔步便要出洞，猛聽得法王與尼摩星二人齊聲驚呼，聲音甚是怪異。這正是他二人掉下山崖之時所發，但那斷崖與山洞相隔十丈開外，又被一片山石擋住，從洞中瞧不見外面情景，不知二人如此大叫為了何事。李莫愁道：「喂，小子，他們幹甚麼啊？」楊過卻也料想不到二人竟會跌落山谷，沉吟道：「那賊禿狡猾得緊，咱們假裝相鬥受傷，只怕他們依樣葫蘆，騙咱們出去。」

李莫愁心想不錯，低聲道：「嗯，他定是想騙我出去，奪我解藥。」緩緩走向洞口，想要探首出洞窺視。楊過道：「小心地下銀針。」話一出口，便即後悔：「又何必好意提醒這女魔頭？」

李莫愁一驚，急忙縮步。這時洞口煙火已熄，洞中又是黑漆一團，她不能如楊過一般暗中見物，不知三枚銀針插在何處，若是貿然舉步，十九也要踏上。她雖有解藥，但針上劇毒厲害異常，治療時固然要受一番痛苦，而且腳上受到針刺，楊過定然乘機攻擊，便緩不出手來療毒，只怕這條性命便要送在自己的毒針之下了，說道：「你快將針拔去，咱們呆在這兒幹麼？」楊過道：「稍待片刻，讓他二人毒發而死，慢慢出去不遲。」李莫愁哼了一聲，她對楊過實在大是忌憚，與他同處在這暗洞之中，刻刻都是危機，自己武功已未必能夠勝他，智計更是不及，當下低頭沉思出洞之策。

這時洞外一片靜寂，洞內二人也是各想各的心思，默不作聲。突然之間，那嬰兒哇的一聲哭了起來，她出世以來從未吃過一口奶，此時自是餓了。

李莫愁冷笑道：「師妹呢？她連自己孩子餓死也不理麼？」楊過道：「誰說是姑姑的孩子，這是郭靖郭大俠的女兒。」李莫愁道：「哼，你用郭大俠的名頭來嚇我，我便怕了麼？若是別人的孩子，料你也不會這般搶奪，這自是你們師徒倆的孽種。」

楊過大怒，喝道：「不錯，我是決意要娶姑姑的。但我們尚未成親，何來孩子？你嘴裏放乾淨些。」李莫愁又是冷笑一聲，撇嘴道：「你要我口裏乾淨些，還不如自己與師父的行止乾淨些。」楊過一生對小龍女敬若天人，那容她如此污衊，心中更是惱怒，大聲道：「我師父冰清玉潔，你可莫胡言亂語。」李莫愁道：「好一個冰清玉潔，就可惜臂上的守宮砂褪了。」

刷的一聲，楊過挺劍向她當胸刺去，喝道：「你罵我不要緊，但你出言辱我師父，今日跟你拚了。」刷刷刷連環三劍。他劍法既妙，雙眼又瞧得清楚，李莫愁全賴聽風辨器之術招架，雖然不失毫釐，但數招之後已是險象環生，總算楊過顧念著孩子，只怕劍底過於厲害，她便對孩子猛下毒手，因此並未施展殺著。

二人在洞中交拆十餘招，那嬰兒忽地一聲哭叫，隨即良久沒了聲息。

楊過大驚，立即收劍，顫聲道：「你傷了孩子麼？」李莫愁見他對孩子如此關懷，更認定是他的親生孩兒，說道：「現下還沒死，但你如不聽我吩咐，你道我沒膽子揑死這小鬼頭麼？」楊過打了個寒戰，素知她殺人不眨眼，別說弄死一個初生嬰兒，只消稍有怨毒，便能將人家殺得滿門鷄犬不留，說道：「你是我師伯，只要你不辱罵我師父，我自然聽你吩咐。」李莫愁聽他口氣軟了，心知只要嬰兒在自己手中，他便無法相抗，說道：「好，我不罵你師父，你就聽我的話。現下你出去瞧瞧，那兩人的毒發作得怎樣了。」

楊過依言出洞，四下一瞧，不見法王與尼摩星的影蹤，他怕法王詭計多端，躲在隱僻之處，揮劍在左近樹叢長草等處斬刺一陣，不見有人隱藏，回洞說道：「兩人都不在啦，想是中毒之後，嚇得遠遠逃走了。」

李莫愁道：「哼，中了我銀針之毒，便算逃走，又怎逃得遠？你將洞口的針拔掉，放在我面前。」楊過聽嬰兒啼哭不止，心想也該出去找些甚麼給孩子吃，於是仍用衣襟裹手，拔出銀針，還給了她。

李莫愁將三枚銀針放入針囊，拔步往外便走。楊過跟了出來，問道：「你將孩子抱到那裏去？」李莫愁道：「回我自己家去。」楊過急道：「你要孩子幹麼？她又不是你生的。」李莫愁雙頰一紅，隨即沉臉道：「你胡說甚麼？你送我古墓派的玉女心經來，我便將孩子還你，管教不損了她一根毫毛。」說罷展開輕功，疾向北行。

楊過跟在她身後，叫道：「你先得給她吃奶啊。」李莫愁回過身來，滿臉通紅，喝道：「你這小子怎地沒上沒下，說話討我便宜？」楊過奇道：「咦，我怎地討你便宜了？孩子沒奶吃，豈不餓死了？」李莫愁道：「我是個守身如玉的處女，怎會有奶給你這小鬼吃？」楊過微微一笑，道：「李師伯，我是說要你找些奶給孩子吃啊，又不是要你自己……」

李莫愁聽了，忍不住一笑，她守身不嫁，一生在刀劍叢中出入，於這養育嬰兒之事實是一竅不通，沉吟道：「卻到那裏找奶去？給她吃飯成不成？」楊過道：「你瞧她有沒有牙齒？」李莫愁往嬰兒口中一張，搖頭道：「半顆也沒有。」楊過道：「咱們到鄉村中去找個正在給孩子餵奶的女人，要她給這嬰兒吃個飽，豈不是好？」李莫愁喜道：「你果然是滿腹智謀。」

兩人登上山丘四望，遙見西邊山坳中有炊煙升起。兩人腳程好快，片刻間已奔近一個小村落。襄陽附近久經烽火，大路旁的村莊市鎮盡已被蒙古鐵蹄毀成白地，只有在這般荒谷僻壤之間尚有少些山民聚居。

李莫愁逐戶推門查看，找到第四間農舍，只見一個少婦抱著一個歲餘孩子正在餵奶。李莫愁大喜，一把將她懷中孩子抓起往炕上一丟，將女嬰塞在她懷裏，說道：「孩子餓了，你餵她吃飽罷。」

那少婦的兒子給摔在炕上，手足亂舞，大聲哭喊。那少婦愛惜兒子，忙伸手抱起。楊過見那少婦袒著胸膛，立即轉身向外，卻聽得李莫愁喝道：「我叫你餵我的孩子吃奶，你沒聽見麼？誰教你抱自己兒子了？」但聽得砰的一響，楊過嚇了一跳，回過頭來，只見那農家孩子已被摔在牆腳之下，滿頭鮮血，不知死活。那少婦急痛攻心，放下郭靖之女，撲上去抱住自己兒子，連哭帶叫。李莫愁大怒，拂塵一起，往少婦背上擊落。

楊過忙伸劍架開，心想：「天下那有如此橫蠻女子？」口中卻道：「李師伯，你若將她打死了，死人可沒有奶。」李莫愁怒道：「我是為你的孩子好，你反來多管閒事！」楊過心道：「這明明不是我的孩子，你卻口口聲聲說是我的。但若真是我的，那又怎能說我多管閒事？」當下陪笑道：「這孩子餓得緊了，快讓她吃奶是正經。」說著伸手到炕上去抱嬰兒。李莫愁舉起拂塵，擋住他手，叫道：「你敢搶孩子麼？」楊過退後一步，笑道：「好，好！我不抱便是。」

李莫愁將女嬰抱起，正要再送到那少婦懷中，轉過身來，那少婦已不知去向，原來她乘著兩人爭執，已抱了兒子悄悄從後門溜走。李莫愁怒氣勃發，直衝出門，但見那少婦抱著嬰兒正自向前狂奔。李莫愁哼的一聲，縱身而起，拂塵摟頭擊下，風聲過去，那農婦母子兩人登時腦骨碎裂，屍橫當地。她再去尋人餵奶，村中卻惟有男人。李莫愁怒氣愈盛，胡亂殺了幾人，到灶下取了火種，在農家的茅草屋上縱火焚燒，連點了幾處火頭，這才快步出村。

楊過見她出手兇狠若此，暗自嘆息，不即不離的跟在她身後。二人一聲不作，在山野間走了數十里，那嬰兒哭得倦了，在李莫愁懷中沉沉睡去。

正行之間，李莫愁突然「咦」的一聲，停住腳步，只見兩隻花斑小豹正自廝打嬉戲。她踏上一步，要將小豹踢開，突然旁邊草叢中嗚的一聲大吼，眼前一花，一隻金錢大豹撲了出來。她吃了一驚，挫步向左躍開。那大豹立即轉身又撲，舉掌來抓。李莫愁舉起拂塵，刷的一聲，擊在豹子雙目之間。那豹痛得嗚嗚狂吼，更是兇性大發，露出白森森的一口利齒，蹲伏在地，兩隻碧油油的眼睛瞧定了敵人，俟機進撲。

李莫愁左手微揚，兩枚銀針電射而出，分擊花豹雙目。楊過叫道：「且慢！」揮長劍將銀針打下，就在此時，那豹子也已縱身而起，高躍丈餘，從半空中撲將下來。楊過也飛身竄起，先舞長劍又砸飛了李莫愁的兩枚銀針，跟著右拳砰的一聲，擊在花豹頸後椎骨之上。那花豹吃痛，大吼一聲，落地後隨即跳起，向楊過撲來。楊過側身避開，左掌擊出，這一掌中含了五成內力，那花豹被他擊得一個觔斗向後翻出。

李莫愁心中奇怪，自己兩枚銀針早已可制花豹死命，何以他既出手救豹，卻又費這麼大力氣和豹子打鬥？只見他左一掌，右一掌，打得豹子跌倒爬起，爬起跌倒，狼狽不堪，但每一掌卻又避開豹子的要害之處，只聽那猛獸吼叫之聲越來越低，十餘掌吃過，花豹再也受不住了，轉身縱上了山坡。楊過早已防到牠要逃走，預擬扯住牠尾巴拉將轉來，豈知那豹威風盡失，尾巴垂下，挾在後腿之間，一拉竟爾拉了個空。他正待施展輕功追去，只見那豹子躍出數丈，回身嗚嗚而叫，招呼兩頭小豹逃走。楊過心念一動，雙手伸出，抓住兩頭小豹的頭頸，一手一隻，高高提起。

那母豹愛子心切，眼見幼豹被擒，顧不得自己性命，又向楊過撲來。楊過將兩頭小豹往李莫愁一擲，叫道：「抓住了，可別弄死。」身隨聲起，躍得比豹子更高，他看準了從半空中落將下來，正好騎在豹子背上，抓住豹子雙耳往下力掀。那豹子出力掙扎，但全身要害受制，一張巨口沒入沙土之中。

楊過叫道：「李師伯，你快用樹皮結兩條繩索，將牠四條腿縛住。」李莫愁哼了一聲，道：「我沒空陪你玩兒。」轉身欲走。楊過急道：「誰玩了？這豹子有奶啊！」李莫愁登時省悟，心中大喜，笑道：「虧你想得出。」當即撕下十餘條樹皮，匆匆搓成幾條繩索，先將豹子的巨口牢牢縛住，再把牠前腿後腿分別綁定。

楊過拍拍身上灰塵，微笑站起。那豹子動彈不得，目光中露出恐懼之色。楊過撫摸一下牠頭頂，笑道：「咱們請你做一會兒乳娘，不會傷你性命。」李莫愁抱起嬰兒，湊到花豹的乳房之上。嬰兒早已餓得不堪，張開小口便吃。那母豹乳汁甚多，不多時嬰兒便已吃飽，閉眼睡去。

李莫愁與楊過望著她吃奶睡著，眼光始終沒離開她嬌美的小臉，只見她睡熟之後臉上微微露出笑容，兩人心中喜悅，相顧一笑。

這一笑之下，兩人本來存著的相互戒備之心登時去了大半。李莫愁臉上充滿溫柔之色，口中低聲哼著歌兒，一手輕拍，抱起嬰兒。楊過找些軟草，在樹蔭下一塊大石上做了個窩兒，說道：「你放她在這兒睡罷！」李莫愁忙做個手勢，命他不可大聲驚醒了孩子。楊過伸伸舌頭，做個鬼臉，眼見孩子睡得甚是寧靜，不禁呼了一口長氣，回頭只見兩頭小豹正鑽在母豹懷中吃奶。

四下裏花香浮動，和風拂衣，殺氣盡消，人獸相安。

楊過在這數日中經歷了無數變故，直到此時才略感心情舒泰，但身邊一旁是個殺人不眨眼的女魔頭，一旁是隻兇惡巨獸，也可算得奇異之極了。

李莫愁坐在嬰兒身邊，緩緩揮動拂塵，替她驅趕林中的蚊蟲。這拂塵底下殺人無算，武林中人士見到無不驚心動魄，此時卻是她生平第一次用來做件慈愛的善事。楊過見她凝望著嬰兒，臉上有時微笑，有時愁苦，忽爾激動，忽爾平和，想是心中正自思潮起伏，念起生平之事。楊過不明她的身世，只曾聽程英和陸無雙約略說過一些，想她行事如此狠毒偏激，必因經歷過一番極大的困苦，自己一直恨她惱她，此時不由得微生憐憫之意。

過了良久，李莫愁抬起頭來，與楊過目光一接，心中微微一怔，輕聲道：「天快黑了，今晚怎麼辦？」楊過四下一望，道：「咱們又不能帶了這位大乳娘走路，且找個山洞住宿一宵，明日再定行止。」李莫愁點了點頭。

楊過前後左右找尋，發見了一個勉可容身的山洞，當下找些軟草，在洞中鋪了一大一小兩個床位，說道：「李師伯，你歇一會兒，我去弄些吃的。」轉過山坡去找尋野味。不到半個時辰，打了三隻山兔，捧了十多個野菓回來。他放開豹子嘴上繩索，餵牠吃了一隻山兔。再拾枯草殘枝生了堆火，將餘下兩隻山兔烤了與李莫愁分吃，說道：「李師伯，你安睡罷，我在洞外給你守夜。」取出長繩縛在兩株大樹之間，凌空而臥。

這本是古墓派練功的心法，李莫愁看了自亦不以為意。她除了有時與弟子洪凌波同行之外，一生獨往獨來，今晚與楊過為伴，他竟服侍得自己舒舒服服，與昔日獨處荒野的情景大不相同，不禁暗自又嘆了口氣。

第二十三回

手足情仇

那鵰身形甚巨，形貌卻醜陋之極，全身羽毛疏疏落落，鉤嘴彎曲，頭頂生著個血紅的大肉瘤，雙腿奇粗，世上鳥類千萬，從未見過如此古拙雄奇的猛禽。

楊過睡到中夜，忽然聽得西北方傳來一陣陣鵰鳴，聲音微帶嘶啞，但激越蒼涼，氣勢甚豪。他好奇心起，輕輕從繩上躍下，循聲尋去。但聽那鳴聲時作時歇，比之桃花島上雙鵰的鳴聲遠為洪亮。他漸行漸低，走進了一個山谷，這時鵰鳴聲已在身前不遠，他放輕腳步，悄悄撥開樹叢一張，不由得大感詫異。

眼前赫然是一頭大鵰，那鵰身形甚巨，比人還高，形貌醜陋之極，全身羽毛疏疏落落，似是被人拔去了一大半似的，毛色黃黑，顯得甚是骯髒，模樣與桃花島上的雙鵰倒也有五分相似，醜俊卻是天差地遠。這醜鵰鉤嘴彎曲，頭頂生著個血紅的大肉瘤，世上鳥類千萬，從未見過如此古拙雄奇的猛禽。但見這鵰邁著大步來去，雙腿奇粗，有時伸出羽翼，卻又甚短，不知如何飛翔，只是高視闊步，自有一番威武氣概。

那鵰叫了一會，只聽得左近簌簌聲響，月光下五色斑爛，四條毒蛇一齊如箭般向醜鵰飛射過去。那醜鵰彎喙轉頭，連啄四下，將四條毒蛇一一啄死，出嘴部位之準，行動之疾，直如武林中一流高手。這連斃四蛇的神技，只將楊過瞧得目瞪口呆，撟舌不下，霎時之間，先前輕視好笑之心，變成了驚詫嘆服之意。只見那醜鵰張開大口，將一條毒蛇吞在腹中。楊過心想：「將這頭醜鵰捉去，跟郭芙的雙鵰比上一比，卻也不輸於她。」正在轉念如何捕捉，突然聞到一股腥臭之氣，顯有大蛇之類毒物來到鄰近。

醜鵰昂起頭來，哇哇哇連叫三聲，似向敵人挑戰。只聽得呼的一聲巨響，對面大樹上倒懸下一條碗口粗細的三角頭巨蟒，猛向醜鵰撲去。醜鵰毫不退避，反而迎上前去，倏地彎嘴疾伸，已將毒蟒的右眼啄瞎。那鵰頭頸又短又粗，似乎轉動不便，但電伸電縮，楊過眼光雖然敏銳，也沒瞧清楚牠如何啄瞎毒蟒的眼珠。

毒蟒失了右眼，劇痛難當，張開大口，拍的一聲，咬住了醜鵰頭頂的血瘤。這一下楊過出其不意，不禁「啊」的一聲叫了出來。毒蟒一擊成功，一條兩丈長的身子突從樹頂跌落，在醜鵰身上繞了幾匝，眼見醜鵰已是性命難保。

楊過不願醜鵰為毒蛇所害，當即縱身而出，拔劍往蛇身上斬去，突然間那鵰右翅疾展，在楊過右臂上一拍，力道奇猛。楊過出其不意，君子劍脫手，飛出數丈。楊過正驚奇間，只見那鵰伸嘴在蟒身上連啄數下，每一啄下去便有蟒血激噴而出。楊過心想：「難道你有必勝把握，不願我插手相助？」

毒蟒愈盤愈緊，醜鵰毛羽賁張，竭力相抗。眼見那鵰似乎不支，楊過拾起一塊大石，往巨蟒身上不住砸打。那巨蟒身子略鬆，醜鵰頭頸急伸，又將毒蟒的左眼啄瞎。毒蟒張開巨口，四下亂咬，這時牠雙眼已盲，那裏咬得中甚麼，醜鵰雙爪揿住蛇頭七寸，按在土中，一面又以尖喙在蟒頭戳啄。眼見這巨鵰天生神力，那毒蟒全身扭曲，翻騰揮舞，蛇頭始終難以動彈，過了良久，終於僵直而死。

醜鵰仰起頭來，高鳴三聲，接著轉頭向著楊過，柔聲低呼。

楊過聽牠鳴聲之中甚有友善之意，於是慢慢走近，笑道：「鵰兄，你神力驚人，佩服佩服。」醜鵰低聲鳴叫，緩步走到楊過身邊，伸出翅膀在他肩頭輕輕拍了幾下。楊過見這鵰如此通靈，心中大喜，也伸手撫撫牠的背脊。

醜鵰低鳴數聲，咬住楊過的衣角扯了幾扯，隨即放開，大踏步便行。楊過知牠必有用意，便跟隨在後。醜鵰足步迅捷異常，在山石草叢之中行走疾如奔馬，楊過施展輕身功夫這才追上，心中暗自驚佩。那鵰愈行愈低，直走入一個深谷之中。又行良久，來到一個大山洞前，醜鵰在山洞前點了三下頭，叫了三聲，回頭望著楊過。

楊過見牠似是向洞中行禮，心想：「洞中定是住著甚麼前輩高人，這巨鵰自是他養馴了的，這卻不可少了禮數。」於是在洞前跪倒，拜了幾拜，說道：「弟子楊過叩見前輩，請恕擅闖洞府之罪。」待了片刻，洞中並無回答。

那鵰拉了他的衣角，踏步便入。眼見洞中黑黝黝地，不知當真是住著武林奇士，還是甚麼山魈木怪，他心中惴惴，但生死早置度外，便跟隨進洞。

這洞其實甚淺，行不到三丈，已抵盡頭，洞中除了一張石桌、一張石凳之外更無別物。醜鵰向洞角叫了幾聲，楊過見洞角有一堆亂石高起，極似一個墳墓，心想：「看來這是一位奇人的埋骨之所，只可惜鵰兒不會說話，無法告我此人身世。」一抬頭，見洞壁上似乎寫得有字，只是塵封苔蔽，黑暗中瞧不清楚。打火點燃了一根枯枝，伸手抹去洞壁上的青苔，果然現出三行字來，字跡筆劃甚細，入石卻是極深，顯是用極鋒利的兵刃劃成。看那三行字道：

「縱橫江湖三十餘載，殺盡仇寇，敗盡英雄，天下更無抗手，無可奈何，惟隱居深谷，以鵰為友。嗚呼，生平求一敵手而不可得，誠寂寥難堪也。」

下面落款是：「劍魔獨孤求敗。」

楊過將這三行字反來覆去的唸了幾遍，既驚且佩，亦體會到了其中的寂寞難堪之意，心想這位前輩奇士只因世上無敵，只得在深谷隱居，則武功之深湛精妙，實不知到了何等地步。此人號稱「劍魔」，自是運劍若神，名字叫作「求敗」，想是走遍天下欲尋一勝己之人，始終未能如願，終於在此處鬱鬱以沒，緬懷前輩風烈，不禁神往。

低迴良久，舉著點燃的枯枝，在洞中察看了一周，再找不到另外遺跡，那個石堆的墳墓上也無其他標記，料是這位一代奇人死後，是神鵰啣石堆在他屍身之上。

他出了一會神，對這位前輩異人越來越是仰慕，不自禁的在石墓之前跪拜，拜了四拜。那神鵰見他對石墓禮數甚恭，似乎心中歡喜，伸出翅膀又在他肩頭輕拍幾下。

楊過心想：「這位獨孤前輩的遺言之中稱鵰為友，然則此鵰雖是畜生，卻是我的前輩，我稱牠為鵰兄，確不為過。」於是說道：「鵰兄，咱們邂逅相逢，也算有緣，我這便要走。你願在此陪伴獨孤前輩的墳墓呢，還是與我同行？」神鵰啼鳴幾聲，算是回答。楊過卻不懂其意，眼見牠站在石墓之旁不走，心想：「武林各位前輩從未提到過獨孤求敗其人，那麼他至少也是六七十年之前的人物。這神鵰在此久居，心戀故地，自是不能隨我而去的了。」伸臂摟住神鵰脖子，與牠親熱了一陣，這才出洞。

他生平除與小龍女相互依戀之外，並無一個知己友好，這時與神鵰相遇，雖是一人一禽，不知如何竟是十分投緣，出洞後頗有點戀戀不捨，走幾步便回頭一望。他每一回頭，神鵰總是啼鳴一聲相答，雖然相隔十數丈外，在黑暗中神鵰仍是瞧得清清楚楚，見楊過一回頭便答以一啼鳴，無一或爽。

楊過突然間胸間熱血上湧，大聲說道：「鵰兄啊鵰兄，小弟命不久長，待郭伯伯幼女之事了結，我和姑姑最後話別，便重來此處，得埋骨於獨孤大俠之側，也不枉此身了。」說著躬身一揖，大踏步便行。

他記掛郭靖幼女的安危，拾回君子劍後，急奔回向山洞。剛到洞口，只聽得李莫愁道：「你到那裏去啦？這兒有個孤魂野鬼，來來往往的哭個不停，惹厭得緊。」楊過道：「那裏有甚麼鬼怪？」語聲未畢，便聽遠遠傳來號啕大哭之聲。

楊過吃了一驚，低聲道：「李師伯，你照料著孩子，讓我來對付他。」只聽得哭聲漸近，有人邊哭邊叫：「我好慘啊，我好慘啊！妻子給人害死了，兩個兒子卻要互相拚個你死我活。」楊過探頭張望，星光下見一個披頭散髮的大漢正自掩面大哭，不住打著圈子疾走，衣衫破爛，面目卻瞧不清楚。

李莫愁啐了一口，道：「原來是個瘋子，快逐走他，莫吵醒了孩子。」

但聽得那漢子又哭叫起來：「這世上我就只兩個兒子，他們偏要自相殘殺，我這老頭兒還活著幹麼？」一面叫嚷，一面大放悲聲。楊過心中一動：「莫非是他？」緩步出洞，朗聲道：「這位可是武老前輩麼？」

那人荒郊夜哭，為的是心中悲慟莫可抑制，想不到此處竟然有人，當即止住哭聲，厲聲喝道：「你是誰？在這裏鬼鬼祟祟的幹麼？」

楊過抱拳道：「小人楊過，前輩可是姓武，尊號上三下通麼？」

這人正是武氏兄弟的父親武三通，他在嘉興府為李莫愁銀針所傷，暈死過去，待得悠悠醒轉，只見妻子武三娘伏在地上，正自吮吸他左腿上傷口中的毒血。他吃了一驚，叫道：「三娘，針上劇毒厲害無比，如何吸得？」忙將她推開。武三娘往地上吐了一口毒血，微微一笑，說道：「黑血已經轉紅，不礙事了。」武三通見她兩邊臉頰盡成紫黑之色，不由得大驚，顫聲道：「三娘，你……你……」武三娘捨身為丈夫療毒，自知即死，撫著兩個兒子的頭，低聲道：「你和我成親後一直鬱鬱不樂，當初大錯鑄成，無可挽回。只求你撫養兩個孩兒長大成人，要他們終身友愛和睦……」話未說完，已撒手長逝。

武三通大慟之下，登時瘋病又發，見兩個兒子伏在母親屍身上痛哭，他頭腦中卻空空洞洞地甚麼也不知道了，就此揚長自去。

如此瘋瘋顛顛的在江湖上混了數年，時日漸久，瘋病倒也慢慢痊愈了。點蒼漁隱參與大勝關英雄大會之後回山，與幾個武林朋友結伴同行，閒談中聽他們說起有這樣一個人物，模樣似與師弟武三通相像，轉輾尋訪，終於和他相遇。

武三通聽得兩個愛子已然長成，大喜之下，便來襄陽探視，到達之時，適逢金輪法王大鬧襄陽，郭靖負傷，黃蓉新產。他與朱子柳及郭芙晤面之後，得知兩個兒子竟爾鬩牆而鬥，想起妻子臨死時的遺言，傷心無已，急忙追出城來，經過一座破廟時聽到廟中有兵刃相交之聲，進去一看，正是武敦儒與武修文在持劍相鬥。他與二子相別已久，二子長大成人，原已不識，但眼見二人右手使劍，左手各以一陽指指法互點，當即上前喝止。

武氏兄弟重逢父親，喜極而泣，然一提到郭芙，兄弟倆卻誰也不肯退讓。武三通不論怒罵斥責，或是溫言勸諭，要他二人息了對郭芙的愛念，卻始終難以成功。武氏兄弟在父親面前不敢相互露出敵意，但只要他走開數步，便又爭吵起來。當晚兩兄弟悄悄約定，半夜裏到這荒山中來決一勝敗。武三通偷聽到了二人言語，悲憤無已，搶先趕到二人約定之處，要阻止二子相鬥。他越想越是難過，不由得在荒野中放聲悲號。

武三通正當心神激盪之際，突見一個少年從山洞中走了出來，不禁大生敵意，喝道：「你是誰？怎知我的名字？」楊過聽他自承，說道：「武老伯，小姪楊過，從前與敦儒、修文二兄曾同在桃花島郭大俠府上寄居，對老伯威名一直仰慕得緊。」

武三通點了點頭，道：「你在這兒幹麼？啊，是了，敦儒與修文要在此處比武，你是作公證人來著。哼哼，你既是他們知交，怎不設法勸阻？反而推波助瀾，好瞧瞧熱鬧，那算得是甚麼朋友？」說到後來，竟是聲色俱厲，將滿腔怒火都發洩在楊過身上，口中喝罵，腳下踏步上前，舉起巨掌，便要教訓教訓這大虧友道的小子。

楊過見他虬髯戟張，神威凜凜，心想沒來由的何必和他動手，退開兩步，陪笑道：「小姪不知二位武兄要來比武，老伯不可錯怪了人。」武三通喝道：「還要花言巧語？你若事先不知，何以到了這裏？世界這麼大，卻偏偏來到這荒山窮谷？」楊過心想此人不可理喻，何況與他在這荒僻之地相遇，確也甚是湊巧，一時不知如何解釋。

武三通見他遲疑，料定這小子不是好人，他年輕時情場失意，每見到俊秀的少年便覺厭憎，心念一動：「這小子未必便識得我兩個孩兒，鬼鬼祟祟的躲在這兒，定是另有詭計。」

狂怒下更不多想，提起右掌便往楊過肩頭拍下。楊過身子一閃，武三通右掌落空，當即彎過左臂，一記肘錘撞了過去。楊過見他出招勁力沉厚，不敢怠慢，斜身移步，又避過一招。武三通叫道：「好小子，輕功倒是了得，亮劍動手罷！」

就在此時，洞中嬰兒忽然醒來，哭了幾聲。楊過心念一動：「他與李莫愁有殺妻大仇，只要一照面，非拚個你死我活不可。兩人動上手便是絕招殺著，我未必能護得住嬰兒。」於是笑道：「武老伯，小姪是晚輩，怎敢和你動手？但你定要疑心我不是好人，那也無法。這樣罷，我讓你再發三招。你若打我不死，便請立時離開此地如何？」

武三通大怒，喝道：「小子狂妄，適才我掌底留情，未下殺手，你便敢輕視於我麼？」右手食指倏地伸出，使的竟然便是「一陽指」。他數十年苦練，功力深厚。楊過只見他食指晃動，來勢雖緩，自己上半身正面大穴卻已全在他一指籠罩之下，竟不知他要點的是那一處穴道，正因不知他點向何處，九處大穴皆有中指之虞，當即伸出中指往他食指上一彈，使的正是黃藥師所授「彈指神通」功夫。

「彈指神通」與「一陽指」齊名數十年，原是各擅勝場，但楊過功力既淺，所學為時極暫，學後又未盡心鑽研苦練，那及得上武三通數十年的專心一致？兩指相觸，楊過只覺右臂一震，全身發熱，騰騰騰退出五六步，才勉強拿住樁子，不致摔倒。

武三通「咦」的一聲，道：「小子果然在桃花島住過。」一來礙著黃藥師的面子，二來見他小小年紀，居然擋住了自己生平絕技，心起愛才之意，喝道：「第二指又來了，擋不住便不用擋，莫要震壞內臟，我不傷你性命便是。」說著搶上數步，又是一指點出，這次卻是指向楊過小腹。

這一指所蓋罩的要穴更廣，肚腹間衝脈十二大穴，自幽門、通谷，下至中注、四滿，直抵橫骨、會陰，盡處於這一指威力之下。楊過見來勢甚疾，如再以「彈指神通」功夫抵擋，只怕不但手指斷折，還得如他所云內臟也得震傷，當下急使一招「琴心暗通」，嗤的一聲輕響，君子劍出鞘，護在肚腹之前二寸。武三通手指將及劍刃，急忙縮回，跟著第三指又出。這一指迅如閃電，直指楊過眉心，料想他決計不及抽劍回護。楊過見來指奇速，絕難化解，危急中使出「九陰真經」中的功夫，颼的一聲，倏地矮身從武三通胯下鑽了過去。這一招雖然迅捷，畢竟姿式狼狽，抑且大失身分，好在他是小輩，在長輩胯下鑽下也沒甚麼。

武三通「啊喲」一聲也來不及呼出，只覺對方手掌在自己左肩輕輕一拍，跟著聽得楊過笑道：「武老伯，你第三指好厲害。」他一怔之下，垂手退開，慘然道：「嘿嘿，當真英雄出少年，老頭兒不中用啦。」

楊過忙還劍入鞘，躬身道：「小姪這一招避得太也難看，倘若當真比武，小姪已然輸了。」武三通心中略感舒暢，嘆道：「那也不然，你剛才如在我背後一劍，我這條老命便不在了。你這招當真機伶，似我這種老粗，原鬥不過聰明伶俐的娃兒們……」他話未說完，忽聽遠處足步聲響，有兩人並肩而來。楊過一拉武三通的袖子，隱身在一片樹叢之後。只聽腳步聲漸近，來的果然是武敦儒、武修文兩兄弟。

武修文停住腳步，四下一望，道：「大哥，此處地勢空曠，便在這兒罷。」武敦儒道：

「好！」他不喜多言，刷的一聲，抽出了長劍。武修文卻不抽劍，說道：「大哥，今日相鬥，我若不敵，你便不殺我，做兄弟的也不能再活在世上。那手報母仇、奉養老父、愛護芙妹這三件大事，大哥你便得一肩兒挑了。」武三通聽到此處，心中一酸，落下了兩滴眼淚。

武敦儒道：「彼此心照，何必多言？你如勝我，也是一樣。」說著舉劍立個門戶。武修文仍不拔劍，走上幾步，說道：「大哥，你我自幼喪母，老父遠離，哥兒倆相依為命，從未爭吵半句，今日到這地步，大哥你不怪兄弟罷？」武敦儒說道：「兄弟，這是天數使然，你我都做不了主。」武修文道：「不論誰死誰活，終身決不能洩漏半點風聲，以免爹爹和芙妹難過。」武敦儒點點頭，握住了武修文的左手。兄弟倆黯然相對，良久無語。

武三通見兄弟二人言語間友愛深篤，心下大慰，正要躍將出去，喝斥決不可做這胡塗蠢事，忽聽兩兄弟同時叫道：「好，來罷！」同時後躍。武修文一伸手，長劍亮出，刷刷刷連刺三劍，星光下白刃如飛，出手迅捷異常。武敦儒一一架開，第三招迴擋反挑，跟著還了兩劍，每一招都刺向武修文的要害。武三通心中突的一下大跳，卻見武修文閃身斜躍，輕輕易易的避了開去。

荒谷之中，只聽得雙劍撞擊，連綿不絕，兩兄弟竟是性命相撲，出手毫不容情，只將武三通瞧得又是擔心，又是難過，兩個都是他愛若性命的親兒，自幼來便無半點偏袒，眼見二人出劍招招狠辣，縱然對付強仇亦不過如是，鬥將下去，二人中必有一傷。此時他若現身喝止，二人自必立時罷手。但今日不鬥，明日仍將拚個你死我活，總不能時時刻刻跟在二子身邊，寸步不離的防範。他越瞧越是痛心，想起自己身世之慘，不由得淚如雨下。

楊過幼時與二武兄弟有隙，其後重逢，相互間仍是頗存芥蒂。他生性偏激，度量殊非寬宏，見二武相鬥，初時頗存幸災樂禍之念，但見武三通哭得傷心，想起自己命不久長，善念登起：「我一生沒做過甚麼於人有益之事，死了以後，姑姑自然傷心，但此外念著我的，也不過是程英、陸無雙、公孫綠萼等寥寥幾個紅顏知己而已。今日何不做樁好事，教這位老伯終身記著我的好處？」心念既決，將嘴唇湊到武三通耳邊，低聲說道：「武老伯，小姪已有一計，可令兩位令郎罷鬥。」

武三通心中一震，回過頭來，臉上老淚縱橫，眼中滿是感激之色，但兀自將信將疑，實不知他有何妙法能解開這個死結。楊過低聲道：「只是得罪了兩令郎，老伯可莫見怪。」

武三通緊緊抓住他的雙手，心意激動，說不出話來。他年輕時不知情愛滋味，娶妻是奉了父母之命，其後為情孽牽纏，難以排遣，但自喪妻之後，感念妻子捨身救命的深恩，對何沅君的癡情已漸淡漠，老來愛子彌篤，只要兩個兒子平安和睦，縱然送了自己性命，也所甘願。此刻於絕境之中突然聽到楊過這幾句話，真如忽逢救苦救難的菩薩一般。

楊過見了他的神色，心中不禁一酸：「我爹爹若是尚在人世，亦必如此愛我。」低聲道：「你千萬不可給他們發覺，否則我的計策不靈。」

這時武氏兄弟越打越激烈，使的都是越女劍法。這是當年江南七怪中韓小瑩一脈所傳，兩人自幼至大，也不知已一同練過幾千百次，但這次性命相搏，卻不能有半招差錯，與平時拆招大不相同。武修文矯捷輕靈，縱前躍後，不住的找隙進擊。武敦儒嚴守門戶，偶然還刺一劍，卻是招式狠辣，勁力沉雄。

楊過瞧了一陣，心想：「郭伯伯武功之強，冠絕當時，但他傳授徒兒似乎未得其法，武氏兄弟又資質平平，看來連郭伯伯武功的二成也未學到。」突然縱聲長笑，緩步而出。

武氏兄弟大吃一驚，分別向後躍開，按劍而視，待認清是楊過，齊聲喝道：「你來這兒幹麼？」楊過笑道：「你們又在這兒幹麼？」武修文哈哈一笑，道：「我兄弟倆中夜無事，練練劍法。」楊過心道：「究竟小武機警，這當兒隨口說謊，居然行若無事。」冷笑一聲，說道：「練劍居然練到不顧性命，嘿嘿，用功啊用功？」武敦儒怒道：「你走開些，我兄弟的事不用你管。」

楊過冷笑道：「倘若當真是練劍用功，我自然管不著。可是你們出招之際，心中儘想著我的芙妹，我不管誰管？」武氏兄弟聽到「我的芙妹」四字，心中震動，不由自主的都是長劍一顫。武修文厲聲道：「你胡說八道甚麼？」楊過道：「芙妹是郭伯伯、郭伯母的親生女兒不是？婚姻大事須憑父母之命是不是？郭伯伯早將芙妹的終身許配於我，你們又非不知，卻私自在這裏鬥劍，爭奪我未過門的妻子，你哥兒倆當我楊過是人不是？」

這番話說得聲色俱厲，武氏兄弟登時語塞。他們確知郭靖一向有意招楊過為婿，只是黃蓉與郭芙卻對他不喜，這時突然給他說中心事，兄弟倆相顧看了一眼，不知如何對答。還是武修文有急智，冷笑道：「哼，未過門的妻子？虧你說得出口！這婚事有媒妁之言沒有？你行過聘沒有？下過文定沒有？」楊過冷笑道：「好啊，那麼你哥兒倆倒是有父母之命、媒妁之言了。」宋時最重禮法，婚姻大事非有父母之命、媒妁之言不可。武氏兄弟本擬兩人決了勝敗之後，敗者自盡，勝者向郭芙求婚，那時她無所選擇，自必允可，然後再一同向郭靖夫婦求懇，不料竟有一個楊過來橫加插手。武修文微一沉吟，說道：「師父有意將芙妹許配於你，這話說不定也是有的。可是師母卻有意許我兄弟之中一人。眼下咱們三人均是一般，誰都沒有名份，日後芙妹的終身屬誰，卻難說得很呢。」楊過仰頭向天，哈哈大笑。

武修文見他大笑不止，只不說話，怒道：「你笑甚麼？難道我的話錯了？」楊過笑道：「錯了，錯了。郭伯伯固然歡喜我，郭伯母卻更加歡喜我，你兩兄弟那能與我相比？」武修文道：「哼，你信口開河，有誰信了？」楊過笑道：「哈哈，我何必胡說？郭伯母私下早就許了我啦，否則我怎肯如此出力的救我岳父岳母？這都是瞧在我那芙妹份上啊。你說，你師母親口答應過你們沒有？」

二武惶然相顧，心想師母當真從未有過確切言語，連言外之意也未露過半分，莫非真的許了這小子？兩人本要拚個你死我活，此時斗然殺出一個強敵，兄弟倆敵愾同仇，不禁互相靠近了一步。

楊過曾偷聽到郭芙和他兄弟倆的說話，有意要激得他二人對己生妒，於是笑吟吟的道：「芙妹曾對我言道：兩位武家哥哥纏得她好緊，她無可推托，只好說兩個都歡喜。哈哈，世上那有一個好女子會同時愛上兩個男人？我那芙妹端莊貞淑，更加決無此理。我跟你們實說了罷，兩個都歡喜，便是一個都不歡喜。」當下學著郭芙那晚的語氣，嬌聲細氣的道：「小武哥哥，你體貼我，愛惜我，你便不知我心中可有多為難麼？大武哥哥，你總是這麼陰陽怪氣的，你要跟我說甚麼？」

武氏兄弟勃然變色。這幾句話是郭芙分別向兩人所說，當時並無第三人在，若非她自己轉述，楊過焉能得知？二人心中痛如刀絞，想起郭芙始終不肯許婚，原來竟是為此。

楊過見了二人神色，知道計已得售，正色說道：「總而言之，芙妹是我未過門的妻子，日後我和她百年好合，白頭偕老，相敬如賓，子孫綿綿……」說到這裏，忽聽得身後發出幽幽一聲長嘆，竟是小龍女的聲音。楊過脫口叫道：「姑姑！」卻不聞應聲，隨即省悟是山洞中的李莫愁所發，此人決不可與武氏父子照面，便大聲道：「你哥兒倆自作多情，枉自惹人恥笑。瞧在我岳父岳母的臉上，此事我也不來計較。你們好好回到襄陽，去助我岳父岳母守城，方是正事。」口口聲聲的竟將郭靖夫婦稱作了「岳父、岳母」。

武氏兄弟神色沮喪，伸手互握。武修文慘然道：「好，楊大哥，祝你和郭師妹福……福壽無疆。我兄弟倆遠走天涯，世上算是沒我們兩兄弟了。」說著兩人一齊轉身。

楊過暗暗喜歡，心想他二人已然恨極了我，又必定深恨郭芙，但兩兄弟此後自然友愛深摯，終如其老父所願。

武三通躲在樹叢之後，聽楊過一番言語將兩個愛兒說得不再相鬥，心中大喜，眼見兩子攜手遠去，忍不住叫道：「文兒，儒兒，咱們一塊兒走。」

二武聽到父親呼喝，一怔之下，齊聲叫道：「爹爹。」武三通向楊過深深一揖，說道：「楊兄弟，你的恩情厚意，老夫終身感念。」楊過不禁皺眉，心想這話怎能在二武之前吐露，待要亂以他語，武修文已然起疑，說道：「大哥，這小子所說，未必是真。」武敦儒不擅言辭，機敏卻絕不亞於乃弟，朝父親望了一眼，轉向兄弟，點了點頭。

武三通見事情要糟，忙道：「別錯會了意，我可沒叫楊家兄弟來勸你們。」武氏兄弟本來不過略有疑心，聽了父親這幾句欲蓋彌彰的話，登時想起楊過素來與郭芙不睦，他與小龍女又情意深篤，適才所言多半不確。武修文道：「大哥，咱們一齊回襄陽去，親口向芙妹問個明白。」武敦儒道：「好！旁人花言巧語，咱們須不能上當。」武修文道：「爹爹，你也去襄陽罷。師父師母是你舊交，你見見他們去。」武三通道：「我……我……」滿臉脹得通紅，不知如何是好，要待擺出為父尊嚴對二子呵斥責罵，又怕他們當面唯唯答應，背著自己卻又去拚個你死我活。

楊過冷笑道：「武二哥，『芙妹』兩字，豈是你叫得的？從今而後，這兩字非但不許你出口，連心中也不許想。」武修文怒道：「好啊，天下竟有如此蠻不講理之人？『芙妹』兩字，我已叫了七八年，不但今天要叫，日後也要叫。芙妹，芙妹，我的芙妹……」突然拍的一下，左頰上給楊過結結實實打了一記耳光。

武修文躍開兩步，橫持長劍，低沉著嗓子道：「好，姓楊的，咱們有多年沒打架了。」

武三通喝道：「文兒，好端端的打甚麼架？」楊過轉過頭去，正色道：「武老伯，你到底幫誰？」按著常理，武三通自是相幫兒子，但楊過這番出頭，明明是為了阻止他兄弟倆自相殘殺，不由得張口結舌，說不出話來。楊過道：「這樣罷，你安安穩穩的坐在這裏。我不會傷他們性命，料他們也傷不了我，你只管瞧熱鬧便是。」他年紀比武三通小得多，但說出話來，武三通不由自主的聽從，於是依言坐在石上。

楊過拔出君子劍，寒光揮動，擦的一聲響，將身旁一株大松樹斬為兩截，左掌推出，大松樹上半截倒在一旁，切口之處，平整光滑。武氏兄弟見他寶劍如此鋒銳，不禁相顧失色。

楊過還劍入鞘，笑道：「此劍豈為對付兩位而用？」順手折了一根樹枝，拉去枝葉，成為一根三尺來長的木棒，說道：「我說岳母對我偏心，你們兩位定不肯信。這樣罷，我只用這根木棒，你們兩位用劍齊上。你們既可用我岳父岳母所傳武功，也可用你們朱師叔所傳的一陽指，我卻只用岳母所授的武功，只要我用錯了一招別門別派的功夫，便算我輸了。」

二武本來忌憚他武功了得，當日見他兩次惡鬥金輪法王，招數怪異，自己識都不識，但此時聽他口口聲聲「岳父岳母」，似乎郭芙已當真嫁了他一般，心中如何不氣？何況他傲慢托大，既說以一敵二，用木棒對利劍，還說限使黃蓉私下傳授的武藝，兩兄弟心想自己連佔三項便宜，若再不勝，也是沒臉再活在世上了。

武敦儒終覺如此勝之不武，搖了搖頭，剛想說話，武修文已搶著道：「好，這是你自高自大，可不是我兄弟要叨你的光。若你錯用了一招全真派或是古墓派的武功，那便如何？」心想你這小子武功雖強，不過強在從全真派與古墓派學得了上乘功夫，當在桃花島之際，你給我兄弟倆打得亡命而逃，又有甚麼了不起？是以用這番言語來擠兌於他。

楊過道：「咱們此刻比武，不為往時舊怨，也不為今日新恨，乃是為芙妹而鬥。倘若我輸了，我只要再向她看上一眼，再跟她說一句話，我便是豬狗不如的無恥之徒。但若你們輸了呢？」這幾句話自是逼得他兄弟倆非跟著說不可。事當此際，武修文只得道：「咱兄弟倆輸了，也永不再見芙妹之面。」楊過向武敦儒道：「你呢？」武敦儒怒道：「咱兄弟同心一意，豈有異言？」楊過笑道：「好，你們今日輸了，倘若不守信約，那便是豬狗不如的無恥之徒，是也不是？」武修文道：「不錯。你也一樣。看招罷！」說著長劍挺出，往楊過腿上刺去。武敦儒同時出劍，卻擋在楊過左側，只一招間，便成左右夾攻之勢。

楊過逕向前躍，叫道：「兄弟同心，其利斷金。你兩兄弟聯手，果然厲害。」武敦儒提劍又上，楊過舉著木棒，只是東閃西避，並不還手，說道：「『妻子如衣服，兄弟如手足，衣服破，尚可縫，手足斷，不可續！』這首詩你們聽見過麼？」武修文喝道：「你囉唆些甚麼？師母私下傳你的功夫，怎地不施展出來？」武敦儒一聲不響，只是催動劍力。

楊過道：「好，小心著，我岳母親手所授的精妙功夫這就來了！」說著木棒上翻下絆，使個打狗棒法中的「絆」字訣，左手手指伸出，虛點武敦儒的穴道。武敦儒向後閃避，武修文「哎」的一聲叫，已被木棒絆了一交。

武敦儒見兄弟失利，長劍疾刺，急攻楊過。楊過道：「不錯，同胞手足，有難同當。」木棒晃動，霎眼之間竟已轉到他身後，拍的一聲，在他臀上抽了一下。他這木棒似是慢吞吞的轉動，但所出之處全是對方意料所不及的部位，打狗棒法變幻無方，端的是鬼神莫測。武敦儒吃了這棒雖不疼痛，但顯是輸了一招，懼意暗生。武修文躍起身來，叫道：「這是打狗棒法，那裏是師母暗中相授？明明是師母傳授魯長老之時，咱們一起在旁瞧見的，你偷學幾招，算得甚麼？」楊過木棒伸出，拍的一下，又絆了他一交，這一次卻是教他向前直撲。武敦儒長劍橫削，護住了兄弟。

楊過待武修文爬起身來，笑道：「咱們一齊瞧見，何以我會使，你卻不會？我岳母跟魯長老說的只是口訣，招數卻是我岳母暗中傳我的。連我的芙妹也不會，你們如何懂得？」

武修文不知他曾有異遇，當洪七公與歐陽鋒比拚之時曾將招數說給他聽，心想他這話多半不假，否則何以他一聞口訣即能使棒，自己卻半點不解，但兀自強辯：「這是因為各人品格不同了。這棒法唯丐幫幫主可使，咱們無意之中聽見，未有師母之命，豈能偷學？只有卑鄙小人才牢牢記住了。你不知羞恥，徒惹旁人恥笑。」

楊過哈哈大笑，木棒虛晃，拍拍兩聲，在二人背上各抽一記。武氏兄弟急忙後躍，滿臉脹得通紅。楊過笑道：「此刻既無對證，我雖用打狗棒法勝了，你們仍是心服口不服。好罷，我另使一門我岳母暗中所授的功夫，給你們見識見識。」他瞧瞧大武，又瞧瞧小武，問道：「我岳母的武功，是何人所授？」武修文怒道：「你再不要臉，岳母長岳母短的，咱們不跟你說話啦。」楊過一笑，道：「那又何必如此小氣？好，我問你，你師母拜洪老幫主為師之前，武功傳自何人？」武修文道：「我師母乃桃花島黃島主之女，武功是黃島主嫡傳，天下誰不知聞？」楊過道：「不錯。你們在桃花島居住多年，可知黃島主的絕技是甚麼功夫？」武修文道：「黃島主博大精深，文才武略，無所不通，無所謂絕技不絕技。」楊過道：「這話倒也不錯，以劍而論，黃島主使的是甚麼劍法？」武修文道：「你何必明知故問？黃島主玉簫劍法獨步武林，名震天下，江湖上無人不知。」

楊過道：「你們見過黃島主沒有？」武修文道：「黃島主雲遊天下，神龍見首不見尾，連師父、師母也找他老人家不著，咱們做小輩的焉能有緣拜見？」楊過道：「那他老人家的玉簫劍法，你們是沒有見過的了？」武修文冷笑道：「那一年黃島主生日，師母設宴遙祝，宴後曾使過一次，咱兄弟倆與芙妹倒是親眼得見的。那時楊兄已到全真教另投明師去了。」楊過笑道：「不錯，後來我岳母……好好，後來你師母暗中卻把玉簫劍法傳於我了。」

武氏兄弟相顧一眼，均是不信，心想當年楊過雖曾拜黃蓉為師，但知師母只是教他讀書，並未傳授武功，因之在桃花島上相鬥，他不是自己兄弟敵手，最後打傷武修文那一推，聽柯公公說乃是西毒歐陽鋒的蛤蟆功。想那玉簫劍法繁複奧妙，郭芙雖是師母的獨生愛女，迄今亦未得傳授。楊過自終南山歸來後，每次與師母相見，均是匆匆數面即便分手，就算師母有心傳他劍法，也未必有此餘暇。

楊過木棒輕擺，叫道：「瞧著，這是『蕭史乘龍』！」以棒作劍，倏地伸出，噗的一聲輕響，武敦儒右胸早著。木棒若是換作利劍，這一劍穿胸而過，他早已性命不保了。

武修文見機得快，長劍疾出，攻向楊過右脅，終究還是慢了一步，楊過木棒回轉，忽地刺向他的右腕。這一招後發而先至，武修文劍尖未及對方身體，手腕先得被棒端刺中，長劍便非脫手不可。他急忙收劍變招，縮腕迴劍，左腿踢出，楊過的木棒卻已刺向武敦儒肩頭，身隨棒去，寓守於攻，對武修文這一腿竟是不避而避。武修文一腳踢空，武敦儒卻已情勢緊迫，疾揮長劍嚴守門戶，才不讓木棒刺中了身子。

數招之間，二武已是手忙腳亂，拚命守禦還有不及，那有餘暇揮劍去削斷他的木棒？楊過口中叫出招數：「山外清音，金聲玉振，鳳曲長鳴，響隔樓台，棹歌中流……」木棒連刺，瀟灑自如，著著都是攻勢，一招不待二武化解開去，第二招第三招已連綿而至。他東刺一棒，西削一招，迫得二武並肩力抗，竟爾不敢相離半步。二武當時看黃蓉使這劍法，瞧過便算，只道這些俊雅花俏的招數只是為舞劍而用，怎想得到其中竟有如許妙用。聽他所叫的招數，似乎當日黃蓉確也說過，二人劍上受制，固極窘迫，心中卻更是難過，深信楊過這門玉簫劍法確是黃蓉親傳。怎想得到楊過與黃藥師曾相聚多日，得他親自指點玉簫劍法與彈指神通兩門絕技？

楊過見二人神色慘然，微感不忍，但想好事做到底，送佛送上西，今日若不將他二人打得服服貼貼，永不敢再見郭芙之面，那麼兩兄弟日後定要再為她惡鬥，直至二人中有一個送命為止。有道是藥不瞑眩，厥疾不瘳，既要奏刀治病，非讓病人吃些苦頭不可，當下催動劍法，著著進迫，竟是一招也不放鬆。二武愈鬥愈驚，但見棒影晃動，自己周身要害似已全在他棒端籠罩之下，只得咬緊牙關，拚命抵禦。

二武所學的越女劍本來也是一門極厲害的劍法，只是二人火候未到，郭靖又口齒拙劣，不善將劍法中精微奧妙之處詳加指點。因此他兄弟若與一般江湖好手較量，取勝固已有餘，在楊過木棒之下卻是破綻百出，不知其可。楊過的玉簫劍法本來也未學好，只是他武功比二武高得太多，何況二武心中傷痛，急怒交加，不免出手更亂。

楊過不使殺著，卻將內力慢慢傳到棒上。二武鬥了一陣，只覺對方手裏這根樹枝中竟有一股極強吸力，牽引得雙劍歪歪斜斜，一劍明明是向對方刺出，但劍尖所指，不是偏左，便是刺到了右邊。木棒上牽引之力越來越強，到後來兩兄弟幾成互鬥。武敦儒刺向楊過的一招往往險些中了兄弟，而武修文向楊過削去的一劍，也令兄長竭盡全力，方能化解。

楊過長笑一聲，叫道：「玉簫劍法精妙之處，尚不止此，小心了！」篤的一響，木棒與大武長劍相交，但碰到的是劍面，木棒絲毫無損。武敦儒立感一股極大的黏力向外拉扯，長劍幾欲脫手，急忙運力回奪。楊過木棒順勢斜推，連武修文的長劍也已黏住，跟著向下壓落，雙劍劍頭一齊著地。武氏兄弟奮力回抽，剛有些微鬆動，楊過左腳跨前，已踏住了兩柄長劍，木棒倏起，棒端在二武咽喉中分別輕輕一點，笑道：「服了嗎？」

這木棒若是換作利刃，兩人喉頭早已割斷，就算是這根木棒，只要他手上勁力稍大，兩人也非受重傷不可。二武臉如死灰，黯然不語。楊過抬起左腳，向後退開三步，見兩兄弟神情狼狽，想起幼時受他們毆打折辱，今日始得揚眉吐氣，臉上不自禁現出得意神色。

二武此時更無絲毫懷疑，確信楊過果得黃蓉傳了絕技，但自幼癡戀郭芙，若如此一戰，即便永不再與她相見，終是心有不甘，又覺適才鬥劍之時，一上來即被對方搶了先著，此後一路手忙腳亂的招架，師授武藝連一成也沒使上，新練成的一陽指更無施展之機。武修文突然喝道：「大哥，咱們要是就此罷手，活在世上還有甚麼味兒？不如跟他拚了！」武敦儒心中一凜，叫道：「是！」兩人挺劍搶攻，更不守禦自身要害，招招均是攻勢。

如此一變招，果然威力大盛，二人只攻不守，拚著性命喪在楊過棒下，也要與他鬥個同歸於盡。楊過木棒指向二人要害，二武竟是全然不理，右手使劍，左手將一陽指的手法使將出來，各以平生絕學，要取敵人性命。楊過笑道：「好，如此相鬥，才有點味兒！」索性拋去木棒，在二人劍鋒之間穿來插去。二武越打越狠，卻始終刺他不著。

武三通旁觀三人動手，一時盼望楊過得勝，好讓兩個兒子息了對郭芙之心，然見二子迭遇險招，又不免盼他二人打敗楊過，心情起伏，動盪無已。

猛聽得楊過一聲清嘯，伸指各在二人劍上一彈，錚錚兩聲，兩柄長劍向天飛出。楊過縱身而出，將雙劍分別抄在手中，笑道：「這彈指神通功夫，也是我岳母傳的！」

到此地步，武氏兄弟自知若再與他相鬥，徒然自取其辱。楊過倒轉雙劍，輕擲過去，拱手道：「多有得罪。」武修文接過長劍，慘然道：「是了，我永不再見芙妹便是。」說著橫過長劍，便往頸中刎去。武敦儒與兄弟的心意無異，同時橫劍自刎。楊過一驚，飛縱而前，錚錚兩響，又伸指彈上雙劍。兩柄長劍向外翻出，劍刃相交，噹的一聲，兩劍同時斷折。

就在此時，武三通也已急躍而前，一手一把，揪住二人的後頸，厲聲喝道：「你二人為了一個女人，便要自殘性命，真是枉為男子漢了。」

武修文抬起頭來，慘然道：「爹，你……你不也是為了一個女子……而傷心一輩子麼？我……」話未說完，星光下只見父親臉上淚痕斑斑，顯是心中傷痛已極，猛想起兄弟互鬥，實是大傷老父之情，哇的一聲，竟哭了出來。武三通手一鬆，將他摟在懷內，左手卻抱住了武敦儒，父子三人摟作一團。武敦儒想起自己對郭芙一片真情，那想到她暗中竟與楊過要好，連師母也瞞過自己兄弟，將生平絕技傳了她心目中的快婿，看來旁人皆是假心假意，只有父子兄弟之情才是真的，伏在父親懷內，不由得也哭了出來。

楊過生性飛揚跳脫，此舉存心雖善，卻也弄得武氏兄弟狼狽萬狀，眼見他父子三人互相愛憐，他心中大為得意，暗想我雖命不久長，總算臨死之前做了一樁好事。

只聽武三通道：「傻孩子，大丈夫何患無妻？姓郭的女孩子對你們既無真心，又何必牽掛於她？咱父子眼前的第一大事，卻是甚麼？」武修文抬起頭來，說道：「要報媽媽的大仇。」武三通厲聲道：「是啊！咱父子便是走遍天涯海角，也要找到那赤練魔頭李莫愁。」

楊過一驚，心道：「快些引開他們三人，這話給李師伯聽見了可大大不妙。」他心念甫動，只聽得山洞中李莫愁冷笑道：「又何必走遍天涯海角？李莫愁在此恭候多時。」說著從洞中走了出來，只見她左手抱嬰兒，右手持拂塵，涼風拂衣，神情瀟灑。

武氏父子萬想不到這魔頭竟會在此時此地現身，武三通大吼一聲，撲了上去。武敦儒與武修文長劍已折，各自拾起半截斷劍，上前左右夾擊。楊過大叫：「四位且莫動手，聽在下一言。」武三通紅了眼睛，叫道：「楊兄弟，先殺了這魔頭再說。」話說之時，左掌右指已連施三下殺著，武氏兄弟劍刃雖斷，但近身而攻，半截斷劍便如匕首相似，也是威力不小。

楊過知他們身有血仇，決不肯聽自己片言勸解便此罷手，只是生怕誤傷了嬰兒，叫道：「李師伯，你將孩子給我抱著。」

武三通一怔，退開兩步，問道：「你怎地叫她師伯？」李莫愁笑道：「乖師姪，你攻這瘋子的後路，孩子我自抱著。」她接了武三通三招，覺他功力大進，與當年在嘉興府動手時已頗不相同，而武氏兄弟也非庸手，三人捨命搶攻，頗感不易對付，是以故意叫楊過「乖師姪」，好分三人之心。武三通果然中計，叫道：「儒兒、文兒，你們提防那姓楊的，我獨個兒跟這魔頭拚了。」楊過垂手退開，說道：「我兩不相助，但你們千萬不可傷了孩子。」

武三通見他退開，心下稍寬，催動掌力，著著進逼。李莫愁舞動拂塵抵禦，說道：「兩位小武公子，適才見你們行事，也算得是多情種子，不似那些無情無義的薄倖男人可惡。瞧在這個份上，今日饒你們不死，給我快快去罷！」武修文怒道：「賊賤人，你這狼心狗肺的惡婆娘，憑甚麼說多情不多情？」說著欺身直上，狠招連發。李莫愁怒道：「臭小子不知好歹！」拂塵轉動，自內向外，一個個圈子滾將出來。二武的斷劍與她拂塵一碰，只覺胸口劇震，斷劍險些脫手。武三通呼的一掌劈去，李莫愁回過拂塵抵擋，這才解了二武之圍。

楊過慢慢走到李莫愁身後，只待她招數中稍有空隙，立即撲上搶她懷中嬰兒。但武氏父子大呼酣鬥，逼得李莫愁揮動拂塵護住了全身，竟是絲毫找不到破綻，眼見武氏父子出手全無顧忌，招數中絲毫沒有要避開孩子之意，若有差失，如何對得住郭靖夫婦？他大聲叫道：「李師伯，孩子給我！」搶將上去，揮掌震開拂塵，便去搶奪嬰兒。

這時李莫愁身處四人之間，前後左右全是敵人，已緩不出手來與他爭奪，但若就此讓他將孩子搶去，也是不甘，厲聲喝道：「你敢來搶？我手臂一緊，瞧孩子活是不活？」楊過一愣，那敢上前？

李莫愁如此心神微分，武三通左掌猛拍，掌底夾指，右手食指已點中了她腰間。李莫愁登時半身酸麻，一個踉蹌，幾欲跌倒，卻便此乘勢飛足踢去武敦儒手中斷劍，拂塵猛向武修文揮落。武三通抓住武修文後心往後急扯，才使他避過了這追魂奪命的一拂。李莫愁受傷不輕，拂塵連揮，奪路進了山洞。

武三通大喜，叫道：「賊賤人中了我一指，今日已難逃性命。」武氏兄弟手挺斷劍，便要衝進洞去。武三通道：「且慢，小心賤人的毒針，咱們在此守住，且想個妥善之策……」話未說完，忽聽得山洞中一聲大吼，撲出一頭豹子。

這頭猛獸突如其來，武三通父子三人都大吃一驚，只一怔之間，銀光閃動，豹子肚腹之下驀地裏射出幾枚銀針。這一下更是萬萬料想不到，總算武三通武功深湛，應變迅捷，危急中縱身躍起，銀針從足底掃過，但聽武氏兄弟齊呼「啊喲」，只嚇得他一顆心怦怦亂跳，卻見李莫愁從豹腹下翻將上來，騎在豹背，拂塵插在頸後衣領之中，左手抱著嬰兒，右手揪住豹頸，縱聲長笑。那豹子連竄數下，已躍入了山澗。

這一著卻也大出楊過意料之外，他眼見豹子遠走，急步趕去，叫道：「李師伯……」武三通見兩個愛兒倒地不起，憂心如焚，伸手抱住楊過，叫道：「今日我跟你拚了。」楊過毫沒防備，給他抱個正著，急道：「快放手！我要搶孩子回來！」武三通道：「好好好，咱們大夥兒一塊死了乾淨。」楊過急使小擒拿手想扳開他手指。武三通惶急之餘，又有些瘋瘋顛顛，武功卻絲毫未失，左手牢牢抱住他腰，右手勾封扣鎖，竟也以小擒拿手對拆。

楊過見李莫愁騎在豹上已走得影蹤不見，再也追趕不上，嘆道：「你抱住我幹麼？救他們的傷要緊啊。」武三通喜道：「是，是！這毒針之傷，你能救麼？」說著放開了他腰。

楊過俯身看武氏兄弟時，只見兩枚銀針一中武敦儒左肩，一中武修文右腿，便在這片刻之間，毒性延展，二人已呼吸低沉，昏迷不醒。楊過在武敦儒袍子上撕下一塊綢片，裹住針尾，分別將兩枚銀針拔出。武三通急問：「你有解藥沒有？有解藥沒有？」楊過眼見二武中毒難救，黯然搖頭。

武三通父子情深，心如刀絞，想起妻子為自己吮毒而死，突然撲到武修文身上，伸嘴湊往他腿上傷口。楊過大驚，叫道：「使不得！」順手一指，點中了他背上的「大椎穴」。武三通不防，登時摔倒，動彈不得，眼睜睜望著兩個愛兒，臉頰上淚水滾滾而下。

楊過心念一動：「再過五日，我身上的情花劇毒便發，在這世上多活五日，少活五日，實在沒甚麼分別。武氏兄弟人品平平，但這位武老伯卻是至性至情之人，和我心意相合，他一生不幸，罷罷罷，我捨卻五日之命，讓他父子團圓，以慰他老懷便了。」於是伸嘴到武修文腿上給他吸出毒質，吐出幾口毒水之後，又給武敦儒吮吸。

武三通在旁瞧著，心中感激莫名，苦於被點中了穴道，無法與他一齊吮吸毒液。楊過在二武傷口上輪流吸了一陣，口中只覺苦味漸轉鹹味，頭腦卻越來越覺暈眩，知道自己中毒已深，再用力吸了幾口，吐出毒汁，眼前一黑，登時暈倒在地。

此後良久良久沒有知覺，漸漸的眼前晃來晃去似有許多模糊人影，要待瞧個明白，卻越瞧越胡塗，也不知再過多少時候，這才睜開眼來，只見武三通滿臉喜色的望著自己，叫道：「好啦，好啦！」突然跪倒在地，咚咚咚咚的磕了十幾個響頭，說道：「楊兄弟，你……你救了我……我兩個孩兒，也救了我這條老命。」爬起身來，又撲到一個人跟前，向他磕頭，叫道：「多謝師叔，多謝師叔。」

楊過向那人望去，見他顏面黝黑，高鼻深目，形貌與尼摩星有些相像，短髮鬈曲，一片雪白，年紀已老。楊過只知武三通是一燈大師的弟子，卻不知他尚有一個天竺國人的師叔，待要坐起，卻覺半點使不出力道，向四下一看，原來已睡在床上，正是在襄陽自己住過的室中，這才知自己未死，還可與小龍女再見一面，不禁出聲而呼：「姑姑，姑姑！」

一人走到床邊，伸手輕輕按在他的額上，說道：「過兒，好好休息，你姑姑有事出城去了。」卻是郭靖。楊過見他傷勢已好，心中大慰，但隨即想起：「郭伯伯傷勢復原，須得七日七夜之功，難道我這番昏暈，竟已過了多日？可是我身上情花之毒卻又如何不發？」一愕之下，腦中迷糊，又昏睡過去。

待得再次醒轉，已是夜晚，床前點著一枝紅燭，武三通仍是坐在床頭，目不轉睛的望著自己。楊過淡淡一笑，說道：「武老伯，我沒事了，你不用擔心。兩位武兄都安好罷？」武三通熱淚盈眶，只是點頭，卻說不出話來。

楊過生平從未受過別人如此感激，很是不好意思，於是岔開話題，問道：「咱們怎地回襄陽來的？」武三通伸袖拭了拭眼淚，說道：「我朱師弟受你師父龍姑娘之託，送汗血寶馬到荒谷中來給你，瞧見咱們四人都倒在地下，這才趕緊救回城來。」楊過奇道：「我師父怎知我在那荒谷之中？她又有甚麼要事，分身不開，要請朱老伯送馬給我？」武三通搖頭道：「我回城之後，也沒與龍姑娘遇著。朱師弟說她年紀輕輕，武功卻是出神入化，可惜這次我無緣拜見。唉，少年英雄如此了得，我跟朱師弟說，咱們的年紀都是活在狗身上了。」

楊過聽他誇獎小龍女，語意誠懇，心中甚是喜歡，按年紀而論，武三通便要做小龍女的父親也是綽綽有餘，但話中竟用了「拜見」兩字，自是因其徒而敬其師了。楊過微微一笑，又道：「小姪之傷……」只說了四個字，武三通搶著道：「楊兄弟，武林中有人遇到危難，互相援手雖是常事，但如你這般捨己救人，救的又是從前大大得罪過你的我兩個小兒，這般大仁大義之事，除了我師父之外，再也無人做得……」楊過不住搖頭，叫他別說下去了。武三通不理，續道：「我若叫恩公，諒你也不肯答應。但你如再稱我老伯，那你分明是瞧我武三通不起了。」楊過性子爽快，向來不拘小節，他心中既以小龍女為妻，凡是不守禮俗、倒亂稱呼之事，無不樂從，於是欣然道：「好，我叫你作武大哥便是。只是見了兩位令郎，倒有些不便稱呼了。」武三通道：「稱呼甚麼？他們的小命是你所救，便給你做牛做馬也是應該的。」楊過道：「武大哥，你不用多謝我。我身上中了情花劇毒，本就難以活命，為兩位令郎吮毒，絲毫沒甚麼了不起。」

武三通搖頭道：「楊兄弟，話不是這麼說。別說你身上之毒未必真的難治，便算確實無藥可救，凡人多活一時便好一時，縱是片刻之命，也決計難捨。世上並無長生之人，就算武功通天，到頭來終究要死，然則何以人人仍是樂生惡死呢？」

楊過笑了笑，問道：「咱們回到襄陽有幾日啦？」武三通道：「到今天已是第七日。」楊過臉現迷茫之色，道：「據理我已該毒發而死，怎地尚活在世上，也真奇了。」武三通喜道：「我那師叔是天竺國神僧，治傷療毒，算得天下第一。昔年我師父誤服了郭夫人送來的毒藥，便是他給治好的。我這就請他去。」說著興沖沖的出房。

楊過心頭一喜：「莫非當我昏暈之時，那位天竺神僧給我服了甚麼靈丹妙藥，竟連情花的劇毒也化解了。唉，不知姑姑到了何處？她若得悉我能不死，真不知該有多快活呢！」想到纏綿之處，心頭一蕩，胸口突然如被大鐵錘猛擊一記，劇痛難當，忍不住大叫一聲。自服了裘千尺所給的半枚丹藥之後，迄未經歷過如此難當的大痛，想是半枚丹藥的藥性已過，而身上的毒性卻未驅除，當下緊緊抓住胸口，牙齒咬得格格直響，片刻間便已滿頭大汗。

正痛得死去活來之際，忽聽得門外有人口宣佛號：「南無阿彌陀佛！」那天竺僧雙手合什，走了進來。武三通跟在後面，眼見楊過神情狼狽，大吃一驚，問道：「楊兄弟，你怎麼啦？」轉頭向天竺僧道：「師叔，他毒發了，快給他服解藥！」天竺僧不懂他說話，走過去替楊過按脈。武三通道：「是了！」忙去請師弟朱子柳過來。朱子柳精通梵文內典，只他一人能與天竺僧交談，於是過來傳譯。

楊過凝神半晌，疼痛漸消，將中毒的情由對天竺僧說了。天竺僧細細問了情花的形狀，大感驚異，說道：「這情花是上古異卉，早已絕種。佛典中言道：當日情花害人無數，文殊師利菩薩以大智慧力化去，世間再無流傳。豈知中土尚有留存。老衲從未見過此花，實不知其毒性如何化解。」說著臉上深有憐憫之色。武三通待朱子柳譯完天竺僧的話，連叫：「師叔慈悲！師叔慈悲！」

天竺僧雙手合什，唸了聲：「阿彌陀佛！」閉目垂眉，低頭沉思。室中一片寂靜，誰也不敢開口。過了良久，天竺僧睜開眼來，說道：「楊居士為我兩個師姪孫吮毒，依那冰魄銀針上的毒性，只要吮得數口，立時斃命，但楊居士至今健在，而情花之毒到期發作，亦未致命。莫非以毒攻毒，兩般劇毒相侵相剋，楊居士反得善果麼？」朱子柳連連點頭，譯了這番話，楊過也覺甚有道理。

天竺僧又道：「常言道善有善報，楊居士捨身為人，真乃莫大慈悲，此毒必當有解。」武三通聽了朱子柳傳譯，大喜躍起，叫道：「便請師叔趕快施救。」天竺僧道：「老衲須得往絕情谷走一遭。」楊過等三人均是一呆，心想此去絕情谷路程不近，一去一回，躭擱時刻不少。天竺僧道：「老衲須當親眼見到情花，驗其毒性，方能設法配製解藥。老衲回返之前，楊居士務須不動絲毫情思綺念，否則疼痛一次比一次厲害。若是傷了真元，可就不能相救了。」

楊過尚未答應，武三通大聲道：「師弟，咱們齊去絕情谷，逼那老乞婆交出解藥。」朱子柳當日為霍都所傷，蒙楊過用計取得解藥，心中早存相報之念，說道：「正是，咱們護送師叔同去，是咱哥兒倆強取也好，是師叔配製也好，總得把解藥取來。」

師兄弟倆說得興高采烈，天竺僧卻呆呆望著楊過，眉間深有憂色。

第二十四回

意亂情迷

楊過坐倒在地，再無力氣抗禦，
只是舉起右臂護在胸前，
眼神中卻殊無半分乞憐之色。
郭芙一咬牙，手上加勁，揮劍斬落。

楊過見天竺僧淡碧色的眸子中發出異光，嘴角邊頗有淒苦悲憫之意，料想自身劇毒難愈，以致這位療毒聖手也竟為之束手，便淡淡一笑，說道：「大師有何言語，請說不妨。」天竺僧道：「這情花的禍害與一般毒物全不相同。毒與情結，害與心通。我瞧居士情根深種，與那毒物牽纏糾結，極難解脫，縱使得到了絕情谷的半枚丹藥，也未必便能清除。但若居士揮慧劍，斬情絲，這毒不藥自解。我們上絕情谷去，不過是各盡本力，十之八九，卻須居士自為。」楊過心想：「要我絕了對姑姑情意，又何必活在世上？還不如讓我毒發而死的乾淨。」口中卻只得稱謝：「多謝大師指點。」他本想請武三通等不必到絕情谷去徒勞跋涉，但想這干人義氣深重，決不肯聽，說了也是枉然。

武三通笑道：「楊兄弟，你安心靜養，決沒錯兒。咱們明日一早動身，儘快回來，待驅除了你的病根子，得痛痛快快喝你和郭姑娘的一杯喜酒。」楊過一怔，但想此事一時三刻也說不清楚，只得隨口答應了，見三人辭出，掩上了門，便又閉目而臥。

這一睡又是幾個時辰，醒轉時但聽得啼鳥鳴喧，已是黎明。楊過數日不食，腹中飢餓，見床頭放著四碟美點，伸手便取過幾塊糕餅來吃，吃得兩塊，忽聽門上有剝啄之聲，接著呀的一聲，房門輕輕推開。

這時床頭紅燭尚賸著一寸來長，兀自未滅，楊過見進來那人身穿淡紅衫子，俏臉含怒，竟是郭芙。楊過一呆，說道：「郭姑娘，你好早。」郭芙哼了一聲，卻不答話，在床前的椅上一坐，秀眉微豎，睜著一雙大眼怒視著他，隔了良久，仍是一句話不說。

楊過給她瞧得心中不安，微笑道：「郭伯伯要你來吩咐我甚麼話麼？」郭芙說道：「不是！」楊過連碰了兩個釘子，若在往日，早已翻身向著裏床，不再理睬，但此刻見她神色有異，猜不透她大清早到自己房中來為了何事，又問：「郭伯母產後平安，已大好了罷？」郭芙臉上更似罩了一層寒霜，冷冷的道：「我媽媽好不好，也用不著你關心。」

這世上除了小龍女外，楊過從不肯對人有絲毫退讓，今日竟給她如此奚落，不由得傲氣漸生，心道：「你父親是郭大俠，母親是黃幫主，便了不起麼？」當下也哼了一聲。郭芙道：「你哼甚麼？」楊過不理，又哼了一聲。郭芙大聲道：「我問你哼甚麼？」楊過心中好笑：「畢竟女孩兒家沉不住氣，我這麼哼得兩聲，便自急了。」說道：「我身子不舒服，哼兩聲便好過些。」郭芙怒道：「口是心非，胡說八道，成天生安白造，當真是卑鄙小人。」

楊過給她夾頭夾腦一頓臭罵，心念一動：「莫非我哄騙武氏兄弟的言語給她知道了？」見她雖然生氣，但容顏嬌美，不由得見之生憐。他性兒中生來帶著三分風流，忍不住笑道：「郭姑娘，你是怪我跟武家兄弟說的這番話麼？」郭芙低沉著聲音道：「你跟他們說些甚麼了？親口招認給我聽聽。」楊過笑道：「我是為了他們好，免得他們親兄弟拚個你死我活，傷了老父之心。這些話是武老伯跟你說的，是不是？」

郭芙道：「武老伯一見我就跟我道喜，把你誇到了天上去啦。我……我……女孩兒家清清白白的名聲，能任你亂說得的麼？」說到這裏，語聲哽咽，兩道淚水從臉頰上流了下來。

楊過低頭不語，心中好生後悔，那晚逞一時口舌之快，對武氏兄弟越說越得意，卻沒想到已蹧蹋了郭芙的名聲，總是自己言語輕薄，闖出這場禍來，倒是不易收拾。

郭芙見他低頭不語，更是惱恨，哭道：「武老伯說道，大武哥哥、小武哥哥兩人打你不過，給你逼得從此不敢再來見我，這話可是真的麼？」楊過暗暗嘆氣：「武三通這人也真不知輕重，這些話又何必說給她聽？」當下無可隱瞞，只得點了點頭，說道：「我胡說八道，確是不該，但我實無歹意，請你見諒。」郭芙擦了擦眼淚，怒道：「昨晚的話，那又為了甚麼？」楊過一怔，道：「昨晚甚麼話？」郭芙道：「武老伯說，待治好你病後，要喝你……你和我的喜酒，你幹麼仍不知羞的答應？」楊過暗叫：「糟糕，糟糕！原來昨晚這幾句話也給她聽去了。」只得辯道：「那時我昏昏沉沉的，沒聽清楚武老伯說些甚麼。」

郭芙瞧出他是撒謊，大聲道：「你說我媽媽暗中教你武功，看中了你，要招你作女婿，有這等事麼？」楊過給她問得滿臉通紅，大是狼狽，心想：「與郭姑娘說笑，不過給人說一聲輕薄無賴，反正我本就不是正人君子，那也罷了。但我謊言郭伯母暗中授藝，此事卻可大可小，萬萬不能讓郭伯母知曉。」忙道：「郭姑娘，這都怪我出言不慎，請你遮掩則個，別讓你爹爹媽媽知道。」郭芙冷笑道：「你既還怕爹爹，怎敢捏造謊言，辱我母親？」楊過忙道：「我對伯母決無不敬之意，當時我一意要武家兄弟絕念死心，以致說話不知輕重……」

郭芙自幼與武氏兄弟青梅竹馬一齊長大，對兩兄弟均有情意，得知楊過騙得二人對自己死了心，永遠不再見面，這份怒氣如何再能抑制？又大聲問道：「這些事慢慢再跟你算帳。我妹妹呢？你把她抱到那裏去啦？」

楊過道：「是啊，快請郭伯伯過來，我正要跟他說。」郭芙道：「我爹爹出城找妹妹去啦。你……你這無恥小人，竟想拿我妹妹去換解藥。好啊，你的性命值錢，我妹妹的性命便不值錢。」楊過一直暗自慚愧，但聽她說到嬰兒之事，心中卻是無愧天地，朗聲道：「我一心一意要奪回令妹，交於你爹娘之手，若說以她去換解藥，楊過絕無此心。」郭芙道：「那麼我妹妹呢？她到那兒去啦？」楊過道：「是給李莫愁搶了去，我奪不回來，好生有愧。只要我氣力回復，一時不死，立時便去找尋。」

郭芙冷笑道：「這李莫愁是你師伯，是不是？你們本來一齊躲在山洞之中，是不是？」楊過道：「不錯，她雖是我師伯，可是素來和我師父不睦。」郭芙道：「哼，不和不睦？她怎地又會聽你的話，抱了我妹妹去給你換解藥？」楊過一跳坐起，怒道：「郭姑娘你可別瞎說，我楊過為人雖不足道，焉有此意？」郭芙道：「好個『焉有此意』！是你師父親口說的，難道會假？」楊過道：「我師父說甚麼了？」

郭芙站直身子，伸手指著他鼻子，怒容滿面的道：「你師父親口跟朱伯伯說，你與李莫愁同在那荒谷之中，請朱伯伯將我爹爹的汗血寶馬送去借給你，好讓你抱我妹妹趕到絕情谷去……」楊過驚疑不定，插口道：「不錯，我師父確有此意，要我將你妹妹先行送去，得到那半枚絕情丹服了再說，但這不過是一時的權宜之計，也不致害了你妹妹……」郭芙搶著道：「我妹妹生下來不到一天，你就去交給了一個殺人不眨眼的惡魔，還說不致害了我妹妹。你這狼心狗肺的惡賊！你幼時孤苦伶仃，我爹媽如何待你？若非收養你在桃花島上，養你成人，你焉有今日？那知道你恩將仇報，勾引外敵，乘著我爹爹媽媽身子不好，竟將我妹妹搶了去……」她越罵越兇，楊過一時之間那能辯白？中毒後身子尚弱，又氣又急之下，咕咚一聲，倒在床上，竟自暈了過去。

過了好一陣，他方自悠悠醒轉。郭芙冷冷的凝目而視，說道：「想不到你竟還有一絲羞恥之心，自己也知如此居心，難容於天地之間了罷？」當真是顏若冰寒，辭如刀利。楊過長嘆一聲，說道：「我倘真有此心，何不抱了你妹妹，便上絕情谷去？」郭芙道：「你身上毒發，行走不得，這才請你師伯去啊。嘿嘿，可是人算不如天算，我聽你師父跟朱伯伯一說，便將汗血寶馬藏了起來，叫你師徒倆的奸計難以得逞……」楊過道：「好好，你愛怎麼說便怎麼說，我也不必多辯。我師父呢？她到那裏去啦？」

郭芙臉上微微一紅，道：「這才叫有其師必有其徒，你師父也不是好人。」楊過大怒，坐起身來，說道：「你罵我辱我，瞧在你爹娘臉上，我也不來跟你計較。你卻怎敢說我師父？」郭芙道：「呸！你師父便怎麼了？誰教她不正不經的瞎說。」楊過心道：「姑姑清澹雅致，身上便似沒半分人間煙火氣息，如何能口出俗言？」於是也呸了一聲，道：「多半是你自己心邪，將我師父好好一句話聽歪了。」

郭芙本來不想轉述小龍女之言，這時給他一激，忍不住怒火又衝上心口，說道：「她說：『郭姑娘，過兒心地純善，他一生孤苦，你要好好待他。』又說：『你們原是天生……天生……一對！你叫他忘了我罷，我一點也不怪他。』她又將一柄寶劍給了我，說甚麼那是淑女劍，和你的君子劍正是……正是一對兒。這不是胡說八道是甚麼？」她又羞又怒，將小龍女那幾句情意深摯、淒然欲絕的話轉述出來，語氣卻已迥然不同。

楊過每聽一句，心中就如猛中一椎，腦海中一片迷惘，不知小龍女何以有此番言語，過了一會，聽得郭芙話已說完，緩緩抬起頭來，眼中忽發異光，喝道：「你撒謊騙人，我師父怎會說這些話？那淑女劍呢？淑女劍呢？你拿不出來，便是騙人！」郭芙冷笑一聲，手腕一翻，從背後取出一柄長劍，劍身烏黑，正是那柄從絕情谷中得來的淑女劍。

楊過滿腔失望，急得口不擇言，叫道：「誰要與你配成一對兒？這劍明明是我師父的，你偷了她的，你偷了她的！」

郭芙自幼生性驕縱，連父母也容讓她三分，武氏兄弟更是千依百順，趨奉唯謹，那裏受得這樣的重話？她轉述小龍女的說話，只因楊過言語相激，才不得不委屈說出，豈知他竟如此回答，聽這言中含意，竟似自己設成了圈套，有意嫁他，而他偏生不要。她大怒之下，手按劍柄，便待拔劍斬去，但轉念一想：「他對他師父如此敬重，我偏說一件事情出來，教他聽了氣個半死不活。」

這時她氣惱已極，渾不想這番話說將出來有何惡果，刷的一響，將拔出了半尺的淑女劍往劍鞘中一送，笑嘻嘻的坐在椅上，說道：「你師父相貌美麗，武功高強，果然是人間罕有，就只一件事不妥。」楊過道：「甚麼不妥？」郭芙道：「只可惜行止不端，跟全真教的道士們鬼鬼祟祟，暗中來往。」楊過怒道：「我師父和全真教有仇，怎能跟他們暗中來往？」郭芙冷笑道：「『暗中來往』這四個字，我還是說得文雅了的。有些話兒，我女孩兒家不便出口。」楊過越聽越怒，大聲道：「我師父冰清玉潔，你再瞎說一言半句，我扭爛了你的嘴。」郭芙眉間如聚霜雪，冷然道：「不錯，她做得出，我說不出。好一個冰清玉潔的姑娘，卻去跟一個臭道士相好。」楊過鐵青了臉，喝道：「你說甚麼？」

郭芙道：「我親耳聽見的，難道還錯得了？全真教的兩名道士來拜訪我爹爹，城中正自大亂，我爹媽身子不好，不能相見，就由我去招待賓客……」楊過怒喝：「那便怎地？」郭芙見他氣得額頭青筋暴現，雙眼血紅，自喜得計，說道：「那兩個道士一個叫趙志敬，一個叫尹志平，可是有的？」楊過道：「有便怎地？」郭芙淡淡一笑，說道：「我吩咐下人，給他們安排了歇宿之處，也沒再理會。那知道半夜之中，一名丐幫弟子悄悄來報我知曉，說這兩位道爺竟在房中拔劍相鬥……」楊過哼了一聲，心想尹趙二人自來不和，房中鬥劍亦非奇事。

郭芙續道：「我好奇心起，悄悄到窗外張望，只見兩人已經收劍不鬥了，但還在鬥口。姓趙的說那姓尹的和你師父怎樣怎樣，姓尹的並不抵賴，只怪他不該大聲叫嚷……」

楊過霍地揭開身上棉被，翻身坐在床沿，喝道：「甚麼怎樣怎樣？」郭芙臉上微微一紅，神色頗為尷尬，道：「我怎知道？難道還會是好事了？你寶貝師父自己做的事，她自己才知道。」一語氣之中，充滿了輕蔑。楊過又氣又急，心神大亂，反手一記，拍的一聲，郭芙臉上中了一掌。他憤激之下，出手甚重，只打得郭芙眼前金星亂冒，半邊面頰登時紅腫，若非楊過病後力氣不足，這一掌連牙齒也得打下幾枚。

郭芙一生之中那裏受過此辱？狂怒之下，順手拔出腰間淑女劍，便向楊過頸中刺去。

楊過打了她一掌，心想：「我得罪了郭伯伯與郭伯母的愛女，這位姑娘是襄陽城中的公主，郭伯伯郭伯母縱不見怪，此處我焉能再留？」伸腳下床穿了鞋子，見郭芙一劍刺到，他冷笑一聲，左手迴引，右手倏地伸出，虛點輕帶，已將她淑女劍奪了過來。

郭芙連敗兩招，怒氣更增，只見床頭又有一劍，搶過去一把抓起，拔出劍鞘，便往楊過頭上斬落。楊過眼見寒光閃動，舉起淑女劍在身前一封，那知他昏暈七日之後出手無力，淑女劍舉到胸前，手臂便軟軟的提不起來。郭芙劍身一斜，噹的一聲輕響，雙劍相交，淑女劍脫手落地。

郭芙憤恨那一掌之辱，心想：「你害我妹妹性命，卑鄙惡毒已極，今日便殺了你為我妹妹報仇。爹爹媽媽也不見怪。」但見他坐倒在地，再無力氣抗禦，只是舉起右臂護在胸前，眼神中卻殊無半分乞憐之色，郭芙一咬牙，手上加勁，揮劍斬落。

那日小龍女騎了汗血寶馬追尋楊過與金輪法王，卻走錯了方向。那紅馬一奔出便是十餘里，待得勒轉馬頭回來再找，楊過等人更是不知去向。她心中憂急，眼見時候過去一刻，楊過的性命便多一分危險，在襄陽周圍三四十里內兜圈子找尋。紅馬雖快，但荒谷極是隱僻，直至過了半夜，她才遠遠聽到武三通號啕大哭之聲。循聲尋去，不久便聽到武氏兄弟掄劍相鬥，跟著又聽到楊過說話。她心中大喜，生怕楊過遇上勁敵，欲待暗中相助，於是下馬將紅馬繫在樹上，悄悄隱身在山石之後，觀看楊過對敵。

這一偷看不打緊，只聽得楊過口口聲聲說與郭芙早訂終身，將郭芙叫作「我那未過門的妻子」，而把郭靖夫婦叫作「岳父岳母」。小龍女越聽越是驚心動魄，聽他說郭靖、黃蓉夫婦已招他為婿，暗中傳他武藝，又見他對武氏兄弟發怒，不許他們再見郭芙。他每說一句，小龍女便如經受一次雷轟電擊，心中胡塗，似乎宇宙萬物於霎時之間都變過了。若是換作旁人，見楊過言行與過去大不相同，定然起疑，自會待事情過後向他問個明白，但小龍女心如水晶，澄清空明，不染片塵，於人間欺詐虛假的伎倆絲毫不知。楊過對旁人油嘴滑舌，胡說八道，對她卻從不說半句戲言，因此她對楊過的言語向來無不深信。眼見武氏兄弟不敵，她自傷自憐，不禁深深嘆了一口氣。當時楊過聽到嘆息，脫口叫了聲「姑姑」，小龍女並不答應，掩面遠去。楊過還道是李莫愁所發，自己聽錯，也沒深究。

小龍女牽了汗血寶馬，獨自在荒野亂走，思前想後，不知如何是好。她年紀已過二十，但一生居於古墓，於世事半點不知，識見便與一個天真無邪的孩童無異，心想：「過兒既與郭姑娘定親，自然不能再娶我了。怪不得郭大俠夫婦一再不許他和我結親。過兒從來不跟我說，自是為了怕我傷心，唉，他待我總是很好的。」又想：「他遲遲不肯下手殺郭大俠，為父報仇，當時我一點不懂，原來他全是為了郭姑娘之故，如此看來，他對郭姑娘也是情義深重之極了。我此時若牽寶馬去給他，他說不定又要想起我的好處，日後與郭姑娘的婚事再起變故。我還是獨自一人回到古墓去罷，這花花世界只教我心亂意煩。」

想了一陣，意念已決，雖然心如刀割，但想還是救楊過性命要緊，於是連夜馳回襄陽，托朱子柳送紅馬到荒谷中去交給楊過。

這時襄陽城中刺客雖已遠去，但郭靖、黃蓉未曾康復，兀自亂成一團。朱子柳文武全才，當即與魯有腳齊心合力，負起了城防重任。正當忙亂之際，小龍女卻牽了紅馬過來，要他去交給楊過，說甚麼要楊過快到絕情谷去，以郭靖初生的幼女去換解毒靈丹，只把朱子柳聽得莫名其妙，不知所云。他追問幾句，小龍女心神煩亂，不願多講，只說快去快去，遲得片刻，楊過性命便有重大危險。

她也不理郭芙正在朱子柳身畔，只想：「讓你妹妹在絕情谷去耽上幾日，並無大礙，這是為了救你未婚夫婿的性命，你自然也會出力。」她提到楊過的名字，不由得悲從中來，話未說得清楚，珠淚已滾滾而下，當即奔回臥室，倒在床上淒然痛哭。

朱子柳於前因絲毫不知，聽了小龍女沒頭沒腦的這幾句話，怎明白她說些甚麼，但「遲得片刻，楊過性命便有重大危險」這句話卻非同小可，心想只有到那荒谷走一遭，見機行事便了。出得門來，汗血寶馬已然不見，一問親兵，說道郭姑娘已牽了去，待要找郭芙時，她卻又躲得人影不見。朱子柳暗暗嘆氣，心想這些年輕姑娘個個難纏，不是說話不明不白，便是行事神出鬼沒。

他掛念楊過的安危，另騎快馬，帶了幾名丐幫弟子，依著小龍女所指點的途徑到那荒谷察看，只見楊過與武氏父子一齊倒在地下，武三通正自運氣衝穴，其餘三人卻已奄奄一息，心想「遲得片刻，楊過性命便有重大危險」這話果然不錯，於是急忙救回襄陽，適逢師叔天竺僧自大理到來，當即施藥救治。

小龍女在床上哭了一陣，越想越是傷心，眼淚竟是不能止歇。她這一哭，衣襟全濕，伸手到腰間去取汗巾來擦眼淚，手指碰到了淑女劍，心想：「我把這劍拿去給了郭姑娘，讓他們配成一對兒，也是一件美事。」她癡愛楊過，不論任何對他有益之事無不甘為，於是翻身坐起，也不拭去淚痕，逕自來找郭芙。

這時早已過了午夜，郭芙已然安寢，小龍女也不待人通報，掀開窗戶，躍進她房中，將郭芙叫醒，便說「你們原是一對」云云，那就是郭芙對楊過轉述的一番話了。她將淑女劍交給了郭芙，回頭便走。郭芙聽得摸不到頭腦，連問：「你說甚麼？我半點兒也不懂。」小龍女淒然不答，一躍出窗。郭芙探首窗外，忙叫：「龍姑娘你回來。」卻見她頭也不回的走了。

小龍女低著頭走進花園，一大叢玫瑰發出淡淡幽香，想起在終南山與楊過共練玉女心經時隔花接掌的情景，今日欲再如往時般師徒相處，卻已不可得了。

正自發癡，忽聽左首屋中傳出一人的話聲：「你開口小龍女，閉口小龍女，有一天半日不說成不成？」小龍女吃了一驚：「是誰在整天說我？」當下停步傾聽，卻聽得另一個聲音乾笑數聲，說道：「你偏做得，我就說不得？」先一人道：「這是在人家府中，耳目眾多，若是讓旁人聽了去，我全真教聲名何在？」後一人道：「嘿嘿，你居然還會想到我全真教的聲名？那晚終南山玫瑰花旁，這銷魂滋味……哈哈，哈哈。」說到這裏，只是乾笑，再也不說下去了。

小龍女更是吃驚，疑心大起：「難道那晚過兒跟我親熱，卻讓這兩個道士瞧見了？」從兩人語音之中，已知說話的是尹志平與趙志敬，於是悄悄走到那屋窗下，蹲著身子暗聽。這時兩人話聲轉低，但小龍女與他們相隔甚近，仍是聽得清清楚楚。

只聽尹志平氣忿忿的道：「趙師兄，你日晚不斷的折磨我，到底為了甚麼？」趙志敬道：「你自己明白。」尹志平道：「你要我幹甚麼，我都答應了，我只求你別再提這件事，可是你卻越說越兇。是不是要我當場死在你面前？」趙志敬冷笑道：「我也不知道，我只是忍不住，不說不行。」

尹志平聲音突然響了一些，說道：「你道我當真不知？你是妒忌，是妒忌我那一刻做神仙的時光？」這兩句話甚是古怪，趙志敬並不答話，似要冷笑，卻也笑不出來。隔了好一會兒，尹志平喃喃的道：「不錯，那晚在玫瑰叢中，她給西毒歐陽鋒點中了穴道，動彈不得，終於讓我償了心願。是啊，我不用向你抵賴，倘若我不說，你也不會知道，是不是？我跟你說了，你便不斷的煩擾我，折磨我……可是，可是我也不後悔，不，一點也不後悔……」說到後來，語聲溫柔，就似在夢中囈語一般。

小龍女聽著這些話，一顆心慢慢沉了下去，腦中便似轟轟亂響：「難道是他，不是我心愛的過兒？不，不會的，決不會，他說謊，一定是過兒。」

只聽得趙志敬又說起話來，語音冷酷僵硬：「是啊，你自然一點也不後悔。你本來不用跟我說，可是你心中忍不住喜歡，非跟一個人說說不可。好啊，那我便天天跟你說，無時無刻不提醒你，但你怎麼又怕聽了呢？」突然聽得牆壁上發出砰砰幾聲，原來是尹志平以頭撞牆，說道：「你說好了，都說出來好了，說得讓天下人人都知道了，我也不怕……不，不，趙師兄，你要做甚麼我都答應，只求你別再提了。」

小龍女一晚之間，接連聽到兩件心為之碎、腸為之斷的大事，迷迷糊糊的站在窗下，雖然聽著尹趙二人說話，但於他們言中之意一時竟然難以領會。

只聽趙志敬冷笑幾聲，說道：「咱們修道之士，一個把持不定，墮入了魔障，那便須以無上定力，斬毒龍，返空明。我不住提那小龍女的名字，是要你習聽而厭，由厭而憎。這是助你修練的一番美意啊。」尹志平低聲道：「她是天仙化身，我怎能厭她憎她？」突然提高聲音說道：「哼，你不用說得好聽，你的惡毒心腸，難道我會不知？你一來對我妒忌，二來心恨楊過，要揭穿這件事情，教他師徒二人終身遺恨。」

小龍女聽到「楊過」兩字，心中突的一跳，低低的道：「楊過，楊過。」說到這名字的時候，不自禁的感到一陣柔情密意，她盼望尹趙二人不住的談論楊過，只要有人說著他的名字，她就說不出的歡喜。

只聽趙志敬也提高了聲音，恨恨的道：「我若不令這小雜種好好吃一番苦頭，難消心頭之恨，哼哼，只是……」尹志平道：「只是他武功太強，你我不是他的敵手，是不是？」趙志敬道：「那也未必，他一手旁門左道的邪派武功，何足為奇？但教撞在我手裏，哼哼！咱們全真派玄門武功是天下武術正宗，還會怕這小子？尹師弟，你好好瞧著，我不會讓他舒舒服服的送命，不是壞了他兩個招子，便是斷了他雙手，教他求生不得，求死不能。那時讓你的小龍女姑娘在旁瞧著，那也有趣得緊啊。」

小龍女打了個寒噤，若在平時，她早已破窗而入，一劍一個的送了二人性命，但此時懊悶欲絕，只覺全身酸軟無力，四肢難動。

又聽尹志平冷笑道：「你這叫做一廂情願。咱們的玄門正宗，未必就及得上人家的旁門左道。」趙志敬怒罵：「狗東西，全真教的叛徒！你與那小龍女有了苟且之事，連人家的武功也讚到天上去啦！」尹志平連日受辱，此時再也忍耐不住，喝道：「你罵我甚麼？須知做人不可趕盡殺絕！」

趙志敬自恃對方的把柄落在自己手裏，只要在重陽宮中宣揚出來，前任掌教馬師伯、現任掌教丘師伯非將他處死不可，是以一直對他侮辱百端，而尹志平確也始終不敢反抗，這時聽他竟然出言不遜，心想若不將他制得服服貼貼，自己的大計便難以成功，當下踏上一步，反手便是一掌。

尹志平沒料他竟會動手，急忙低頭，拍的一響，這一掌重重的打在他後頸之中，身子一晃，險些兒跌倒。他狂怒之下，抽出長劍，挺劍刺出。趙志敬側身避過，冷笑道：「好啊，你居然有膽子跟我動手。」說著便拔劍還擊。尹志平低沉著嗓子道：「給你這般日夜折磨，左右也是個死，不如今日讓你殺了，倒也乾脆。」說著催動劍招，著著進逼。他是丘處機的首徒，武功與趙志敬各有所長。兩人所學招數全然相同，一動上手原是不易分出高下，但他鬱積在心，此時只求拚個同歸於盡，趙志敬卻另有重大圖謀，決不肯傷他性命，是以二三十招一過，趙志敬已給逼到了屋角之中，大處下風。

他二人在屋中乒乒乓乓的鬥劍，早有丐幫弟子去報知了郭芙。她急忙披衣趕來，見小龍女站在窗下，叫了她一聲：「龍姑娘！」小龍女呆呆出神，竟是聽而不聞。郭芙好奇心起，不即進屋，也在窗下一站，只聽得趙志敬伸劍左攔右架，口中卻在不乾不淨的譏嘲笑罵，竟是語語都侵涉到小龍女身上。

郭芙聽得屋內兩人越說越不成話，不便再站在窗下，一扭頭待要走開，卻見小龍女仍是呆呆的站著，似對二人的污言穢語絲毫不以為意，心中大是奇怪，低聲問道：「他們的話可是真的？」小龍女茫然點了點頭，道：「我不知道，也許……也許是真的。」郭芙頓起輕蔑之心，哼了一聲，頭也不回的走了。

尹趙二道在激鬥之際，也已聽到房外有人說話，噹的一響，兩柄長劍一交，便即分開，齊聲問道：「是誰？」小龍女緩緩的道：「是我。」尹志平全身打個寒戰，顫聲道：「你是誰？」小龍女道：「小龍女！」

這三字一出口，不但尹志平呆若木鷄，連趙志敬也是如同身入冰窟。那日大勝關英雄宴上，只一招便給她掌按前胸，受了重傷，此後將養多日方愈，跟她動手，實無招架餘地。他萬料不到小龍女竟也會在襄陽城中，適才自己這番言語十九均已給她聽見，一時之間嚇得魂飛魄散，只想：「怎生逃命才好？」

尹志平心情異常，卻沒想到逃命，伸手推開了窗子。只見窗外花叢之旁，俏生生、淒冷冷的站著一個白衣少女，正是自己日思夜想、魂牽夢縈，當世艷極無雙的小龍女！

尹志平癡癡的道：「是你？」小龍女道：「不錯，是我。你們適才說的話，句句都是真的？」尹志平點頭道：「是真的！你殺了我罷！」說著倒轉長劍，從窗中遞了出去。小龍女目發異光，心中淒苦到了極處，悲憤到了極處，只覺便是殺一千個、殺一萬個人，自己也已不是個清白的姑娘，永不能再像從前那樣深愛楊過，眼見長劍遞來，卻不伸手去接，只是茫然向尹趙二人望了一眼，實是打不定主意。

趙志敬瞧出了便宜，心想這女子神智失常，只怕是瘋了，此時不走，更待何時？伸手挽住了尹志平的胳臂，獰笑道：「快走，快走，她捨不得殺你呢！」用力一拉，搶步出門。尹志平早已魂不守舍，全身沒了力氣，給他一拉，踉踉蹌蹌的跟了出去。趙志敬展開輕功，提氣急奔。尹志平起初由他拉著，奔出數丈後，自身的輕功也施展出來。兩人投師學藝還均在郭靖之前，這一發力，頃刻間便奔到東城城門邊。

城門旁有十多名丐幫弟子隨著兩隊官兵巡邏。領頭的丐幫弟子認得尹趙二人，知他們是全真高士，論輩份還是郭靖的師兄，聽趙志敬說有要事急欲出城，好在此時城外並無敵軍來攻，當即下令開城。城門開得剛可容身，尹趙二人一躍便到了城外。領頭的丐幫弟子讚道：「好俊的輕身功夫！」待要閉城，眼前突然白影一閃，似有甚麼人出了城。他大吃一驚，問道：「甚麼？」那人影早已不見。他縱到城門口向外望時，此時天甫黎明，六七丈外便朦朦朧朧的瞧不清楚，那裏瞧到有人？他回身詢問，旁人均說沒瞧見甚麼。他揉了揉雙眼，暗罵：「見鬼！」看來是連日辛勞，眼睛花了。

尹趙二人不敢停步，直奔出數里才放慢腳步。趙志敬伸袖抹去額頭淋漓大汗，叫道：「好險，好險！」回頭向來路一看，不由得雙膝酸軟，險些摔倒，原來身後十餘丈外，一個白衣少女站定了腳步，呆呆的望著自己，卻不是小龍女是誰？趙志敬這一驚實是非同小可，「啊」的一聲，脫口大呼，只道早已將她拋得無影無蹤，那知她始終跟隨在後，只是她足下無聲，自己竟然毫沒知覺，當下拉住尹志平的手臂提氣狂奔。

他一口氣奔出十餘丈，回頭再望，只見小龍女仍然不即不離的跟隨在後，相距三四丈遠近。趙志敬六神無主，掉頭又跑，他卻不敢時時向後返視，因每一回顧，心中多一次驚恐，雙腿漸漸無力，說道：「尹師弟，她此時若要殺死咱們二人，可說易如反掌，她定是另有奸惡陰謀。」尹志平惘然道：「甚麼另有奸惡陰謀？」趙志敬道：「我猜想她是要擒住咱們，在天下英雄之前指斥你的醜行，打得我全真派從此抬不起頭來。」尹志平心中一凜，他此時對自己生死早已置之度外，倘若小龍女提劍要殺，決不反抗，但他自幼投在丘處機門下，師恩深重，威震天下的全真派若是由己而敗，卻是萬萬不可，想到此處，不由得背脊上全都涼了，當下腿下加勁，與趙志敬並肩飛奔。

兩人只揀荒野無路之處奔去，有時忍不住回頭一瞧，總見小龍女跟在數丈之外。古墓派輕功天下無雙，小龍女追蹤二人可說毫不費力，只是她遇上了這等大事，實不知如何處置才是，只好跟隨在後，不容二人遠離。

尹趙二人本就心慌意亂，但見小龍女如影隨形的跟著，不免將她的用意越猜越惡，驚懼與時俱增，從清晨奔到中午，又自中午奔到午後未刻，四五個時辰急奔下來，饒是二人內力深厚，也已支持不住，氣喘吁吁，腳步踉蹌，比先前慢了一倍尚且不止。此時烈日當空，天氣炎熱，兩人自裹至外全身都已汗濕。又跑一陣，兩人又饑又渴，眼見前面有一條小溪，不禁都橫了心：「就算被她擒住，那也無法。」撲到溪邊，張口狂飲溪水。

小龍女緩緩走到溪水上游，也掬上幾口清水喝了。臨流映照，清澈如晶的水中映出一個白衣少女，雲鬢花顏，真似凌波仙子一般。小龍女心中只覺空蕩蕩地，傷心到了極處，反而漠然，順手在溪邊摘了一朵小花插在鬢邊，望著水中倒影，癡癡的出神。

尹趙二人一面喝水，一面不住偷眼瞧她，見她似乎神遊物外，已渾然忘了眼前之事，兩人互相使個眼色，悄悄站起，躡步走到小龍女背後，一步步的漸漸走遠，數次回首，見她始終望著溪水，於是加快腳步，向前急走，不久便又到了大路。

兩人只道這次真正脫險，那知尹志平偶一返顧，只見小龍女又已跟在身後。尹志平臉如死灰，叫道：「罷了，罷了！趙師哥，咱們反正逃不了，她要殺要剮，只索由她！」說著停住了腳步。趙志敬大怒，喝道：「你是死有應得，我幹麼要陪著你送終？」拉著他手臂要走。尹志平心灰意懶，不想再逃。趙志敬又是害怕又是憤怒，斗地一掌，反手打了他一記耳光。尹志平怒道：「你又打我？」小龍女見兩人忽又動手，大是奇怪。

就在此時，迎面馳來兩騎馬，馬上是兩名傳達軍令的蒙古信差。趙志敬心念一動，低聲道：「搶馬！咱們假裝打架，別引起小龍女疑心。」當即揮掌劈去。尹志平舉手擋開，還了一掌，趙志敬退了幾步，兩人漸漸打到大路中心。兩名蒙古兵去路被阻，勒馬呼叱。尹趙二人突然躍起，分別將兩名蒙古兵拉下馬背，擲在地下，跟著翻身上馬，向北急馳。

兩匹馬都是良馬，奔跑迅速。兩人回頭望時，見小龍女並未跟來，這才放心。向北馳出十餘里，到了一處三岔路口。趙志敬道：「她見二馬向北，咱們偏偏改道往東。」韁繩向右一帶，兩騎馬上了向東的岔道。傍晚時分，到了一個小市鎮上。

二人整日奔馳，粒米未曾入口，疲耗過甚，已是饑火難熬，當即找到一家飯鋪，命夥計切盤牛肉，拿三斤薄餅。趙志敬坐下後驚魂略定，想起今日之險，猶有餘悸，只不知小龍女何以總是在後跟隨，卻不動手。尹志平臉如死灰，垂下了頭，兀自魂不守舍。不久牛肉與薄餅送了上來，二人舉筷便吃，忽聽得飯鋪外人喧馬嘶，吵嚷起來，有人大聲喝道：「這兩匹馬是誰的？怎地在此處？」呼叫聲中帶有蒙古口音。

趙志敬站起身來，走到門口，只見一個蒙古軍官帶著七八名兵卒，指著尹趙二人的坐騎正自喝問。飯鋪的夥計驚得呆了，不住打躬作揖，連稱：「軍爺，大人！」

趙志敬給小龍女追逼了一日，滿腔怒火正無處發洩，見有人惹上頭來，當即挺身上前，大聲道：「牲口是我的！幹甚麼？」那軍官道：「那裏來的？」趙志敬道：「是我自己的！關你甚麼事？」此時襄陽以北全已淪入蒙古軍手中，大宋百姓慘遭屠戮欺壓，那有人敢對蒙古官兵如此無禮？那蒙古軍官見趙志敬身形魁梧，腰間懸劍，心中存了三分疑忌：「你是買來的還是偷來的？」

趙志敬怒道：「甚麼買來偷來？是道爺觀中養大的。」那軍官手一揮，喝道：「拿下了！」七八名兵卒各挺兵刃，圍了上來。趙志敬手按劍柄，喝道：「憑甚麼拿人？」那軍官冷笑道：「偷馬賊！當真是吃了豹子心肝，動起大營的軍馬來啦，你認不認？」說著披開馬匹後腿的馬毛，露出兩個蒙古字的烙印。原來蒙古軍馬均有烙印，註明屬於某營某部，以便辨認。趙志敬順手從蒙古軍士手中搶來，那裏知曉？此時一見，登時語塞，強辯道：「誰說是蒙古軍馬？我們道觀中的馬匹便愛烙上幾個記，難道犯法了麼？」

那軍官大怒，心想自南下以來，從未見過如此強橫的狂徒，搶上來伸手便抓向趙志敬胸口。趙志敬左手一勾，反掌抓住了他手腕，跟著右掌揮出，拿住了他背心，將他身子高高舉起，在空中打了三個旋子，跟著向外一送。那軍官身不由主的飛了出去，剛好摔進了一家磁器鋪子，只聽乒乒、嗆啷之聲不絕，一座座磁器架子倒將下來，碗碟器皿紛紛跌落，那軍官全身被磁器碎片割得鮮血淋漓，壓在磁器堆中，那裏爬得起身？眾兵卒搶上來救護，搬架的搬架，扶人的扶人，再也顧不得去捉拿偷馬賊了。

趙志敬哈哈大笑，回入飯鋪，拿起筷子又吃。這亂子一鬧，鎮上家家店鋪關上了門板，飯鋪的顧客霎時間走得乾乾淨淨，均想蒙古軍暴虐無比，此番竟有漢人毆打蒙古軍官，只怕血洗全鎮也是有的。趙志敬吃了幾口，忽見飯鋪掌櫃走上前來，噗的一聲，跪倒在地，連連磕頭。趙志敬知他怕受牽連，一笑站起，說道：「我們也吃飽了，你不用害怕，我們馬上就走。」掌櫃的嚇得臉如土色，更是不住的磕頭。

尹志平道：「他怕咱們一走，蒙古兵問飯鋪子要人。」他素來精明強幹，只是對小龍女癡心狂戀，這才作事荒謬乖張，日常處事其實遠勝於趙志敬，因此馬鈺、丘處機等均有意命他接任掌教，此時心念一轉，說道：「快拿上好的酒饌來，道爺自己作事自己當，你們怕甚麼了？」掌櫃的喏喏連聲，爬起身來，忙吩咐趕送酒饌。

那軍官受傷不輕，掙扎著上了馬背。趙志敬笑道：「尹師弟，今日受了一天惡氣，待會須得打他們個落花流水。」尹志平哼了一聲，眼見那蒙古軍官帶領士兵騎馬走了。飯鋪中眾人慌成一團，精美酒食紛紛送上，堆滿了一桌。

尹趙二人吃了一陣，尹志平突然站起身來，反手一掌，將在旁侍候的伙計打倒在地。掌櫃的大驚，三腳兩步的趕了過來，陪笑道：「這該死的小子不會侍候，道爺息怒……」話未說完，尹志平飛起左腿，輕輕將他踢倒在地。趙志敬還道他神智兀自錯亂，叫道：「尹師弟……你……」尹志平掀起旁邊一張桌子，碗碟倒了一地，隨即又將兩名伙計打倒，順手點了各人穴道，雙手一拍，道：「待會蒙古官兵到來，見你們店中給打得這般模樣，就不會遷怒你們了，懂不懂？你們自己不妨再打個頭破血流。」

眾人恍然大悟，連稱妙計。眾店伴當即動手，你打我，我打你，個個衣衫撕爛，目青鼻腫。過不多時，忽聽得青石板街道上馬蹄聲響，數乘馬急馳而至。眾店伴紛紛倒地，大呼小叫：「啊喲，打死人啦！」「痛啊，痛啊！」「道爺饒命！」

馬蹄聲到了飯鋪門前果然止息，進來四名蒙古軍官，後面跟著一個身材高瘦的藏僧，一個又黑又矮的胡人，那胡人雙腿已斷，雙手各撐著拐杖。蒙古軍官見飯鋪中亂成這等模樣，皺起眉來，大聲呼喝：「快拿酒飯上來，老爺們吃了便要趕路。」

掌櫃的一楞，心道：「原來這幾個軍爺是另一路的。待那挨了打的軍爺領了人來，卻又怎地？」正自遲疑，幾名軍官已揮馬鞭夾頭夾腦劈將過來。那掌櫃的忍著痛連聲答應，苦於爬不起身，當下另有伙計上前招呼，安排席位。

那藏僧便是金輪法王，黑矮胡人自是尼摩星了。他二人那日踏中冰魄銀針，在山洞外糾纏廝打，雙雙跌落山崖。幸好崖邊生有一株大樹，法王於千鈞一髮之際伸出左手牢牢抓住。尼摩星其時已是半昏半醒，卻仍是緊抱法王身子不放。法王一瞧周遭情勢，左手運勁一推，兩人齊往崖下草叢中跌落，順著斜坡骨碌碌的滾了十餘丈，直到深谷之底方始停住。兩人四肢頭臉給山坡上的沙石荊棘擦得到處都是傷痕。

法王右手反將過來，施小擒拿手拗過尼摩星的手臂，喝道：「你到底放是不放？」尼摩星昏昏沉沉中無力反抗，給他一拗之下，左臂鬆開，右手卻仍是抓住他的後心。法王冷笑道：「你雙足中了劇毒，不思自救，胡鬧些甚麼？」

這兩句話直如當頭棒喝，尼摩星低頭一看，只見自己兩隻小腿已腫得碗口粗細，知道若不急救，轉眼便是性命難保，一咬牙，拔出插在腰間的鐵蛇，喀喀兩響，將兩條小腿一齊砍下，登時鮮血狂噴，人也暈了過去。法王見他如此勇決，倒也好生佩服，又想他雙足殘廢，從此不足為患，伸手點了他雙腿膝彎處的「曲泉穴」及大腿上的「五里穴」，先止血流，然後取出金創藥敷上創口，撕下他外衣包紮了斷腿。

天竺武士大都練過睡釘板、坐刀山等等忍痛之術，尼摩星更是此中能手，他一等血止，便坐了起來，說道：「好，你救了我的，咱們怨仇便不算的。」法王微微苦笑，心想：「你雙腳雖失，身上劇毒倒已除了，我的處境反不如你。」於是盤膝坐下運功，強將足底的毒氣緩緩逼出，一個多時辰之中只逼出一小灘黑水，但已累得心跳氣喘。

兩人在荒谷之中將養了幾日，法王以上乘內功逼出了毒質，尼摩星的傷口也不再流血，折了兩段樹枝作拐杖，這才出得谷來。不久與幾個蒙古軍官相遇，同返忽必烈大營，卻在這市鎮上與尹趙二人相遇。

尹志平與趙志敬見到法王，不由得相顧失色。二人在大勝關英雄大會之中曾見他顯示武功，委實是驚世駭俗，又想起他兩名弟子達爾巴與霍都當年進襲終南山重陽宮，連全真諸子也不易抵敵，此刻狹路相逢，心中都是慄慄危懼。二人使個眼色，便欲脫身走路。

那日英雄大會，中原豪傑與會的以千百數，尹趙識得法王，法王卻不識二道。他雖見飯鋪中打得人傷物碎，但此刻兵荒馬亂，處處殘破，也不以為意。他這次前赴襄陽，鬧了個大敗而歸，見到忽必烈時不免臉上無光，心中只在籌思如何遮掩，見兩個道士坐著吃飯，自是毫不理會。

就在此時，飯鋪外突然一陣大亂，一羣蒙古官兵衝了進來，一見尹趙二人，呼叱叫嚷，便來擒拿。尹志平見法王座位近門，若是向外奪路，經過他身畔，只怕他出手干預，低聲說道：「從後門逃走！」伸手將一張方桌一推，忽朗朗一聲響，碗碟湯水打成一地，兩人躍起身來，奔向後門。

尹志平將要衝到後堂，回頭一瞥，只見法王拿著酒杯，低眉沉吟，對店中這番大亂似乎視而不見，心中一喜：「他不出手便好。」突然眼前黑影一閃，那西域矮子躍了過來，左手連晃，舉拐杖向尹趙肩頭各擊一下。尹志平與趙志敬從未見過此人，但見他身法快捷，出手悍猛，立即沉肩閃躍。尼摩星出杖落空，「咦」的一聲，見這兩個道士居然並非庸手，倒也有些詫異，左杖著地撐住，右手拐杖舉起，自外向內迴擊，阻住了二人的去路。二道雙劍齊出，左右分刺，要將他迫退，奪路外闖。

尼摩星武功雖較尹趙二道為高，但雙腿斷折不久，元氣大傷未復，一手揮杖與二道動手，另一拐杖必須支地，數招一過，已然不支。法王緩步上前，眼見趙志敬劍尖刺到，直指尼摩星前胸，尼摩星舉杖擋架，尹志平長劍已抵他右脅。這一劍招數極是狠辣，尼摩星非棄杖後躍不可。法王大步跨上，正好尼摩星身子躍起，便伸左臂托在他臀下，將他抱了起來，右手按上他手臂。其時他拐杖與趙志敬的長劍尚未分離，法王的內力從杖上傳將過去，趙志敬只覺右臂劇震，半邊胸口發熱，噹的一聲，長劍落地。

尼摩星內力不足，變招卻是奇速，一見趙志敬長劍脫手，立即迴轉拐杖，已與尹志平長劍黏住。法王又在尼摩星臂上一按，尹志平有趙志敬前車之鑒，立即運力反擊，豈知法王的內力亦剛亦柔，喀的一響，長劍斷折，手中只賸下半截斷劍。法王輕輕將尼摩星放下，雙手外分，搭在尹趙二人肩頭，笑道：「兩位素不相識，何須動武？如此身手，已是中土第一流劍士，且請坐下談談如何？」他出手並無凌厲之態，但雙手這麼一搭，二道竟自閃避不了，只覺登時有千斤之力壓在肩頭，沉重無比，惟有急運內力相抗，那裏還敢答話？只怕張口後內息鬆了，自肩至腰的骨骼都要被他壓斷。

這時衝進來的蒙古官兵已在四周圍住，領頭的將官是個千戶，識得法王是蒙古護國法師，四大王忽必烈對他極為倚重，當即上前行禮，說道：「國師爺，這兩個道人偷盜軍馬，毆打官兵，多蒙國師爺出手……」他話未說完，向尹志平連看數眼，突然問道：「這位可是尹志平尹道爺？」尹志平點了點頭，卻不認得那人是誰。法王將搭在他肩頭的手略略一鬆，稍減下壓之力，心想：「這兩個道士不過四十歲左右，內功居然已如此精純，倒也不易。」那蒙古千戶笑道：「尹道爺不認識我了麼？十九年前，咱們曾一同在花刺子模沙漠中烤黃羊吃，我叫薩多。」

尹志平仔細一瞧，喜道：「啊，不錯，不錯！你留了大鬍子，我不認得你啦！」薩多笑道：「小人東西南北奔馳了幾萬里，頭髮鬍子都花白了，道爺的相貌可沒大變啊。怪不得成吉思汗說你們修道之士都是神仙。」轉頭向法王道：「國師爺，這位道爺從前到過西域，是成吉思汗請了去的，說起來都是自己人。」法王點了點頭，收手離開二人肩頭。

當年成吉思汗邀請丘處機前赴西域相見，諮以長生延壽之術。丘處機萬里西遊，帶了一十九名弟子隨侍，尹志平是門下大弟子，自在其內。成吉思汗派了二百軍馬供奉衛護丘處機諸人。那時薩多只是一名小卒，也在這二百人之內，是以識得尹志平。他轉戰四方二十年，積功升為千戶，不意忽然在此與他相遇，心中極是歡喜，當下命飯鋪中伙計快做酒飯，自己末座相陪，對尹志平好生相敬，那盜馬毆官之事自是一笑而罷。薩多詢問丘處機與其餘十八弟子安好，說起少年時的舊事，不由得虬髯戟張，豪態橫生。

法王也曾聽過丘處機的名頭，知他是全真派第一高手，眼見尹趙二人武功不弱，心想全真派劍術內功果然名不虛傳，自己此番幸得一出手便制了先機，否則當真動手，卻也須二三十招之後方能取勝。

突然間門口人影一閃，進來一個白衣少女。法王、尼摩星、尹趙二道心中都是一凜，進來的正是小龍女。這中間只有尼摩星心無芥蒂，大聲道：「絕情谷的新娘子，你好啊！」小龍女微微頷首，在角落裏一張小桌旁坐了，對眾人不再理睬，向店伴低聲吩咐了幾句，命他做一份口蘑素麵。

尹趙二人臉上一陣青、一陣白，大是惴惴不安。法王也怕楊過隨後而來，他生平無所畏懼，就只怕楊龍二人雙劍合璧的「玉女素心劍法」。三人各懷心事，不再說話，只是大嚼飯菜。尹趙二人此時早已吃飽，但如突然默不作聲，不免惹人疑心，只得吃個不停，好使嘴巴不空。

薩多卻是興高采烈，問道：「尹道長，你見過我們四王子麼？」尹志平搖了搖頭。薩多道：「忽必烈王爺是拖雷四王爺的第四位公子，英明仁厚，軍中人人擁戴。小將正要去稟報軍情，兩位道爺若無要事在身，便請同去一見如何？」尹志平心不在焉，又搖了搖頭。趙志敬心念一動，問法王道：「大師也是去拜見四王子麼？」法王道：「是啊！四王子真乃當今人傑，兩位不可不見。」趙志敬喜道：「好，我們隨大師與薩多將軍同去便是。」伸手桌下在尹志平腿上一拍，向他使個眼色。薩多大喜，連說：「好極，好極！」

尹志平的機智才幹本來遠在趙志敬之上，但一見了小龍女，登時迷迷糊糊，神不守舍，過了好一陣子，才明白趙志敬的用意，他是要藉法王相護，以便逃過小龍女的追殺。

各人匆匆用罷飯菜，相偕出店，上馬而行。法王見楊過並未現身，放下了心，暗想：「全真教是中原武林的一大宗派，若能籠絡上了以為蒙古之助，實是奇功一件。明日見了王爺，也有個交代。」當下言語中對尹趙二人著意接納。

此時天色漸黑，眾人馳了一陣，只聽得背後蹄聲得得，回過頭來，只見小龍女騎了一匹驢子遙遙跟隨在後。法王心中發毛，暗想：「單她一人決不是我對手，何以竟敢如此大膽，跟隨不捨？莫非楊過那小子在暗中埋伏麼？」他與尹趙二道初次相交，唯恐稍有挫折，墮了威風，當下只作不知。

眾人馳了半夜，到了一座林中。薩多命隨行軍士下鞍歇馬，各人坐在樹底休息。只見小龍女下了驢子，與眾人相隔十餘丈，坐在林邊。她越是行動詭秘，法王越是持重，不敢貿然出手。趙志敬見尼摩星曾與小龍女招呼，不知她與法王有何瓜葛，不敢向她多望一眼。歇了半個時辰，眾人上馬再行，出得林後，只聽蹄聲隱隱，小龍女又自後跟來。

直至天明，小龍女始終隔開數十丈，跟隨在後。

這時來到一處空曠平原，法王縱目眺望，四下裏並無人影，心中毒念陡起：「我生平縱橫無敵，來到中原，卻接連敗在這小女子和楊過那小子雙劍合璧之下。今日她對我緊追不捨，定無善意，我何不出其不意的驟下殺手，將她斃了？她便有幫手趕到，也已不及救援。此女一死，世間無人再能制我。」他心念已決，正要勒馬停步，忽聽得前面玎玲、玎玲的傳來幾下駝鈴聲，數里外塵頭大起，一彪人馬迎頭奔來。

法王好生懊悔：「若知她的後援此刻方到，我早就該出手了。」忽聽薩多「咦」的一聲，叫道：「奇怪！」法王見對面奔來的是四頭駱駝，右首第一頭駱駝背上豎著一面大旗，旗桿上七叢白毛迎風飄揚，正是忽必烈的帥纛，但遠遠望去，駱駝背上卻無人乘坐。薩多道：「王爺來了！」縱馬迎上，馳到離駱駝相隔半里之外，滾鞍下馬，恭恭敬敬的站在道旁。

法王心想：「既是王爺來此，可不便殺這女子了。」他自重身分，若被忽必烈見他下手殺一孤身少女，不免受其輕視，當下緩緩馳近，但見四頭駱駝之間懸空坐著一人。那人白鬚白眉，笑容可掬，竟是周伯通。

只聽他遠遠說道：「好啊，好啊，大和尚、黑矮子，咱們又在這裏相會，還有這個嬌嬌滴滴的小姑娘也來啦。」法王心中奇怪，此人花樣百出，又怎能懸空而坐？待得雙方又近了些，這才看清，原來四頭駱駝之間幾條繩子結成一網，周伯通便坐在繩網之上。

周伯通向來不去重陽宮，與馬鈺、丘處機諸人也極少往來，因此尹志平與趙志敬與他並不相識。他們雖曾聽師父說起過有這麼一位獨往獨來、遊戲人間的師叔祖，但久未聽到他的消息，多半已不在人世，此刻相見，均未想到是他。當年嘉興煙雨樓大戰，周伯通趕到時已是濃霧瀰漫，人人目不見物，尹志平雖曾聞其聲，卻始終未見到他一面。

法王雙眉微皺，心想此人武功奇妙，極不好惹，問道：「王爺在後面麼？」周伯通向後一指，笑道：「過去三四十里，便是他的王帳。大和尚，我勸你此刻還是別去為妙。」法王道：「為甚麼？」周伯通道：「他正在大發脾氣，你這一去，只怕他要砍掉你的光頭。」法王慍道：「胡說八道！王爺為甚麼發脾氣？」周伯通指著豎在駱駝背上的王旗，笑道：「王爺的王旗給我偷了來，他幹麼不發脾氣？」法王一怔，問道：「你偷了王旗來幹麼？」周伯通道：「你識得郭靖麼？」法王點點頭道：「怎麼？」周伯通笑道：「他是我的結義兄弟。咱哥兒倆有十多年不見啦，我牽記得緊，這便要瞧瞧去。他在襄陽城跟蒙古人打仗，我就偷了蒙古王爺的王旗，給他送一份大禮。」

法王猛吃一驚，暗想此事可十分糟糕，襄陽城攻打不下，連王旗也給敵人搶了去，這個臉可丟得大了，非得想個法兒將旗子奪回不可。

只見周伯通一聲呼喝，四頭駱駝十六隻蹄子翻騰而起，一陣風般向西馳去，遠遠繞了個圈子，這才奔回。王旗在風中張開，獵獵作響。周伯通站直身子，手握四韁，平野奔馳，大旗翻捲，宛然是大將軍八面威風。

但見他得意非凡，奔到臨近，「得兒」一聲，四頭駱駝登時站定，想是他手勁厲害，勒得四駝不得不聽指揮。周伯通笑道：「大和尚，我這些駱駝好不好？」法王大拇指一豎，讚道：「好得很，佩服之至！」心中卻在尋思如何奪回王旗。周伯通左手一揮，笑道：「大和尚、小姑娘，老頑童去也！」

尹志平與趙志敬聽到「老頑童」三字，脫口呼道：「師叔祖？」一齊翻鞍下馬。尹志平道：「這位是全真派的周老前輩麼？」周伯通雙眼骨碌碌的亂轉，道：「哼，怎麼？小道士快磕頭罷。」

尹趙二人本要行禮，聽他說話古裏古怪，卻不由得一怔，生怕拜錯了人。周伯通問道：「你們是那個牛鼻子的門下？」尹志平恭恭敬敬的答道：「趙志敬是玉陽子王道長門下，弟子尹志平是長春子丘道長門下。」周伯通道：「哼，全真教的小道士一代不如一代，瞧你們也不是甚麼好腳色。」突然雙腳一踢，兩隻鞋子分向二人面門飛去。

尹志平眼看鞋子飛下來的力道並不勁急，便在臉上打中一下，也不礙事，不敢失了禮數，仍是躬身行禮，趙志敬卻伸手去接。那知兩隻鞋子飛到二人面前三尺之處突然折回。趙志敬一手抓空，眼見左鞋飛向右邊，右鞋飛向左邊，繞了一個圈子，在空中交叉而過，回到周伯通身前。周伯通伸出雙腳，套進鞋中。

這一下雖是遊戲行徑，但若非具有極深厚的內力，決不能將兩隻鞋子踢得如此恰到好處。金輪法王與尼摩星曾在忽必烈營帳中見過他飛戟擲人、半途而墮的把戲，這飛鞋倒回的功夫其理相同，只是踢出時足尖上加了一點回勁，因此見了也不怎麼驚異。但趙志敬伸手抓了個空，卻不禁大為駭服，憑他武功，便有極厲害的暗器射來，也能隨手接過，百不失一，豈知一隻緩緩飛來的破爛鞋子竟會抓不到手，當下再無懷疑，跟著尹志平拜倒，說道：「弟子趙志敬叩見師叔祖。」

周伯通哈哈大笑，說道：「丘處機與王處一眼界太低，儘收些不成器的弟子？罷了，罷了，誰要你們磕頭？」大叫一聲：「衝鋒！」四頭駱駝豎耳揚尾，發足便奔。

法王飛身下馬，身形晃處，已擋在駱駝前面，叫道：「且慢！」雙掌分別按在一頭駱駝前額。四頭駱駝正自向前急衝，被他這麼一按，竟然倒退兩步。

周伯通大怒，喝道：「大和尚，你要打架不成？老頑童十多年沒逢對手，拳頭發癢，來來來，咱們便來鬥幾個回合。」他生平好武，但近年來武功越練越強，要找尋對手實是艱難無比，他知法王身手了得，正可陪自己過招，說著便要下駝動手。

法王搖手道：「我生平不跟無恥之徒動手。你只管打，我決不還手。」周伯通大怒，道：「你怎敢說我是無恥之徒？」法王道：「你明知我不在軍營，便去偷盜王旗，這不是無恥麼？你自知非我敵手，覷準我走開了，這才偷偷去下手。嘿嘿，周伯通，你太不要臉了。」周伯通道：「好，我是不是你敵手，咱們打一架便知。」法王搖頭說道：「我說過不跟無恥之徒動手，你勉強我不來。我的拳頭很有骨氣，打在無恥之徒身上，拳頭要發臭的，三年另六個月中，臭氣不會褪去。」周伯通怒道：「依你說便怎地？」法王道：「你將王旗讓我帶去，今晚你再來盜，我在營中守著。不論你明搶暗偷，只要取得到手，我便佩服你是個大大的英雄好漢。」

周伯通最不能受人之激，越是難事，越是要做到，當即拔下王旗，向他擲去，叫道：

「接著了，今晚我來盜便是。」法王伸手接住，旗桿入手，才知這一擲之力實是大得異乎尋常，忙運內勁相抗，但終於還是退了兩步，這才拿樁站住。

四頭駱駝本來發勁前衝，但被法王掌力抵住了，此時他掌力陡鬆，四頭駱駝忽地同時跳起，躍出二丈有餘，向前急奔。眾人遙望周伯通的背影，並見四頭駱駝越跑越遠，漸漸縮成四個小黑點。

法王呆了半晌，將王旗交給薩多，說道：「走罷！」

法王心想這老頑童行事神出鬼沒，人所難測，須當用何計謀，方能制勝？在馬上凝神思索，一時卻無善策，偶然回顧，只見尹趙二人交頭接耳，低聲說話，不住回頭去望小龍女，卻又不敢多看，臉上大有懼色。他心念一轉：「這姑娘莫非是為兩個道士而來？」於是出言試探：「尹道兄，你和龍姑娘素來相識麼？」尹志平臉色陡變，答應了聲：「嗯。」法王更知其中大有緣故，問道：「你們得罪了她，她要尋你們晦氣，是不是？這姑娘厲害得緊，你們和她作對，那可是凶多吉少啊。」他於尹龍二人之間的糾葛半點不知，只是見二道驚惶現於顏色，這才設詞探問，竟是一問便中。

趙志敬乘機道：「她也得罪過大師啊，當日英雄會上，大師曾輸在她的手下，此仇不可不報。」法王哼了一聲，道：「你也知道？」趙志敬道：「此事傳揚天下，武林豪傑，誰不知聞。」法王心道：「這道士倒也厲害。我欲以他制敵，他卻想激得我出手助他脫困。」又想：「這兩人也非平庸之輩，跟他們坦率言明，事情反而易辦。」說道：「這龍姑娘要取你們性命，你們敵她不過，便想要我保護，是也不是？」

尹志平怒道：「尹某死則死耳，何須托庇於旁人？何況大師未必便能勝她。」法王見他凜然而言，絕非作偽，不禁一愕，心道：「難道我所料不對？」一時摸不準二人心意，便淡淡一笑，說道：「她與楊過雙劍合璧，自有其厲害之處。但此時她孤身落單，我取她性命可說易如反掌。」趙志敬搖頭道：「只怕未必。江湖上人人都說，大勝關英雄大會，金輪法王敗於小龍女手下。」

法王笑道：「老衲養氣數十年，你用言語激我，又有何用？」他聽趙志敬如此說法，知他實是切盼自己與小龍女動手。當周伯通現身之前，他本想出手殺了小龍女，但此時已與周伯通訂約盜旗，頗有需用尹趙二人之處，倘若殺了小龍女，便不能挾制二道了，當下意示閒暇，雙手合什，說道：「既然如此，老衲先行一步。二位了斷了龍姑娘之事，請來王爺大營過訪便是。」說著一提韁繩，縱馬便行。

趙志敬大急，心想只要他一走開，小龍女趕上前來，自己師兄弟二人不知要受如何的苦刑荼毒，想起當日終南山上玉蜂螫身之痛，不由得心膽俱裂，看來這藏僧不但武功高強，智謀也遠在自己之上，眼見他逕自前行，當即拍馬追上，叫道：「大師且慢！小道路徑不熟，相煩指引，永感大德。」

法王聽了「永感大德」四字，微微一笑，心想：「多半是這姓趙的得罪了龍姑娘，才怕成這樣，那姓尹的卻是事不關己。」說道：「那也好，待會老衲說不定也有相煩之處。」趙志敬忙道：「大師有何差遣，小道無不從命。」法王和他並騎而行，隨口問起全真教的情況，趙志敬一一說了。尹志平迷迷糊糊的跟隨在後，毫沒留心二人說些甚麼。

法王道：「原來馬道長年老靜退，不問教務，聽說現任掌教丘道長年紀也不小了。」趙志敬道：「是，丘師伯也已七十多歲。」法王道：「那麼丘道長交卸掌教之後，該當由尊師王道長接充了。」這一言觸中了趙志敬的心事，臉色微變，道：「家師也已年邁。全真六子近年來精研性命之學，掌教的俗務，多半是要交給我這個尹師弟接手。」

法王見他臉上微有悻悻之色，低聲道：「我瞧這位尹道兄武功雖強，卻還不及道兄，至於精明幹練，更與道兄差得遠了。掌教大任，該當由道兄接充才是。」這幾句話趙志敬在心中已蘊藏了七八年之久，但從未宣之於口，今日給法王說了出來，不由得怨恨之情更是見於顏色。全真六子命尹志平任三代弟子之首，即已明定要他繼任掌教。初時趙志敬不過心中不服，暗存妒忌，但自抓到了尹志平的把柄後，即便處心積慮的要設法奪取他這職位。尹志平污辱小龍女，實犯教中大戒，如為掌教師尊所知，勢必性命難保。但趙志敬自知生性魯莽暴躁，素來不為全真六子所喜，師兄弟也多半和他不睦，縱然尹志平身敗名裂，這掌教的位子還是落不到自己身上，他一直隱忍不發，便是為此。

法王鑒貌辨色，猜中了他的心思，暗想：「我若助他爭得掌教，他便死心塌地的為我所用。全真教勢力龐大，信士如雲，能得該教相助，於王爺南征大有好處，實是大功一件，只怕更勝於刺殺郭靖。」心中暗自籌思，不再與趙志敬交談。

午牌時分，一行人來到忽必烈的大營。法王回頭望去，只見小龍女騎著驢子站在里許之外，不再近前，心想：「有她在外，不怕這兩個道士不上鉤。」

眾人進了王帳，忽必烈正為失旗之事大為煩惱。要知王旗是三軍表率，征戰之際，千軍萬馬全隨王旗進退，實是軍中頭等重要的物事，突然神不知鬼不覺的給人盜去，直如打了一個大大的敗仗。他見法王攜了王旗回來，心下大喜，忙起座相迎。

忽必烈雄才大略，直追乃祖成吉思汗，一聽法王引見尹趙二人，說是全真教的高士，當即大加接納，顯得愛才若渴，對王旗的失而復得竟似沒放在心上，吩咐擺設酒筵與二人接風。尹志平心神不定，全副心思只想著小龍女。趙志敬卻是個極重名位之人，見這位蒙古王爺竟對自己如此禮遇，不禁喜出望外。

忽必烈絕口不提法王等行刺郭靖不成之事，只是不住推崇尼摩星忠於所事，以致雙腿殘廢，酒筵上請他坐了首位，接連與他把盞，尼摩星自是感激知遇，心想只要他再有差遣，赴湯蹈火在所不辭，旁人瞧著也都大為心折。

酒筵過後，法王陪著尹趙二人到旁帳休息。尹志平心神交疲，倒頭便睡。法王道：「趙兄，左右無事，咱們出去走走。」兩人並肩走出帳來。

趙志敬舉目只見小龍女坐在遠處一株大樹之下，那頭驢子卻繫在樹上，不禁臉上變色。法王只作不見，再詳詢全真教中諸般情狀。

北宋道教本只正乙一派，由江西龍虎山張天師統率。自金人侵華，宋室南渡，河北道教新創三派，是為全真、大道、太乙三教，其中全真尤盛，教中道士行俠仗義，救苦卹貧，多行善舉。是時北方淪於異族，百姓痛苦不堪，眼見朝廷規復無望，黎民往往把全真教視作救星。當時有人撰文稱：「中原板蕩，南宋孱弱，天下豪傑之士，無所適從……重陽宗師、長春真人，超然萬物之表，獨以無為之教，化有為之士，靖安東華，以待明主，而為天下式」云云。當其時大河以北，全真教與丐幫的勢力有時還勝過官府。趙志敬見法王待己親厚，心下感激，當下有問必答，於本教勢力分布、諸處重鎮所在等情，盡皆舉實以告。

兩人邊說邊行，漸漸走到無人之處。法王嘆了口氣，說道：「趙道長，貴教得有今日規模，實在不易。老衲無禮，卻要說馬、劉、丘、王諸位道長見識太是胡塗，怎能將掌教的大任傳之於尹道兄呢？」趙志敬這些日來一直便在籌算，要待尹志平接任掌教之後，全真六子逐一凋逝，便逼他將掌教之位讓給自己。但他性子急躁，想起此事究屬渺茫，便算成功，也不知要在多少年之後，聽法王提及，不禁嘆了口氣，又向小龍女望了一眼。

法王道：「那龍姑娘是小事，老衲舉手間便即了結，實不用煩心。倒是掌教大位不可落在無能之輩手中，這方是當急之務。」趙志敬怦然心動，說道：「大師若能指點明途，小道終身全憑所命。」法王雙眉一揚，朗聲道：「君子一言，那可不能反悔。」趙志敬道：「這個自然。」法王道：「好，我叫你在半年之內，便當上全真教的掌教。」

趙志敬大喜，然而此事實在太難，不由得有些將信將疑。法王道：「你不信麼？」趙志敬道：「我信，我信。大師妙法通神，必有善策。」法王道：「貴教和我素無瓜葛，本來誰當掌教都是一樣。但不知怎的，老衲和道長一見如故，忍不住要出手相助。」趙志敬心癢相搔，不知如何稱謝才好。

法王道：「咱們第一步，是要令你在教中得一強援。貴教眼下輩份最尊的是誰？」趙志敬道：「那便是今日途中遇見的周師叔祖。」法王道：「不錯，他若肯出力助你，尹道長多半便不是你的對手了。」趙志敬喜道：「是啊，馬師伯、丘師伯、我師父都要稱他為師叔。他說出來的話，自是份量極重。但不知大師有何妙計，能令周師叔祖助我。」

法王道：「今日我和他打了賭，要他再來盜取王旗。你說他來是不來？」趙志敬道：「那自然是要來的。」法王道：「這面王旗，今晚卻不懸在旗桿之上，咱們去秘密的藏在一個安穩處所。蒙古大營中千帳萬幕，周伯通便有通天徹地的能為，也無法在一夜之間尋找出來。」趙志敬道：「是啊！」心中卻想：「這般打賭，未免勝之不武。」法王道：「你一定想，如此打賭，不免勝之不武。但這全是為了你啊。」趙志敬呆呆的望著他，不明其故。

法王伸手在他肩頭輕輕一拍，說道：「我把藏旗的所在跟你說了，你再去悄悄告知周伯通，讓他找到王旗，豈非奇功一件？」趙志敬大喜，道：「不錯，不錯，這定能討得周師叔祖的歡心。」但轉念一想，說道：「然則大師的打賭豈非輸了？」法王道：「咱們血性漢子結交朋友，只是全心全意為人，一己的勝負榮辱，又何足道哉？」趙志敬感激莫名，連稱：「大師恩德，不知何以為報。」法王微微一笑，道：「你在教中先得周伯通之援，我再幫你籌劃計議，那時你便要推辭掌教之位，也不可得了。」說著向左首一指，道：「咱們到那邊山上去瞧瞧。」

離大營里許之處有幾座小山，兩人片刻間已到了山前。法王道：「咱們找個山洞，把王旗藏在裏面。」前兩座小山光禿禿的無甚洞穴，二人接連翻了兩個山頭，到了第三座小山之上。這山樹木茂密，洞穴也是一個接著一個。法王道：「此山最好。」見兩株大榆樹間有一山洞，洞口隱蔽，乍視之下不易見到，便道：「你記住此處，待會我將王旗藏在洞內。晚間周伯通一到，你將他引來便了。」趙志敬喏喏連聲，喜悅無限，向兩株大榆樹狠狠瞧了幾眼，心想有此為記，決計不會弄錯。兩人回到大營，一路上不再談論此事。

晚飯過後，趙志敬不住逗尹志平說話。尹志平兩眼發直，偶而說上幾句，也全是答非所問。天色漸黑，營中打起初更，趙志敬溜出營去，坐在一個沙丘之旁，但見騎衛來去巡視，防守得極為嚴密，心想：「以這般聲勢，便要闖入大營一步也極不易，周師叔祖居然來去自如，將王旗盜去，本領之高實是人所難測。」

只見頭頂天作深藍，宛似一座蒙古人的大帳般覆罩茫茫平野，羣星閃爍，北斗七星更是閃閃生光，心想：「倘若果如法王所言，三月後我得任掌教，那時聲名揚於宇內，天下三千道觀、八萬弟子盡數聽我號令，哼哼，要取楊過那小子的性命，自然是易如反掌。」越想越是得意，站起身來，凝目眺望，隱約見小龍女仍然坐在那株大樹之下，又想：「這位龍姑娘果然艷極無雙，我見猶憐，也怪不得尹志平如此為她顛倒。但英雄豪傑欲任大事者，豈能為色所迷？」

正在洋洋自得之際，忽見一條黑影自西疾馳而至，在營帳間東穿西插，倏忽間已奔到了王旗的旗桿之下。那人寬袍大袖，白鬚飄蕩，正是周伯通到了。

第二十五回

內憂外患

毒蛛東垂西掛，織結蛛網，
不到半個時辰，洞口已被十餘張蛛網布滿。
小龍女和周伯通初時看得有趣，均未出手干預，
後來見紅紅綠綠的毒蛛在蛛網上爬來爬去，
只瞧得心煩意亂。

周伯通抬頭見桿頂無旗，不禁一怔，他只道金輪法王必在四周伏下高手攔截，便可乘機打個落花流水，大暢心懷，萬料不到王旗竟然不升，放眼四顧，但見千營萬帳，重重疊疊，卻到那裏找去？

趙志敬迎上前去，正要招呼，轉念一想：「此時即行上前告知，他見好不深。要先讓他遍尋不獲，無可奈何，沮喪萬狀，那時我再說出王旗所在，他才會大大的承我之情。」於是隱身一座營帳之後，注視周伯通動靜。只見他縱身而起，撲上旗桿，一手在旗桿上一撐，又已躍上數尺，雙手交互連撐，迅即攀上旗桿之頂。趙志敬暗暗駭異：「周師叔祖此時就算未及百齡，也已九十，雖是修道之士，總也不免筋骨衰邁，步履為艱，但他身手如此矯捷，尤勝少年，真乃武林異事。」

周伯通躍上旗桿，遊目四顧，只見旌旗招展，不下數千百面，卻就是沒那面王旗。他惱起上來，大聲叫道：「金輪法王，你把王旗藏到那裏去了？」這一聲叫喊中氣充沛，在曠野間遠遠傳了出去，連左首叢山之中也隱隱有回聲傳來。法王早已向忽必烈稟明此事，通傳全軍，因此軍中雖然聽到他呼喝，竟是寂靜無聲。

周伯通又叫：「法王，你再不回答，我可要罵了。」隔了半晌，仍是無人理睬。周伯通罵道：「臭金輪，狗法王，你這算甚麼英雄好漢？這是縮在烏龜洞裏不敢出頭啊！」

突然東邊有人叫道：「老頑童，王旗在這裏，有本事便來盜去。」周伯通撲下旗桿，急奔過去，喝問：「在那裏？」但那人一聲叫喊之後，不再出聲。周伯通望著無數營帳，竟不知從何處下手才好。

猛聽得西首遠遠有人殺豬般地大叫：「王旗在這裏啊，王旗在這裏啊！」周伯通一溜煙般奔去。那人叫聲不絕，但聲音越來越低，周伯通只奔了一半路程，叫聲便斷斷續續，聲若遊絲，終於止歇，實不知叫聲發自那一座營帳。周伯通哈哈大笑，叫道：「臭法王，你跟我捉迷藏嗎？待我一把火燒了蒙古兵的大營，瞧你出不出來？」

趙志敬心想：「他倘若當真放火燒營，那可不妙？」忙縱身而出，低聲道：「周師叔祖，放不得火。」周伯通道：「啊，小道士，是你！幹麼放不得火？」趙志敬信口胡言：「他們要故意引你放火啊。這些營帳中放滿了地雷炸藥，你一點火，乒乒乓乓，把你炸得屍骨無存。」周伯通嚇了一跳，罵道：「這詭計倒也歹毒。」

趙志敬見他信了，心下大喜，又道：「徒孫探知他們的詭計，生怕師叔祖不察，心裏急得不得了，因此守在這裏。」周伯通道：「嗯，你倒好心。要不是你跟我說，老頑童豈不便炸死在這兒了？」趙志敬低聲道：「徒孫還冒了大險，探得了王旗的所在，師叔祖隨我來就是。」不料周伯通搖頭道：「說不得，千萬說不得！我若找不到，認輸便是。」打賭盜旗，於他是件好玩之極的遊戲，如由趙志敬指引，縱然成功，也已索然無味，這種賭賽務須光明磊落，鬼鬼祟祟實乃大忌。

趙志敬碰了個釘子，心中大急，突然想起：「他號稱老頑童，脾氣自然與眾不同，只能誘他上鉤。」便道：「師叔祖，既是如此，我可要去盜旗了，瞧是你先得手，還是我先得手。」說著展開輕身功夫，向左首羣山中奔去，奔出數丈，回頭果見周伯通跟在後面。他逕自奔入第三座小山，自言自語：「他們說藏在兩株大榆樹之間的山洞中，那裏又有兩株大榆樹了？」故意東張西望的找尋，卻不走近法王所說的山洞。忽聽得周伯通一聲歡呼：「我先找到了！」向那兩株大榆樹之間鑽了進去。

趙志敬微微一笑，心想：「他盜得王旗，我這指引之功仍是少不了，何況我阻他放火，他還道真的於他有救命之恩。這比之法王的安排尤勝一籌。」心下得意，拔足走向洞去。猛聽得周伯通一聲大叫，聲音極是慘厲，接著聽他叫道：「毒蛇！毒蛇！」趙志敬大吃一驚，已經踏進了洞口的右足急忙縮回，大聲問道：「師叔祖！洞裏有毒蛇麼？」周伯通道：「不是蛇……不是蛇……」聲音卻已大為微弱。

這一著大出趙志敬意料之外，忙在地下拾了根枯柴，取火摺點燃了向洞裏照去，只見周伯通躺在地下，左手抓著一塊布旗，不住揮舞招展，似是擋架甚麼怪物。趙志敬驚問：「師叔祖，怎麼啦？」周伯通道：「我給……給毒物……毒物……咬中了……」說到這裏，左手漸漸垂下，已無力揮動旗幟。

趙志敬見他進洞受傷，不過是頃刻之間，心想以他的武功，便是傷中要害，也不致立時不支，那是甚麼毒物，竟然如此厲害？又見周伯通手中所執布旗只是一面尋常軍旗，實非王旗，更是心寒：「原來那法王叫我騙他進洞，卻在洞裏伏下毒物害他性命。」這時只求自己逃命要緊，那裏還顧得周伯通死活，也不敢察看他傷勢如何、是何毒物，將火把反手一拋，轉身便逃。

火把沒落到地，突在半途停住，卻是有人伸手接住，只聽那人說道：「連尊長竟也不顧了嗎？」一聲音清柔，如擊玉磬，白衣姍姍，正是小龍女的身形，火把照出一團亮光，映得她玉顏嬌麗，臉上卻無喜怒之色。這一下嚇得趙志敬腳也軟了，張口結舌，那裏說得出話來？萬料不到她竟在自己身後如此之近，滿心想逃，便是不能舉步。

其實小龍女遠遠監視，趙志敬一舉一動全沒離開她目光。他引周伯通上山，小龍女便跟在其後。周伯通自然知道，但並不理會，趙志敬卻是茫然未覺。

當下小龍女舉起火把，向周伯通身上照去，只見他臉上隱隱現出綠氣。她從懷中取出金絲手套戴上，提起他手臂一看，不禁心中突的一跳，只見三隻酒杯口大小的蜘蛛，分別咬住了周伯通左手三根手指。

蜘蛛模樣甚是怪異，全身條紋紅綠相間，鮮艷到了極處，令人一見便覺驚心動魄。她知任何毒物顏色越是鮮麗，毒性便越厲害。三隻蜘蛛牢牢咬住周伯通的手指，她拾起一根枯枝去挑，連挑幾下均沒挑脫，當即右手一揚，三枚玉蜂針射出，登時將三隻蜘蛛刺死。她發針的勁力用得恰到好處，刺死蜘蛛，卻沒傷到周伯通皮肉。

原來這種蜘蛛叫作「彩雪蛛」，產於西藏雪山之頂，乃天下三絕毒之一。金輪法王攜之東來，有意與中原的使毒名家一較高下。那日他到襄陽行刺郭靖，沒想到使毒，並未攜帶彩雪蛛。中了李莫愁的冰魄銀針後回到大營，恨怒之餘，便取出藏放彩雪蛛的金盒放在身邊，只盼再與李莫愁相遇，便請她一嘗西藏毒物的滋味。也是機緣巧合，既與周伯通打賭盜旗，又遇上了這個一心想當掌教的趙志敬，便在山洞中放了一面布旗，旗中裹上三隻毒蜘蛛。這彩雪蛛一遇血肉之軀，立即撲上咬嚙，非吸飽鮮血，決不放脫，毒性猛烈，無藥可治，便法王自己也解救不了。他不肯貼身攜帶，便怕萬一有甚疏虞，為禍非淺。

小龍女這玉蜂針上染有終南山上玉蜂針尾的劇毒，毒性雖不及彩雪蛛險惡，卻也著實厲害，尖針入體，彩雪蛛身上自然而然的便產出了抗毒的質素。毒蛛捕食諸般劇毒蟲豸，全憑身有這等抗毒體液，才不致中毒。毒蛛的抗毒體液從口中噴出，注入周伯通血中，只噴得幾下，已自斃命跌落。幸而小龍女急於救人，又見毒蛛模樣難看，不敢相近，便發射暗器，歪打正著，恰好解救了這天下無藥可解的劇毒。

小龍女見三隻彩雪蛛毛茸茸的死在地下，紅綠斑斕，仍是不禁心中發毛；又見周伯通僵臥不動，顯已斃命。她對周伯通實是好生感激，常想當日若不是他將楊過引入絕情谷，自己便已與公孫止成婚，事後念及，往往全身冷汗淋漓，膽戰心悸。不料他竟畢命於此，心下甚是傷感。突然之間，只見周伯通左手舞了幾下，低聲道：「甚麼東西咬我，這麼……這麼厲害？」想要撐持起身，但上身只仰起尺許，復又跌倒。

小龍女見他未死，心中大喜，舉火把四下察看，不再見有蜘蛛蹤跡，這才放心，問道：「你沒死麼？」周伯通笑道：「好像還沒有死透，死了一大半，活了一小半……哈哈……」他想縱聲大笑，但立時手腳抽搐，笑不下去。

卻聽得洞外一人縱聲長笑，聲音剛猛，轟耳欲聾，跟著說道：「老頑童，你王旗盜到了麼？今日的打賭是你勝了呢，還是我勝了？」說話的正是金輪法王。

小龍女左手在火把上一揑，火把登時熄滅，她戴有金絲手套，兵刃烈火，皆不能傷。周伯通低聲道：「這場玩耍老頑童輸定了，只怕性命也輸了給你。臭法王，你這毒蜘蛛是甚麼傢伙，這等歹毒？」這幾句話悄聲細語，有氣沒力，但法王隆隆的笑聲竟自掩它不下。法王暗自駭然：「他給我的彩雪蛛咬了，居然還不死，這幾句話內力深厚，非我所及。幸好中我之計，去了一個強敵。他此刻雖還不死，總之也挨不到一時三刻了。」

周伯通又道：「趙志敬小道士，你騙我來上了這個大當，吃裏扒外，太不成話。你快去跟丘處機說，叫他殺了你罷！」趙志敬站在洞外，躲在法王身後，只聽得毛骨悚然，暗想：「這事我豈能去跟丘師伯說？」法王笑道：「這個趙道士很好啊。咱們王爺要啟稟大汗，封他作全真教掌教真人呢。」暗想：「周伯通之死，這趙道士脫不了干係，從此終身受我挾制。此人才識平庸，也不想想周伯通這樣一個瘋瘋顛顛的人物，輩份雖尊，丘處機等豈能把他的言語當真？怎能憑老頑童幾句話就讓你當全真教掌教？」

周伯通大怒，呸的一聲。他體內毒性雖已消去大半，但彩雪蛛的劇毒絕非人所能抗，一絲一忽的微量即足以屠滅多人。周伯通真氣略鬆，又暈了過去。

小龍女道：「金輪法王，你打不過人家，便用這種毒物害人，像不像一派宗主？快拿解藥出來救治周老爺子！」

法王隔洞望見周伯通暈去，只道他毒發而斃，大是得意，暗想憑你這小小女子怎奈何得我？想起趙志敬日間言語相激，說自己曾敗在她的手下，決意親手將她擒住，顯顯威風，當即衝向山洞，左掌一揚，右手探出，向小龍女抓去，說道：「解藥來了，好好拿著。」小龍女右手揮處，玎玲玲一陣輕響，金鈴軟索飛出，疾往他「期門穴」點去。

法王心道：「今日我若再擒你不到，豈不教那姓趙的道士笑話。」晃身避開金鈴，探手入懷，已是雙輪在手，相互撞擊，噹的一聲巨響，震人耳鼓。小龍女一點不中，兜轉軟索，倏地點他後心「大椎穴」，這一下變招極快極狠。法王躍起數尺，讚道：「如你這等功夫，女中罕見！」

兩人夾洞相鬥，瞬息間拆了十餘招。法王倘若恃力搶攻，小龍女原是難以抵擋，但他數日前攻進山洞，足底為冰魄銀針刺傷，險些送了性命，小龍女武功與李莫愁全是一路，而招數巧妙尤在李莫愁之上，前事不忘，後事之師，他那肯重蹈覆轍？何況洞中尚有毒蛛，若給咬上了，非立時送命不可，是以雖然焦躁，卻不冒險強攻。黑夜之中，但聽得鉛輪橐橐，銀輪錚錚，夾著金鈴玲玲之聲，宛似敲擊樂器。

趙志敬遠遠站著，聽著兩人的兵刃聲響，心中怦怦亂跳，想起師叔祖之死雖非自己有意加害，總是卸不了罪責，這等弒尊逆長之事，於武林任何門派均是罪不容誅，倘然法王果能將小龍女殺了，自是大妙，但若竟是小龍女獲勝，又或給她脫身逃走，消息自然傳出，那便如何是好？他一步步的後退，手持劍柄，身子禁不住發顫，聽著雙輪與金鈴之聲越來越密，不由得汗流浹背，濕透道袍。

法王武功雖然遠勝小龍女，但輪短索長，不入山洞，終究難以取勝，轉眼間已拆到六七十招，兀自制不住對方。小龍女見周伯通躺在地下一動不動，多半是沒命的了，想要設法救助，卻那裏緩得出手來？二人在黑暗中相鬥，她目光銳敏，比法王多佔了便宜，眼見法王揮輪向右斜砸，右方露出空隙，當即回轉金鈴軟索，點向他右脅，同時左手揚動，十餘枚玉蜂針向他上中下三盤射了過去。

這一下相距既近，玉蜂針射出時又是無聲無息，法王待得發覺，玉蜂針距身已不逾尺，也虧他武功委實非同小可，危急中翻轉銀輪，捲住了金鈴軟索，同時雙足力撐，呼的一響，身子拔起丈餘，十餘枚玉蜂針盡數在腳底飛過。倉卒間使力過巨，身子拔高，雙臂上揚，銀鉛雙輪連著金鈴軟索一齊脫手飛上半空。輪聲嗚嗚，鈴聲玎玎，直響上天空十餘丈處。星光下但見一團灰光，一團銀光，夾著一條長索激飛而上。

小龍女不待他落地，又是一把玉蜂針射出。法王身在半空，武功再強，也是無法閃避，此時相距雖遠，情勢卻更凶險。

但法王躍起之時，早料到敵人必會跟著進襲，雙手抓住胸口衣襟向外力分，嗤的一響，長袍撕為兩片，恰好玉蜂針於此時射到，他舞動兩片破衣，數十枚細針盡數刺入衣中。他哈哈一笑，雙足著地，抛去破衣，伸手接住了空中落下的雙輪。這兩次脫險，都是仗著絕頂武功加以聰明機變，於千鈞一髮之際逃得性命，卻也因此奪得了小龍女的兵刃。

他腳一落地，立即搶到洞口，笑道：「龍姑娘，你還不投降？」他生怕小龍女在洞中設伏，不敢便此走進。小龍女卻不知他有所顧忌，自己兵刃既失，玉蜂針也已十去其九，只得手心裏扣著一把僅餘的金針，躲在洞口一旁，默不作聲。

法王等了片刻，不見動靜，當下心生一計，雙輪交在右手，左手拾起兩片破衣，突然雙輪著地擲出，一前一後，抛進了山洞之內數尺，身子一晃，雙足已踏在輪上，以防地下插有毒針，跟著破衣飛舞，揮成一道布障擋在身前。他兩片破衣上釘了數十枚玉蜂針，已成為一件厲害兵刃，笑道：「別人有狼牙棒，龍姑娘，你試試我狼牙布的厲害。」一言甫畢，突然手上一緊，半截長袍竟已被小龍女抓住。她戴著金絲手套，莫說狼牙布，便當真是狼牙棒也敢赤手來奪。

法王這一下出其不意，急忙運勁回奪，就這麼微微一頓之間，小龍女滿手金針已激射而出。法王暗叫不好，情急智生，隨手抓起躺在地下的周伯通在身前一擋，跟著一招「倒踩七星步」，急竄出洞。饒是他一生數經大敵，但這一次生死繫於一線，也不禁嚇得滿手都是冷汗，遠遠站在洞外喘息。

那二十餘枚玉蜂針盡數釘在周伯通身上。小龍女微微嘆息，心想你身死之後，屍身還要受罪，不料忽聽得周伯通叫道：「好痛，好痛，甚麼東西又來咬我？」小龍女又驚又喜，問道：「周伯通，你還沒死麼？」她不懂禮法，出口便是呼名道姓。

周伯通道：「好像已經死了，可是又活了轉來。不知是沒死得透呢，還是沒活得夠。」小龍女道：「你沒死便好了，那法王好兇惡，我打他不過。」取出吸鐵石，將他身上所中的玉蜂針一枚枚的吸出。周伯通罵道：「法王這狗賊真不講道理，乘我死了還沒還魂，便用這些瞧不見的細針來扎我。」小龍女不住手的跟他取針，他便不停口的罵人。

小龍女微微一笑，道：「周伯通，這些針是我扎你的。」於是將適才激鬥的經過簡略說了，又問：「我這玉蜂針上餵有蜂毒，你身上難不難過？」周伯通道：「舒服得很，你再扎我幾下。」小龍女還道他是說笑，從懷中取出一個小小玉瓶，說道：「這瓶玉蜂蜜可解我這金針之毒，你喝一點便好啦。」周伯通連連搖手，說道：「不，不！你這些針扎在身上很舒服，似乎正是那毒蛛的剋星。」

小龍女想那老頑童又在胡說八道，但見他堅不肯服，也就不加勉強，看來這怪老頭兒內功深不可測，連毒蛛也害他不死，中了玉蜂針自然也是無礙。其實蜜蜂刺上之毒雖然毒性厲害，卻能治療多種疾病，於風濕等症更有神效，是以天下凡養蜂之人，決無風濕。但小龍女與周伯通均不明醫理，不知玉蜂針以毒攻毒，竟使彩雪蛛的毒性又解了不少。

法王在洞外聽得周伯通說話，竟然神完氣足，宛若平時，更是駭然，暗想此人真難道是神仙不成？乘著他元氣未復，須得痛下殺手結果了他，否則日後豈能再有這等良機。適才進洞不成，連銀鉛雙輪也失陷在內，於是揮動小龍女的金鈴軟索，叫道：「龍姑娘，我借你的兵刃使使。」用力一抖，將軟索揮進洞來。他武功已臻化境，任何兵刃均能運轉自如，小龍女這軟索雖然怪異，但他當作軟鞭來用，居然也使得虎虎生風，而且發自遠處，不怕對方以金針突襲。

小龍女童心忽起，拾起地下的銀鉛雙輪，錚的一聲互擊，叫道：「好，咱們便掉換了兵刃打一架。」右臂平伸推出，手臂突感酸軟，竟然推不到盡頭。這鉛輪看來不大，份量卻著實不輕，小龍女一推出便感不支，當即縮回，將雙輪護在胸前。

法王瞧出便宜，突然欺上，長臂倏伸，便來搶奪雙輪。小龍女退了一步，左手銀輪擲出。她擲輪只是虛招，乘著那一擲之勢，數十枚玉蜂針又已射出。這些玉蜂針均是從周伯通身上起出，毒性已消了大半，便是射在身上也無大礙。法王這次早有防備，不接銀輪，便即向旁躍開，數十枚玉蜂針盡數打空。

周伯通哈哈大笑，道：「好，這賊禿過來，你便用小針扎他。再過一會，我元氣一復，這就出去抓他來打屁股。」小龍女道：「唉，我的玉蜂針都打完啦，一枚也不賸了。」周伯通一愕，搔頭道：「這可有點兒難攪。」他二人一老一小均是全無機心，想到甚麼，口中便說了出來。

金輪法王滿腹智謀，但不知周伯通和小龍女的性情，不信天下竟有人會自暴其弱，心想：「你說玉蜂針打完了，我怎會上這個當？定是想誘我近前，另使古怪法道射我。」小龍女坦然直說，反使法王不敢貿然搶攻，加之他日前在山洞內中了楊過之計，想起尼摩星自斷雙足之慘，竟自十二分的鄭重起來。

一耗兩耗，天色漸明。周伯通盤膝端坐，要以上乘內功逼出體內的餘毒。可是那彩雪蛛的毒性猛惡絕倫，他每一運氣，胸口便煩惡欲嘔，自頂至踵，無處不是麻癢難忍，不運氣卻反而無事，連試三次都是如此，廢然嘆道：「唉，老頑童這一次可不好玩了！」

法王在外偷窺，卻不知他有這等難處，暗想：「不好，這老頭兒在運內功了！」心念一動，從懷中取出那隻盛放彩雪蛛的金盒來，掀開盒蓋，盒中十餘隻彩雪蛛蠕蠕而動，其時朝陽初昇，照得盒中紅綠斑斕，鮮艷奪目。法王從金盒旁取出一隻犀牛角做的夾子，挾起一根蛛絲，輕輕一甩，蛛絲上帶著一隻彩雪蛛，黏在山洞口左首。他連挾連甩，將盒中毒蛛盡數放出，每隻毒蛛帶著一根蛛絲，黏滿了洞口四周。盒中毒蛛久未餵食，飢餓已久，登時東垂西掛，結起一張張的蛛網，不到半個時辰，洞口已被十餘張蛛網布滿。

當毒蛛結網之時，小龍女和周伯通看得有趣，均未出手干預，到得後來，一個直徑丈餘的洞口已滿是蛛網，紅紅綠綠的毒蛛在蛛網上來往爬動，只瞧得心煩意亂。

小龍女低聲道：「可惜我的玉蜂針打完了，不然一針一個，省得這些毒蜘蛛在眼前爬來爬去的討厭。」周伯通拾起一枝枯枝，便想去攪蛛網，忽見一隻大蝴蝶飛近洞口，登時被蛛網黏住。本來昆蟲落入蛛網，定須掙扎良久，力大的還能毀網逃去，但這隻蝴蝶軀體雖大，一碰到蛛絲立即昏迷，動也不動。小龍女心細，叫道：「別動，蛛絲有毒。」周伯通嚇了一跳，急忙抛下枯枝。原來法王放毒蛛封洞，並非想以這些纖細的蛛網阻住二人，倒是盼望他們出手毀網，遊絲上下，免不了身上沾到一二根，劇毒便即入體。

周伯通看了一會毒蛛吃蝴蝶，又盤膝坐下，心想：「反正我玄功一時不易恢復，多坐一會倒也不錯。」小龍女卻想：「這僵持之局不知何時方了？又不知道老頑童身上的毒性去盡沒有？」問道：「你運功去毒，再有一天一晚可夠了麼？」周伯通嘆道：「別說一天一晚，再有一百天一百晚也不管用。」小龍女驚道：「那怎生是好？」周伯通笑道：「那賊禿若肯送飯給咱們吃，在這山洞中住上幾年，也沒甚麼不好。」

小龍女道：「他不肯送飯的。」嘆了口氣，道：「倘若楊過在這兒，我便在這山洞中住一輩子也沒甚麼。」周伯通怒道：「我甚麼地方及不上楊過了？他還能比我強麼？我陪著你又有甚麼不好？」他這兩句話不倫不類，小龍女卻也不以為忤，只淡淡一笑，道：「楊過會使全真劍法，我和他雙劍合璧，便能將這和尚殺得落荒而逃。」周伯通道：「哼，全真劍法有甚麼了不起？我難道不會使？楊過能勝得我麼？」小龍女道：「我們這雙劍合璧，叫作玉女素心劍法，要我心中愛他，他心中愛我，兩心相通，方能克敵制勝。」

周伯通一聽到男女之愛，立時心驚肉跳，連連搖手，說道：「休提，休提。我不來愛你，你也千萬別來愛我。我跟你說，在山洞中住上幾年也沒甚麼大不了。當年我在桃花島山洞中孤零零的住了十多年，沒人相伴，只得自己跟自己打架，現今跟你在一起，有說有笑，那是大不相同了。」他自得其樂，竟想在洞中作久居之計。

小龍女奇道：「自己跟自己打架，怎生打法？」周伯通大是得意，於是將分心二用、左右互搏之術簡略說了。小龍女心中一動：「若我學會此術，左手使全真劍法，右手使玉女劍法，那豈不是雙劍合璧，成了玉女素心劍法？就只怕這功夫非一朝一夕所能學會。」說道：「這功夫很難學罷？」周伯通道：「說難是難到極處，說容易也容易之至。有的人一輩子都學不會，有的人只須幾天便會了。你識得郭靖與黃蓉兩個娃娃麼？」小龍女點點頭。周伯通道：「你說他兩人是誰聰明些？」

小龍女道：「郭夫人千伶百俐，我聽過兒說道，當世只怕無人能及得上她的聰明智慧。郭大俠的資質卻平常得緊。」周伯通笑道：「甚麼『平常得緊』？簡直蠢笨得緊。你說我是聰明呢還是傻？」小龍女笑道：「我瞧你年紀雖然不小，仍是傻裏不幾，說話行事，有點兒瘋瘋顛顛。」

周伯通拍手道：「是啊，你這話一點兒也不錯。這左右互搏之術是我想出來的，後來我教了郭靖兄弟，他只用幾天功夫便學會了。但他轉教他的婆娘，你別瞧黃蓉這女孩兒玲瓏剔透，一顆心兒上生了十七八個竅，可是這門功夫她便始終學不會。我還道郭靖傻小子教得不對，後來老頑童親自教她，那知道她第一課『左手畫方，右手畫圓』便畫來畫去不像。所以啊，有的人一學便會，有的人一輩子學不了。好像越是聰明，越是不成。」

小龍女道：「難道蠢人學功夫，反而會勝過聰明人？我可不信。」周伯通笑嘻嘻的道：「我瞧你品貌才智，和那小黃蓉不相上下，武功也跟她差不離。你既不信，那你便用左手食指在地下畫個方塊，右手食指同時畫個圓圈。」小龍女依言伸出兩根食指在地下劃畫，但畫出來的方塊有點像圓圈，圓圈卻又有點像方塊。周伯通哈哈大笑，道：「是麼？你這一下便辦不到。」

小龍女微微一笑，凝神守一，心地空明，隨隨便便的伸出雙手手指，左手畫了一個方塊，右手畫了一個圓圈，方者正方，圓者渾圓。

周伯通大吃一驚，道：「你……你……」過了半晌，才道：「你從前學過的麼？」小龍女道：「沒有啊，這又有甚麼難了？」周伯通搔著滿頭白髮，道：「那你是怎麼畫的？」小龍女道：「我也不知道。心裏甚麼也不想，一伸手指便畫成了。」隨即左手寫了「老頑童」三字，右手寫了「小龍女」三字，雙手同時作書，字跡整整齊齊，便如一手所寫一般。周伯通大喜，說道：「這定是你從娘胎裏學來的本領，那便易辦了。」於是教她如何左攻右守，怎生右擊左拒，將他在桃花島上領悟出來的這門天下無比的奇功，一古腦兒說了給她聽。

其實這左右互搏之技，關鍵訣竅全在「分心二用」四字。凡是聰明智慧之人，心思繁複，一件事沒想完，第二件事又湧上心頭。三國時曹子建七步成詩，五代間劉鄩用兵，一步百計，這等人要他學那左右互搏的功夫，便是要殺他的頭也學不會的。小龍女自幼便練摒除七情六欲的紮根基功夫，八九歲時已練得心如止水，後來雖癡戀楊過，這功夫大有損耗，但此刻心靈痛受創傷，心灰意懶之下，舊日的玄功竟又回復了八九成。她所修習的古墓派內功乃當年林朝英情場失意之後所創，與她此時心境大同小異，感應一起，頓生妙悟，周伯通一加指撥，她立時便即領會。只因周伯通、郭靖、小龍女均是淳厚質樸、心無渣滓之人，如黃蓉、楊過、朱子柳輩，那就說甚麼也學不會了。

周伯通身上毒性未除，但口講指劃，說得津津有味。小龍女不住點頭，暗自默想如何右手使玉女劍法、左手使全真劍法，只幾個時辰，心中豁然貫通，說道：「我全懂啦。」雙手試演數招，竟然圓轉如意。周伯通張大了口合不攏來，只叫：「奇怪，奇怪！」

法王和趙志敬守在洞外，但聽兩人嘰嘰咕咕的說個不停，有講有笑，側耳傾聽，只斷斷續續的聽到幾句，全然不明其中之意。

小龍女一抬頭，見兩人正自探頭探腦的窺望，站起身來，說道：「咱們走罷！」周伯通一呆，問道：「那裏去？」小龍女道：「出去把賊禿抓來，逼他給你解藥。」周伯通拉了拉自己的大鬍子，道：「你準打贏他了？」

說到此處，忽聽得嗡嗡聲響，一隻蜜蜂黏上了蛛網，不住出力掙扎。先前一隻大蝴蝶一觸蛛絲便即昏暈，這蜜蜂身軀甚小，卻似不怕彩雪蛛的毒性，蛛網竟給撕出了一個破洞。一隻面目猙獰的毒蛛在旁虎視眈眈，卻不敢上前放絲纏繞，過了良久，蜜蜂才不支暈去，那毒蛛撲上便咬。

小龍女在古墓中飼養成羣玉蜂，和蜜蜂終年為伴，驅蜂之術固然甚精，且把蜂兒視作朋友一般，眼見蜜蜂有難，心中大是不忍，突然轉念：「毒蛛形貌雖惡，我的蜂兒未必便怕牠們了。」從懷中取出玉瓶，右手伸掌握住，拔開瓶塞，潛運掌力，熱氣從掌心傳入瓶中，過不多時，一股芬芳馥郁的蜜香透過蛛網送了出去。

周伯通奇道：「你幹甚麼？」小龍女道：「這是個頂好玩的把戲，你愛不愛瞧？」周伯通大喜，連叫：「妙極！」又問：「那是甚麼把戲？」小龍女微笑不答，只是催動掌力。

此時山谷間野花盛開，四下裏採蜜的野蜂極多，聞到這股甜蜜的芳香，登時從各處飛湧而至。一隻隻野蜂不住的衝向山洞，一黏上蛛網，便都掙扎撕扯，有的給毒蛛咬死，有的卻在毒蛛身上刺了一針。彩雪蛛雖是天下的至毒，但蜂毒中得多了，即便漸漸僵硬而死。

周伯通只瞧得手舞足蹈，心花怒放。洞外的金輪法王和趙志敬卻是目瞪口呆，不知所措。其時彩雪蛛尚佔上風，毒蛛只死了三隻，蜜蜂卻有四十餘隻斃命，但野蜂越聚越多，起初還只三四隻、五六隻零零落落的趕來，到後來竟是成羣結隊，數十隻、數百隻一窩一窩的湧到，片刻之間洞口的蛛網盡皆衝爛，十餘隻毒蛛也盡數中刺殭斃。趙志敬吃過蜜蜂的大苦頭，眼見情勢不妙，忙悄悄溜入樹叢，遠遠避開。法王卻可惜彩雪蛛難得，這一役莫名其妙的全軍覆沒，還道野蜂有合羣之心，同仇敵愾，和毒蛛相鬥，卻不知乃是小龍女召來，兀自尋思如何逼周伯通和小龍女出洞，結果二人性命。

小龍女將小指指甲伸入玉瓶，挑了一點蜂蜜向法王彈去，左手食指向他左邊一點，右邊一點，口中呼嘯吆喝。幾千隻野蜂轉身出洞，向他衝去。

法王一驚非同小可，急忙向前飛竄。他輕身功夫了得，野蜂飛得雖快，他身法更快，霎時間已竄出十餘丈外。但見他猶似一溜黑煙，越奔越遠，野蜂追趕不上，便各自散了。

小龍女連連頓足，不住口的叫道：「可惜，可惜！」周伯通道：「可惜甚麼？」小龍女道：「給他逃走啦，沒搶到解藥。」原來她驅趕蜜蜂分從左右包抄，要將法王圍住，可沒想到這些野蜂乃烏合之眾，東一窩西一窩的聚在一起，決不能和她古墓中養馴的玉蜂相比，要牠們一時追刺敵人，倒還可以，至於左右包抄、前後合圍這些精微的陣勢，野蜂便無能為力了。但周伯通已佩服得五體投地，深覺這玩意兒比他生平所見所玩任何戲耍都強得多，鼓掌大讚，全忘了身上中毒未解。

小龍女見洞口蛛絲已除，竄出洞去，招手道：「出來罷！」周伯通跟著躍出，但身在半空，突然重重跌落，嘆道：「不成，不成！力氣使不出來。」猛地裏全身打戰，牙齒互擊，格格作響，這一跌之下，引動彩雪蛛的餘毒發作出來，猶似身墮萬丈冰窖，酷寒難當，嘴唇和臉孔漸漸發紫，一叢白鬍子連連搖晃。

小龍女驚問：「周伯通，你怎麼啦？」周伯通不住發抖，顫聲道：「你……你快用那針兒扎我……扎我幾下。」小龍女道：「我的針上有毒啊。」周伯通道：「便……便是……有毒……有毒的好。」

小龍女想起適才野蜂與毒蛛的惡戰，心道：「莫非蜂毒正是蛛毒的剋星？」從地下拾起一枚玉蜂針，試著在他手臂上刺了一下。周伯通叫道：「妙啊！快再刺。」小龍女連刺幾下，聽他不住的叫好，眼見針上毒性已失，於是換過一枚。一共刺了十餘針，周伯通不再打戰，舒了一口長氣，笑道：「以毒攻毒，眾妙之門。」試著一運氣，卻覺體內餘毒仍未去盡，猛地一拍膝蓋，叫道：「龍姑娘，你針上的蜂毒不夠，而且不大新鮮。」小龍女笑道：「那我便叫野蜂來叮你。」周伯通道：「多謝之至，快快叫罷！」

小龍女揭開玉瓶，召來一羣野蜂，一一叮在周伯通身上。老頑童笑逐顏開，全身脫得赤條條地，讓野蜂針刺，一面潛運神功，先將蜂毒吸入丹田，再隨真氣流遍全身各處大穴。約莫一頓飯功夫，遍體都是野蜂尾針所刺的小孔，蛛毒盡解，再刺下去便越來越痛，大聲叫道：「夠啦，夠啦！再刺下去便攪出人命來啦！」拾起衣褲穿起。

小龍女微微一笑，將野蜂驅走，見金鈴軟索掉在一旁，順手拾起，問道：「我要上終南山去，你去不去？」周伯通搖搖頭，道：「我另有要緊事情要辦，你一個人去罷！」小龍女道：「啊！是了，你要到襄陽城去相助郭大俠。」她一提到「郭大俠」三字，便想到郭芙，跟著想到了楊過，黯然道：「周伯通，你若見到楊過，別提起曾遇見過我。」卻見他口中喃喃自語，但一些聲息也聽不到，臉上神色甚是詭異，不知在搗甚麼鬼。過了半晌，周伯通突然抬頭問道：「你說甚麼？」小龍女道：「沒甚麼了，咱們再見啦。」周伯通心不在焉，只是點頭揮手。

小龍女轉身走開，過了一個山坳，忽聽得周伯通大聲吆喝呼嘯，宛似在指揮蜜蜂。小龍女好生奇怪，悄悄又走了回來，躲在一株樹後張望，只見周伯通手中拿著玉瓶，正在指手劃腳的呼叫。她伸手懷中一探，玉瓶果已不翼而飛，不知如何給他偷了去，但他吆喝的聲音似是而非，雖有幾隻野蜂聞到蜜香趕來，卻全不理睬他的指揮，只是繞著玉瓶嗡嗡打轉。

小龍女忍不住噗哧一笑，從樹後探身出來，叫道：「我來教你罷！」周伯通見把戲拆穿，賊贓給事主當場拿住，只羞得滿臉通紅，白鬚一揮，斗地竄出數丈，急奔下山，飛也似的逃走了。

小龍女哈哈大笑，心想這怪老頭兒當真有趣得緊。她笑了數聲，空山隱隱，傳來幾響回聲，驀地裏只覺寂寞淒涼，難以自遣，忍不住流下兩行清淚。這一晚和金輪法王鬥智鬥力，有老頑童陪著胡鬧，倒也熱鬧了半天，此刻敵人走了，朋友也走了，全世界便似孤另另的只賸下了她一個人。

她一路跟隨尹志平和趙志敬，只覺這兩人可惡之極，雖將之碎屍萬段，也難解心頭之恨。她只消一出手，便能將兩人殺了，但總覺得殺了他們那又如何？在大榆樹下呆了半晌，自言自語：「我還是找他們去！」走下山來，跨上放在山下吃草的花驢。

上得大路行了一程，忽見前面煙塵衝天，旌旗招展，蹄聲雷震，大隊軍馬向南開拔，顯是蒙古大軍又去攻打襄陽。小龍女心中躊躇：「這千軍萬馬之中卻如何去尋那兩個道士？」忽見三乘馬從山坡旁掠過，馬上乘者黃衫星冠，正是三個道人。小龍女心道：「怎地多了一個？」遙遙望去，最後一人正是尹志平，趙志敬和另一個年輕道士並騎在前。小龍女一提韁繩，縱驢跟了下去。

尹志平和趙志敬聽得蹄聲，回頭一望，又見到小龍女，都不禁臉上變色。那年輕道人問道：「趙師兄，這女子是誰？」趙志敬道：「那是咱們教中的大敵，你別出聲。」那道人嚇了一跳，顫聲道：「是赤練仙子李莫愁？」趙志敬道：「不是，是她的師妹。」那年輕道人名叫祁志誠，也是丘處機的弟子。他只知李莫愁曾多次與師伯、師父、師叔們相鬥，全真諸子曾在她手下吃過不少虧，來者既是李莫愁的師妹，自然也非善類。

趙志敬舉鞭狂抽馬臀，一陣急奔，尹祁二人也縱馬快跑，片刻間已將小龍女遠拋在後。但小龍女那花驢後勁極長，腳步並不加快，只是不疾不徐的小跑。三匹馬奔出四五里，氣喘吁吁，漸漸慢了下來，花驢又逐步趕上。趙志敬舉鞭擊馬，但坐騎沒了力氣，不論他如何抽打，只奔出數十丈，便又自急奔而小跑，自小跑而緩步。

祁志誠道：「趙師兄，我和你回頭阻擋敵人，讓尹師兄脫身。」趙志敬鐵青著臉道：「話倒說得容易，你不要命了嗎？」祁志誠道：「尹師兄身負掌教重任，咱們好歹也得護他平安。」原來他此番是奉師父丘處機之命前來，召尹志平回重陽宮接任掌教之位。

趙志敬哼了一聲，不加理睬，心想：「也不知天多高，地多厚，憑你這點兒微末道行就想擋住她？」祁志誠見他臉色不善，不敢多說，勒住馬韁，待尹志平上前，低聲道：「尹師兄，你千金之軀，非同小可，還是你先走一步。」尹志平搖頭道：「由得他去！」

祁志誠見他鎮靜如恆，好生佩服，暗道：「怪不得師父要他接任掌教，單是這份氣度，第三代弟子中就無人能及。」他卻不知尹志平此時心情特異，小龍女要殺便伸頸就戮，早已全無抗拒之念。趙志敬見二人不急，究也不便獨自逃竄，好在見小龍女一時也無動手之意，於是走一段路便回頭望一眼，心中大是惴惴不安。

四人三前一後，默默無言的向北而行。這時蒙古大軍南衝之聲已漸漸隱沒，偶而隨風飄來一些金鼓號角之聲，但風勢一轉，隨即消失。百姓躲避敵軍，大道附近別說十室九空，簡直是雞犬不留，絕無人跡。那日尹志平與趙志敬慌不擇路的逃到了偏僻之處，還可找到一家小小飯店，這時一路行來，連完好的空屋也尋不著一所。

當晚尹志平等三人便在一所門窗全無的破屋中歇宿。趙志敬和祁志誠偷偷向外張望，只見小龍女在兩株大樹間懸了一根繩子，橫臥在繩上。祁志誠見她如此功夫，暗暗心驚，只有尹志平坦然高臥，理也不理。這一晚趙志敬忽起忽臥，那敢合眼而睡？只待樹上稍有聲息，便要破門逃去。

次晨四人又行。趙志敬連晚未睡，加之受驚過甚，騎在馬上迷迷糊糊的打瞌睡。祁志誠和尹志平並騎而行，落後了七八丈，祁志誠忍不住說道：「尹師兄，你和趙師兄的武功，每年大較小較，我都見識過的，兩位可說各有所長，難分高下。但說到胸中器量，那是不可同日而語了。」尹志平苦笑了一下，問道：「師父和各位師伯叔這次閉關，你可知要有多少時日？」祁志誠道：「師父說快則三月，慢則一年，因此要急召尹師兄去接任掌教。」尹志平呆呆出神，自言自語：「他老人家功夫到了這等田地，不知還須修持甚麼？」祁志誠低聲道：「聽說五位真人要潛心鑽研，設法破解古墓派的武功。」尹志平「哦」了一聲，忍不住回頭向小龍女望了一眼。

原來那日大勝關英雄大會，小龍女與楊過出手氣走金輪法王師徒，武功精絕，郝大通、孫不二和尹趙二道都親眼得見。何況楊過在郭靖書房之中，手不動、足不抬，便制得趙志敬狼狽不堪，後來小龍女只一招之間，便將趙志敬震得重傷。他二人使何手法，孫不二雖在近旁，竟然便看不明白，倒似全真派的武功在古墓派手下全然不堪一擊，思之實足心驚。後來又聽說小龍女和楊過雙劍合璧，將金輪法王殺得大敗虧輸，全真派上下更是大為震動。全真諸子想起郝大通失手傷了孫婆婆的性命，李莫愁、小龍女、楊過等人總有一日會來終南山尋仇。對付李莫愁一人已是大為棘手，何況再加上楊龍兩個厲害腳色？李莫愁和小龍女互有嫌隙之事，他們卻不知曉。

全真七子之中，譚處端早死，此時馬鈺也已謝世，只剩下了五人。劉處玄任了半年掌教，交由丘處機接任。五子均已年高，精力就衰，想起第三、四代弟子之中並無傑出的人才，古墓派上山尋仇之時，倘若全真五子尚在人間，還可抵擋得一陣，但如小龍女等十年後再來，那時號稱天下武學正宗的全真派非一敗塗地不可。因此五人決定閉關靜修，要鑽研一門厲害武功出來和古墓派相抗，是以趕召尹志平回山接任掌教。

尹志平等朝行晚宿，一路向西北而行。小龍女總是相隔里許，不即不離的在後相隨。這日到了陝西境內，祁志誠向尹志平道：「尹師兄，咱們是回重陽宮去。難道這龍姑娘孤身一人，竟也敢涉險追來麼？」

尹志平「嗯」了一聲，實在猜想不透她的用意。這一路之上，日日夜夜，只是反來覆去的尋思：「她要向五位真人揭發我的惡行麼？要仗劍大殺全真教，以出心中惡氣麼？或許，她只不過要回到古墓故居，正好和我同路？又難道……又難道……她憐我一片癡心，終究對我有了情意？」想到最後一節，總不由得面紅耳赤，暗自慚愧，這自是癡心妄想，比之長生遇仙，尤為渺茫，反正此時生死榮辱全已置之度外，恐懼之心倒也淡了。

又過數日，已到了終南山腳下。祁志誠取出一枝響箭，使手勁甩出，嗚的一聲響，衝天而起。

過不多時，四名黃冠道人從山上急奔而下，向尹志平躬身行禮，說道：「清和真人，您回來啦，大家等候多時了。」尹志平道號「清和」，但除了他的親傳弟子之外，向來無人如此稱呼。這四名道人都是全真教的第三代弟子，和他一直師兄弟相稱，其中一人年紀比他還大得多。這四人突然改口，尹志平極感過意不去，忙下馬還禮，謙道：「四位師兄如此相稱，小弟何以克當。」那年紀最長的道人是馬鈺的弟子，說道：「五位師叔法旨，只待清和真人一到，即便接任掌教，至於交接大禮，要等丘師叔開關之後再行。」尹志平道：「師父和四位師伯叔已經閉關了麼？」那道人道：「已閉了二十多天。」

說話之間，只聽山上樂聲響亮，十六名道士吹笙擊磬，排列在道旁迎接，另有十六名道士拿著木劍、鐵缽等等法器，見尹志平來到，一齊躬身行禮，前後護擁，向山上而去，竟把趙志敬冷落在後。趙志敬又是氣惱，又是羨妒，但內心卻又不禁暗暗得意：「待掌教之位落入我的手中，再瞧你們的嘴臉卻又如何？」

傍晚時分，一行人已到了重陽宮外。宮中五百多名道人從大殿直排到山門外十餘丈處，只聽得銅鐘鏜鏜，皮鼓隆隆，數百名道士躬身肅候。見到這般隆重端嚴的情景，尹志平本來委靡頹唐，不由得精神為之一振，在十六名大弟子左右擁衛下，先到三清殿叩拜元始天尊、太上道君、太上老君三清，再到後殿叩拜創教祖師王重陽的遺像，又到第三殿全真七子集議之所，向七張空椅叩拜，然後回到正殿三清殿。

丘處機的第二弟子李志常取出掌教真人法旨宣讀，命尹志平接任掌教。尹志平下拜聽訓，感愧交集，瞥眼見趙志敬站在一旁，臉上似笑非笑的滿是譏嘲之色，心中驀地大震。

尹志平聽訓已畢，站起身來，待要向羣道謙遜幾句，忽見外面一名道士進來，朗聲說道：「啟稟掌教真人，有客到。」尹志平一呆，想不到小龍女竟會這般大模大樣的正式拜會，實不知如何應付才是，事到臨頭，要逃也逃不過，只得硬著頭皮道：「請罷！」

那道士回身出去，引了兩個人進來。羣道一見，均大感詫異，尹志平更是奇怪。原來進來的兩個人一個是蒙古官員打扮，另一個卻是在忽必烈營中會見過的瀟湘子。

那蒙古貴官朗聲說道：「大汗陛下聖旨到，敕封全真教掌教。」說著在大殿上居中一站，取出一卷黃緞，雙手展開，宣讀道：「敕封全真教掌教為：特授神仙演道大宗師，玄門掌教，文粹開玄宏仁廣義大真人，掌管諸路道教所……」宣讀到這裏，見沒人跪下聽旨，大聲道：「全真教掌教接旨。」

尹志平上前躬身行禮，說道：「敝教掌教丘真人坐關，現由小道接任掌教，蒙古大汗的敕封，非對小道而授，小道不敢拜領。」

那蒙古貴官笑道：「大汗陛下玉音，丘真人為我成吉思汗所敬，年事已高，不知是否尚在人世。這敕封原本不是定須授給丘真人的，誰是全真教掌教，便榮受敕封。」尹志平道：「小道無德無能，實是不敢拜領。」那貴官笑道：「不用客氣啦，快快領旨罷。」尹志平道：「榮寵忽降，倉卒不意。請大人後殿侍茶，小道和諸位師兄商議商議。」

那貴官甚是不快，捲起了聖旨道：「也罷！卻不知要商量甚麼？」教中職司接待賓客的四名道人當即陪著貴官和瀟湘子到後殿用茶。

尹志平邀了十六名大弟子到別院坐下，說道：「此事體大，小弟不敢擅自作主，要聆聽各位師兄的高見。」

趙志敬搶先道：「蒙古大汗既有這等美意，自當領旨。可見本教日益興旺，連蒙古大汗也不敢小視咱們。」說著神情甚是得意，呵呵而笑。李志常搖頭道：「不然，不然！蒙古侵我國土，殘害百姓，咱們怎能受他敕封？」趙志敬道：「丘師伯當年領受成吉思汗詔書，萬里迢迢的前赴西域，尹掌教和李師兄均曾隨行，有此先例，何以受不得蒙古大汗的敕封？」李志常道：「那時蒙古和大金為敵，既未侵我國土，且與大宋結盟，此一時彼一時，如何能相提並論？」趙志敬道：「終南山是蒙古該管，咱們的道觀也均在蒙古境內，若是拒受敕封，眼見全真教便是一場大禍。」李志常道：「趙師兄這話不對。」趙志敬提高聲音，道：「甚麼不對，要請李師兄指點。」李志常道：「指點是不敢。但請問趙師兄，咱們的創教祖師重陽真人是甚麼人？你我的師父全真七子又是甚麼人？」

趙志敬愕然道：「祖師爺和師父輩宏道護法，乃是三清教中的高人。」李志常道：「他們都是頂天立地的大丈夫，愛國憂民，每個人出生入死，都曾和金兵血戰過來的。」趙志敬道：「是啊。重陽真人和全真七子名震江湖，武林中誰不欽仰？」

李志常道：「想我教上代的真人，個個不畏強禦，立志要救民於水火之中，全真教便算真的大禍臨頭，咱們又怕甚麼了？要知頭可斷，志不可辱！」這幾句話大義凜然，尹志平和十多名大弟子都是聳然動容。

趙志敬冷笑道：「便只李師兄不怕死，旁人都是貪生畏死之徒了？祖師爺創業艱難，本教能有今日的規模，祖師爺和七位師長花了多少心血？這時交付下來，咱們處置不當，將轟轟烈烈的全真教毀於一旦，咱們有何面目見祖師爺於地下？五位師長開關出來之時，又怎生交代？」這番話言之成理，登時有幾名道人隨聲附和。趙志敬又道：「金人是我教的死仇，蒙古滅了金國，正好替我教出了口惡氣。當年祖師爺舉義不成，氣得在活死人墓中隱居不出，他老人家在天之靈知道金人敗軍覆國，正不知有多喜歡呢。」

丘處機的另一名弟子王志坦道：「蒙古人滅金之後，若是與我大宋和好，約為兄弟之邦，咱們自然待以上國之禮。但今日蒙古軍大舉南下，急攻襄陽，大宋江山危在旦夕，你我都是大宋子民，豈能受敵國的敕封？」轉頭向尹志平道：「掌教師兄，你若受了敕封，便是大大的漢奸，便是本教的千古罪人。我王志坦縱然頸血濺於地下，也不能與你干休。」說到此處，已然聲色俱厲。

趙志敬倏地站起，伸掌在桌上一拍，喝道：「王師弟，你是想動武不成？對掌教真人竟敢如此無禮？」王志坦厲聲道：「咱們只是說理。若要動武，又豈怕你來？」

眼見雙方各執一詞，互不為下，氣勢洶洶的便要大揮老拳，拔劍相鬥。一名鬚髮花白的道人連連搖手，說道：「各位師弟，有話好好說，不用恁地氣急。」王志坦道：「依師兄說該當如何？」那道人說：「依我說啊，唔，唔……出家人慈悲為懷，能多救得一個百姓，那便是助長一分上天的好生之德……唔，唔……咱們若是受了蒙古大汗的敕封，便能盡力勸阻蒙古君臣兵將濫施殺戮，當年丘師叔，不是便因此而救了不少百姓的性命麼？」有幾名道人附和道：「是啊！是啊！」

一名短小精悍的道人搖頭道：「今日情勢非昔可比。小弟隨師父西遊，親眼見到蒙古兵將屠城掠地的慘酷。咱們若受敕封，降了蒙古，那便是助紂為虐，縱然救得十條八條性命，但蒙古勢力一大，不知將有幾千幾萬百姓因此而死。」這矮小道人名叫宋德方，是當年隨丘處機西遊的十九弟子之一。

趙志敬冷笑道：「你見過成吉思汗，那又怎地？我此番便見了蒙古四王子忽必烈，這位王爺禮賢下士，豁達大度，又那裏殘暴了？」王志坦叫道：「好啊，原來你是奉了忽必烈之命，做奸細來著！」趙志敬大怒，喝道：「你說甚麼？」王志坦道：「誰幫蒙古人說話，便是漢奸。」趙志敬突然躍起，呼的一掌便往王志坦頭頂擊落。斜刺裏雙掌穿出，同時架開他這一擊，出掌的卻是丘處機另外兩名弟子，其中一人便是祁志誠。趙志敬怒火更熾，大叫：「好哇！丘師伯門下弟子眾多，要仗勢欺人麼？」

正鬧得不可開交，尹志平雙掌一拍，說道：「各位師兄且請安坐，聽小弟一言。」全真教的掌教向來威權極大，眾道人當即坐了下來，不敢再爭。

趙志敬道：「是了，咱們聽掌教真人吩咐，他說受封便受封，不受便不受。大汗封的是他，又不是你我，吵些甚麼？」他想尹志平有把柄給自己拿在手裏，決不敢違拗自己之意。李志常、王志坦等素知尹志平秉性忠義，心想憑他一言而決，的確不必多事爭鬧，於是各人望著尹志平，聽他裁決。

尹志平緩緩道：「小弟無德無能，忝當掌教的重任，想不到第一天便遇上這件大事。」

說著抬起頭來，呆呆出神。十六名大弟子的目光一齊注視著他，道院中靜得沒半點聲息。

過了良久，尹志平緩緩的道：「本教乃重陽祖師所創，至馬真人、劉真人、丘真人而發揚光大。小弟繼任掌教，怎敢稍違王馬劉丘四真人的教訓？諸位師兄，眼下蒙古大軍南攻襄陽，侵我疆土，殺我百姓。若是這四位前輩掌教在此，他們是受這敕封呢，還是不受？」

羣道聽了此言，默想王重陽、馬鈺、劉處玄、丘處機平素行事：王重陽去世已久，第三代弟子均未見過；馬鈺謙和敦厚，處事旨在清靜無為；劉處玄城府甚深，眾弟子不易猜測他的心意；但丘處機卻是性如烈火、忠義過人。眾人一想到他，不約而同的叫道：「丘掌教是定然不受！」趙志敬卻大聲道：「現下掌教是你，可不是丘師伯。」

尹志平道：「小弟才識庸下，不敢違背師訓。又何況我罪孽深重，死有餘辜。」說到這裏，垂首不語。羣道不知他話中含意，除趙志敬外，都以為不過是自謙之辭，只覺得「罪孽深重、死有餘辜」八字，未免太重，有點兒不倫不類。趙志敬「哼」的一聲，站起身來，說道：「如此說來，你是決定不受的了？」

尹志平淒然道：「小弟微命實不足惜，但我教令譽，卻不能稍有損毀。」他聲調漸漸慷慨激昂，又道：「方今豪傑之士，正結義以抗外侮。全真派號稱武學正宗，若是降了蒙古，咱們有何面目再見天下英雄？」羣道轟然喝采，李志常、宋德方、王志坦、祁志誠等大聲道：「掌教師兄言之有理。」

趙志敬袍袖一拂，怒沖沖的走出道院，在門邊回過頭來，冷笑道：「掌教師兄，你說話倒是好聽得緊啊，嘿嘿！此事後果如何，你也料想得到。」說著大踏步便行。

羣道紛紛議論，都讚尹志平決斷英明。四五個附和趙志敬的道人覺得不是味兒，訕訕的走了。

尹志平黯然無語，回到自己丹房，知道趙志敬受此挫折，決不干休，定要當眾揭發自己的醜行。他宣稱不受敕封之時便已決意一死，數月來擔驚受怕，受盡折磨，這時想到死後一了百了，心中反而坦然，於是門上丹房房門，冷然一笑，抽出長劍便往頸上刎去。

突然書架後轉出一人，伸手一鉤一帶，尹志平毫沒防備，長劍竟給他夾手奪去，一驚之下回過頭來，見奪劍的正是趙志敬，只聽他冷冷的道：「你敗壞我教名聲，便想一死了事，甚麼都不理了？龍姑娘守在宮門之外，待會她進來理論，教咱們如何對答？」尹志平道：「好！那麼我出去在她面前自刎謝罪。」趙志敬道：「你便算自刎，此事還是不了。五位師長開關出來，定要追問。全真教令譽掃地，你便是千古罪人。」

尹志平再也支持不住，突然坐倒在地，抱著腦袋喃喃道：「你叫我怎麼辦？怎麼辦？就算死了，也是不成。」適才他在眾道之前侃侃而談，這時和趙志敬單獨相處，卻竟無半點自主之力。趙志敬道：「好，你只須依我一件事，龍姑娘之事我就全力跟你彌縫，本教和你的聲名均可保全，決無半點後患。」尹志平道：「你要我受蒙古大汗的敕封？」趙志敬說道：「不，不！我決不要你受蒙古大汗的敕封。」尹志平心頭一鬆，喜道：「甚麼事呢？快說，我一定依你。」

半個時辰之後，大殿上鐘鼓齊鳴，召集全宮道眾。李志常吩咐丘處機一系門下眾師弟與再傳弟子道袍內暗藏兵刃，生怕尹志平拒受敕封，趙志敬一派人或有異圖。大殿上黑壓壓的擠滿了道人，各人神色均極緊張。

只見尹志平從後殿緩步而出，臉上全無血色，居中一站，說道：「各位道兄，小道奉丘掌教之命，接任掌教，豈知突患急病，無法可治……」這句話來得太過突兀，羣道中有十餘人忍不住「啊、啊」的叫出聲來。尹志平續道：「掌教重任，小弟已不克負荷，現下我命玉陽子座下大弟子趙志敬，接任掌教！」

這句話一出，大殿上登時寂然無聲。但這肅靜只是一瞬間的事。接著李志常、王志坦、宋德方等人爭著大聲反對：「丘真人要尹師兄繼任掌教，這重任豈能傳給旁人？」「掌教師兄好好的，怎會患上不治之症？」「這中間定有重大陰謀，掌教師兄可莫上了奸人的當。」第四代的眾弟子不敢大聲說話，但也都交頭接耳，議論紛紜，大殿上亂成一片。李志常等怒目瞪視趙志敬，只見他不動聲色，雙手負在背後，對各人的言語便似全然沒有聽見。

尹志平雙手虛按，待人聲靜了下來，說道：「此事來得突兀，難怪各位不明其中之理。我教眼前面臨大禍，小道又做了一件極大的錯事，此刻追悔莫及，縱然殺身以謝，也已難以挽救。」說到這裏，神色極是慘痛，頓了一頓，又道：「我反覆思量，只有趙志敬趙師兄才識高超，能帶同本教渡過難關。各位師兄弟務須捐棄成見，出力輔佐趙師兄光大本教。」

李志常慨然道：「人孰無過？掌教師兄當真有甚差失，待五位師長開關之後，稟明領責便是。掌教讓位之舉，我們萬萬不能奉命。」尹志平長嘆一聲，說道：「李師弟，你我多年交好，情若骨肉。今日之事，請你體諒愚兄不得已的苦衷，別再留難了罷。」

李志常滿腹疑團，瞧尹志平的神色確有極重大的難言之隱，他言語中竟是極意求懇，倒也不便再爭，當下低頭不語，暗自沉思方策。王志坦朗聲道：「掌教師兄便真要謙讓，也須待五位師長開關之後，稟明而行，那才不誤了大事。」尹志平黯然道：「事在急迫，等不及了。」王志坦道：「好罷，就算如此，咱們同輩師兄弟之中，德才兼備，勝過趙師兄的並非沒有。李志常師兄道力深湛，宋德方師弟任事幹練，何以要授給大眾不服的趙師兄？」

趙志敬性格暴躁，強忍了許久不語，這時再也按捺不住，冷笑道：「還有敢作敢為的王志坦師兄呢？」王志坦怒道：「小弟不才，比諸位師兄差得太遠。可是和趙師兄相比，自忖還略勝一籌。」趙志敬嘿的一聲冷笑，抬頭望著屋頂，神情極是傲慢。王志坦大聲道：「小弟的武功劍術，自非趙師兄敵手，但我至少不會去做漢奸。」趙志敬面色鐵青，喝道：「你有種便把話說清楚些，誰做漢奸了？」兩人言語相爭，越說越是激烈。

尹志平道：「兩位不須爭論，請聽我一言。」趙王兩人不再說話，但仍是怒目相視。尹志平道：「本教向來規矩，掌教之位，由上一代掌教指任，並非由本教同道互推，這話可對麼？」眾人齊聲應道：「是！」尹志平道：「我現在下指命趙志敬為本教下一任掌教，眾人不得爭論。趙師兄，你上前聽訓罷。」趙志敬得意洋洋，跨步上前，躬身行禮。

王志坦和宋德方還待說話，李志常一拉兩人袍袖，使個眼色，兩人素知他處事穩當，必是別有所見，於是不再爭議。李志常低聲道：「尹師兄定是受了趙志敬的挾持，無力與抗。咱們須得暗中查明趙志敬的奸謀，再抖將出來。現下尹師兄已有此言，若再爭辯，反而顯得咱們理虧了。」王宋二人點頭稱是，隨著眾人參與交接掌教的典儀。

全真派一日之間竟有兩人先後接任掌教，羣道或忿忿不平，或暗暗納罕。

接任典儀行畢，趙志敬居中一站，命自己的嫡傳弟子守在身旁，說道：「有請蒙古大汗陛下的天使。」這「天使」兩字一出口，王志坦忍不住又要喝罵，李志常忙使眼色止住。過不多時，四名知賓道人引著那蒙古貴官和瀟湘子走進殿來。

趙志敬忙搶到殿前相迎，笑道：「請進，請進！」那蒙古貴官等候良久，早已不快，又見尹志平並不出迎，臉色更是難看。一名知賓的道人知他心意，說道：「本教掌教之位，自此刻起由這位趙真人接任。」那貴官一怔，轉惱為喜，笑道：「原來如此，恭喜恭喜！」說著拱手為禮。瀟湘子站在他身後兩步之處，臉上始終陰沉沉的不顯喜怒之色。

趙志敬側著身子引那貴官來到大殿，說道：「請大人宣示聖旨。」那貴官微微一笑，心想：「原該由你這般人來掌教才像樣子。先前那道人死樣活氣，教人瞧著好生有氣。」取出聖旨，雙手展開。趙志敬跪倒在地，只聽那貴官讀道：「敕封全真教掌教為……」

李志常、王志坦等見趙志敬公然領受蒙古大汗敕封，相互使個眼色，刷刷幾聲，寒光閃動，各人從道袍底下取出長劍。王志坦和宋德方快步搶上，手腕抖處，兩柄長劍的劍尖已指住趙志敬的背心。李志常朗聲喝道：「本教以忠義創教，決不投降蒙古。趙志敬背祖滅宗，天人共棄，不能再任掌教。」另外四名大弟子各挺長劍，將那貴官和瀟湘子圍住。

這一下變故來得突然之極。趙志敬雖然早知李志常等心中不服，但想掌教的威權極大，自來無人敢抗，自己既得出任此位，便是本教最高首領，所下法旨，即令五位師長也不能貿然反對，萬料不到對方竟敢對掌教動武。這時他背心要害給兩劍指住了，又驚又怒，卻並不畏懼，大聲道：「大膽狂徒，竟敢犯上作亂嗎？」王志坦喝道：「奸賊！敢動一動，便教你身上多兩個透明窟窿。」

趙志敬的武功原在王宋二人之上，但此時出其不意，俯伏在地時給人制住，已全然處於下風。他事先布置了十餘名親信在旁護衛，道袍之中也暗藏兵刃，但李志常、王志坦等都是丘處機的親傳弟子，平素在教中頗具威望，突然一齊出手，趙志敬的心腹大都不敢動彈。有幾人想取兵刃，均是一伸臂便給人點了穴道。給孫婆婆擲傷了臉的張志光、在豺狼谷曾與陸無雙相鬥的申志凡、趙志敬的弟子鹿清篤均在其內。

李志常向那貴官道：「蒙古與大宋已成敵國，我們大宋子民，豈能受蒙古的封號？兩位請回，他日疆場相見，再與兩位周旋。」這幾句話說得十分痛快，殿上羣道中有許多當即大聲喝采。

那貴官白刃當前，竟是毫無懼色，冷笑道：「各位今日輕舉妄動，不識好歹，全真教大好基業，眼見毀於一旦，可惜啊可惜。」李志常道：「神州河山都已殘破難全，我們區區一個教門又何足道？閣下再不快走，倘若有人無禮，小道可未必約束得住。」

瀟湘子忽地冷冷插口道：「如何無禮，倒要見識見識！」猛地伸出長臂，左抓一把，右抓一把，隨手便將王志坦與宋德方手中長劍都奪了過來。趙志敬立時躍起，雙臂使招「白雲出岫」護住後心，站在那貴官身旁。瀟湘子將左手中長劍交了給他，右手劍刷的一聲向李志常刺去。李志常舉劍擋架，只覺手臂微微一麻，急運內功相抗，嗆啷一響，雙劍齊斷。

瀟湘子奪劍、震劍，快速無倫，只一瞬間之事，接著袍袖一拂，雙掌齊出，將身邊四名全真大弟子的長劍一齊震開。他連使三招，挫敗全真教七名高手，殿上數百道人無不駭然，瞧不出這殭屍一般的人武功竟如此高強。

趙志敬素來瞧不起王志坦、宋德方等人的武功，這次在眾目睽睽之下，給兩人制得跪在地下抬不起頭來，心中如何不怒，這時一劍在手，順勢就向王志坦刺去。這一招「大江東去」乃全真劍法中極凌厲的招數，劍刃破空，嗤嗤作響，直指王志坦的小腹。

王志坦向後急避。趙志敬下手毫不容情，立意要取他性命，手臂前送，劍尖又挺進了兩尺有餘，眼見王志坦這一下大限難逃，殿上眾人一時驚得寂無聲息，斗然間斜刺裏一隻袍袖揮出，捲住劍刃向旁一拉，嗤的一聲，袍袖割斷，就這麼頓得一頓，王志坦向後躍開，旁邊兩柄長劍伸過來架住了趙志敬的劍，瞧那斷袖之人時，卻是尹志平。

趙志敬大怒，指著他喝道：「你……你……竟敢如此！」尹志平道：「趙師兄，你親口答應了不受蒙古敕封，我才把掌教之位讓你，為何轉眼之間，即便出爾反爾？」趙志敬道：「嘿，適才你問我道：『你要我受蒙古大汗的敕封？』我道：『不，我決不要你受蒙古大汗的敕封！』我怎麼說話不算了？受敕封的是我，可不是你。」尹志平喃喃的道：「原來如此，原來如此，你好狡獪！」

這時李志常已從弟子手中接過一柄長劍，大聲道：「全真教的好兄弟，咱們仍奉尹真人為掌教。大家把這姓趙的漢奸擒下了，聽由掌教真人發落。」說著挺劍上前，和趙志敬鬥了起來。王志坦、宋德方與其餘五名大弟子列成天罡北斗陣法，登時將瀟湘子圍住。瀟湘子武功雖強，但這陣法一經催動，威力非常，他急從袍底取出鋼棒招架，但見陣法變幻，七名全真道人左穿右插，虛實互易，不由得眼花繚亂。

那貴官早退在大殿角落，眼見情勢不對，忙從懷中取出號角，嗚都都的吹了起來。兩名道人搶上前去，奪下號角，將他反手擒住，但終於遲了一步，號角聲已然傳出。

尹志平知他呼召外援，危難當頭，不由得精神大振，叫道：「祁志誠師弟，你看住這蒙古官兒。于道顯師兄、王志謹師兄，你們帶同三位師兄，快到後山玉虛洞去幫孫師兄守護，以防外敵騷擾五位師長靜修。陳志益師弟，你帶六個人防守前山；房志起師弟，你帶六個人防守左山；劉道寧師弟，你帶六人防守右山。」

防守前後左右的，都是丘處機門下他的同門師弟。守護玉虛洞的于道顯是劉處玄門下，王志謹是郝大通門下。劉處玄和郝大通都在玉虛洞中靜修，于王二人武功均高，為人正直，而且縱有異心，也決不會危害親師。尹志平於片刻之間，便分派得井井有條，各處要地都已有人把守，而且互相呼應救援，便有大批軍馬到來，一時也難攻打得進。眾弟子見他目光如電，指揮若定，發號施令中自有一股威嚴，竟無人敢予違抗，一一領命而出。

忽聽得門外喝罵喧譁，兵刃撞擊之聲大作，羣道正差愕間，牆頭一聲唿哨，跳進數十個人來。東邊是尹克西領頭，西邊是尼摩星領頭，正面是馬光佐領頭，所率領的都是蒙漢西域武士中的好手。

原來忽必烈猛攻襄陽，連月不下，軍中忽然疫病發作，最後一陣猛攻無效，隨即退兵。

那日小龍女望見大軍向南急馳，便是最後的一場攻城。忽必烈大軍未退，已派人收羅中原豪傑，以圖後舉，蒙古大汗下旨籠絡全真教，也是忽必烈的計謀之一。但他知全真教稟性忠義，未必便肯歸服，是以派金輪法王率領大批武林好手伏在終南山周圍，倘若全真教違抗詔命，便以武力壓服。

終南山本來守護周密，但一日之中兩易掌教，重陽宮裏亂成一團，派在外面守衛的道人都撤了回來參與易立掌教的大典，因此尹克西、尼摩星等來到重陽宮的宮牆之外，全真教中各人竟未發覺。這時敵人突然現身，尹志平派遣的各路人手倒有一大半還未離殿。但見前後左右均是外敵，全真教道眾雖多，一來大都未攜兵刃，二來處在包圍之中，擠成一團，四下裏要害全落人手，眼見一敗塗地之勢已成，只有任人宰割了。

那宣敕封的蒙古貴官本已給祁志誠拿住，這時高聲叫道：「全真教的各位道長，快擲下兵器，聽由掌教趙真人發落。」

尹志平喝道：「趙志敬背祖叛師，投降外敵，身負大罪，已非本教掌教。」他雖見情勢極其不利，仍決意一拚，指揮羣道迎敵。但羣道大都赤手空拳，鬥不多時，已有十餘人屍橫就地。接著尹志平、李志常、王志坦、宋德方、祁志誠等一一失手，或兵刃被奪，或受傷倒地，或被點中穴道，餘下眾道被尹克西率領的武士逼在大殿一隅，無法反抗。

那貴官官階甚高，尹克西、瀟湘子等均須聽他號令。他見已獲全勝，向趙志敬道：「趙真人，瞧在你的面上，全真教教眾謀叛抗命之事，我可以代為隱瞞，不予啟奏。」趙志敬躬身連連道謝，猛地裏想起一事，忙向瀟湘子低聲道：「有件大事尚須前輩相助。我的師父師伯叔等五個在後山靜修，他們若是得訊趕來，這……這……」瀟湘子陰惻惻的道：「趕來便趕來，我給你打發便是。」趙志敬不敢再說，心中頗感不滿，一面又暗自擔憂：「你別小覷了我師父、師伯，他們當真來此，你有得苦頭吃了。但若五位師長打退蒙古武士，我可要性命難保。」

那貴官道：「趙真人，你先奉領大汗陛下的敕封，然後發落為首的叛徒。」趙志敬道：「是！」跪下聽旨。

尹志平、李志常等手足被縛，耳聽得那貴官宣讀敕封，趙志敬磕頭謝恩，大呼萬歲，都是怒火填膺。宋德方坐在李志常的身旁，在他耳邊低聲說道：「李師哥，你解開我手上的綁縛，我衝出去稟告師長。」李志常與他背脊靠著背脊，潛運內力，指上使勁，解開了縛在他手腕的牛筋，低聲道：「可千萬要緩緩稟報，裝作若無其事，別讓五位師長受驚，以致岔了真氣內息……」宋德方緩緩點頭。

宣敕已畢，趙志敬站起身來，那貴官和瀟湘子等向他道喜。

宋德方見眾人都圍著趙志敬，突然躍起，搶到三清神像之後。尼摩星叫道：「站住的！」宋德方那裏理他，發足急奔。尼摩星雙足已斷，無法追趕，左手一揚，一枚蛇形小鏢激射而出，撲的一聲，打中了宋德方左腿。尼摩星叫道：「躺下的！」宋德方身子一晃，卻不躺下的，忍痛奔跑。重陽宮房舍重重疊疊，他只轉了幾個彎，幾名追趕他的蒙古武士便不見了他影蹤。

宋德方奔到了隱僻之處，起出小鏢，包紮好傷口，到丹房中取出一柄長劍，奔向後山。他轉過一排青松，剛望到玉虛洞的洞門，不由得暗暗叫苦，只見數十名蒙古武士正在搬運山石，堵塞玉虛洞的洞門。一個高瘦藏僧站著督工，另有僧俗兩人在旁指揮，宋德方認得這兩人是曾來攻打重陽宮的達爾巴和霍都，武功與郝大通等不相上下。那高瘦藏僧形貌清奇，顯然輩份武功尚在這二人之上，眼見玉虛洞門已被堵上了十之七八，不知五位師長性命如何，心道：「師父待我恩重如山，今日師長有難，若不捨命相救，枉生於天地之間。」

他明知衝上攔阻只不過白送性命，決不能解救師父的困危，但全教遭逢大難，義不能獨自求全，於是手持長劍，從松樹後竄出，運劍如風，向那藏僧身後刺去。他想擒賊擒王，這一劍若能僥倖得中，敵黨勢必大亂。

那藏僧正是金輪法王。他已向趙志敬問明全真教中諸般詳情，是以一上山便堵玉虛洞，知道只要制住全真五子，餘下的第三四代弟子便無可與抗。

宋德方劍尖離他背心不到一尺，見他仍是渾然不覺，正自暗喜，猛地眼前金光一閃，噹的一聲，那藏僧手中一件圓圓的奇形兵刃迴掠過來，與他劍刃一碰。宋德方虎口劇痛，長劍脫手飛出，只這麼一震，牽動真氣，哇的一口鮮血噴出，迷迷糊糊之中，隱隱聽得前面傳來許多人齊聲吶喊，不知又出了甚麼事，心中一陣憂急，便昏暈過去。

金輪法王也聽到大殿上的叫聲，但想到瀟湘子、尹克西等高手在場主持，全真教的第三代弟子定然施展不出甚麼古怪，當下也不在意，只是催促眾武士趕搬大石，及早將玉虛洞堵塞，以防丘處機等人忽然衝出，不免大費手腳。

大殿上自宋德方一走，情勢又變。那貴官向趙志敬道：「趙真人，貴教犯上作亂之輩，人數可不少啊，我瞧你這掌教之位，有點兒坐不安穩呢。」

趙志敬也知眾道心中不服，只要瀟湘子等一去，羣道立時便要反擊，一不做，二不休，此時騎虎之局已成，大聲說道：「按照本教教規，叛教犯上者該當何罪？」羣道默然不應，心中大都說道：「你自己才叛教犯上。」趙志敬又問一聲，眼望弟子鹿清篤，要他回答。鹿清篤答道：「當在三清神像之前自行了斷。」

趙志敬道：「不錯！尹志平，你知罪了嗎？服不服了？」尹志平道：「不服！」趙志敬道：「好，帶他過來！」鹿清篤推尹志平上前，站在三清神像之前。趙志敬又問李志常、王志坦諸人，人人都大聲回答：「不服。」一一問去，被擒眾道之中只有三人害怕求饒，趙志敬便下令鬆綁。其餘二十四人卻個個挺立不屈，王志坦等性子火爆的，更是罵聲不絕。

趙志敬道：「你們倔強如此，本掌教縱有好生之德，也已無法寬容。鹿清篤，你替祖師爺行法罷！」鹿清篤道：「是！」提起長劍，將站在左首第一個的于道顯殺了。于道顯為人謹厚和善，全教上下個個和他交好。眾道見鹿清篤將他刺死，都大聲鼓噪起來。宋德方和金輪法王在後山聽到的喊聲，便是眾道人的呼喝。尹克西將手一擺，數十名蒙古武士各執兵刃，攔在眾道之前。

鹿清篤見眾人叫得厲害，頓感害怕。趙志敬道：「快下手，慢吞吞的幹甚麼？」鹿清篤應道：「是！」手起劍落，又刺死了兩人。站在左首第四的已是尹志平，鹿清篤提起長劍，正要向他胸口刺落，忽聽得一個女子聲音冷冷的道：「且慢，不許動手！」

鹿清篤回過頭來，只見一個白衣少女站在門口，卻是小龍女。只聽她說道：「你站開！這個人讓我來殺。」

第二十六回

神鵰重劍

數十柄長劍此上彼落，寒光閃爍，煞是奇觀。
小龍女施展「天羅地網勢」手法，
數十柄長劍隨接隨拋，
手中每一刻都有兵刃，也是每一刻都無兵刃。

小龍女眼見全真教羣道內鬨，蒙古武士大舉進襲，一切是是非非，於她便似過眼雲煙，全不在意，但見鹿清篤舉劍要殺尹志平，這一劍卻如何能讓旁人刺了？是以立時上前攔阻。

趙志敬見小龍女突於此時進殿，心下大喜：「我一路給你追逼得氣都喘不過來，此刻高手如雲，你自來送死，真是天賜其便！」喝道：「這小妖女不是好人，給我拿下了！」蒙古武士不聽他的指喝，俱都不動。趙志敬的兩名親傳弟子聽到師父號令，搶上前去，伸手分抓她左右手臂。

兩人手指尚未觸及小龍女衣袖，眼前斗然寒光閃動，只覺手腕一陣劇痛，急忙向後躍開，原來腰間兩柄長劍已給小龍女拔去。在這一瞬之間，兩人手腕上各已中劍，腕骨半斷，鮮血淋漓。小龍女這一下出手奇快，旁人尚未看清楚她如何奪劍出招，兩名道人已負傷逃開，眾人不禁都是愕然。

鹿清篤喝道：「大夥兒齊上啊！咱們人多勢眾，怕這小妖女何來？」他想小龍女武功再強，總不過一個年輕女子，眾人一擁而上，自能取勝，當先挺劍向小龍女刺去。小龍女劍尖顫動，鹿清篤左腕、右腕、左腿、右腿各已中劍，大吼一聲，倒地不起。這四劍刺得更快，連瀟湘子、尹克西這等高手也不由得相顧失色。他們在絕情谷中曾見她與公孫止動手，那時劍法雖亦精妙，但決不如眼前的出神入化。

原來小龍女得周伯通授以分心二用、左右互搏之術，斗然間武功倍增。她與楊過雙劍合璧使那「玉女素心劍法」，天下已少有抗手，此刻她一人同使兩劍，威力尤強。二人不論如何心意相通，總不及一個人內心的意念如電，她此刻所使劍術勁力雖不及二人聯手，出手卻比之兩人同使時要快上數倍。

她長途追蹤尹趙二人，連日鬱鬱於心，不知該當如何處置才是，這時全真道人先行發難，她乘勢還擊，劍上一見了血，滿腔悲憤，驀地裏都發作了出來。只見白衣飄飄，寒光閃閃，雙劍便似兩條銀蛇般在大殿中心四下遊走，叮噹、嗆啷、「啊喲」、「不好」之聲此起彼落，頃刻之間，全真道人手中長劍落了一地，每人手腕上都中了一劍。奇在她所使的都是同樣一招「皓腕玉鐲」，眾道人但見她劍光從眼前掠過，手腕便感到劇痛，直是束手受戮，絕無招架之機。倘若她這一劍不是刺中手腕而是指向胸腹要害，羣道早已一一橫屍就地。羣道負傷之後，一齊大駭逃開，三清神像前只餘下尹志平等一批被縛的道人。

小龍女自學得左右互搏之術以後，除了在曠野中練過幾次之外，從未與人動手過招，今日發硎新試，自己也想不到竟有如斯威力，殺退羣道之後，竟爾悚然自驚。

趙志敬見情勢不妙，忙從道袍下抽劍護身，同時移步後退。小龍女心中對他恨極，身形一晃，雙劍已將他前面去路與身後退路盡皆攔住。趙志敬揮劍奪路，只聽得叮噹一聲，尹克西道：「你不成，退開了！」原來他已揮金龍鞭將小龍女的長劍格開。小龍女連傷十餘人，直到此時，方始有人接得她一劍。

小龍女道：「今日我是來向全真教的道人尋仇，與旁人無干，你快退開了。」尹克西適才見了她追風逐電般的快劍，心中也自膽寒，但他究是一流高手，總不能憑對方一語便即垂手退避，笑道：「全真教中良莠不齊，有好有壞，有些人確是該殺，但不知是那些該死的賊道得罪了姑娘？」

小龍女「嗯」的一聲，不加理睬。尹克西心想先跟她拉拉交情，動起手來倘是不敵，她也不致就下殺手，若見情勢不對便即退讓，旁人見我和她相識，也不會笑我膽怯，於是笑嘻嘻的道：「龍姑娘，別來多日，你貴體清健啊！」小龍女又是「嗯」了一聲，目光不離尹志平、趙志敬二人，生怕他們乘機逃走。尹克西道：「跟這些賊道生氣，沒的損折了姑娘貴手。姑娘只須指點出來，待在下稍效微勞，一一給姑娘收拾了。」小龍女道：「好！你先給我殺了他。」說著向趙志敬一指。

尹克西心想：「此人已受蒙古大汗敕封，怎能殺他？」陪笑道：「這位趙真人為人很好啊，姑娘只怕有點誤會，我叫他向姑娘陪個不是罷！」小龍女秀眉微蹙，左手劍倏地遞出，快如電閃，向尹克西刺了過去。尹克西忙舉鞭擋過，只聽得「啊」的一聲，站在他身後的趙志敬已然肩頭中劍。即是瀟湘子等這些高手，也沒看出這一劍是怎生刺的，只是料想這一招乃右手劍所發，繞過尹克西身子，刺中了躲在他身後之人。

尹克西吃了一驚，心想這一劍雖非刺在自己身上，但自己無力護住趙志敬，那是同樣的丟臉，對方出招實在太快，全然瞧不清她雙劍的來勢去路，如此對敵注定非敗不可，想到此處，心下更加怯了，金龍鞭一擺，叫道：「龍姑娘，請你手下留情！」小龍女不理，對他既不敵視，亦無友意，腳步微動，向左踏出兩步。尹克西跟著一轉，仍想護住趙志敬，忽聽背後哼的一聲，一驚之下微微回頭，但見趙志敬左肩袍袖已被劍鋒劃去了一片，鮮血涔涔而下。小龍女這一劍如何刺他，旁人仍然莫名其妙，劍法精妙迅疾到了這等地步，不但來去無蹤，竟似乎還能隔人傷敵。

趙志敬連中兩劍，心想尹克西武功平平，實不足以倚為護身符，危急中提氣竄出，躍到了瀟湘子身旁。小龍女便似沒見，轉過身子，左手向尹克西刺了一劍，右手劍卻刺向尼摩星前胸。尼摩星左手撐住拐杖，右手以鐵蛇一擋，但聽得趙志敬高聲大叫，跟著嗆啷一響，長劍落地，原來手腕又已中劍。這一招更加奇特，明明小龍女與他相距甚遠，卻在攻擊兩大高手之際抽空傷他。

瀟湘子哼了一聲，道：「龍姑娘劍法不差，我也得領教領教。」左手揮掌向旁推出，趙志敬只覺一股大力撞在肩頭，立足不住，跌出數丈，虧得他內功也已頗有根柢，身上雖受了三處傷，仍是拿椿站住。瀟湘子掌力未收，哭喪棒同時擊出。

馬光佐與楊過、小龍女一直交好，這時心中大不以為然，高聲叫道：「不要臉啊真正不要臉，三個武林大宗師，圍攻一個小姑娘。」

瀟湘子等聽在耳裏，臉上都是微微一熱。他們生平對甚麼仁義道德原是素不理會，然均傲慢自負，對身分體面卻瞧得極重，平時別說三人聯手，便是單打獨鬥，也不屑跟這樣一個年紀輕輕的姑娘動手，但此刻自知單憑自己一人，決計抵擋不了她這般神鬼莫測的劍招，對馬光佐的譏嘲只好裝作沒聽到，均想：「渾大個兒，咱們同來辦事，你卻反助外人，回頭定要教你吃點苦頭。」便在這心念略轉之間，眼前劍光晃動，小龍女已然出招。三人仍是瞧不清她的劍勢，齊向後躍，退開丈餘，不約而同的舞動兵刃，護住周身要害。

眾蒙古武士牽著尹志平、李志常、王志坦等人退後靠向殿壁，均知眼前這四人相鬥實是非同小可，只要給誰的兵刃帶到少許，不死也得重傷。

瀟湘子、尼摩星、尹克西均盼她先出手攻擊旁人，只要能在她招數之中瞧出一些端倪，便有了取勝之機。三人都是一般的念頭，於是各施生平絕技，將全身護得沒半點空隙，先求己之不可勝、以求敵之可勝。這三大高手一出手便同取守勢，生平實所罕有，但眼見敵手如此之強，若上前搶攻，十九求榮反辱。

大殿之上，小龍女雙劍拄地，站在中央，瀟湘子等三人分處三方，每人身前均有一片寒光來回晃動。尹克西的金鞭舞成一團黃光；尼摩星的鐵蛇是一條條黑影倏進倏退；瀟湘子的哭喪棒則攪成一張灰幕，遮住身前。

小龍女向三人望了一眼，心道：「我和你們三個無冤無仇，誰有空閒跟你們動手。」見趙志敬閃閃縮縮的正要退到神像之後，素袖一拂，踏步便上。尼摩星與瀟湘子自左右搶到，鐵蛇和哭喪棒搶在身前，他二人聯手，進攻即或不足，自守該當有餘。小龍女見無隙可乘，雙劍即不遞出，眼見趙志敬逃向殿後，仗劍追了兩步，但尼摩星和瀟湘子兩般兵刃使得颼颼風響，竟然搶不過去。小龍女道：「你們讓是不讓？」

瀟湘子心想：「此時仇隙未成，她未必便施殺手。這全真教的掌教於我有甚好處，我何苦為他樹此強敵？」他躊躇未答，尼摩星卻叫了起來：「我們偏偏不讓，你這小妖女有甚麼本事，一塌胡塗施展出來的！」瀟湘子、尹克西同時向他瞪了一眼，均想：「咱們便是不讓，又何必口吐惡言？難道憑你一人之力便敵得住她嗎？當真是太過不自量力了。」只是和他協力禦敵之際，不便出口埋怨。他們沒想到尼摩星雙腿斷折，實受楊過與李莫愁之賜，他知楊過是小龍女的情郎，滿腔怨毒都要發洩在她身上，這時一動上手，他與其餘二人不同，存心要和她拚個死活。

小龍女也不著惱，只知要誅殺尹趙二道，非將眼前這三個高手驅開不可，冷冷的道：「既不肯讓，我可要得罪了！」一言甫畢，劍光閃處，突聽一片聲響，悠然不絕。響聲未過，小龍女已向後躍退丈餘，回到大殿中心站定。瀟湘子和尼摩星臉上均各變色。原來這一記長聲乃四十餘下極短促的連續打擊組成。這頃刻之間，小龍女雙劍已刺削點斬，一共出了四十餘招，尼瀟二人守得滴水不漏，每一招均撞在兵刃之上，在羣道聽來，只不過一下兵刃碰擊的長聲而已。

她這攻招如此迅捷，瀟湘子等三人心中更是驚懼。適才所以能擋住劍招，全憑兩人將兵器舞得滴水不入，全無空隙，若待她一劍既出，再舉起兵刃擋架，身上早已中劍了。小龍女急攻不下，也佩服這兩人守得竟如此嚴密，微微一頓，輕飄飄的向後略退，臉孔兀自朝著瀟湘子，雙劍倏地反轉倒刺，叮叮叮叮十二下急響，縱是琵琶高手的繁絃輪指也無如此急促，尹克西的金鞭始終沒閒著，終於將這十二下也都擋了回去。

兩番攻守一過，四人心中均已了然，小龍女吃虧在內力不強，劍招上的勁道不能盪開對方兵刃，若能與這三人的真力大致相仿，三人早已守禦不住。小龍女提劍回到殿心，尋思破敵之計，只見三個對手的兵刃越舞越急，卻那裏尋得出半點破綻？

她想：「如此迅疾舞動兵刃，內力耗費極大，定難持久，我只須靜以待變，時刻一長，總能尋到破綻。就算給趙志敬逃走了，慢慢再找便是。」於是雙劍微顫，似攻非攻，蓄勢待發，卻不出擊，教對手三人不敢稍有弛緩。可是瀟湘子等內力均極深厚，這般舞動兵刃，一時三刻之間氣力並不消減。小龍女見無隙可乘，便靜靜的站著，神色嫻雅，風致端嚴。她性子向來不急，在道上追蹤尹志平和趙志敬一月有餘，始終沒有出手，此時便再多待一天半日，又有何妨？二十年古墓中寂靜自守，早練成了無人能及的耐心。

尼摩星見她仗劍閒立，旁若無人，第一個先沉不住氣了，猛地裏虎吼一聲，鐵蛇揮出，向她疾衝過去。他一出手攻擊，身左便露出空隙，小龍女長劍抖動，尼摩星拐杖急撐，躍了回來，但覺肩頭微微疼痛，俯眼一瞥，只見左肩衣服上已刺破一個小孔，鮮血滲出，若非小龍女也防他鐵蛇進襲，他這條左臂此刻已不連在身上了。

尼摩星搶攻無功，反受創傷，心中雖怒，卻也不敢貿然再進。三人分站三方各舞兵刃，小龍女站在中央全不理會。尹克西一套「黃沙萬里鞭法」反反覆覆已使了四次，猛地心念一動，叫道：「尼摩兄，瀟湘兄，咱們一齊踏上半步。」尼摩星與瀟湘子沒明白他的用意，但想他是西域大賈，見識廣博，人又聰明，於是依言踏上半步。尹克西同時踏上半步，叫道：「防守務須嚴謹，踏步要慢。咱們再踏上半步。」尼瀟二人依言上前。

三人毫不怠懈，過了一會，便向前踏出半步，這時人人都已瞧出，三人圍著小龍女的圈子漸漸縮小，到最後便會將她擠在中心。三人雖不敢出手攻擊，但每人舞動兵刃，組成三堵銅牆鐵壁，向中間逐步擠攏，三股守勢合成一股強大的攻勢，實是猛不可當。眾人瞧到這般情景，蒙古武士和趙志敬一派的道士心中暗喜，其餘的道士卻均為小龍女擔憂。

小龍女見三人越來越近，兵刃招數中卻仍是無隙可乘，眼見過不多時，勢非被他們擠死不可，當下雙劍連刺，只聽得叮叮之聲忽急忽緩，每一招都碰在對方兵刃之上。她連攻數十劍，盡數給擋了回來，那三人卻又各自踏進了半步。小龍女心中漸感慌亂，退向左側時足底一絆，微一踉蹌，這一下劍法中大現破綻，若不是瀟湘子等只守不攻，不敢乘機進襲，她已遭到極大凶險。

原來大殿地下投棄著數十柄長劍，都是全真教羣道所用兵刃，被人奪下後拋擲在地。小龍女適才左足踏到一把長劍的劍柄，以致站立不穩。

她忽然想起：「別人兩手能使雙劍，我既已學會分心二用之術，兩手該能同時使四柄劍。便算顯不出四劍的威力，或能擾亂敵人，乘機脫困。」當下左手長劍交在右手，俯身又拾起兩柄劍，左右各持雙劍，四劍同時揮動。

瀟湘子等大吃一驚，均想：「這姑娘的招數愈來愈奇，四劍齊使，當真聞所未聞。」但三人打定了以不變應萬變的主意，不管她使甚麼怪招奇術，總是只守不攻，逐步進迫。

小龍女四劍齊使，雖然駭人耳目，威力反不及只用雙劍，她平素專練單劍，左手全真劍法，右手玉女劍法，配合得天衣無縫，這時每一隻手都使雙劍，畢竟大不靈便，出招時已無得手應心之妙。

瀟湘子等數招之間，便發覺她劍招突然略緩，劍尖刺來時也不及先時的神妙莫測。尼摩星喉頭咕咕作響，揮動鐵蛇便要進襲。尹克西急叫：「使不得，這是誘敵之計。」尼摩星經他提醒，嚇了一跳，心想幸虧人家生意人見機得快，原來這女子如此狡獪，只要自己一攻，她立施反擊，不但合圍之勢登時破了，只怕自己還要性命沒有的。

其實小龍女本非存心誘敵，但聽尹克西這麼一叫，心想：「這黑矮子沉不住氣，須得從他身上想法子。他說我誘敵，我便當真誘他一下。」突然間右手一揚，一柄長劍向上飛出，右手劍跟著刺出，左手又有一柄長劍飛上。瀟湘子等都是一驚，不知她又要玩甚麼花樣，只見半空雙劍尚未跌落，她手中僅有的雙劍也擲了上去，這麼一來，她兩手空空，已無兵刃。尹克西叫道：「自行嚴守，千萬不可進攻。」他瞧不透小龍女的用意，但想只要嚴密守衛，逐步前逼，便已穩操勝算，對方雖然赤手空拳，卻也不必冒險進招。

小龍女彎下腰來，雙手不住在地下抓劍，一一擲上半空，同時空中長劍一柄柄落下，她一一接住跟著又擲了上去。但見數十柄長劍此上彼落，寒光閃爍，煞是奇觀。古墓派武功本不以內力沉雄見長，而憑手法迅疾取勝。當年小龍女傳授楊過武功之時，要他以雙掌攔住八十一隻麻雀。這「天羅地網勢」使將出來，活的麻雀尚能攔住，數十柄長劍隨接隨拋，在她自是渾若無事。她手中每一刻都有兵刃，也是每一刻都無兵刃，只瞧得瀟湘子等目瞪口呆，均想這小姑娘在使幻術、玩把戲麼？

猛地裏小龍女左掌揚處，在一柄自空落下的長劍劍柄上一推，那劍橫飛而出，向尹克西疾刺過去。劍頭撞在他金龍鞭舞成的光幕之上，迅疾無比的彈了回來，卻撞向尼摩星。尼摩星的鐵蛇舞得正急，那劍一碰，便即飛去迴刺小龍女。這時空中又有兩柄長劍落下，小龍女雙手分撥回帶，三柄劍分襲三人。

頃刻之間，數十柄長劍不再向上飛起，而是在三般兵刃組成的光幕之間來回激盪，有些長劍去勢斜了，被尼摩星的鐵蛇大力砸碰，斷成兩截。小龍女手上戴了金絲手套，拍打在劍刃之上，絲毫不傷，她自幼熟習「天羅地網勢」，在房舍殿堂間進退趨避的功夫更是天下無雙，眼明手快，靈台澄澈，越打越急，心中竟無半點雜念，全沒想到這場激戰是勝是敗，誰生誰死。有時順手抓到劍柄，便刺出數劍，隨即又向敵人拋擲。初時她雙劍在手，瀟湘子等已感不易抵禦，這時數十柄長劍亂飛亂刺，中間又夾著她凌厲迅疾的擊刺，卻如何還能招架？何況長劍從各人兵刃上碰撞出去之時，方向力道全然無法控制，是否要傷到同伴，只有聽天由命。

小龍女向空擲劍，本來不過想擾亂敵人的目光，這時情勢變化，實是出乎意料之外的大大有利。從兵刃飛舞的響聲之中，隱隱聽得尹克西和尼摩星氣息漸粗，瀟湘子的哭喪棒舞得雖快，但只見惶急，與他「瀟湘」兩字大異其趣。

突然間尹克西右臂下垂，大叫：「不好！」原來三柄長劍飛去，正好和他的軟鞭纏在一起。他守得雖然嚴密，但這三柄劍均是從瀟湘子和尼摩星的兵刃上碰撞出來，三劍齊至，莫名其妙的纏在他鞭上。尹克西用力一抖，甩脫三劍，但正當他軟鞭將起未起之際，小龍女長劍刺出，尹克西腕上劇痛，軟鞭已把持不住。

但聽嗆啷一聲，金龍軟鞭落地。小龍女左掌連揮，七八柄長劍激飛而出，分刺三人，跟著雙手各接住一柄長劍，身形晃處，從尹克西身前躍出。尹克西手腕受傷，兵刃落地，這銅牆鐵壁般的包圍圈子立時破了，眼見她雙劍如兩道電光似的閃動，忙向後急退。小龍女的輕功比這三人都高，一提氣，直奔殿後，追趕趙志敬去了。

瀟湘子等一時還不能便收兵刃，直待數十把長劍一一落地，這才住手。尹克西臉帶愧色，說道：「小弟無能，給她走了！」他三人本來互不為下，誰也不佩服誰，勾心鬥角，均要設法壓服對方，但適才經歷了這場驚心動魄的惡鬥，三人都有死裏逃生之感，相互間的敵意少了許多。瀟湘子和尼摩星齊聲道：「這怪不得尹兄……」一言未畢，忽聽得山後隱隱傳來叮叮噹噹的兵刃撞擊之聲。

大殿上這一戰，瀟湘子等本來均已膽寒，但聽到這兵刃撞擊聲中，夾著法王五隻輪子的嗚嗚風響，顯然小龍女已在與法王動手。三人均想：「有這麼一個硬手作主將，咱們再從旁夾攻，必可取勝。」尹克西拾起金龍軟鞭，叫道：「大夥兒追！」搶先尋聲追了下去。瀟湘子舉起哭喪棒，與尼摩星率領眾蒙古武士發足跟隨。眾人此時心目中的大敵惟小龍女一人，全沒將諸全真道人放在意下。

尹志平、李志常等見眾蒙古武士退去，即行互解綁縛，紛紛拾起長劍，蜂擁跟去。

瀟湘子等趕到重陽宮後玉虛洞前，只見輪影激盪，劍氣縱橫，金輪法王吼聲如雷，小龍女白衣勝雪，兩人相隔丈餘，正自遙遙相鬥。金銀銅鐵鉛五隻巨輪迴旋飛舞，響聲只震得眾人耳中嗡嗡作響。法王的輪子在數度激戰曾一再失去，但失後即補，大小重量與所失者無異，不過少了原來輪上所鑄的花紋、真言而已，是以使動時仍是得心應手。

尹志平和李志常見玉虛洞的洞門已被大石堵塞，不知五位師長生死如何，心中焦急，一齊搶到洞口。達爾巴手執金杵，霍都揮動鋼扇，只數招之間，便將羣道打退。

王志坦大叫：「師父，師父，你老人家安好嗎？」他心中焦急，語音中帶有哭聲。李志常轉念一想：「憑著五位師長的玄功，怎能輕易給人關在洞中？定是他們練功到了緊急當口，不能分心抵禦外敵。王師弟這麼一叫，他們若在洞中聽見，反而擾亂心神。」忙道：「王師弟，別叫，五位師長受不得驚擾。」王志坦立時醒悟，扶起倒在地下的宋德方，見他受傷不輕，當下設法救助。

瀟湘子等旁觀法王和小龍女相鬥，見他雖然守多攻少，但接得兩三招便還遞一招，五輪威力奇猛，逼得小龍女無法近身，比之適才三人只守不攻確是高出甚多。三人又是佩服，又是妒忌，均想：「這和尚得封為蒙古第一國師，也不枉他了。」三人本想與法王夾攻合擊，但見此情勢，私心登起，都不願便這麼助他成功。

殊不知金輪法王出招雖猛，心中卻已叫苦不迭。小龍女雙手劍招不同，卻配合得精妙絕倫，左手劍攻前，右手劍便同時襲後，叫他退既不可，進又不能，雙劍每一路劍招都是進攻數處，叫他顧此失彼，難以並救。若不是他內功外功俱臻登峯造極之境，眼明手快，剛柔互濟，武功只要略差半分，這頃刻之間身上早已中了十七八劍。其實小龍女一人而使兩般劍法，出招雖快，威力終究不如與楊過聯手，別說真實武功仍與法王相差甚遠，即令瀟湘子等人也是強勝於她。只是她一上來出招星馳電閃，各人從所未見，以致心下先行怯了。法王更在這「玉女素心劍法」下吃過苦頭，一見到這劍法，心中想的便是如何自保、如何脫身。小龍女佔到上風，實是仗了先聲奪人之功。

拆到五六十招之時，法王已是險象環生，他收回金輪護身，不敢擲出攻敵，又數招後，再將銀輪也收了回來，接著五輪齊回，變成了只守不攻，便和適才瀟湘子等一般模樣。五隻輪子輕重大小、顏色形狀各各不同，或生尖刺，或起稜角，組成五道光環，在他身周滾來滾去。

忽聽得小龍女嬌叱一聲：「著！」跟著法王低聲吼叫，叮叮數響。兩人縱躍來去，出手越來越快，便是瀟湘子這等高手，也沒瞧清兩人這一叱一叫，已起了甚麼變化。金輪法王倘若以輪上威猛之力與她對攻，小龍女便即抵擋不住，可是他心中既怯，竟爾捨己之長，與小龍女比快，不免越來越是不利。

突然之間，尼摩星臉上微微一痛，似被甚麼細小暗器打中，一驚之下伸手一摸，臉上沒甚麼，掌中卻有點鮮血。他呆了一下，又見一點鮮血飛到了尹克西身上，才知激鬥的二人之中已有一個受傷。過不多時，小龍女白衫之上點點斑斑的濺上十幾點鮮血，宛似白綾上畫了幾枝桃花，鮮艷奪目。尼摩星喜道：「小妖女受傷啦！」接著劍光兩閃，法王一聲低吼。瀟湘子冷冷的道：「不！是大和尚受傷！」

尼摩星一想不錯，鮮血是法王受傷後濺到小龍女身上的，心想若是法王死在她的手下，再也無法將她制住，於是叫道：「尹兄，瀟兄，一齊上啊！」鐵蛇揮動，慢慢從小龍女身後逼上。瀟湘子和尹克西也覺不能再行袖手旁觀，當下分從左右逼近。

法王身上中了三劍，但均是輕傷，危殆萬分之中來了幫手，心中一寬，見瀟湘子等並不出手攻擊，各以兵刃護住自身，分從三方緩緩進逼，已知時刻稍長，小龍女勢必無倖。

玉虛洞前，青松林畔，四個武林怪客圍著一個素裝少女，好一場惡戰。眾蒙古武士和全真道人目眩心驚，臉若死灰，生平那裏見過如此的激鬥！

猛聽得砰嘭一聲震天價大響，砂石飛舞，煙塵瀰漫，玉虛洞前數十塊大石崩在一旁，五個道人從洞中緩步而出，正是丘處機、劉處玄等全真五子。

尹志平、李志常等大喜，齊叫「師父！」迎了上去。達爾巴和霍都大吃一驚，眼見這般破洞的聲勢，便如點燃了的火藥開山爆石一般。兩人各挺兵刃，向前搶上。丘處機等五人向旁一讓，突然十掌齊出，按在兩人背心，一捺一送，將兩人拋出丈許之外。

達爾巴和霍都的武功與郝大通等在伯仲之間，雖不及丘處機、王處一的精湛，但也決不致只一招便給擲開。原來全真五子在玉虛洞中閉關靜修，鑽研拆解「玉女心經」之法，五個人殫精竭慮，日夜苦思，總覺小龍女和楊過所顯示的武功，每一招每一式都恰好是全真派武學的剋星，要想從招數上取勝，實是難能。後來丘處機從天罡北斗陣法中悟出一理，說道：「咱們招數變化，斷然不及，但可合五人之力，以勁力補招數之不足。」於是五人便精思併力攻敵的法門，每一招出去，都是將五人勁力歸集於一點。他們自知第三四代弟子中並無出類拔萃的人物，只有仗著人多，或能合力自保。這一個多月之中，終於創出了一招「七星聚會」。這一招畢竟還是從天罡北斗陣法中演化出來，雖說是「七星聚會」，卻也不必定須七人聯手，六人、五人，以至四人、三人，也均可併力施展。

當金輪法王率領眾武士堵洞之時，這「七星聚會」正好練到了要緊當口，萬萬分心不得，明知大敵來攻，也只得置之不理，直到五人練到五力歸一，融合無間，這才破洞而出。只可惜過於迫促，這一招還只練到三四成火候，饒是如此，達爾巴和霍都也已抵擋不住，竟給五子一擊成功。

丘處機等轉過身來，只見法王等四人圍著小龍女劇鬥方酣。五人只瞧了片刻，面面相覷，不禁面色慘然，都想：「罷了，罷了，原來古墓派的武功精妙若斯，要想勝她，那是終身無望了。」他們在洞中所想所練，都從先前所見小龍女和楊過的武功為依歸，豈知眼前所顯示的神奇劍招，要想瞧個明白都有所不能，甚麼破解抵擋，真是從何說起？

法王等四大高手的武功都在全真五子之上，此時全真教中要有如此一個都是千難萬難。丘處機等心想：「若是先師在世，自能勝得過他們，周師叔大概也勝他們一籌，但若同時受這四人圍攻，十九要抵敵不住。」五個老道垂頭喪氣，心下慚愧，自覺一代不如一代，不能承繼先師的功業，大敵當前，全真教瞧來真是立足無地了。眼見招招凶險，步步危機，五人越瞧越是心驚，顧不得詢問弟子變故因何而起。

這時小龍女等五人相鬥，情勢又已不同。小龍女招招攻擊，法王等始終是遮攔多，還手少，但逐步進逼。小龍女處境越來越不利，數次想搶出圈子，暫且退走，但對方守得嚴密異常，每一招均給擋了回來。她知有金輪法王主持圍逼，無法再使擲劍之法，何況除了手中雙劍，身邊已無其他兵刃。

她自在大殿上劍傷鹿清篤，到這時已鬥了將近一個時辰，氣力漸感不支，而強敵越逼越近，丘處機等五人又環伺在側，這五個老道也非易與之輩，四下裏盡是敵人，自己孤身一人，今日定要喪身重陽宮中了，忽然想起：「我遭際若此，一死又有甚麼可惜？就只是……就只是……臨死之時，總盼能見過兒一面。他這時是在那裏呢？多半是在跟郭姑娘親熱，說不定已成了親，新婚燕爾，那裏想到我這苦命女子在此受人圍攻？不，不！過兒不會這樣，他便和郭姑娘成了親，也決不會忘了我。我只要能再見他一面……」

她離襄陽北上之時，決意永不再和楊過相見，但這時面臨生死關頭，心中越來越是割捨不下。她一想到楊過，本來分心二用突然變為心有專注，雙手劍招相同，再無「玉女素心劍法」的威力。法王見她劍法斗變，初時還道她是故意示弱誘敵，但數招一過，越看越不像，當下踏上半步，左手銀輪護身，右手金輪往她劍上碰去。

只聽得噹的一聲輕響，小龍女左手長劍脫手飛出，在半空中拍的一下，震為兩截。法王這一下本來只是試探，竟致成功，實大出意料之外，當即右手金輪砸將過去。小龍女一驚，忙鎮攝心神，刷刷刷還了三劍，但此時只憑單劍，武功便已遠不及法王。瀟湘子等三人瞧出便宜，三般兵刃同時攻上。

小龍女淡淡一笑，已不願再事掙扎力抗，瞥眼望見三丈外的一株青松旁生著一叢玫瑰，花朵嬌艷欲滴，突然想起當年與楊過隔著花叢練「玉女心經」的光景，心道：「我既已見不到過兒，那便在臨死之時心中想念著他。」臉上神色柔和，登時浸沉在瞑想之中。

法王等四下裏合圍，原可一舉將她擊斃，忽見她神情古怪，似乎忘了迎敵，各各驚詫，不知她是否施展甚麼邪法，四般兵刃舉在半空，並不擊下。但也只這麼一頓，尼摩星的鐵蛇便首先遞了出去。

突然身旁風聲颯然，有人挺劍刺來。尼摩星忙回過鐵蛇擋格，卻擋了個空，只見人影晃動，卻是尹志平搶到了小龍女身前，倒持手中長劍，將劍柄遞過去給她。小龍女這時視而不見，聽而不聞，早將廝殺拚鬥之事置之度外，覺得左手掌中多了一個劍柄，便順手握著。

旁觀眾人突見尹志平搶入這五大高手的戰團之中，直與送死無異，不禁齊聲驚呼。

法王和他相識，不願傷他性命，當即左臂在他肩頭一撞，將他推開，右手揮輪向小龍女砸去。尹志平見她不知如何竟爾突然失了戰意，心中大急，眼見這一輪便要將她砸死，奮不顧身的撲了上去，叫道：「龍姑娘，小心！」用自己背脊硬擋了法王金輪。

法王金輪一砸，威力裂石開山，尹志平如何抵擋得住？立時向前俯衝。小龍女接過他遞來的劍後，兀自挺著劍呆呆出神，尹志平身子衝來，恰好碰在劍尖之上，劍刃透胸而入。小龍女一呆，這才醒悟，原來是他救了自己性命，眼見他背遭輪砸，胸中劍刺，受的全是致命重傷，一剎那間，滿腔憎恨之心盡化成了憐憫之意，柔聲道：「你何苦如此？」

尹志平命在垂危，忽然聽到這「你何苦如此」五字，不禁大喜若狂，說道：「龍姑娘，我實……實在對你不起，罪不容誅，你……你原諒了我麼？」

小龍女又是一怔，想起在襄陽郭府中聽到他和趙志敬的說話，一個念頭在腦子中閃過：「過兒對我如此深情，又曾立誓決不會變心。但他忽然決意和郭姑娘成親，棄我如遺，了無顧惜，定是知悉了我曾受這廝所污。」她心思單純，雖然一路跟蹤尹趙二道，卻從未想到此事，這時猛地給尹志平一言提醒，心中的憐憫立時轉為憎恨，憤怒之情卻比先前又增了幾分，一咬牙，右手長劍隨即往他胸口刺落。只是她生平未殺過人，雖然滿腔悲憤，這一劍刺到他胸口，竟然刺不下去。

丘處機在一旁瞧著，眼見愛徒死於非命，心中痛如刀割，只是事起倉卒，不及救援，小龍女第一劍，還可說是由於法王之故，但第二劍卻是存心出手。他絲毫不知這中間的原委曲折，這半年中日思夜想，多半盡是如何抵擋小龍女的招數，而近一個月中更是除此之外再無別念。他既認定小龍女是本教大敵，又決然想不到尹志平會自願捨身救她，眼見她挺劍又刺，當即縱身而前，左手五指在她腕上一拂，右掌向她面門直擊過去。丘處機的武功在全真七子之中向居第一，這一下情急發招，掌力雄渾已極。

小龍女手腕被他一拂而中，長劍拿揑不住，登時脫手，她不等長劍落地，一伸手，又已抓住，跟著遞出一劍，指向丘處機胸口。便在此時，尹志平大叫一聲，倒在地下，創口中鮮血湧出。小龍女左手劍同時刺向丘處機小腹，這一來雙劍合璧，威力大增，丘處機武功雖然精深，但只三招之間，已是手忙腳亂。王處一見情勢不對，同時搶上應援，倒反將法王等四人擠在一旁。

金輪法王等見小龍女和全真五子鬥了起來，俱感訝異，但想此事大大有利，正好旁觀你們自相殘殺。各人使個眼色，退開數步，只待小龍女和全真五子勝敗一決，他們再行出手收拾殘局。

高手動武，每一招都是生死繫於一髮，誰也不敢稍有鬆懈，因此丘處機等雖見局勢詭異，難以索解，但既已動上了手，那裏還有餘暇詢問？全真五子赤手空拳，遇上小龍女神妙無方的劍招，那費了月餘之功創出來的一招「七星聚會」竟然全無施展的機會。頃刻之間，郝大通和劉處玄兩人身上中劍，兩人顧念師兄弟的安危，不肯退開，跟著嗤的一響，孫不二肩頭又中一劍。

全真諸弟子見師父勢危，情不自禁的都驚呼起來。李志常叫道：「快送兵刃！」這時五子掌風呼呼，眾弟子無法近身，只得將長劍一柄柄擲去。小龍女搶著揮劍挑出，每一把擲來的長劍都給挑得飛了開去，劍長臂短，五子始終拿不到一件兵刃。忽聽得叮噹一聲，小龍女左手劍黏住一柄飛擲而來的長劍，驀地裏往後送出，王處一猝不及防，左眼角被這一柄劍外之劍刺中，全真五子中四人負傷，勝負已分。

金輪法王哈哈大笑，叫道：「各位道兄且退，這小妖女待老衲來料理罷！」說著踏上兩步。瀟湘子、尼摩星、尹克西三人跟著舞動兵刃上前合擊，竟成了九大高手圍攻小龍女的局面。

法王等一插手，全真五子登時脫出小龍女雙劍的威迫，五人一聲呼喝，並肩而立，或出右掌，或出左掌，五股大力歸併為一，使出了那招「七星聚會」。其時雖只五星聚會，但是威力也已非同小可，小龍女斜身急退，砰的一響，沙坪上塵土飛揚，這一招將尼摩星打得重重跌了一個觔斗。

原來他雙腿已斷，單憑拐杖之力撐持，下盤不穩，抵不住這一招的重擊。總算他危急之中避開了正面之力，雖然摔倒，卻未受傷，立即躍起，哇哇怒叫，舉鐵蛇便往劉處玄頭頂砸下。玉虛洞前呼聲四起，亂成一團。

小龍女見尼摩星和全真五子動手，素袖一拂，便要搶出圈子。金輪法王搶過來擋住，叫道：「尼摩兄，對付小妖女要緊。」尼摩星打得性發，對法王的叫喚不予理睬，鐵蛇吞吐，招數全是打向全真諸道。小龍女雙劍向法王急刺數招，法王見來勢實在太快，難以招架，只得退了幾步。

突然之間，小龍女一聲大叫，雙頰全無血色，嗆啷、嗆啷兩聲，手中雙劍落地，呆呆的望著青松畔的那叢玫瑰，叫道：「過兒，當真是你嗎？」

便在此時，法王金輪迎面砸去，全真五子那招「七星聚會」卻自後心擊了上來。這一招本是抵禦尼摩星而發，但那天竺矮子吃過這招的苦頭，不敢硬接，身子向左閃避，這一招的勁力便都遞到了小龍女背心。

那知她竟如中邪著魔，全然不知躲閃，背心受掌，胸口中輪，一個嬌怯怯的身軀受了這兩股大力夾擊，目光仍是望著玫瑰花叢，在這頃刻之間，她心搖神馳，便是這兩股大力，似乎也沒能傷到她半分。

眾人為她的目光所懾，不由自主的也均轉頭，去瞧那玫瑰花叢中到底有甚麼古怪，只見青松旁一條人影飛出，竄入法王和全真五子之間，伸左臂抱起小龍女，一閃一晃，又已躍出圈子，逕自坐在青松之下、玫瑰花旁，將小龍女抱在懷裏。

這人正是楊過！

小龍女甜甜一笑，眼中卻流下淚來，說道：「過兒，是你，這不是做夢麼？」楊過俯下頭去，親了親她臉頰，柔聲道：「不是做夢，我不是抱著你麼？」但見她衣衫上斑斑點點，滿身是血，心中矍然而驚，急問：「你受傷重不重？」

小龍女受了前後兩股大力的夾擊，初時乍見楊過，並未覺痛，這時只覺五臟六腑都要翻騰過來，伸手摟住他脖子，說道：「我……我……」身上痛得難熬，再也說不下去了。

楊過見了這般情狀，恨不得代受其苦，低聲說：「姑姑，我還是來遲了一步！」小龍女說道：「不，你來得正好，我只道今生今世，再也瞧不見你啦！」突然間全身發冷，隱然覺得靈魂便要離身而去，抱著楊過的雙手也慢慢軟垂，說道：「過兒，你抱住我！」楊過的左臂略略收緊，把她摟在胸前，百感交集，眼淚緩緩流下，滴在她臉上。

小龍女道：「你抱我，用……用兩隻……兩隻手！」一轉眼間，突見他右手袖子空空蕩蕩，情狀有異，驚呼：「你的右臂呢？」楊過苦笑，低聲道：「這時候別關心我，你快閉上了眼，一點兒也別用力，我給你運氣鎮傷。」

小龍女道：「不！你的右臂呢？怎麼沒了？怎麼沒了？」她雖命在垂危，仍是絲毫不顧念自己，定要問明白楊過怎會少了一條手臂。只因在她心中，這個少年實比自己重要百倍千倍，她一點也不顧念自己，但全心全意的關懷著他。

自從他們在古墓中共處，早就是這樣了，只不過那時她不知道這是為了情愛，楊過也不知道。兩人只覺得互相關懷，是師父和弟子間應有之義，既然古墓中只有他們兩人，如果不關懷不體惜對方，那麼又去關懷體惜誰呢？其實這對少年男女，早在他們自己知道之前，已在互相深深的愛戀了。

直到有一天，他們自己才知道，決不能沒有了對方而再活著，對方比自己的生命更重要過百倍千倍。

每一對互相愛戀的男女都會這樣想。可是只有真正深情之人，那些天生具有至性至情之人，這樣的兩個男女碰在一起，互相愛上了，他們才會真正的愛惜對方，遠勝於愛惜自己。

對於小龍女，楊過的一條臂膀，比她自己的生死實在重要得多，因此固執著要問。她伸手輕輕撫摸他袖子，絲毫不敢用力，果然，袖子裏沒有臂膀。她忽然一點也不感到自身的劇痛，因為心中給憐愛充滿了，再也不會知道自己的痛楚，輕輕說道：「可憐的過兒，斷了很久嗎？這時還痛麼？」

楊過搖搖頭，說道：「早就不痛了。只要我見了你面，永遠不跟你分開，少一條臂膀又算得甚麼？我一條左臂不是也能抱著你麼？」

小龍女輕輕一笑，只覺他說得很對，躺在他懷抱之中，雖然只一條左臂抱著自己，那也是心滿意足了。她本來只求在臨死之前能再見他一面，現今實在太好，真的太好了。

金輪法王、瀟湘子、尹克西、全真五子、眾弟子……眾蒙古武士……人人一聲不響，呆呆的望著這對小情人。在這段時光之中，誰也不想向他們動手，也是誰也不敢向他們動手。

有道是「旁若無人」，楊過和小龍女在九大高手、無數蒙古武士虎視眈眈之下纏綿互憐，將所有強敵全都視如無物，那才真是旁若無人了。愛到極處，不但糞土王侯，天下的富貴榮華完全不放在心上，甚至生死大事也視作等閒。楊過和小龍女既然不再想到生死，別說九大高手，便是天下英雄盡至，那又如何？只不過是死罷了。比之那銘心刻骨之愛，死又算得甚麼？

金輪法王等人當然並不懼怕這兩人，只是均感極度詫異，眼見小龍女身受重傷，楊過又只剩一臂，決不能再起而抗拒，但兩人互相的纏綿愛憐之中，自然而然有一股凜然之氣，有一份無畏的剛勇，令人不敢輕侮。

終於小龍女忍不住又問：「你的手臂……手臂是怎麼斷的？快跟我說。」楊過臉上微微苦笑，說道：「手臂斷了，自然是給人家斬的。」

小龍女淒然望著他，沒想到再追問是誰下的毒手，既已遭到不幸，那麼是誰下手都是一樣，這時胸口和背上的傷處又劇烈疼痛起來，她自知命不久長，低低的道：「過兒，我求你一件事。」楊過道：「姑姑，難道你忘了，在古墓之中，我就曾答應過你，你要我做甚麼，我便做甚麼。」小龍女幽幽嘆了口氣，道：「那是很久很久以前的事啦！」楊過道：「在我永遠是一樣。」小龍女悽然一笑，低低的道：「我沒多久好活了，你陪著我罷，一直瞧著我死，別去陪你的郭……郭芙姑娘。」

楊過又是傷心，又是憤恨，說道：「姑姑，我自然陪著你。那郭姑娘跟我有甚麼相干？我這條手臂便是給她斬斷的。」小龍女吃了一驚，叫了起來：「啊，是她？為甚麼她這樣狠心？難道……難道為了你不歡喜她麼？」楊過恨恨的道：「我倆這般要好，為甚麼你又要多心？除你之外，我一生一世從來沒愛過別的姑娘，這個郭姑娘啊，哼……」

楊過這條右臂，確是給郭芙斬斷的。

那日楊過與郭芙在襄陽郭府之中言語衝突以致動手，郭芙怒火難忍，抓起君子劍往他頭頂斬落。楊過中毒後尚未痊愈，四肢無力，眼見劍到，情急之下只得舉右臂擋在面前。郭芙狂怒之際，使力極猛，那君子劍又鋒利無比，劍鋒落處，楊過一條右臂登時無聲無息的給卸了下來。

這一劍斬落，竟致如此，楊過固然驚怒交迸，郭芙卻也嚇得呆了，知道已闖下了無可彌補的大禍，但見楊過手臂斷處血如泉湧，不知如何是好，過了一會，突然哇的一聲，哭了出來，掩面奪門奔出。

楊過一陣慌亂過後，隨即鎮定，伸左手點了自己右肩「肩貞穴」的穴道，撕下被單，緊緊縛住肩膀以止血流，再用金創藥敷上傷口，尋思：「此處是不能再躭的了，我得趕緊出城去。」慢慢扶著牆壁走了幾步，只因流血過多，眼前一黑，幾欲暈去。

便在此時，只聽得郭靖大聲說道：「快，快，他怎麼了？血止了沒有？」語音中充滿了焦急之情。楊過當時心中只一個念頭：「我決不要再見郭伯伯，無論如何不要見他。」猛力吸一口氣，從房中衝了出去。

他奔出府門，牽過一匹馬翻身便上，馳至城門。守城的將士都曾見他在城頭救援郭靖，對他十分欽仰，見他馳馬而來，立即開了城門。

此時蒙古軍已退至離城百餘里外。楊過不走大路，縱馬儘往荒僻之處行去。尋思：「我身中情花劇毒，但過期不死，或許正如那天竺神僧所言，吸了冰魄銀針的毒汁之後，以毒攻毒，反而延了性命。但劇毒未去，遲早總要發作。此刻身受重傷，若到終南山去找尋姑姑，定然不能支持，難道我命中注定，要這般客死途中麼？」想到一生孤苦，除了在古墓中與小龍女相聚這段時日之外，生平殊少歡愉，這時世上唯一的親人已捨己而去，復又給人斷殘肢體，命當垂危，言念及此，不禁流下淚來。

他伏在馬背之上，昏昏沉沉，只求不給郭靖找到，不遇上蒙古大軍，隨便到那裏都好，有意無意之間，漸漸行近前一晚與武氏兄弟相鬥的那個荒谷。

黃昏時分，眼見四下裏長草齊膝，一片寂靜，料知周遭無人，在草叢中倒頭便睡。他這時早將生死置之度外，甚麼毒蟲猛獸全沒加以防備。這一晚創口奇痛，那裏睡得安穩？

次晨睜眼坐起，忽見離身不到一尺處兩條蜈蚣殭死在地，紅黑斑斕，甚是可怖，口中卻染滿了血漬。楊過嚇了一跳，只見兩條蜈蚣身周有一大灘血跡，略一尋思，已明其理，原來他創傷處流血甚多，而血中含有劇毒，竟把兩條毒蟲毒死了。

楊過微微苦笑，自言自語：「想不到我楊過血中之毒，竟連蜈蚣也抵擋不住。」憤激悲苦，難以自已，忍不住仰天長笑。

忽聽得山峯頂上咕咕咕的叫了三聲，楊過抬起頭來，只見那神鵰昂首挺胸，獨立峯巔，形貌猙獰奇醜，卻自有一股凜凜之威。楊過大喜，宛如見了故人一般，叫道：「鵰兄，咱們又相見啦！」

神鵰長鳴一聲，從山巔上直衝下來。牠身軀沉重，翅短不能飛翔，但奔跑迅疾，有如駿馬，轉眼間便到了楊過身旁，見他少了一條手臂，目不轉睛的望著他。

楊過苦笑道：「鵰兄，我身遭大難，特來投奔於你。」神鵰也不知是否能懂他的說話，轉身便走。楊過牽了馬匹，跟隨在後。

行不數步，神鵰回過頭來，突然伸出左翅在馬腹上一拍。那馬吃痛，大聲嘶叫，倒退幾步，不住跳躍。楊過點頭道：「是了，我既到鵰兄谷中，也不必再出去了，要這馬何用？」心想此鵰大具靈性，實不遜於人，於是鬆手放開轠繩，大踏步跟隨神鵰之後，他重傷之餘，體力衰弱，行不多時便坐下休息，神鵰也就停步等候。

如此邊行邊歇，過了一個多時辰，又來到劍魔獨孤求敗埋骨處的石洞。

楊過見了那個石墳，不禁大是感慨，心想這位前輩奇人縱橫當時，並世無敵，自是武功神妙莫測，瞧他這般行徑，定是恃才傲物，與常人落落難合，到頭來在這荒谷中寂然而終，武林之中既沒流傳他的名聲事蹟，又沒遺下拳經劍譜、門人弟子，以傳他的絕世武功，這人的身世也真可驚可羨，卻又可哀可傷。只可惜神鵰雖靈，終是不能言語，否則也可述說他的生平一二。

他在石洞中呆呆出神，神鵰已從外啣了兩隻山兔回來。楊過生火炙了，飽餐一頓。

如此過了多日，傷口漸漸愈合，身子也日就康復，每當念及小龍女，胸口雖仍疼痛，但已遠不如先前那麼難熬難忍。他本性好動，長日在荒谷中與神鵰為伴，不禁寂寞無聊起來。

這一日見洞後樹木蒼翠，山氣清佳，便信步過去觀賞風景，行了里許，來到一座峭壁之前。那峭壁便如一座極大的屏風，衝天而起，峭壁中部離地約二十餘丈處，生著一塊三四丈見方的大石，便似一個平台，石上隱隱刻得有字。極目上望，瞧清楚是「劍塚」兩個大字，他好奇心起：「何以劍亦有塚？難道是獨孤前輩折斷了愛劍，埋葬在這裏？」走近峭壁，但見石壁草木不生，光禿禿的實無可容手足之處，不知當年那人如何攀援上去。

瞧了半天，越看越是神往，心想他亦是人，怎能爬到這般的高處，想來必定另有妙法，倘若真的憑藉武功硬爬上去，那直是匪夷所思了。凝神瞧了一陣，突見峭壁上每隔數尺便生著一叢青苔，數十叢筆直排列而上。他心念一動，縱身躍起，探手到最低一叢青苔中摸去，抓出一把黑泥，果然是個小小洞穴，料來是獨孤求敗當年以利器所挖鑿，年深日久，洞中積泥，因此生了青苔。

心想左右無事，便上去探探那劍塚，只是賸下獨臂，攀援大是不便，但想：「爬不上便爬不上，難道還有旁人來笑話不成？」於是緊一緊腰帶，提一口氣，竄高數尺，左足踏在第一個小洞之中，跟著竄起，右足對準第二叢青苔踢了進去，軟泥迸出，石壁上果然又有一個小穴可以容足。

第一次爬了十來丈，已然力氣不加，當即輕輕溜了下來，心想：「已有二十多個踏足處尋準，第二次便容易得多。」於是在石壁下運功調息，養足力氣，終於一口氣竄上了平台。見自己手臂雖折，輕功卻毫不減弱，也自欣慰，只見大石上「劍塚」兩個大字之旁，尚有兩行字體較小的石刻：

「劍魔獨孤求敗既無敵於天下，乃埋劍於斯。

「嗚呼！羣雄束手，長劍空利，不亦悲夫！」

楊過又驚又羨，只覺這位前輩傲視當世，獨往獨來，與自己性子實有許多相似之處，但說到打遍天下無敵手，自己如何可及。現今只餘獨臂，就算一時不死，此事也終身無望。瞧著兩行石刻出了一會神，低下頭來，只見許多石塊堆著一個大墳。這墳背向山谷，俯仰空闊，別說劍魔本人如何英雄，單是這座劍塚便已佔盡形勢，想見此人文武全才，抱負非常，但恨生得晚了，無緣得見這位前輩英雄。

楊過在劍塚之旁仰天長嘯，片刻間四下裏回音不絕，想起黃藥師曾說過「振衣千仞岡，濯足萬里流」之樂，此際亦復有此豪情勝概。他滿心雖想瞧瞧塚中利器到底是何等模樣，但總是不敢冒犯前輩，於是抱膝而坐，迎風呼吸，只覺胸腹間清氣充塞，竟似欲乘風飛去。

忽聽得山壁下咕咕咕的叫了數聲，俯首望去，只見那神鵰伸爪抓住峭壁上的洞穴，正自縱躍上來。牠身軀雖重，但腿勁爪力俱是十分厲害，頃刻間便上了平台。

那神鵰稍作顧盼，便向楊過點了點頭，叫了幾聲，聲音甚是特異。楊過笑道：「鵰兄，只可惜我沒公冶長的本事，不懂你言語，否則你大可將這位獨孤前輩的生平說給我聽了。」神鵰又低叫幾聲，伸出鋼爪，抓起劍塚上的石頭，移在一旁。楊過心中一動：「獨孤前輩身具絕世武功，說不定會留下甚麼劍經劍譜之類。」但見神鵰雙爪起落不停，不多時便搬開塚上石塊，露出並列著的三柄長劍，在第一、第二兩把劍之間，另有一塊長條石片。三柄劍和石片並列於一塊大青石之上。

楊過提起右首第一柄劍，只見劍下的石上刻有兩行小字：

「凌厲剛猛，無堅不摧，弱冠前以之與河朔羣雄爭鋒。」

再看那劍時，見長約四尺，青光閃閃，的是利器。他將劍放回原處，拿起長條石片，見石片下的青石上也刻有兩行小字：

「紫薇軟劍，三十歲前所用，誤傷義士不祥，乃棄之深谷。」

楊過心想：「這裏少了一把劍，原來是給他拋棄了，不知如何誤傷義士，這故事多半永遠無人知曉了。」出了一會神，再伸手去拿第二柄劍，只提起數尺，嗆啷一聲，竟然脫手掉下，在石上一碰，火花四濺，不禁嚇了一跳。

原來那劍黑黝黝的毫無異狀，卻是沉重之極，三尺多長的一把劍，重量竟自不下七八十斤，比之戰陣上最沉重的金刀大戟尤重數倍。楊過提起時如何想得到，出乎不意的手上一沉，便拿揑不住。於是再俯身拿起，這次有了防備，拿起七八十斤的重物自是不當一回事。見那劍兩邊劍鋒都是鈍口，劍尖更圓圓的似是個半球，心想：「此劍如此沉重，又怎能使得靈便？何況劍尖劍鋒都不開口，也算得奇了。」看劍下的石刻時，見兩行小字道：

「重劍無鋒，大巧不工。四十歲前恃之橫行天下。」

楊過喃喃念著「重劍無鋒，大巧不工」八字，心中似有所悟，但想世間劍術，不論那一門那一派的變化如何不同，總以輕靈迅疾為尚，這柄重劍不知怎生使法，想懷昔賢，不禁神馳久之。

過了良久，才放下重劍，去取第三柄劍，這一次又上了個當。他只道這劍定然猶重前劍，因此提劍時力運左臂。那知拿在手裏卻輕飄飄的渾似無物，凝神一看，原來是柄木劍，年深日久，劍身劍柄均已腐朽，但見劍下的石刻道：

「四十歲後，不滯於物，草木竹石均可為劍。自此精修，漸進於無劍勝有劍之境。」

他將木劍恭恭敬敬的放於原處，浩然長嘆，說道：「前輩神技，令人難以想像。」心想青石板之下不知是否留有劍譜之類遺物，於是伸手抓住石板，向上掀起，見石板下已是山壁的堅岩，別無他物，不由得微感失望。

那神鵰咕的一聲叫，低頭啣起重劍，放在楊過手裏，跟著又是咕的一聲叫，突然左翅勢挾勁風，向他當頭撲擊而下。頃刻間楊過只覺氣也喘不過來，一怔之下，神鵰的翅膀離他頭頂約有一尺，便即凝住不動，咕咕叫了兩聲。

楊過笑道：「鵰兄，你要試試我的武功麼？左右無事，我便跟你玩玩。」但那七八十斤的重劍怎能施展得動，於是放下重劍，拾起第一柄利劍。神鵰忽然收攏雙翼，轉過了頭不再睬他，神情之間頗示不屑。

楊過立時會意，笑道：「你要我使重劍？但我武功平常，在這絕壁之上跟你過招，決非鵰兄敵手，可得容情一二。」說著換過了重劍，氣運丹田，力貫左臂，緩緩挺劍刺出。神鵰並不轉身，左翅後掠，與那重劍一碰。楊過只覺一股極沉猛的大力從劍上傳來，壓得他無法透氣，急忙運力相抗，「嘿」的一聲，劍身晃了幾下，但覺眼前一黑，登時暈了過去。

也不知過了多少時候，這才悠悠醒轉，只覺口中奇苦難當，同時更有不少苦汁正流入咽喉，睜開眼來，只見神鵰啣著一枚深紫色的圓球，正餵入他口中。楊過聞到此物甚是腥臭，但想神鵰通靈，所餵之物定然大有益處，於是張口吃了。只輕輕咬得一下，圓球外皮便即破裂，登時滿口苦汁。

這汁液腥極苦極，難吃無比。楊過只想噴了出去，總覺不忍拂逆神鵰美意，勉強吞入腹中。過了一會，略行運氣，但覺呼吸順暢，站起身來，抬手伸足之際非但不覺困乏，反而精神大旺，尤勝平時。他暗暗奇怪，按理被人強力擊倒，閉氣暈去，縱然不受重傷，也必全身酸痛，難道這深紫色的圓囊竟是療傷的靈藥麼？

他俯身提起重劍，竟似輕了幾分。便在此時，那神鵰咕的一聲，又是展翅擊了過來。楊過不敢硬接，側身避開，神鵰跟著踏上一步，雙翅齊至，勢道極是威猛。楊過知牠對己並無惡意，但想牠雖然靈異，總是畜生，牠身具神力，展翅撲擊之時，發力輕重豈能控縱自如？若給翅膀掃上了，自空墜下，那裏還有命在？眼見雙翅掃到，急忙退後兩步，左足已踏到了平台的邊緣。

那神鵰竟是毫不容情，禿頭疾縮迅伸，彎彎的尖喙竟自向他胸口直啄。楊過退無可退，只得橫劍封架，牠一嘴便啄在劍上。楊過只覺手臂劇震，重劍似欲脫手，眼見神鵰跟著右翅著地橫掃，往自己足脛上掠來。楊過吃了一驚，縱身躍起，從神鵰頭頂飛躍而過，搶到了內側，生怕牠順勢跟擊，反手出劍，噗的一響，又與牠尖嘴相交。楊過這一下死裏逃生，嚇出了一身冷汗，叫道：「鵰兄，你不能當我是獨孤大俠啊！」只覺雙足酸軟，坐倒在地。神鵰咕咕低叫兩聲，不再進擊。

楊過無意中叫了那句「你不能當我是獨孤大俠」，轉念一想，此鵰長期伴隨獨孤前輩，瞧牠撲啄趨退間，隱隱然有武學家數，多半獨孤前輩寂居荒谷，無聊之時便當牠是過招的對手。獨孤前輩屍骨已朽，絕世武功便此湮沒，但從此鵰身上，或能尋到這位前輩大師的一些遺風典型。想到此處，心中轉喜，站起身來，叫道：「鵰兄，劍招又來啦！」重劍疾刺，指向神鵰胸間。神鵰左翅橫展擋住，右翅猛擊過來。

神鵰力氣實在太強，展翅掃來，疾風勁力，便似數位高手的掌風併力齊施一般，楊過手中之劍又太也沉重，生平所學的甚麼全真劍法、玉女劍法等等沒一招施用得上，只有守則巧妙趨避，攻則呆呆板板的挺劍刺擊。

鬥得一會，楊過疲累了，便坐倒休息。他只一坐倒，神鵰便走開兩步。如此玩了一個多時辰，一人一鵰才溜下平台，回入山洞。

次晨醒轉，神鵰已啣了三枚深紫色腥臭圓球放在他身邊，楊過細加審視，原來是禽獸的膽囊，想到初遇神鵰時牠曾大食毒蛇，又與巨蟒相鬥，想來必是蛇膽。又想毒蛇之膽不知是否也具劇毒，但昨日食後精神爽利，力氣大增，反正自己體內就有情花和冰魄銀針的劇毒，也不用多加理會，於是一口一個吃了，靜坐調息。突然之間，平時氣息不易走到的各處關脈穴道竟爾暢通無阻。楊過大喜，高聲叫好。本來靜坐修習內功，最忌心有旁騖，至於大哀大樂，更是凶險，但此時他喜極而呼，周身內息仍是綿綿流轉，絕無阻滯。

他躍起身來，提起重劍，出洞又和神鵰練劍。此時已去了幾分畏懼之心，雖然仍是避多擋少，但在神鵰凌厲無倫的翅力之間，偶然已能乘隙還招。

如此練劍數日，楊過提著重劍時手上已不如先前沉重，擊刺揮掠，漸感得心應手。同時越來越覺以前所學劍術變化太繁，花巧太多，想到獨孤求敗在青石上所留「重劍無鋒，大巧不工」八字，其中境界，遠勝世上諸般最巧妙的劍招。他一面和神鵰搏擊，一面凝思劍招的去勢迴路，但覺越是平平無奇的劍招，對方越難抗禦。比如挺劍直刺，只要勁力強猛，威力遠比玉女劍法等變幻奇妙的劍招更大。他這時雖然只賸左手，但每日服食神鵰不知從何處採來的蛇膽，不知不覺間膂力激增。

這日出外閒步，在山谷間見有三條大毒蛇死在地下，肚腹洞開，蛇身上被利爪抓得鮮血淋漓，知道自己所食果是蛇膽。只是這些毒蛇遍身隱隱發出金光，生平從所未見，自是不知其名，心想：神鵰力氣這樣大，想必也是多食這些怪蛇的蛇膽之故。

過得月餘，竟勉強已可與神鵰驚人的巨力相抗，發劍擊刺，呼呼風響，不自禁的大感欣慰。武功到此地步，便似登泰山而小天下，回想昔日所學，頗有渺不足道之感。轉念又想，若無先前根柢，今日縱有奇遇，也決不能達此境地，神鵰總是不會言語的畜生，誘發導引則可，指教點撥卻萬萬不能，何況神鵰也不能說會甚麼武功，只不過天生神力，又跟隨獨孤求敗日久，經常和他動手過招，記得了一些進退撲擊的方法而已。

這一日清晨起身，滿天烏雲，大雨傾盆而下。楊過向神鵰道：「鵰兄，這般大雨，咱們還練武不練？」神鵰咬著他衣襟，拉著他向東北方行了幾步，隨即邁開大步，縱躍而行。楊過心想：「難道東北方又有甚麼奇怪事物？」提了重劍，冒雨跟去。

行了數里，隱隱聽到轟轟之聲，不絕於耳，越走聲音越響，顯是極大的水聲。楊過心道：「下了這場大雨，山洪暴發，可得小心些！」轉過一個山峽，水聲震耳欲聾，只見山峯間一條大白龍似的瀑布奔瀉而下，衝入一條溪流，奔騰雷鳴，湍急異常，水中挾著樹枝石塊，轉眼便流得不知去向。

這時雨下得更大了，楊過衣履盡濕，四顧水氣濛濛，蔚為奇觀，但見那山洪勢道太猛，心中微有懼意。

神鵰伸嘴拉著他衣襟，走向溪邊，似乎要他下去。楊過奇道：「下去幹麼？水勢勁急，只怕站不住腳。」神鵰放開他衣襟，咕的一聲，昂首長啼，躍入溪中，穩穩站在溪心的一塊巨石之上，左翅前搧，將上流衝下來的一塊岩石打了回去，待那岩石再次順水衝下，又是揮翅擊回，如是擊了五六次，那岩石始終流不過牠身邊。到第七次順水衝下時，神鵰奮力振翅一擊，岩石飛出溪水，掉在右岸，神鵰隨即躍回楊過身旁。

楊過會意，知道劍魔獨孤求敗昔日每遇大雨，便到這山洪中練劍，自己卻無此功力，不敢便試，正自猶豫，神鵰大翅突出，刷的一下，拂在楊過臀上。牠站得甚近，楊過出其不意，身子直往溪中落去，忙使個「千斤墜」身法，落在神鵰站過的那塊巨石之上。雙足一入水，山洪便衝得他左搖右晃，難於站穩。楊過心想：「獨孤前輩是人，我也是人，他既能站穩，我如何便不能？」當即屏氣凝息，奮力與激流相抗，但想伸劍挑動山洪中挾帶而至的岩石，卻是力所不及了。

耗了一炷香時分，他力氣漸盡，於是伸劍在石上一撐，躍到了岸上。他沒喘息得幾下，神鵰又是揮翅拂來。這一次他有了提防，沒給拂中，自行躍入溪心，心想：「這位鵰兄當真是嚴師諍友，逼我練功，竟沒半點鬆懈。牠既有此美意，我難道反無上進之心？」於是氣沉下盤，牢牢站住，時刻稍久，漸漸悟到了凝氣用力的法門，山洪雖然越來越大，直浸到了腰間，他反而不如先前的難以支持。又過片刻，山洪浸到胸口，逐步漲到口邊，楊過心道：「雖然我已站立得穩，總不成給水淹死啊！」只得縱躍回岸。

那知神鵰守在岸旁，見他從空躍至，不待他雙足落地，已是展翅撲出。楊過伸劍擋架，卻被牠這一撲之力推回溪心，撲通一聲，跌入了山洪。

他雙足站上溪底巨石，水已沒頂，一大股水衝進了口中。若是運氣將大口水逼出，那麼內息上升，足底必虛，當下凝氣守中，雙足穩穩站定，不再呼吸，過了一會，雙足一撐，躍起半空，口中一條水箭激射而出，隨即又沉下溪心，讓山洪從頭頂轟隆轟隆的衝過，身子便如中流砥柱般在水中屹立不動。心中漸漸寧定，暗想：「鵰兄叫我在山洪中站立，若不使劍挑石，仍是叫牠小覷了。」他生來要強好勝，便在一隻扁毛畜生之前也不肯失了面子，見到溪流中帶下樹枝山石，便舉劍挑刺，向上流反推上去。岩石在水中輕了許多，那重劍受水力一托，也已大不如平時沉重，出手反感靈便。他挑刺掠擊，直練到筋疲力盡，足步虛晃，這才躍回岸上。

他生怕神鵰又要趕他下水，這時腳底無力，若不小休片時，已難與山洪的衝力抗拒，果然神鵰不讓他在岸上立足，一見他從水中躍出，登時舉翅搏擊。

楊過叫道：「鵰兄，你這不要了我命麼？」躍回溪中站立一會，實在支持不住，終又縱回岸上，眼見神鵰舉翅拂來，卻又不願便此坐倒認輸，只得挺劍回刺，三個回合過去，神鵰竟然被他逼得退了一步。楊過叫道：「得罪！」又挺劍刺去，只聽得劍刃刺出時嗤嗤聲響，與往時已頗不相同。神鵰見他的劍尖刺近，也已不敢硬接，迫得閃躍退避。

楊過知道在山洪中練了半日，勁力已頗有進境，不由得又驚又喜，自忖勁力增長，本來決非十天半月之功，何以在水中擊刺半日，劍力竟會大進？想是那怪蛇的蛇膽定有強筋健骨的奇效，以致在不知不覺之間早已內力大增，此時於危急之際生發出來，自己這才察知。

他在溪旁靜坐片刻，力氣即復，這時不須神鵰催逼，自行躍入溪中練劍。二次躍上時只見神鵰已不在溪邊，不知到了何處。眼見雨勢漸小，心想山洪倏來倏去，明日再來，水力必弱，乘著此時並不覺得如何疲累，不如多練一會，當下又躍入溪心。

練到第四次躍上，只見岸旁放著兩枚怪蛇的蛇膽，心中好生感激神鵰愛護之德，便即吃了，又入溪心練劍。練到深夜，山洪卻漸漸小了。

當晚他竟不安睡，在水中悟得了許多順刺、逆擊、橫削、倒劈的劍理，到這時方始大悟，以此使劍，真是無堅不摧，劍上何必有鋒？但若非這一柄比平常長劍重了數十倍的重劍，這門劍法也施展不出，尋常利劍只須拿在手裏輕輕一抖，勁力未發，劍刃便早斷了。

其時大雨初歇，晴空一碧，新月的銀光灑在林木溪水之上。楊過瞧著山洪奔騰而下，心通其理，手精其術，知道重劍的劍法已盡於此，不必再練，便是劍魔復生，所能傳授的劍術也不過如此而已。將來內力日長，所用之劍便可日輕，終於使木劍如使重劍，那只是功力自淺而深，全仗自己修為，至於劍術，卻至此而達止境。

他在溪邊來回閒步，仰望明月，心想若非獨孤前輩留下這柄重劍，又若非神鵰從旁誘導，自己因服怪蛇蛇膽而內力大增，那麼這套劍術世間已不可再而得見。又想到獨孤求敗全無憑藉，居然能自行悟到這劍中的神境妙詣，聰明才智實是勝己百倍。

獨立水畔想像先賢風烈，又是佩服，又是心感。尋思：「姑姑見到我此刻的武功，可不知有多歡喜了。唉，不知她此時身在何處？是否望著明月，也在想我？」一念及小龍女，胸口便是一陣劇痛。

轉念又想：「我雖悟到了劍術的至理，但枯守荒山，又有何用？倘若情花之毒突然發作，明天便即死了，這至精至妙的劍術豈非又歸湮沒？」想到此處，雄心登起，自言自語的道：「我也當學一學獨孤前輩，要以此劍術打得天下羣雄束手，這才甘心就死。」

迴眼看著右臂斷折之處，想起郭芙截臂之恨，不禁熱血湧上胸間，心道：「這丫頭自恃父親是當代大俠，母親是丐幫幫主，自來不把我放在眼裏，自小我寄居她家，不知受了她多少白眼，多少折辱？我謊言欺騙武氏兄弟，其實也是為了她好，倘若武氏兄弟中有一人為她而死，豈非也是她的罪過？哼哼，她乘我重病之際斬我一臂，此仇不報，非丈夫也！」

他向來極重恩怨，胸襟殊不寬宏，當日手臂初斷，躲在這荒谷中療傷，那是無可奈何，此刻臂傷已愈，武功反而大進，報仇雪恨之念再也難以抑制。

當下心念已決，連夜回到山洞，向神鵰說道：「鵰兄，你的大恩大德，終究報答不了，小弟在江湖上尚有幾樁恩怨未了，暫且分別，日後再來相伴。獨孤前輩這柄重劍，小弟求借一用。」一說著深深一揖，又向獨孤求敗的石塚拜了幾拜，掉首出谷。那神鵰直送至谷口，一人一鵰摟抱著親熱了一陣，這才依依而別。

那柄劍極是沉重，如繫在腰間，腰帶立即崩斷。他在山邊採了三條老藤，搓成一帶，將重劍繫了，負在背上，施展輕身功夫，直奔襄陽。

到得城外，天色未晚，心想日間行事不便，何況一晚沒睡，精力不充，郭伯伯和郭伯母均是武學高手，此時必已康復，遇上了定有一番惡鬥，當下在城外的墳場草叢中睡了幾個時辰，然後調息運功，又採些野果飽餐了一頓，等到初更時分，來到襄陽城下。

襄陽城雄垣高，當日金輪法王、李莫愁等從城頭躍下，尚須以人墊足，方免受傷，現下要從城牆腳攀上牆頭，殊非易易。楊過在墳場中休息之時，早已想到了上城的法子，心想郭伯伯那「上天梯」的功夫我可不會，獨孤前輩如何上那懸崖峭壁，我便如何爬上襄陽城頭，走到東門旁僻靜之處，眼見城頭巡視的守兵走遠，便躍起身來，挺重劍往城牆上奮力一刺。重劍雖無尖鋒，但這一劍去勢剛猛，那城牆以極厚的花崗石砌成，卻聽蓬的一聲，應劍而破，裂出了一個碗口大的洞孔。楊過沒料到隨手一劍竟有這般威力，心中又驚又喜，二次躍上時左足踏入破洞，舉手挺劍，在頭頂的城牆上又刺了一孔，這次出手輕得多了，以免驚動城上守軍。

如此逐步爬上，到最後數丈時，施展「壁虎遊牆功」翻上了城頭，躲在暗處。城牆內側有石級可下，楊過待守軍行開，一溜煙的飛奔而下，逕向郭府而去。

他服食蛇膽後內力大增，同時身軀靈便，輕功也遠勝往昔。但郭靖的武功實在非同小可，單是降龍十八掌的掌力就只怕天下無人能敵，再加上黃蓉的打狗棒法變化奧妙，自己所知者不過十之六七，因是半點也不敢大意，到了郭府門外，悄悄越牆而進。

繞過花園，即望見自己先前所住的居室，走到窗外一聽，室中無人，輕輕推門，那門應手而開，便走進室中。

黑暗中隱約見到床帳桌椅與先前無異，床上衾枕卻已收去。低身在床沿上一坐，想起自己一條大好的臂膀便是在這床上失去，忍不住又是傷感，又是憤怒。

他相貌俊俏，性格也頗風流自喜，雖對小龍女一往情深，從無他念，但許多少女見了他往往不由自主的為之鍾情傾倒，如程英、陸無雙、公孫綠萼等人或暗暗傾心，或坦率示意。此刻他手撫床邊，想起自己已成殘廢，若再遇到這些多情少女，在她們眼中，自己勢必成為可笑可憐之人，武功雖強，也不過是個驚世駭俗的怪物而已。思潮起伏，追念平生諸事，情不自禁的低聲說道：「只有姑姑，只有姑姑一人，別說我少了一臂，便是四肢齊折，她對我的心意也必毫無變異。」

正想到此處，忽聽東面隱隱傳來兩人言語爭執之聲，聽聲音正是郭靖和黃蓉。楊過好奇心起，想聽兩人爭些甚麼，尋聲悄步，走到郭靖夫婦居室的窗下。

只聽黃蓉大聲說道：「這兩人明明是抱了襄兒前去絕情谷，想換解毒藥物，你口口聲聲還說楊過是好人？這孩子生下不到一個時辰，便落入了他們手中，這時還有命麼？」說到這裏，語聲嗚咽，啜泣起來。

郭靖說道：「過兒決不是這樣的人。再說，他累次救我救你，咱們便拿襄兒換他一命，那也是心甘情願。」黃蓉泣道：「你情願，我可不情願……」

這時室中突然發出一陣嬰兒啼哭，聲音甚是洪亮。楊過大奇：「難道那小女孩已從李莫愁手中搶回來了？怎麼她又說『這時還有命麼』？」屏住呼吸，湊眼到窗縫中張望，只見黃蓉手中果然抱著一個嬰兒。那嬰兒剛好臉向窗口，楊過瞧得明白，但見他方面大耳，皮色粗黑，臉上生滿了細毛。那女嬰郭襄他曾在懷中抱過良久，記得是白嫩嬌小，眉目清秀，和這壯健肥碩的嬰兒大不相同。黃蓉背向窗口，低聲哄著嬰兒，說道：「好好一對雙胞胎，你快去給我找他姊姊回來。」楊過恍然大悟，才知黃蓉一胎生下了兩個孩兒，先誕生的是女嬰郭襄，其後又生一個男嬰。當生這男嬰之時，女嬰已給小龍女抱走。

郭靖在室中踱來踱去，說道：「蓉兒，你平素極識大體，何以一牽涉到兒女之事，便這般瞧不破？眼下軍務緊急，我怎能為了一個小女兒而離開襄陽？」黃蓉道：「我說我自己去找，你又不放我去。難道便讓咱們的孩兒這樣白白送命麼？」郭靖道：「你身子還沒復原，怎能去得？」黃蓉怒道：「做爹的不要女兒，做娘的苦命，那有甚麼法子？」

楊過在桃花島上和他們相聚多年，見他們夫婦相敬相愛，從來沒吵過半句，這時卻見二人面紅耳赤，言語各不相下，顯然已為此事爭執過多次。黃蓉又哭又說，郭靖緇緊了臉，在室中來回走個不停。

過了一會。郭靖說道：「這女孩兒就算找了回來，你待她仍如對待芙兒一般，嬌縱得她無法無天，這樣的女兒有不如無！」黃蓉大聲道：「芙兒有甚麼不好了？她心疼妹子，出手重些，也是情理之常。倘若是我啊，楊過若不把女兒還我，我連他的左臂也砍了下來。」

郭靖大聲喝道：「蓉兒，你說甚麼？」舉手往桌上重重一擊，砰的一聲，木屑紛飛，一張堅實的紅木桌子登時給他打塌了半邊。那嬰兒本來不住啼哭，給他這麼一喝一擊，竟然嚇得不敢再哭。

便在此時，楊過突見西首窗下有個人影一晃，接著矮了身子，悄悄退開。楊過心想：「原來除我之外，還有人在窗外偷聽，卻是誰了？」當下躡足在那人之後，只見那人身形婀娜，正是郭芙。楊過心頭火起：「好啊！我正要找你！」突然身後一暗，房中燈火熄滅，聽黃蓉氣忿忿的道：「你出去罷，別嚇驚了孩兒！」

楊過知道郭靖就要出來，在他眼前可不易躲得過，當即鑽到假山之後，快步繞到郭芙房外，一躍竄高，上了她房外那株大木筆花樹，躲在枝葉之間。

過不多時，果見郭芙回到房中。只聽得一個女子聲音說道：「已打過二更啦，姑娘請安睡罷！」郭芙哼了一聲，道：「我睡得著時自然會睡！你出去。」那女子應道：「是。」只見一名丫鬟開門出來，帶上房門，自行去了。

過了半晌，只聽得郭芙幽幽的一聲長嘆，楊過心道：「你還嘆甚麼氣？你斷我一臂，我便也斷你一臂，只不過好男不與女鬥，此刻我下來傷你，雖然易如反掌，卻不是大丈夫行徑。」略一沉吟，已有計較：「好，讓我大聲叫嚷，將郭伯伯叫來。我先將他打敗，再處置他女兒。男兒漢光明磊落，再也無人能笑話我一句。」但轉念又想：「郭伯伯武功卓絕，我真能勝得了他麼？只怕未必！那麼此仇就此不報了？」念及斷臂之恨，胸間熱血潮湧，將心一橫，正要從木筆花樹上跳下，忽聽得腳步聲響，一人大踏步過來。

只見他腳步沉凝，身形端穩，正是郭靖。他走到女兒房外，伸指在門上輕輕一彈，說道：「芙兒，你睡了麼？」郭芙站了起來，道：「爹，是你麼？」聲音微帶顫抖。楊過心中一驚：「莫非郭伯伯知我來此，特來保護女兒？好！我便先和你動手！打你不過，死在你手下便了。」

郭靖「嗯」了一聲。郭芙將門打開，抬頭向父親望了一眼，隨即低下了頭。

第二十七回

鬥智鬥力

李莫愁見黃蓉將棘藤纏了一道又是一道，
在幾株大樹之間拉來扯去，
密密層層的越纏越多，
又見她臉帶詭笑，似乎不懷好意，
心中不禁有些發毛，說道：「夠了！」

郭靖走進房去帶上了門，坐在床前椅上，半晌無言。兩人僵了半天，郭靖才問：「這些時候你到那裏去啦？」郭芙道：「我……我傷了楊大哥，怕你責罰，因此……因此……」郭靖道：「因此出去躲避幾天？」郭芙咬著嘴唇，點了點頭。郭靖道：「你是等我怒氣過了，這才回來？」

郭芙又點了點頭，突然撲在他的懷裏，道：「爹，你還生女兒的氣麼？」郭靖撫摸她的頭髮，低聲道：「我沒生氣。我從來就沒生氣，只是為你傷心。」郭芙叫了聲：「爹！」伏在他懷裏，嗚嗚咽咽的哭了起來。

郭靖仰頭望著屋頂，一聲不響，待她哭聲稍止，說道：「楊過的祖父鐵心公，和你祖父嘯天公是異姓骨肉，他的爹爹和你爹爹，也是結義兄弟，這你都是知道的。」郭芙「嗯」一聲。郭靖又道：「楊過這孩子雖然行事任性些，卻是一副俠義心腸，幾次三番救過你爹娘的性命，也曾救過你。他年紀輕輕，但為國為民，已立下不小的功勞，你也是知道的。」郭芙聽父親的口氣漸漸嚴厲，更是不敢接口。

郭靖站起身來，又道：「還有一件事，你卻並不知道，今日也對你說了。過兒的父親楊康，當年行止不謹，我是他義兄，沒能好好勸他改過遷善，他終於慘死在嘉興王鐵槍廟中，雖然不是你母下手所害，他卻是因你母而死，我郭家負他楊家實多……」

楊過聽到「慘死在嘉興王鐵槍廟中」幾字，那是第一次聽到生父的死處，深藏心底的仇恨，猛地裏又翻了上來，只聽郭靖又道：「我本想將你許配於他，彌補我這件畢生之恨，豈知……豈知……唉！」

郭芙抬起頭來，道：「爹，他擄我妹子，又說了許多胡言亂語，誹謗女兒。爹，他楊家雖然和我家有這許多瓜葛，難道女兒便這樣任他欺侮，不能反抗？」

郭靖霍地站起，喝道：「明明是你斬斷了他的手臂，他卻怎樣欺侮你了？他真要欺侮你，你便有十條臂膀，也都給他斬了。那柄劍呢？」郭芙不敢再說，從枕頭底下取出淑女劍來。郭靖接在手裏，輕輕一抖，劍刃發出一陣嗡嗡之聲，凜然說道：「芙兒，人生天地之間，行事須當無愧於心。爹爹平時雖然對你嚴厲，但愛你之心，和你母親並無二致。」說到最後幾句話，語聲轉為柔和。郭芙低聲道：「女兒知道。」

郭靖道：「好，你伸出右臂來。你斬斷人家一臂，我也斬斷你一臂。你爹爹一生正直，決不敢循私妄為，庇護女兒。」郭芙明知這一次父親必有重責，但沒料想到竟要斬斷自己一條手臂，只嚇得臉如土色，大叫：「爹爹！」郭靖鐵青著臉，雙目凝視著她。

楊過料想不到郭靖竟會如此重義，瞧了這般情景，只嚇得一顆心突突亂跳，只想：「我要不要下去阻止？叫他饒了郭姑娘？」正自思念未定，郭靖長劍抖動，揮劍削下，劍到半空時微微一頓，跟著便即斬落。

突然呼的一聲，窗中躍入一人，身法快捷無倫，人未至，棒先到，一棒便將郭靖長劍去勢封住，正是黃蓉。

她一言不發，刷刷刷連進三棒，都是打狗棒法中的絕招。一來她棒法精奧，二來郭靖出其不意，竟被她逼得向後退了兩步。黃蓉叫道：「芙兒還不快逃！」

郭芙的心思遠沒母親靈敏，遭此大事，竟是嚇得呆了，站著不動。黃蓉左手抱著嬰孩，右手迴棒一挑一帶，捲起女兒身軀，從窗口直摔了出去，叫道：「快回桃花島去，請柯公公來向爹爹求情。」跟著轉過竹棒，連用打狗棒法中的「纏」「封」兩訣，阻住郭靖去路，叫道：「快走，快走！小紅馬在府門口。」

原來黃蓉素知丈夫為人正直，近於古板，又極重義氣，這一次女兒闖下大禍，在外躲了多日回家，丈夫怒氣不息，定要重罰，早已命人牽了小紅馬待在府門之外，馬鞍上衣服銀兩，一應俱備，若是勸解得下，讓丈夫將女兒責打一頓便此了事，那自是上上大吉，否則只好遣她遠走高飛，待日子久了，再謀父女團聚。臥室中夫妻倆一場爭吵，見他臉色不善，走向女兒臥房，心知凶多吉少，當即跟來，救了女兒的一條臂膀。憑她武功，原不足以阻住丈夫，但郭靖向來對她敬畏三分，又見她懷中抱著嬰兒，總不成便施殺手奪路外闖，只這麼略一耽擱，郭芙已奔出花園，到了府門之外。

楊過坐在木筆花樹上，一切看在眼裏，當郭芙從窗中擲出之時，若是伸劍下擊，她焉能逃脫？但想她一家吵得天翻地覆，都是為我一人而起，這時乘人之危，實是下不了手。

只見黃蓉連進數招，又將郭靖逼得倒退兩步，這時他已靠在床沿之上，無可再退。黃蓉突然叫道：「接著！」將嬰兒向丈夫拋去。郭靖一怔，伸左手接住了孩子。黃蓉垂下竹棒，走到丈夫身前，柔聲道：「靖哥哥，你便饒了芙兒罷！」郭靖搖頭道：「蓉兒，我何嘗不深愛芙兒？但她做下這等事來，若不重處，於心何安？咱們又怎對得起過兒？唉，過兒斷了一臂，無人照料，不知他這時生死如何？我……我真恨不得斬斷了自己這條臂膀……」

楊過聽他言辭真摯，不禁心中一酸，眼眶兒紅了。

黃蓉道：「連日四下裏找尋，都沒見到他的蹤跡，若是有甚不測，必能發見端倪。過兒武功已不在你我之下，雖受重傷，必無大礙。」郭靖道：「但願如此。我去追芙兒回來，這事可不能如此了結。」黃蓉笑道：「她早騎小紅馬出城去了，那裏還追得著？」郭靖道：「這時三鼓未過，若無呂大人和我的令牌，黑夜中誰敢開城？」

黃蓉嘆了口氣，道：「好罷，由得你便了！」伸手去接抱兒子郭破虜。郭靖將嬰兒遞了過去，臉有歉意，說道：「蓉兒，是我對你不住。但芙兒受罰之後，雖然殘廢，只要她痛改前非，於她也未始沒有好處……」

黃蓉點頭道：「那也說得是！」雙手剛碰到兒子的襁褓，突然一沉，插到了郭靖脅下，使出家傳「蘭花拂穴手」絕技，在他左臂下「淵液穴」、右臂下「京門穴」同時一拂。這兩處穴道都在手臂之下，以郭靖此時武功，黃蓉若非使詐，焉能拂他得著？但當她將兒子交與丈夫之時，已然安排了這後著。郭靖遇到妻子，當真是縛手縛腳，登時全身酸麻，倒在床上，動彈不得。

黃蓉抱起孩兒，替郭靖除去鞋襪外衣，將他好好放在床上，取枕頭墊在後腦，讓他睡得舒舒服服，然後從他腰間取出令牌。郭靖眼睜睜的瞧著，卻是無法抗拒。

黃蓉又將兒子放在丈夫身畔，讓他爺兒倆並頭而臥，然後將棉被蓋在二人身上，說道：「靖哥哥，今日便暫且得罪一次，待我送芙兒出城，回來親自做幾個小菜，敬你三杯，向你陪罪。」說著福了一福，站起身來，在他臉頰上親了一吻。

郭靖聽在耳裏，只覺妻子已是三個孩子的母親，卻是頑皮嬌憨不減當年，眼睜睜的瞧著她抿嘴一笑，飄然出門，心想這兩處穴道被拂中後，她若不回來解救，自己以內力衝穴，最快也得半個時辰方能解開，女兒是無論如何追不上了，這件事當真是哭笑不得。

黃蓉愛惜女兒，心想她孤身一人回桃花島去，以她這樣一個美貌少女，途中難免不遇凶險，於是回到臥室，取了桃花島至寶軟蝟甲用包袱包了，挾在腋下，快步出府，展開輕功，頃刻之間趕到了南門。

只見郭芙騎在小紅馬上，正與城門守將大聲吵鬧。那守將說話極是謙敬，郭姑娘前、郭姑娘後的叫不絕口，但總說若無令牌，黑夜開城，那便有殺頭之罪。

黃蓉心想這草包女兒一生在父母庇蔭之下，從未經歷過艱險，遇上了難題，不設法出奇制勝，一味發怒呼喝，卻濟得甚事？於是手持令牌，走上前去，說道：「這是呂大人的令牌，你驗過了罷。」

當時主持襄陽城防的是安撫使呂文德，雖然一切全仗郭靖指點，但郭靖是布衣客卿，諸般號令部署自憑呂文德的名銜發布。那守將見郭夫人親來，又見令牌無誤，忙陪笑開城，牽過自己坐騎，說道：「郭夫人倘若用得著，請乘了小將這匹馬去。」黃蓉道：「好，我便借用一下。」郭芙見母親到來，歡喜無限，母女倆並騎出城南行。

黃蓉捨不得就此和女兒分手，竟是越送越遠。襄陽以北數百里幾無人煙，襄陽以南卻賴此重鎮屏隱，未遭蒙古大軍蹂躪，雖然動亂不安，但民居一如其舊。母女倆行出二十餘里，天色大明，已到了一個小市鎮上，眼見趕早市的店鋪已經開門。黃蓉道：「芙兒，咱們同去吃點兒飲食，我便要回城去啦。」

郭芙含淚答應，心下好生後悔，實不該因一時之忿，斬斷了楊過手臂，以致今日骨肉分離，獨自冷清清的回桃花島去，和一個瞎了眼睛的柯公公為伴，這日子只要想一想也就難挨了。但父親舉劍砍落的神情，此時念及兀自心有餘悸，說甚麼也不敢回襄陽城去。

兩人走進一家飯鋪，叫了些熟牛肉、麵餅，母女倆分手在即，誰也無心食用。黃蓉將軟蝟甲交給女兒，叫她晚間到了客店，便穿在身上，又反復叮嚀，在道上須得留心這些、提防那些，但一時之間又怎說得了多少？眼見女兒口中只是答應，眼眶紅紅的楚楚可憐，平時愛嬌活潑的模樣一時盡失，心中更是不忍，一瞥眼見市鎮西頭一家糖食店前擺著一擔蘋果，鮮紅肥大，心道：「去買幾個來讓芙兒在道上吃，這便該分手啦。」說道：「芙兒，你多吃幾塊麵餅。便吃不下，也得勉強吃些，這兵荒馬亂之際，前面也不知到那裏才有東西吃。我過去買點物事。」說著站起身來，走過十多家店面，到了那賣蘋果的擔子前。

她揀了十來個大紅蘋果放入懷中，順手取了一錢銀子，正要遞給果販，忽聽得身後一個女子的聲音說道：「給秤二十斤白米，一斤鹽，都放在這麻袋裏。」

黃蓉聽那女子話聲清脆明亮，側頭斜望，見是個黃衣道姑站在一家糧食店前買物。這道姑左手抱著個嬰兒，右手伸到懷中去取銀兩。嬰兒身上的襁褓是湖綠色的緞子，繡著一隻殷紅的小馬，正是黃蓉親手所製。

她一見到這襁褓，登時心頭大震，雙手發顫，右手拿著的那塊銀子落入了籮筐。這嬰兒若不是她親生女兒郭襄，卻又是誰？只見那道姑側過半邊臉來，容貌甚美，眉間眼角卻隱隱含有煞氣，腰間垂掛一根拂塵，自然便是江湖上大名鼎鼎的赤練仙子李莫愁了。黃蓉從未和這女魔頭會過面，但這般裝束相貌，除她之外更無別人。

黃蓉生下郭襄後，慌亂之際，模模糊糊的瞧過幾眼，這時忍不住細看女兒，只見她眉目嬌美，神姿秀麗，雖是個極幼的嬰兒，但已是個美人胎子無疑，又見她小臉兒紅紅的，長得甚是壯健。她兄弟郭破虜雖吃母乳，還不及她這般肥白可愛。黃蓉又驚又喜，忍不住要流下淚來。

李莫愁付了銀錢，取過麻袋，一手提了，便即出鎮。

黃蓉見事機緊迫，不及去招呼郭芙，心想：「襄兒既入她手，此人陰毒絕倫，若是強行搶奪，她必傷孩兒性命。」眼見她走出市梢，沿大路向西而行，於是不即不離的跟隨在後，又想：「她是過兒的師伯，雖聽說他們相互不睦，但芙兒傷了過兒手臂，他們古墓派和我郭家已結上了深仇。倘若過兒和龍姑娘都在前面相候，我以一敵三，萬難取勝，只有及早出手，方是上策。」眼見李莫愁折而向南，走進一座樹林，當下展開輕功，快步從樹旁繞了過去，趕在李莫愁的前頭，突然竄出，迎面攔住。

李莫愁忽見身前出現一個美貌少婦，當即立定。黃蓉笑道：「這位想必是赤練仙子李道長了，幸會幸會！」

李莫愁見她竄出時身法輕盈，實非平常之輩，又見她赤手空拳，腰帶間插著一根淡黃色竹杖，一轉念間，登時滿臉堆歡，放下麻袋，斂衽施禮，說道：「小妹久慕郭夫人大名，今日得見芳顏，實慰平生。」

當今武林之中，女流高手以黃蓉和李莫愁兩人聲名最響。清淨散人孫不二成名雖早，武功遠不及兩人。小龍女則年紀幼小，霍都王子終南山古墓敗歸，小龍女始為人知，大勝闗一戰，更是名揚天下，但畢竟為時未久。黃李二人一個是東邪黃藥師嬌女、大俠郭靖之妻、身任丐幫幫主二十餘年；另一個以拂塵、銀針、五毒神掌三絕技名滿天下，江湖上聞而喪膽。此時兩人初次見面，細看對方，均各暗自驚奇：「原來她竟是如此的一個美貌女子！」心下都嚴加提防，都想對方既享大名，必有真實本領。

黃蓉笑道：「道長之名，小妹一向是久仰的了。道長說話如何這般客氣？」李莫愁道：「郭夫人是天下第一大幫丐幫前任幫主，武林中羣倫之首，小妹真是相見恨晚。」兩人說了好些客套話。

黃蓉笑道：「道長懷抱的這個嬰兒，可愛得很啊，卻不知是誰家的孩兒？」李莫愁道：「說來慚愧，郭夫人可莫見笑。」黃蓉道：「不敢。」心想眼下說到正題了，一說翻便得動手，心中籌思方策，如何在動手之前先將女兒搶過，卻聽李莫愁道：「也是我古墓派師門不幸，小妹無德，不能教誨師妹，這孩兒是我龍師妹的私生女兒。」

黃蓉大奇：「龍姑娘沒有懷孕，怎會有私生女兒？這明明是我女兒，她當面謊言欺詐，是何用意？」她可不知李莫愁實非有心欺騙，只道這孩子真是楊過和小龍女所生。李莫愁心恨師父偏心，將古墓派的秘笈「玉女心經」單傳於小師妹，這時黃蓉問及，便乘機敗壞師妹的名聲。黃蓉道：「龍姑娘看來貞淑端莊，原來有這等事，那倒令人猜想不到了。卻不知這孩兒的父親是誰？」

李莫愁道：「這孩兒的父親麼？說起來更是氣人，卻是我師妹的徒兒楊過。」

黃蓉雖然善於作偽，這時卻也忍不住滿臉紅暈，心下大怒，暗道：「你把我女兒說成是龍姑娘私生，那也罷了，但說她父親乃是楊過，豈非當面辱我？」但這怒色只在臉上一閃而過，隨即平靜如常，說道：「胡鬧，胡鬧，太不成話了。可是這女孩兒卻真討人歡喜，李道長，給我抱抱。」說著從懷中取出一個蘋果，舉在孩子面前，口中啜啜作聲，逗那孩子，說道：「乖孩子，你的臉蛋兒可不像這蘋果麼？」

李莫愁自奪得郭襄後一直隱居深山，弄兒為樂，每日擠了豹乳餵飼嬰兒。她一生作惡多端，卻也不是天性歹毒，只是情場失意後憤世嫉俗，由惱恨傷痛而乖僻，更自乖僻變為狠戾殘暴。郭襄嬌美可愛，竟打動了她天生的母性，有時中夜自思，即使小龍女用「玉女心經」來換，也未必肯把郭襄交還。這時見黃蓉要抱孩子，便如做母親的聽到旁人稱讚自己孩兒一般，頗以為喜，笑吟吟的遞了過去。

黃蓉雙手剛要碰到郭襄的襁褓，臉上忍不住流露出愛憐備至的神色，這慈母之情，說甚麼也是難以掩飾。她對這幼女日夜思想，只恐她已死於非命，這時得能親手抱在懷中，如何不大喜若狂？

李莫愁斗見她神色有異，心中一動：「她如只是喜愛小兒，隨手抱她一抱，何必如此心神震盪？此中定然有詐。」猛地裏雙臂回收，右足點動，已向後躍出兩丈開外。她雙足落地，正要喝問，只見黃蓉已如影隨形般竄來。李莫愁將負在肩頭的麻袋一抖，袋中二十斤白米和一斤鹽齊向黃蓉劈面打去。

黃蓉縱身躍起，白米和鹽粒盡數從腳底飛過。李莫愁乘機又已縱後丈許，抽了拂塵在手，笑吟吟的道：「郭夫人，你要助楊過搶這孩兒麼？」黃蓉在這一竄一躍之間，已想到對方既已起疑，勢難智取，只有用力強奪，當下也是笑嘻嘻的道：「我不過見孩兒可愛，想要抱抱。你如此見外，未免太瞧人不起了。」

李莫愁道：「郭大俠夫婦威名震於江湖，小妹一直欽佩得緊，今日得見施展身手，果然名下無虛。小妹此刻有事，便此拜別。」她生怕郭靖便在左近，膽先怯了，交代了這幾句話，轉身便走。

黃蓉一躍上前，身在半空，已抽了竹棒在手。丐幫世傳的打狗棒她已傳給了魯有腳，現下隨身所攜的這條竹棒雖不如打狗棒堅韌，長短輕重卻是一般無異，只是色作淡黃，以示與打狗棒有別。她不待身子落地，竹棒已使「纏」字訣掠到了李莫愁背後。

李莫愁心想我和你無怨無仇，今日初次見面，我說話客客氣氣，有甚得罪你處，何以毫沒來由的便出兵刃打人？拂塵後揮，擋開竹棒，還了一招。

黃蓉的棒法快速無倫，六七招一過，李莫愁已感招架為難。她本身武功比之黃蓉原已稍遜，何況手抱孩兒，更是轉動不靈。黃蓉挪動身形，繞著她東轉西擋，竹棒抖動，頃刻間李莫愁已處下風。

又拆數招，李莫愁見她竹棒始終離開孩兒遠遠的，知她有所避忌，心想：「每次與人相鬥，倒是抱著孩兒的佔了便宜。」笑道：「郭夫人，你要考較小妹功夫，山高水長，儘有相見之日，何必定要今日過招？任誰一個失手，豈不傷了這可愛的孩兒？」

黃蓉心想：「她是當真不知這是我的女兒，還是裝假？可須得先試她出來。」說道：「為了這孩兒，我已讓了你十多招，你再不放下孩兒，我可不顧她死活了！」說著舉棒向她右腿點去。李莫愁揮拂塵一擋，黃蓉竹棒不待與拂塵相交，已然挑起，驀地戳向她左胸。這一戳又快又妙，棒端所指，正是郭襄小小的身體。

這一棒若是戳中了，便李莫愁也須受傷，郭襄受了更非立時喪命不可。黃蓉在這棒上控縱自如，棒端疾送，已點到了郭襄的襁褓，這一下看似險到了極處，但這打狗棒法在她手下使將出來，自是輕重遠近，不失分毫。李莫愁那知就裏，眼見危急，忙向右閃避，自身不免就此露了破綻，拍的一下，左脛骨已被竹棒掃中，險些絆倒，向旁連跨兩步，這才站定。她揮拂塵護住身前，轉過頭來，怒道：「郭夫人你枉有俠名，卻對這小小嬰兒也施辣手，豈不可卑？」

黃蓉見她這番惱怒並非佯裝，心下大喜，暗想：「你出力保護我的女兒，我偏要棒打親女，嚇你一跳。」微微一笑，說道：「道長既說這孩兒來歷不明，留在世上作甚？」說著縱身而前，舉棒疾攻，數招一過，郭襄又遇危險。她身在李莫愁懷中，顛簸起伏，甚不舒服，突然放聲大哭起來。黃蓉暗叫：「乖女莫驚！我要救你，只得如此。」她雖心中憐惜，出手卻越來越是凌厲，若非李莫愁奮力抗禦，看來招招都能制郭襄的死命。李莫愁心神不定，急退數步，舉拂塵護在郭襄身前，叫道：「郭夫人，你到底要怎地？」

黃蓉笑道：「當今女流英傑，武林中只稱李道長和小妹二人。此刻有緣相逢，何不一分高下？」她這幾棒毒打郭襄，已將李莫愁激得怒氣勃發，心想：「你丈夫若來，我還忌他三分，憑你也不過是個女子，難道我便真怕了你？」當下哼了一聲，道：「郭夫人有意賜教，正是求之不得。」黃蓉道：「你懷抱嬰兒，我勝之不武，還是將她擲下，咱倆憑真功夫過招玩玩。」

李莫愁心想抱著嬰兒決計非她敵手，施發毒針時也是諸多顧忌，心道：「江湖上多稱郭靖夫婦仁義過人，但瞧她對一個嬰兒也如此殘忍，可見傳聞言過其實。」遊目四顧，見東首幾株大樹之間生著一片長草，頗為柔軟，於是將郭襄抱去放在草上，輕輕拍了幾下，又哄了幾句，這才轉身說道：「請發招罷。」

黃蓉與她拆了這十餘招，知她武功比之自己也差不了多少，若此時將女兒搶在手中，她再上來纏鬥，自己稍有疏虞，只怕便傷了女兒，只有先將她打死打傷，再抱回女兒，方無後患，這女子作惡多端，百死不足以蔽其辜，想到此處，心中已動了殺機。

李莫愁平素下手狠辣，無所不用其極，以己之心度人，見黃蓉眼角不斷的向嬰兒一望一瞥，心想：「她若打我不過，便會向孩兒突下毒手，分我心神。」是以站在郭襄身前，不容對方走近。

在這頃刻之間，黃蓉心中已想了七八條計策，每一計均有機可制李莫愁死命，但也均不免危及郭襄，尋思：「瞧這女魔頭的神情，對我襄兒居然甚為愛惜，襄兒在她手中，縱然一時搶不回來，也無大礙，卻不可冒險輕進，反使襄兒遭難。」心念一轉，說道：「李道長，咱倆的武功相差不遠，非片刻之間可分勝負，相鬥之際若有虎狼之類出來吃了孩兒，豈不令人分心？不如先結果了這小鬼，咱們痛痛快快的打一架。」說著彎腰拾起一塊小石子，放在中指上一彈，呼的一聲，石子挾著破空之聲急向郭襄飛去。

這一彈是她家傳絕技「彈指神通」功夫，李莫愁曾見黃藥師露過，知道勁力非同小可，忙舉拂塵格開，喝道：「這小孩兒礙著你甚麼事了？何以幾次三番要害她性命？」

黃蓉暗暗好笑，其實這顆石子彈出去時力道雖急，她手指上卻早已使了迴力，李莫愁便算不救，石子一碰到郭襄的身子立時便會斜飛，決不會損傷到她絲毫，當即笑道：「你對這孩兒如此牽肚掛腸，旁人不知，還道……還道是你的……哈哈……」李莫愁怒道：「難道是我的孩……」說到這「孩」字，突然住口，臉上一紅，道：「是我甚麼？」黃蓉笑道：「你是道姑，自然不能有孩兒，旁人定要說這孩兒是你的妹子了。」李莫愁哼了一聲，也不以為意，卻不知黃蓉連口頭上也不肯吃半點虧，說郭襄是她妹子，便是說郭靖和自己是她父母，討她一個小小便宜，誰叫她適才說楊過是郭襄之父呢？

李莫愁道：「郭夫人這便請上罷！」黃蓉道：「你掛念著孩兒，動手時不能全神貫注，我縱然勝你，也無意味。這樣罷，我割些棘藤將她圍著，野獸便不能近前，咱倆再痛痛快快的打一架。」說著從腰間取出一柄金柄小佩刀，走到樹叢中割了許多生滿棘刺的長藤。

李莫愁嚴密監防，只怕黃蓉突然出手傷害孩子，只見她拉著棘藤，纏在孩子身周的幾株大樹之上，這麼野獸固然傷害不了孩子，而郭襄幼小，還不會翻身，也不會滾到棘刺上去。她心想：「江湖上稱道郭夫人多智，果然名不虛傳。」見黃蓉將棘藤纏了一道又是一道，在幾株大樹間東拉來，西扯去，密密層層的越纏越多，又見她臉帶詭笑，似乎不懷好意，心中不禁有些發毛，說道：「夠了！」

黃蓉道：「好，你說夠了，便夠了！李道長，你見過我爹爹，是麼？」李莫愁道：「是啊。」黃蓉道：「我曾聽楊過說，你寫過四句話譏嘲我爹爹，是不是？好像是甚麼『桃花島主，弟子眾多，以五敵一，貽笑江湖』！」

李莫愁心中一凜：「啊，我當真胡塗了，早就該想到此事。她今日跟我纏個沒了沒完，原來是為了這四句話。」冷冷的道：「當日他們五個人對付我一個人，原是實情。」黃蓉道：「今日咱們以一敵一，卻瞧是誰貽笑江湖？」李莫愁心頭火起，喝道：「你也休得忒也托大，桃花島的武功我見得多了，也不過如此而已，沒甚麼了不起。」

黃蓉冷笑道：「哼哼！莫說桃花島的武功，便算不是武功，你也未必對付得了。你有本事，便將那孩兒抱出來瞧瞧！」

李莫愁吃了一驚：「難道她已對孩兒施了毒手。」急忙縱身躍過一道棘藤，向左拐了個彎，見棘藤攔路，於是順勢向右轉內，耳聽得郭襄正自哇哇啼哭，稍覺放心，又向內轉了幾個彎，不知如何，竟然又轉到了棘藤之外。她大惑不解，明明是一路轉進，何以忽然轉到了藤外？當下不及細想，雙足點處，又向內躍去，只是地下棘藤一條條的橫七豎八，五花八門，一個不小心，嗤的一聲響，道袍的衣角給荊棘撕下了一塊。這麼一來，她不敢再行莽撞，待要瞧清楚如何落腳，突見黃蓉已站在棘藤之內，俯身抱起了孩兒。

她登時大驚失色，高聲叫道：「放下了孩兒！」眼見一條條棘藤之間足可側身通過，當即連續縱躍，跨過棘藤向黃蓉奔去，但這七八棵大樹方圓不過數丈，竟是可望而不可即，她這般縱躍奔跑，似左實右，似前實後，幾個轉身，又已到棘藤圈之外。只見黃蓉放下孩兒，東一轉，西一晃，輕巧自在的出了藤圈。

李莫愁猛地省悟，那晚與楊過、程英、陸無雙等為敵，他們在茅屋外堆了一個個土墩，自己竟爾無法正面攻入，這時黃蓉用棘藤所圍的，自也是桃花島的九宮八卦神術了。她微一沉吟，心念已決：「只有先打退敵人，然後把棘藤一條條自外而內的移去，再抱嬰兒。這時如莽撞亂闖，敵人佔了陣圖之利，自己非敗不可。」一擺拂塵，竄出數丈，反而離得棘藤遠遠的，凝神待敵，竟沒再將這回事放在心上。

黃蓉初時見她在棘藤圈中亂轉，正自暗喜，忽見她縱身躍開，卻也好生佩服：「這女魔頭拿得起，放得下，決斷好快。她得享大名，果非倖致，看來實是勁敵。」這時女兒已置於萬無一失之地，心中再無牽掛，揮竹棒使招「按狗低頭」，向李莫愁後頸捺落。李莫愁拂塵倒捲，纏向竹棒，刷的一聲，帚絲直向黃蓉面門擊來。兩人以快打快，各展精妙招數，頃刻間已拆了數十招。

李莫愁功力深厚，拂塵上招數變化精微，但對方的打狗棒法實在奧妙無比，她勉力抵擋得數十招，已可說是武林中罕有之事，眼見竹棒平平淡淡的一下打來，到得身前，方向部位斗然大異，自知再鬥下去，終將落敗。這竹棒看來似乎並非殺人利器，但周身三十六大穴只要被棒端戳中一處，無一不致人死命。李莫愁奮力再招架了幾棒，額頭已然見汗，拂塵在身前連揮數下，攻出兩招，足下疾向後退，說道：「郭夫人的棒法果然精妙，小妹甘拜下風。只是小妹有一事不解，卻要請教。」黃蓉道：「不敢！」

李莫愁道：「這竹棒棒法乃九指神丐的絕技，桃花島的武功倘然果真了得，郭夫人何以不學令尊的家傳本事，卻反而求諸外人？」黃蓉心想：「這人口齒好不厲害，她勝不了我的棒法，便想我捨長不用。」笑道：「你既知這棒法是九指神丐所傳，那麼也必知道棒法之名了。」李莫愁哼了一聲，眉間煞氣凝聚，卻不答話。黃蓉笑道：「棒號打狗，見狗便打，事所必至，豈有他哉？」

李莫愁見不能激得她捨棒用掌，若與她作口舌之爭，對方又伶牙俐齒，自己仍然是輸，將拂塵在腰間一插，冷笑道：「天下的叫化兒個個唱得慣蓮花落，果然連幫主也是貧嘴滑舌之徒，領教了！」說著大踏步走到林邊，在一個樹墩上一坐。

她這麼認輸走開，黃蓉本是求之不得，但見她坐著不走，心念一轉，已知其意，她實是捨不得襄兒，自己倘若去將女兒抱了出來，她必上來纏鬥，這一來強弱之勢倒轉，那便大大不利，看來不將此人打死打傷，女兒縱入自己掌握，仍是無法平平安安的抱回家去。當下左走三步，右搶四步，斜行迂迴，已搶到李莫愁身前，這幾步看似輕描淡寫，並無奇處，但中藏八卦變化，李莫愁不論向那一個方位縱躍，都不能逃離她的截阻，跟著右手輕抖，竹棒已點向李莫愁左肘。

李莫愁舉掌封格，喝道：「自陳玄風、梅超風一死，黃藥師果真已無傳人。」她這話一來譏刺黃蓉只有北丐所傳的打狗棒法可用，二來又恥笑黃藥師收徒不謹。

黃蓉的家傳「玉簫劍法」這時也已練得頗為精深，只是手中無劍，若是以棒作劍，兵刃不順，便未必能勝眼前這個強敵，當下微微一笑，說道：「我爹爹收了幾個不肖徒兒，果然不妙，卻那及得李道長和龍姑娘師姊妹同氣連枝，一般的端莊貞淑。」

李莫愁怒氣上衝，袖口一揮，兩枚冰魄銀針向黃蓉小腹激射過去。她雖然殺人不眨眼，手段毒辣無比，卻是個守身如玉的處女，她只道小龍女行止甚是不端，聽黃蓉竟將自己與師妹相提並論，大怒之下，一出手便是最陰狠的暗器。

黃蓉這時和她站得甚近，閃避不及，急忙迴轉竹棒，一一撥開。若不是她的打狗棒法已練到化境，撥得開一枚，第二枚實難擋過。兩枚銀針從她臉前兩寸之外飛掠而過，鼻中隱隱聞到一股藥氣，當真是險到了極處。黃蓉想起數年前愛鵰的一足被這冰魄銀針擦傷，醫治了六七個月毒性方始去盡，一凜之下，又見雙針迎面射來。

黃蓉向東斜閃，兩枚銀針挾著勁風從雙耳之旁越過，心想：「此處離襄兒太近，這毒針四下裏亂飛激射，萬一碰破她一點嫩皮，那可不得了！」當下疾奔向東，穿出林子。李莫愁隨後追來，認定她除了棒法神妙之外，其餘武功均不及自己，眼見她晃身出林，喝道：「未分勝敗，怎麼便走了？」黃蓉轉過身子，微微一笑。李莫愁道：「郭夫人，你擋我銀針，還是非用這竹棒不可麼？」說著搶上幾步。

黃蓉知道若不收起竹棒，她總是輸得心不甘服，將竹棒往腰間一插，笑道：「久聞李道長五毒神掌殺人無數，小妹便接你幾掌。」

李莫愁一怔，心道：「她明知我毒掌厲害，卻仍要和我比掌，如此有恃無恐，只怕有詐。」但想她掌法縱然神妙，怎及自己的神掌沾身即斃，雙掌一拍，內力已運至掌心，說道：「願領教桃花島的落英神劍掌妙技。」眼見黃蓉右掌輕飄飄的拍來，當下左掌往她掌心按去，右掌跟著往她肩頭擊落。這兩掌本已迅速沉猛，兼而有之，可是她右掌擊出之際，同時更發出兩枚銀針，射向黃蓉胸腹之間。這掌中夾針的陰毒招數，是她離師門後自行所創，對方正全神提防她的毒掌，那料得到她又會在如此近身之處突發暗器，不少武學名家便曾因此而喪生於毒針之下。

黃蓉縮回左掌，托向她右腕，化開了她右掌的撲擊，右手縮入懷中，似乎也要掏摸暗器還敬，但終於遲了一步，她右手剛從懷中伸出，銀針離她肋下已不及五寸，到此地步，縱有通天本領也已閃避不了。李莫愁心中大喜，只見銀針透衣而沒，射入了黃蓉身子。

黃蓉叫聲：「啊喲！」雙手捧肚，彎下腰去，隨即左掌拍出，擊向李莫愁胸口。這一掌還是來得真快，李莫愁叫道：「好！」上身後仰避開，雙掌齊出，也拍向黃蓉胸口。

她知黃蓉中了這兩枚銀針之後，毒性迅即發作，這一招只求將她推開，與自己離得遠遠的，她自會毒發而死。卻見黃蓉上身微微一動，並不招架，李莫愁心想：「她中針之後，全身已麻痺了。」雙掌剛沾上對方胸口衣襟，突然兩隻掌心都是一痛，似是擊中了甚麼尖針。

她大驚之下，急忙後躍，舉掌看時，只見每隻掌心都刺破了一孔，孔周帶著一圈黑血，顯是為自己的冰魄銀針所傷。她又驚又怒，不明緣由，卻見黃蓉從懷中取出兩隻蘋果，雙手各持一隻，笑吟吟的高高舉起，每隻蘋果上都刺著一枚銀針。李莫愁這才省悟，原來她懷中藏著蘋果，先前自己發射暗器，她並不撥打閃避，卻伸手入懷抓住蘋果，對準銀針的來路，收去了毒針，再誘使自己出掌擊在蘋果之上。

李莫愁本也是個絕頂聰明之人，但今日遇上了這個詭詐百出的對手，只有甘拜下風，忙伸手入懷去取解藥，卻聽得風聲颯然，黃蓉雙掌已攻向她的面門。

李莫愁舉左手一封，猛見黃蓉一隻雪白的手掌五指分開，拂向自己右手手肘的「小海穴」，五指形如蘭花，姿態曼妙難言。她心中一動：「莫非這是天下聞名的蘭花拂穴手？」右手來不及去取解藥，忙翻掌出懷，伸手往她手指上抓去。黃蓉右手縮回，左手化掌為指，又拂向她頸肩之交的「缺盆穴」。

李莫愁見她指化為掌，掌化為指，「落英神劍掌」與「蘭花拂穴手」交互為用，當真是掌來時如落英繽紛，指拂處若春蘭葳蕤，不但招招凌厲，而且丰姿端麗，不由得面若死灰，心道：「今日得見桃花島神技，委實大非尋常，莫說我掌上已然中毒，便是安健如常，也不是她對手。」她急於脫身，以便取服解藥，但黃蓉忽掌忽指，纏得她沒半分餘暇。那冰魄銀針的毒性何等厲害，若不是她日常使用，體質習於毒性，那麼這片時之間早已暈去了，但縱然如此，毒素自掌心逐步上行，只要行到心窩之間，終於也要不治。

黃蓉見她臉色蒼白，出招越來越是軟弱，知道只要再纏得少時，她便要支持不住，心想這女魔頭作惡多端，今日斃於她自己的毒針之下，正好替武氏兄弟報了殺母之仇，當下步步進逼，手下毫不放鬆，同時守緊門戶，防她臨死之際突施反噬。

李莫愁先覺下臂酸麻，漸漸麻到了手肘，再拆數招，已麻到了腋窩，這時雙臂僵直，已然不聽使喚，只得叫道：「且慢！」一向旁搶開兩步，慘然道：「郭夫人，我平素殺人如麻，早就沒想能活到今日。鬥智鬥力，我都遠不如你，死在你的手下，實所甘服，但我斗膽求你一件事。」黃蓉道：「甚麼事？」雙眼不轉瞬的瞪著她，防她施緩兵之計，伸手去取解藥，然見她雙臂下垂，已然彎不過來，聽她說道：「我和師妹向來不睦，但那孩兒實在可愛，求你大發善心，好好照料，別傷了她的小命。」

黃蓉聽她這幾句話說得極是誠懇，不禁心中一動：「這魔頭積惡如山，臨死之際居然能真心愛我的女兒。」說道：「這女孩兒的父母並非尋常之輩，若是讓她留在世上，不免使我一世操心，辛苦百端……」李莫愁怎聽得出她言中之意，求道：「望你高抬貴手……」

黃蓉要再試她一試，走近前去，揮指先拂了她的穴道，從她懷中取出一個藥瓶，問道：「這是你毒針的解藥麼？」李莫愁道：「是！」黃蓉道：「我不能兩個人都饒了，若要我救你，須得殺那女孩兒。倘你自甘就死，我便饒那孩兒。」

李莫愁萬想不到竟然尚有活命之機，只是叫黃蓉殺那女孩固然說不出口，以自己性命換得女孩活命，卻也不願，只見黃蓉從小瓶中倒出一粒解藥，兩根手指拈住了輕輕晃動，只等自己回答，顫聲道：「我……我……」

黃蓉心想：「她遲疑了這麼久，實已不易。不管她如何回答，單憑這一念之善，我便須饒她一命。她滿身血債，將來自有人找她報仇。」於是攔住她話頭，笑道：「李道長，多謝你對我襄兒如此關懷。」

李莫愁愕然道：「甚麼？」黃蓉笑道：「這女孩兒姓郭名襄，是郭靖郭爺和我的女兒，生下不久便落入了龍姑娘手中，不知你怎地竟會起了這個誤會。承你養育多日，小妹感謝不盡。」說著斂衽行了一禮，將一粒解藥塞入她的口中，問道：「夠了麼？」李莫愁茫然道：「我中毒已深，須得連服三粒。」黃蓉道：「好！」又餵了她兩粒，心想這解藥或有後用，卻不還她，將藥瓶放入了懷中，笑道：「三個時辰之後，你穴道自解。」

她快步回入樹林，心想：「躭擱了這多時，不知芙兒走了沒有？若能讓她姊妹倆見上一面，大是佳事。」轉入棘藤圈中，一瞥之下，不由得如入冰窖，全身都涼了。

那棘藤圈絲毫無異，郭襄卻已影蹤不見。黃蓉心中怦怦亂跳，饒是她智計無雙，這時也慌得沒做手腳處。她定了定神，心道：「莫慌，莫慌，我和李莫愁出林相鬥，並無多時，襄兒給人抱去，定走不遠。」攀到林中最高一株樹上四下眺望。襄陽城郊地勢平坦，這一眼望去足足有十餘里，竟沒見到絲毫可疑的事物，此時蒙古大軍甫退，路上絕無行人，只要有一人一騎走動，雖遠必見。

黃蓉心想：「此人既未遠去，必在近處。」於是細尋棘藤圈附近有無留下足印之類。只見一條條棘藤絕無曾被碰動搬移之跡，決非甚麼野獸衝入將孩兒啣去，尋思：「我這些棘藤按九宮八卦方位而布，那是我爹爹自創的奇門之術，世上除桃花島弟子之外，再也無人識得，雖是金輪法王這等才智之士，也不能在這棘藤之間來去自如，難道竟是爹爹到了？……啊喲，不好！」

猛地想起，數月前與金輪法王邂逅相遇，危急中布下亂石陣抵擋，當時楊過來救，曾將陣法的大要說了給他知曉，此人聰明無比，舉一反三，雖不能就此精通奇門之術，但棘藤匆匆布就，破解並不甚難。她一想到楊過，腦中一暈，不由得更增了幾分憂心，暗道：「芙兒斷他一臂，他和我郭家更是結下了深仇，襄兒落入此人手中，這條小命算是完啦。他也不用下手相害，只須隨手將她在荒野中一抛，這嬰兒那裏還有命在？」想起這女孩兒出世沒有幾天，便如此的多災多難，竟怔怔的掉下淚來。

但她多歷變故，才智絕倫，又豈是徒自傷心的尋常女子？微一沉吟，隨即擦乾眼淚，追尋楊過的去路。但說也奇怪，附近竟找不出他半個足印，心下大奇：「他便是輕功練到了絕頂，這軟泥之上也必會有淺淺的足印，難道他竟是在空中飛行的麼？」

她這一下猜測果然不錯，郭襄確是給楊過抱去的，而他出入棘圈，確也是從空飛行來去。

那天晚間楊過在窗外見黃蓉點了郭靖穴道，放走女兒，他便從原路出城，遠遠跟隨，心道：「郭伯母，你女兒欠我一條臂膀，你丈夫斬不了，便讓我來斬。你在明，我在暗，你想永世保住女兒這條右臂，只怕也不怎麼容易。」

黃蓉與女兒分離在即，心中難過，沒留意到身後有人跟蹤。此後她在小市鎮上與李莫愁相遇、兩人相鬥等情，楊過在林外都瞧得清清楚楚。待得兩人出林，他便躍上高樹，扯了三條長藤併在一起，一端縛在樹上，另一端左手拉住了，自空縱入棘圈，雙足挾住郭襄腰間，左手使勁一扯，身子便已盪出棘圈。眼見黃蓉與李莫愁兀自在掌來指往的相鬥，便在樹梢上縱躍出林，落地後奔跑更速，片刻間回到了市鎮。只見郭芙站在街頭，牽著小紅馬東張西望，等候母親回來，楊過雙足一點，身子從丈許外遠處躍上了紅馬。

郭芙吃了一驚，回過頭來，見騎在馬背的竟是楊過，心中騰的一跳，「啊」的一聲叫了出來，急忙拔劍在手。小龍女的淑女劍雖利，她自是不願使用，手中所持，仍是常用的那柄利劍。

楊過見她臉色蒼白，目光中盡是懼色，他此時若要斬斷她右臂，實是易如反掌，但事到臨頭，竟然下不了手，哼的一聲，揮出右臂，空袖子已裹住了她長劍，向外甩出。郭芙那裏還拿揑得住，長劍脫手，直撞向牆角。楊過左手搶過馬韁，雙腿一夾，小紅馬向前急衝，絕塵而去。郭芙只嚇得手足酸軟，慢慢走到牆角拾起長劍，劍身在牆角上猛力碰撞，竟已彎得便如一把曲尺。

以柔物施展剛勁，原是古墓派武功的精要所在，李莫愁使拂塵、小龍女使綢帶，皆是這門功夫。楊過此時內勁既強，袖子一拂，實不下於鋼鞭巨杵之撞擊。

楊過抱了郭襄，騎著汗血寶馬向北疾馳，不多時便已掠過襄陽，奔行了數十里，因此黃蓉雖攀上樹頂極目遠眺，卻瞧不見他的蹤影。

楊過騎在馬上，眼見道旁樹木如飛般向後倒退，俯首看看懷中的郭襄，見她睡得正沉，一張小臉秀美嬌嫩，心道：「郭伯伯、郭伯母這個小女兒，我總是不還他們了，也算報了我這斷臂之仇。他們這時心中的難過懊喪，只怕尤勝於我。」奔了一陣，轉念又想：「楊過啊楊過，是不是你天生的風流性兒作祟，見了郭芙這美貌少女，天大的仇怨也拋到了腦後？倘若斬斷你手臂的是個男人，你今日難道也肯饒了他？」想了半日，只好搖頭苦笑。他對自己激烈易變的性格非但管制不住，甚且自己也難以明白。

行出二百里後，沿途漸有人煙，一路上向農家討些羊乳牛乳餵郭襄吃了，決意回古墓去找小龍女，不數日間已到了終南山下。

回塵舊事，感慨無已，縱馬上山，覓路來到古墓之前。「活死人墓」的大石碑巍然聳立，與前無異，墓門卻已在李莫愁攻入時封閉，若要進墓，只有鑽過水溪及地底潛流，從密道進去。憑他這時內功修為，穿越密道自是絕不費力，然而如何處置郭襄卻大為躊躇，這小小嬰兒一入水底，必死無疑，但想到小龍女多半便在墓中，進去即可與她相見，那裏還能按捺得住？於是從口袋裏取些餅餌嚼得爛了，餵了郭襄幾口，在古墓旁找了個山洞，將她放在洞內，拔些荊棘柴草堆在洞口，心想不論在墓中是否能與小龍女相見，都要立即回出，設法安置嬰兒。

堆好荊棘，繞過古墓向後走去，忽聽得遠處隱隱有兵刃相交之聲，瞧方向正是重陽宮的所在，微一遲疑間，突見一隻銀色輪子發出嗚嗚聲響，激飛上天，正是金輪法王的兵刃。他好奇心起，循聲趕到重陽宮後玉虛洞前，便在此時，小龍女身受全真五子一招「七星聚會」和金輪法王輪子的前後夾擊，身受重傷。

楊過若是早到片刻，便能救得此厄。但天道不測，世事難言，一切豈能盡如人意？人世間悲歡離合，禍福榮辱，往往便只差於毫釐之間！

全真五子乍見楊過到來，均知此事糾葛更多。丘處機大聲道：「我重陽宮清修之地，今日各位來此騷擾，卻是為何？」王處一更是怒容滿面，喝道：「龍姑娘，你古墓派和我全真教雖有樑子，雙方自行了斷便是，何以約了西域胡人、諸般邪魔外道，害死我這許多教下弟子？」小龍女重傷之餘，那裏還能分辯是非、和他們作口舌之爭？全真教下諸弟子見她劍刺尹志平，又傷趙志敬，不論是尹派趙派，盡數拿她當作敵人，當此紛擾之際，更是無人出來說明真相。

楊過伸左臂輕輕扶著小龍女的腰，柔聲道：「姑姑，我和你回古墓去，別理會這些人啦！」小龍女道：「你的手臂還痛不痛？」楊過笑著搖了搖頭，道：「早就好啦。」小龍女道：「你身上情花的毒沒發作麼？」楊過道：「有時發作幾次，也不怎麼厲害。」

趙志敬自給小龍女刺傷之後，一直躲在後面，不敢出頭，待見全真五子破關而出，心知眾師長查究起來，自己掌教之位固然落空，還得身受嚴刑。他本來也不過是生性暴躁，器量褊狹，原非大奸大惡之人，只是自忖武功於第三代弟子中算得第一，這掌教之位卻落於尹志平身上，心下憤憤不平，就此一念之差，終於陷溺日深，不可自拔。此時暗想眼下的局面決不能任其寧定，只有攪他個天翻地覆，五位師長是非難分，方有從中取巧之機，如能假手於金輪法王和一眾蒙古武士將全真五子除了，更是一勞永逸；眼見楊過失了右臂，左手又扶著小龍女，幾乎已成束手待斃的情勢，他生平最憎恨之人，便是這個叛門辱師的弟子，這時有此良機，那肯放過？向身旁的鹿清篤使了個眼色，大聲喝道：「逆徒楊過，兩位祖師爺跟你說話，你不跪下磕頭，竟敢倨傲不理？」

楊過回頭來，眼光中充滿了怨毒，心道：「姑姑傷在你全真教一班臭道士之下，今日暫且不理，日後再來跟你們算帳。」向羣道狠狠的掃了一眼，扶著小龍女，移步便行。

趙志敬喝道：「上罷！」與鹿清篤兩人雙劍齊出，向楊過右脅刺去。趙志敬先前雖然身遭劍刺，但傷勢不重，這一劍刺向楊過斷臂之處，看準了他不能還手，劍挾勁風，實是使上了畢生的修為勁力。

丘處機雖不滿楊過狂妄任性，目無尊長，但想起郭靖的重託，又想起和他父親楊康昔日的師徒之情，喝道：「志敬，劍下留情！」

那一邊馬光佐更高聲叫罵起來：「牛鼻子要臉麼？刺人家的斷臂！」他和楊過最合得來，眼見他遇險，便要衝上來解救，苦於相距過遠，出手不及。

突見灰影一閃，鹿清篤那高大肥胖的身子飛將起來，哇哇大叫，砰的一聲，正好撞在尼摩星身上。憑著尼摩星的武功，這一下雖是出其不意，也決不能撞得著他，但他雙腿斷了，兩隻手都撐著拐杖，既不能伸手推擋，縱躍閃避又不靈便，登時撞個正著，仰天一交摔倒。尼摩星背脊在地下一靠，立即彈起，一拐杖打在鹿清篤背上，登時將他打得暈了過去。

這一邊楊過卻已伸右足踏住了趙志敬的長劍，趙志敬用力抽拔，臉孔脹得通紅，長劍竟是紋絲不動。

原來當雙劍刺到之時，楊過右手空袖猛地拂起，一股巨力將鹿清篤摔了出去。趙志敬斗然感到袖力沉猛，忙使個「千斤墜」，身子牢牢定住。但這一來，長劍勢須低垂，楊過起腳下落，已將劍刃踏在足底。他在山洪之中練劍，水力雖強亦衝他不倒，這時一足踏定，當真是如嶽之鎮，趙志敬猛力拔奪，那裏奪得出分毫？

楊過冷冷的道：「趙道長，當時在大勝關郭大俠跟前，你已明言非我之師，今日何以又提師承之說？也罷，瞧在從前叫過你幾聲師父的份上，讓你去罷！」說完這句話，右足絲毫不動，足底的勁力卻突然間消除得無影無蹤。

趙志敬正運強力向後拉奪，手中猛地一空，長劍急回，嘭的一響，劍柄重重撞在胸口，正與他猛力以劍柄擊打自己無疑。這一擊若是敵人運勁打來，他即使抵擋不住，也必以內力相抗，現下自行撞擊，那是半點也無抗力，但覺胸口劇痛，一口鮮血噴將出來，眼前一黑，仰天跌倒。

王處一和劉處玄雙劍出鞘，分自左右刺向楊過，突然一個人影自斜刺裏衝至，噹的一聲，兩柄長劍盪了開去。這人正是尼摩星，他給鹿清篤撞得摔了一交，雖然打倒鹿清篤，但心頭惡氣未出。推尋原由，全是楊過之故，當下掄杖躍到，左手拐杖架開了王劉二道長劍，右手拐杖便向楊過和小龍女頭頂猛擊下去。

楊過心知尼摩星的武功了得，單用一隻空袖，只怕拂不開他剛柔並濟的一擊，這時小龍女全身無力，正軟軟的靠在他身上，於是身子左斜，右手空袖橫揮，捲住了小龍女的纖腰，讓她靠在自己前胸右側，左手抽出背負的玄鐵重劍，順手揮出。噗的一聲，響聲又沉又悶，便如木棍擊打敗革，尼摩星右手虎口爆裂，一條黑影衝天而起，卻是鐵杖向上激飛。這鐵杖也有十來斤重，向天空竟高飛二十餘丈，直落到了玉虛洞山後。

楊過首次以劍魔獨孤求敗的重劍臨敵，竟有如斯威力，也不禁暗自駭然。

尼摩星半邊身子酸麻，一條右臂震得全無知覺，但他生性悍勇無比，大吼一聲，左手鐵杖在地下一撐，躍高丈餘，跟著劈了下來。楊過心想我劍上剛力已然試過，再來試試柔力，重劍劍尖抖處，已將鐵拐黏住，這時只要內力吐出，便能將尼摩星擲出數丈之外，若是摔向山壁，更非撞得他筋斷骨折不可。他見小龍女如此傷重，滿心怨苦，這一下出手原是決不容情。正當臂上內力將吐未吐之際，只見尼摩星身在半空，雙腿齊膝斷絕，猛想起自己也斷了一臂，不禁起了同病相憐之意，當下重劍不向上揚，反手下壓，那鐵拐筆直向下戳落，塵土飛揚，大半截戳入了土內。

尼摩星握著鐵拐，想要運勁拔起，但右臂經那重劍一黏一壓，竟如被人點了穴道一般，半點使不出勁來。楊過道：「今日饒你一命，快快回天竺去罷。」尼摩星臉如死灰，僵在當地，說不出話來。

瀟湘子和尹克西雖見變出意外，卻那猜得到在這一個多月之內楊過已是功力大進，還道尼摩星斷腿後變得極不濟事。尹克西搶上幾步，拔起鐵拐，遞在尼摩星手中。尼摩星接了，在地下一撐，想要遠躍離開，豈知手臂麻軟未復，一撐之下，竟然咕咚摔倒。

瀟湘子向來幸災樂禍，只要旁人倒霉，不論是友是敵，都覺歡喜，心想：「天竺矮子向來好生自負，對我不服，這就可算是完了。眼下高手畢集，快搶先擒了楊過，那正是揚名立威的良機。」縱身而出，喝道：「楊過小子，數次壞了王爺大事，快隨老子走罷！」

楊過心想：「姑姑傷重，須得及早救治，偏生眼前強敵甚多，不下殺手，難以脫身。」低聲問小龍女道：「痛得厲害嗎？」小龍女道：「你抱著我，我……我好歡喜。」

楊過抬起頭來，向瀟湘子道：「上罷！」玄鐵劍指向他腰間，劍頭離他身子約有二尺，穩穩平持。瀟湘子見這劍粗大黝黑，鈍頭無鋒，倒似是一條頑鐵，心想：「這小子劍法迅捷，靈動變幻，果然了得，可是拿了這根鐵條，劍法再快也必有限。」說道：「那兒去撿來了這根通火棒兒？」說著便揮純鋼哭喪棒往重劍上擊去。

楊過持劍不動，內勁傳到劍上，只聽得噗的一聲悶響，劍棒相交，哭喪棒登時斷成七八截，四下飛散。瀟湘子大叫：「不好！」向後急退。楊過玄鐵劍伸出，左擊一劍，右擊一劍，瀟湘子雙臂齊折。

楊過連敗鹿清篤、趙志敬、尼摩星三人，玉虛洞前眾人已是羣情聳動，這次他身不動，臂不抬，純以內力震斷瀟湘子的兵刃，眾人更是不明所以，相顧駭然，均想：「這人的武功當真邪門！」

尹克西是西域大賈，善於鑒別寶物，眼見楊過以重劍震飛尼摩星的鐵拐，已然暗暗吃驚：「此劍如此威猛，大非尋常，劍身深黑之中隱隱透出紅光，莫非竟是以玄鐵製成？這玄鐵乃天下至寶，便是要得一兩也是絕難，尋常刀槍劍戟之中，只要加入半兩數錢，凡鐵立成利器。他卻從那裏覓得這許多玄鐵？再說，這劍倘若真是通體玄鐵，豈非重達四五十斤，又如何使得靈便？」其實這劍共重八八六十四斤，若非如此沉重，楊過內力雖強，也不能發出如許威力。待見瀟湘子的哭喪棒斷得七零八落，尹克西更知此劍定是神品。他為人尚無重大過惡，只是自小便做珠寶買賣，一見奇珍異寶，心中便是奇癢難搔，或買或騙，或搶或偷，說甚麼也要得之而後快。這時見了楊過的重劍，貪念大熾，當即縱身而出，金龍鞭一抖，便往他劍上捲去。

楊過與他在絕情谷同進同出，見他成日笑嘻嘻的甚是隨和客氣，對他一直不存敵意，眼見金龍鞭捲到，鞭上珠光寶氣，鑲滿了寶石、金剛鑽、白玉之屬，當下讓玄鐵劍由他軟鞭捲住，說道：「尹兄，我和你素無過節，快快撤鞭讓路。你這條軟鞭上寶貝不少，損壞了有些可惜。」尹克西笑道：「是麼？」運勁便奪，楊過端凝屹立，卻那裏撼動得他分毫？

這時尹克西站得近了，看得分明，這劍果是玄鐵所鑄，金剛鑽是天下至堅之物，不論與任何硬物相擦，均能劃破對方而己身無損，但金龍鞭鞭梢所鑲的大鑽在玄鐵劍上劃過，劍身竟連細紋也不起一條。心頭火熱，知道對方武功厲害，若非出奇制勝，難奪此劍，便笑嘻嘻的道：「楊兄功夫精進若斯，可喜可賀，小弟甘拜下風。」口中說著客套話，左腕一翻，突然寒光閃動，左手中已多了一柄匕首，猛地探臂，向小龍女胸口直扎過去。

他這一下倒也不是想傷小龍女性命，只是知道楊過對小龍女情切關懷，見她有難，定然捨命救援，那麼自己聲東擊西，便能奪到了寶劍。楊過見狀，果然一驚。尹克西喝道：「撒劍！」全身之力都運到右臂之上，拉鞭奪劍。

他這一聲：「撒劍！」楊過當真依言撒手，挺劍送出。劍長匕短，重劍隔在三人之間，匕首便扎不到小龍女身上。但楊過情急之下，力道使得極猛，連劍帶鞭的直撞了過去。尹克西明知此劍甚重，早有提防，卻萬想不到來勢竟是如此猛烈，眼見閃避不及，急運內力，雙掌疾推，砰的一聲猛響，登時連退了五六步，才勉強拿樁站定，臉如金紙，嘴角邊雖猶帶笑容，卻是悽慘之意遠勝於歡愉，頃刻間只感五臟六腑都似翻轉了，站在當地，既不敢運氣，也不敢移動半步，便如僵了一般。

楊過走近身去，伸手接過玄鐵劍，輕輕一抖，只聽得丁丁東東一陣響過，陽光照射之下，寶光耀眼，金銀珠寶散了滿地，一條鑲滿珠寶的金龍軟鞭已震成碎塊。

楊過叫道：「金輪法王，咱們的帳是今日算呢，還是留待異日？」

金輪法王見他連敗尼摩星、瀟湘子、尹克西三大高手，都是一招之間便傷了對手，這少年何以武功大進，實是不可思議。自己上前動手，雖決不致如那三人這般不濟，但要取勝，只怕也是不易，可是此刻各路英雄聚會，給他一嚇便走，顏面何存？心想：「他斷了一臂，左手雖然厲害，右側定有破綻，我專向他右邊攻擊，韌戰久鬥。他顧著小龍女的傷勢，時候拖長了，心神定然不寧。」於是整一整袍袖，金銀銅鐵鉛五輪一齊拿在手中，心知今日這一戰實是生死榮辱的關頭，絲毫大意不得，神色之間卻仍似漫不在乎，緩步而出，笑道：「楊兄弟，恭喜你又有異遇，得了這柄威猛絕倫的神劍啊！你這件希奇古怪的法寶，只怕老衲也對付不了。」他既無勝算，便先行自留地步，極力讚譽玄鐵重劍，要令旁人覺得，這少年不過運氣好，得了一件神異的兵刃而已。

小龍女偎倚在楊過懷中，迷迷糊糊間見金輪法王持輪而上，心想憑楊過一人之力，決計敵他不過，低聲道：「過兒，你給我找一把劍，咱們……咱們……一起……一起使玉女素心劍法除他。」楊過胸口一酸，低聲道：「姑姑你放心，過兒一人對付得了。」小龍女向左挪移，要儘量遮在楊過身前，替他多擋些災難。楊過又是感激，又是歡喜，大聲道：「姑姑，咱倆今日一起力戰羣魔，人生至此，更無餘憾。」玄鐵劍向前直指。

法王不敢與他正面力拚，縱躍退後，立時嗚嗚聲響，一隻灰撲撲的鉛輪飛擲過去。楊過舉劍便削，鉛輪卻繞過他身後，回向法王，這一下竟沒削中。只聽得嗚嗚、嗡嗡、轟轟之聲大作，金光閃閃，銀光爍爍，五隻輪子從五個不同方位飛襲過來。

楊過生怕牽動小龍女的傷勢，凝立不動。法王五輪齊出，只是佯攻，旨在試探，五輪在二人身旁繞了個圈子，重行飛回。他見楊過並不舉劍追擊，已明其意，心下暗喜：「你不敢移動身子，加重小龍女傷勢，處境之劣，無以復加。我縱躍遠攻，已立於不敗之地。」對方既斷一臂，又要保護傷者，按照法王的身分原不能如此相鬥，但他知道今日良機再難相逢，小龍女若是傷愈，他二人聯手固是對付不了，便算小龍女重傷而死，楊過少了牽制，自己也未必能是敵手，只有今日乘勢一舉而斃，方無後患，至於是否公平，卻顧不得這許多了。

這情勢旁觀眾人也能瞧得明白，都覺法王太也不夠光明。馬光佐大叫：「大和尚，你是英雄，還是混蛋？」

法王只作沒聽見，五輪連續擲出，連續飛回，仍是繞著楊過和小龍女兜個圈子，又伸手接住。五隻輪子忽高忽低，或正或斜，所發聲音也是有輕有響，旁觀眾人均給擾得眼花繚亂，心神不定。突然之間，馬光佐「啊」的一聲大呼，卻是銅輪斜裏飛來，猛地轉彎，從他頭頂掠過，將他頭皮削去了一片，頭皮連著一叢頭髮，血淋淋的掉在地下。馬光佐捧頭大罵，卻也不敢撲上去廝打。

楊過眼見小龍女傷重，多挨得一刻，便少了一分救治機會，心中暗暗焦急。法王叫道：「小心了！」驀然間五輪歸一，並排向二人撞去，勢若五牛衝陣。楊過全身勁力也都貫到了左臂之上，劍尖顫動，噹噹噹三響，挑開了金銅鐵三輪，跟著揮劍下擊。眾人眼前一耀，地下灰塵騰起，銀輪和鉛輪都已從中劈開，掉在地下。

法王大聲酣呼，飛步搶上，左手在銅輪上一撥，抓住金鐵兩輪，向楊過頭頂猛砸。楊過逕不招架，玄鐵劍當胸疾刺，劍長輪短，輪子尚未砸到楊過頭頂，劍頭距法王胸口已不到半尺。法王立時後退，上前固然迅疾，退後也是快速無倫，也不見他如何跨步，已向左後側斜退數尺，在這倏忽之間直趨斜退，確是武林中罕見的功夫。旁觀眾人目眩神馳，忍不住大聲喝采：「好！」

玄鐵劍一送即收，楊過迴劍向後，噹的一響，已將背後襲來的銅輪劈為兩半，銅輪尚未分開落地，劍鋒橫揮，兩半片銅輪從中截斷，分為四塊。玄鐵劍雖然劍刃無鋒，但他運上內力，竟是無堅不摧。眾人見了法王的絕頂輕功，還喝得出一聲采，待見到他這神劍奇威，都是驚得寂然無聲。

霎時之間，法王的輪子五毀其三，但他全不氣餒，舞動金鐵雙輪，奮勇搶攻。楊過挺劍刺出，法王側身拗步，避劍還輪，這時輪子不再脫手，雖然無法遠攻，卻比遙擲堅實得多。只見他繞著楊龍二人，左攻右拒，縱躍酣鬥，雙輪跳盪靈動，嗚嗚響聲不絕。楊過的玄鐵劍卻似使得頗為澀滯。但不論法王如何變招，始終欺不近楊龍二人三步之內。堪堪鬥了四五十招，法王雙輪歸一，合併了向小龍女砸去。楊過玄鐵劍刺出，嗒的一聲輕響，已抵在金輪邊上，兩股內力自兩件兵刃上傳了出來，互相激盪，霎時之間兩人僵持不動。

楊過只覺對方衝撞而來的勁力綿綿不絕，越來越強，暗自駭異：「此人內力竟然如此深厚。」又想：「既至互拚內力，玄鐵劍上的威勢便無法施展，這賊禿練功時日久長，功力深厚，為時一久，必佔上風。且引他近身，用袖子出其不意的拂他面門。」於是左臂緩緩退縮，兩人原本相距五尺有餘，漸漸的相距五尺而四尺半，四尺半而四尺。

法王的弟子達爾巴和霍都一直守在師父身旁，眼見師父漸佔優勢，心中大喜，向前走近幾步。達爾巴關懷師父的安危，又盼師父別傷了轉世投胎的「大師兄」。霍都卻是想暗算楊過。他揮動摺扇，似是取涼，其實要俟機發射扇中暗器。

丘處機與王處一見他目光閃爍的緩步上前，便知他要出手助師，二人對望一眼，均想：「楊過雖與我教為敵，但大丈夫光明磊落，是輸是贏，當憑真實本事取決。終南山豈容奸徒猖狂？」兩人各挺長劍，踏上一步，一齊瞪住了霍都。丘王二道這時鬚髮俱白，但久習玄功，滿面紅光，兩柄長劍青光如虹，自有一股凜凜之威，鎮懾得霍都不敢妄動。

這時楊過左臂漸漸縮後，相距法王已不過三尺，心想：「這和尚只要再向前半尺，我右手袖子拂將出去，雖不能制他死命，也要打得他頭昏眼花。」法王見他右肩忽然微動，已知其意，心想：「你手臂雖斷，衣袖尚在，勁力運將上去，也是一件如同軟鞭般的利器。我將計就計，拚著受你這一拂，當你揮袖之時，左臂力道必減，那時我乘勢全力猛攻，卻要你身受重傷。」

小龍女靠在楊過身上，一直迷迷糊糊，楊過催動內力，血行加速，全身越來越熱。小龍女覺到他臉上發出熱氣，睜開眼來，見他額角滲出汗珠，於是伸袖輕輕抹拭，替他抹了幾下，見他神色鄭重，雙目向前直視，便順著他目光轉頭瞧去，不禁一驚，原來法王一對銅鈴般的眼睛睜得大大的，就在面前。但見這雙眼中兇光畢露，忙閉上眼睛，待得再次睜開，法王的眼睛又近了些。小龍女與意中人相偎相倚，偏有這麼一雙惡狠狠的眼睛在旁瞪視，實在討厭。她這時沒想到法王正與楊過拚鬥，只知這和尚是個大惡人，又不願他在這時來打擾自己甜蜜的時光，當下伸手入懷，取出一枚玉蜂金針，緩緩往法王的左眼中刺去。

別說金針之上餵有劇毒，便是一枚平常的繡花針刺入了眼珠，眼睛也是立瞎。總算小龍女這時只要這對討厭的大眼移開，沒想到發射暗器，而重傷之餘，伸手出去時也是軟弱無力，去勢甚是緩慢。

但法王和楊過正自僵持，已至十分緊急的當口，任誰稍有移動，都要立吃大虧。小龍女那金針緩緩刺將過去，法王竟是半點也抗拒不得。眼見金針越移越近，自兩尺而一尺，自一尺而半尺，法王大叫一聲，雙輪向前力送，一個觔斗向後翻出，可是玄鐵劍上那股威猛之極的勁力畢竟還是不能盡數卸去。他剛站定腳步，身子一晃，便坐倒在地。達爾巴和霍都齊叫：「師父！」搶上去伸手相扶。

楊過連劈兩劍，將金輪鐵輪又劈成兩半，跟著踏上兩步，揮劍向法王頭頂斬落。法王岔了內息，惟覺鬱悶欲死，委頓在地，全無抗拒之力。達爾巴舉起黃金杵，霍都舉起鋼扇，一齊架住玄鐵劍。但這一劍斬下來力道奇猛，達爾巴和霍都兩人同時雙膝一軟，支撐不住，跪倒在地，但仍是挺著兵刃，死命撐住。

玄鐵劍上勁力愈來愈強，達爾巴和霍都只覺腰背如欲斷折，全身骨節格格作響。霍都道：「師哥，你獨力支撐片刻，小弟先將師父救開，再來助你。」本來兩人合力便已然抵擋不住，單下達爾巴一人，怎擋得住這重劍的威力？但他捨命護師，叫道：「好！」奮力將黃金杵往上挺舉。

他兩人說的都是藏語，楊過不明其意，只覺杵上勁力暴增，待要運力下壓，霍都已縱身躍開。

豈知霍都全不是設法相救師父，只是自謀脫身，叫道：「師哥，小弟回藏邊勤練武功，十年後定要找上這姓楊的小子，跟師父和你報仇！」說著轉身急躍，飛也似的去了。

達爾巴受了師弟之欺，怒不可遏，又想起楊過是大師兄轉世，何以對師父如此無情無義？大聲道：「大師哥，你饒小弟一命，待我救回師父，找那狼心狗肺的師弟來碎屍萬段，然後自行投上，任憑大師哥處置。那時要殺要剮，小弟決不敢皺一皺眉頭。」

楊過聽他嘰哩咕嚕的說了一大篇，自然不懂，但霍都臨危逃命，此人對師忠義，卻也瞧得明白，眼見他神色慷慨，也敬重他是條漢子，微一側頭，見小龍女雙眼柔情無限的望著自己。霎時之間，一切殺人報仇之念都拋到了九霄雲外，只覺世間所有恩恩怨怨，全都算不了甚麼，當下玄鐵劍一抬，說道：「你去罷！」

達爾巴站起身來，只是適才使勁過度，全身脫力，黃金杵拿揑不住，鏜的一響，掉在地下。他俯伏在地，向楊過拜了幾拜，謝他不殺之恩。這時法王兀自坐在地上，動彈不得。達爾巴將師父負在背上，大踏步下山而去。

楊過獨臂單劍，殺得蒙古六大高手大敗虧輸。眾武士見領頭的六人或敗或傷，那裏還敢出手，抬起負傷的瀟湘子、尹克西諸人，頃刻間逃得無影無蹤。

馬光佐滿頭鮮血淋漓，走到楊過身前，挺起大姆指道：「小兄弟，真有你的！」楊過道：「馬大哥，你這些同伴都是存心不良之輩，你跟他們混在一起，定要吃虧，不如辭別忽必烈王爺，回自己老家去罷！」馬光佐道：「小兄弟說得是。」他向小龍女望了一眼，見她雖然重傷，仍是丰姿端麗，嬌美難言，說道：「你和新娘子幾時成親？我留著吃你喜酒，好不好？」他在絕情谷中初會小龍女時見她是個新娘子，一直便當她是新娘子了。

楊過苦笑著搖了搖頭，向身周團團圍著的數百名道士掃了一眼。馬光佐道：「啊，還有這許多臭道士沒打發，我來助你。」楊過心想：「若是以一鬥一，這些道人沒一個是我敵手。但如他們一擁而上，情勢便凶險萬分，犯不著叫他枉自送命。」大聲說道：「你快快去罷，我一個人對付得了。」馬光佐一楞，猛地會意，鼓掌道：「不錯，不錯。連大和尚、活殭屍他們都打你不過，這些臭道士中甚麼用？小兄弟，新娘子，我去也！」倒拖熟銅棍，哈哈大笑，回頭便走，只聽得銅棍與地下山石相碰，嗆啷啷之聲不絕，漸漸遠去。

楊過重劍拄地，適才和法王這番比拚實是大耗內力，尋思：「金輪法王、瀟湘子等互有心病，和我相鬥時逐一出手，均盼旁人鷸蚌相爭，自己來個漁翁得利。要是這六人一擁而上我就萬難抵擋。何況我與金輪法王比拚內力，實已輸定，幸得姑姑金針一刺，才令我僥倖得勝。全真教諸道卻是齊心合力，聽從五子號令。羣道武功雖不及法王等人，但眾志成城，威力實比法王等各自為戰強得多了。反正我已和姑姑在一起，打到甚麼時候沒了力氣，兩人一起死了便是。」

丘處機朗聲道：「楊過，你武功練到了這等地步，我輩遠遠不及。但這裏我教數百人在此，你自忖能闖出重圍麼？」

楊過放眼望去，但見四下裏劍光閃爍，每七個道人組成一隊，重重疊疊的將自己與小龍女圍在垓心。七個中上武功的道人聯劍合力，便可和一位一流高手相抗，這時他前後左右，相當於有數十位高手挺劍環伺。

楊過此時早將生死置之度外，哼了一聲，跨出一步，立時便有七名道人仗劍擋住。楊過挺劍刺出，七劍同時伸出招架。嗆啷啷一響，七劍齊斷，七道手中各賸半截斷劍，忙向旁躍開。

他劍上威力如此雄渾，丘處機等雖均久經大敵，卻也是前所未見。王處一叫道：「璇璣、搖光後擊！」楊過心想不理你如何大呼小叫，我只恃著神劍威力向外硬闖便了，當下帶著小龍女跨前兩步，見又有七名道人轉上擋住，立即揮劍橫掃。那知這七名道人這次卻不挺劍招架，身形疾晃，交叉換位，從他身前掠過，饒是七人久習陣法，身法快捷，還是「啊、啊」兩聲呼叫，兩名道人已被劍力帶到，一傷腰，一斷腿，滾倒在地。

便在此時，十四柄長劍已指到了楊龍二人背後，七柄指著楊過，七柄指著小龍女。楊過若是迴劍後擊，雖能將十四柄劍大都盪開，但只要賸下一劍，小龍女也非受傷不可。他微一猶豫，又有七柄劍指到了小龍女右側。到此地步，他便是豁出自己性命不要，也已無法解救小龍女了。

丘處機舉手喝道：「且住！」二十一柄長劍劍光閃爍，每一柄劍的劍尖離楊龍二人身周各距數寸，停住不動。丘處機道：「龍姑娘、楊過，你我的先輩師尊相互原有極深淵源。我全真教今日倚多為勝，贏了也不光采，何況龍姑娘又已身負重傷。自古道冤家宜解不宜結，兩位便此請回。往日過節，不論誰是誰非，自今一筆勾銷如何？」

楊過和全真教本無甚麼深仇大怨，當年孫婆婆為郝大通誤傷而死，郝大通深自悔恨，願以一命相抵，此事也已揭過。這次他上終南山來只是為找小龍女，並非有意與全真教為敵，這時聽了丘處機之言，心想：「救姑姑的性命要緊，和這些牛鼻子道人相鬥，勝敗榮辱，何足道哉？」正要出言答允，小龍女的目光緩緩自左向右瞧去，低聲問道：「尹志平呢？」

尹志平背遭輪砸，胸受劍刺，兩下都是致命的重傷，只是一時未死，為他同門師弟救在一旁，已是奄奄一息，氣若遊絲，迷迷糊糊中忽聽得一個嬌柔的聲音問道：「尹志平呢？」這四字說得甚輕，但在他耳中卻宛似轟轟雷震一般。也不知他自何處生出一股力氣，霍地翻身站起，衝入劍林，叫道：「龍姑娘，我在這兒！」

小龍女向他凝望片刻，但見他道袍上鮮血淋漓，臉上全無血色，不由得萬念俱灰，顫聲道：「過兒，我的清白已為此人玷污，縱然傷愈，也不能和你長相廝守。但他……但他捨命救我，你也別再難為他。總之，是我命苦。」她心中光風霽月，但覺事無不可對人言，雖在數百人之前，仍是將自己的悲苦照實說了出來。

尹志平聽得小龍女說道：「但他捨命救我，你也別再難為他。總之，是我命苦。」這幾句話傳入耳中，不由得心如刀剜，自忖一時慾令智昏，鑄成大錯，自己對小龍女敬若天人，卻害得她終身不幸，當真是百死難贖其咎，大聲叫道：「師父，四位師伯師叔，弟子罪孽深重，你們千萬不能難為了龍姑娘和楊過。」說著縱身躍起，撲向眾道士手中兀自向前挺出的八九柄長劍，數劍穿身而過，登時斃命。

這一下變故，眾人都是大出意料之外，不禁齊聲驚呼。

羣道聽了小龍女的言語，又見尹志平認罪自戕，看來定是他不守清規，以卑污手段玷辱了小龍女。全真五子都是戒律謹嚴的有道高士，想到此事錯在己方，都是大為慚愧，但要說甚麼歉仄之言，卻感難以措辭。

丘處機向四個師兄弟望了一眼，喝道：「撤了劍陣！」只聽得嗆啷啷之聲不絕，羣道還劍入鞘，讓出一條路來。

第二十八回

洞房花燭

小龍女戴上耳環，插上珠釵，手腕上戴了玉鐲。楊過淚流滿面，悲不自勝，拿起鳳冠，到她身後給她戴上。小龍女在鏡中見他舉袖擦乾了淚水，再到身前時，臉上已作歡容。

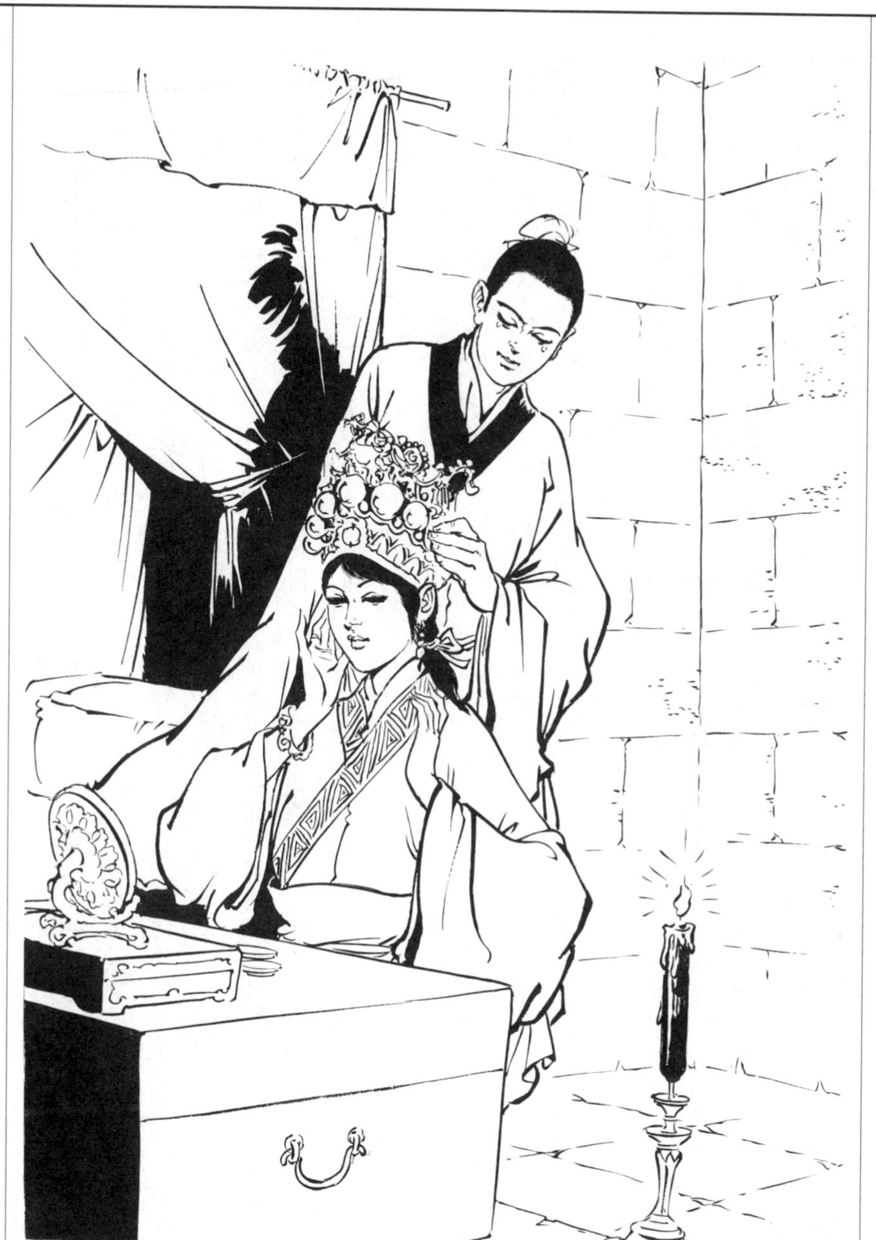

楊過仍以右手空袖摟在小龍女腰間，支撐著她身子，低聲道：「姑姑，咱們去罷！」小龍女甜甜一笑，低聲道：「這時候，我在你身邊死了，心裏……心裏很快活。」忽又想起一事，說道：「郭大俠的姑娘傷你手臂，她不會好好待你的。那麼以後誰來照顧你呢？」她想到這件事，心中好生難過，低低的道：「你孤苦伶仃的一個兒，你……沒人陪伴……」

楊過眼見她命在須臾，實是傷痛難禁，驀地想起：「那日她在這終南山上，曾問我願不願要她做妻子，那時我愕然不答，以致日後生出這許多災難困苦。眼前為時無多，務須讓她明白我的心意。」大聲說道：「甚麼師徒名分，甚麼名節清白，咱們通通當是放屁！通通滾他媽的蛋！死也罷，活也罷，咱倆誰也沒命苦，誰也不會孤苦伶仃。從今而後，你不是我師父，不是我姑姑，是我妻子！」

小龍女滿心歡悅，望著他臉，低聲道：「這是你的真心話麼？是不是為了讓我歡喜，故意說些好聽言語？」楊過道：「自然是真心。我斷了手臂，你更加憐惜我；你遇到了甚麼災難，我也是更加憐惜你。」小龍女低低的道：「是啊，世上除了你我兩人自己，原也沒旁人憐惜。」

重陽宮中數百名道人盡是出家清修之士，突然聽他二人輕憐密愛，軟語纏綿，無不大是狼狽，年老的頗為尷尬，年輕的少不免起了凡心。各人面面相覷，有的不禁臉紅。清淨散人孫不二喝道：「你們快快出宮去罷，重陽宮乃清淨之地，不該在此說這些非禮言語！」

楊過聽而不聞，凝視著小龍女的眼，說道：「當年重陽先師和我古墓派祖師婆婆原該好好結為夫妻，不知為了甚麼勞什子古怪禮教，弄得各自遺恨而終，咱倆今日便在重陽祖師的座前拜堂成親，結為夫婦，讓咱們祖師婆婆出了這口惡氣。」他對王重陽本來殊無好感，但自起始修習古墓上他的遺刻，越練越是欽佩，到後來已是十分崇敬，隱隱覺得自己便是他的傳人一般。小龍女嘆了口氣，幽幽的道：「過兒，你待我真好。」

當年王重陽和林朝英互有深情，全真五子盡皆知曉，雖均敬仰師父揮慧劍斬情絲，實是一位了不起的英雄好漢，但想到武學淵深的林朝英以絕世之姿、妙齡之年，竟在古墓中自閉一生，自也無不感嘆。這時楊過提起此事，羣道中年輕的不知根由，倒沒甚麼，年長的無不心中一震。

孫不二喝道：「先師以大智慧、大定力出家創教，他老人家一番苦心孤詣，豈是你後生小子所能窺測？你再在此大膽妄為，胡言亂語，可莫怪我劍下無情了。」當日大勝關英雄宴上，楊過拒卻孫不二送來長劍，當場使她下不了台。她雖是修道之士，胸襟卻遠不及丘處機、王處一等人寬宏，她以全真教中尊長身分，受辱於徒孫輩的少年，自不免耿耿於懷。兼之她以女流而和眾道羣居參修，更是自持綦嚴，聽到楊過竟要在莊嚴法地、全真教上下向來認為神聖不可侵犯的祖師像前拜堂成親，怒氣勃發，難以抑制，眼見楊龍二人對她的呼喝置若罔聞，當下刷的一聲，長劍二次出鞘。

楊過冷冷的瞧了她一眼，尋思：「單憑你這老道姑，自然非我敵手，只是一動上手，全真教餘人決無袖手之理。但我非和姑姑立刻成親不可。若不在此拜堂，出得重陽宮去，她萬一傷重不治，豈不令她遺恨而終？你罵我『大膽妄為』，哼，我楊過大膽妄為，又非始於今日。我既說了要在重陽祖師像前成親，說甚麼也要做到。」遊目四顧，只見倒有半數道人已執劍在手，說道：「孫道長，你定要逼我們出去，是不是？」

孫不二厲聲道：「快走！自今而後，全真教跟古墓派一刀兩斷，永無瓜葛，最好大家別再見面！」

楊過長嘆一聲，搖了搖頭，轉過身來，向著通向古墓的小徑走了兩步，慢慢將玄鐵劍負在背上，右袖揮開，伸左臂扶住小龍女，暗暗氣凝丹田，突然間抬起頭來，仰天大笑，聲動林梢。羣道斗聞笑聲震耳，都是一驚。

他笑聲未畢，忽地放脫小龍女，縱身後躍，左手已扣住孫不二右手手腕上的「會宗」、「支溝」兩穴。小龍女身無憑依，晃了一晃，便欲摔倒，楊過已拉著孫不二回過來靠在小龍女身後。這一下退後縱前，當真是迅如脫兔，羣道眼睛還沒一瞬，孫不二已落入他的掌握，動彈不得。丘處機、孫不二等久經大敵，本來也防到他會突然發難，擒住一人為質，但見他既收起兵刃，走向出宮的小徑，唯一的手臂又扶住了小龍女，料定他已知難而退，那知他竟長笑擾敵，而衣袖放開小龍女、還劍背上兩事，竟成為騰出手來擒獲孫不二的手段。羣道齊聲發喊，各挺長劍，但孫不二既入其手，誰都不敢上前相攻。

楊過低聲道：「孫道長，多有得罪，回頭向你陪禮。」拉著她手腕，和小龍女緩步走向重陽宮後殿。羣道跟隨在後，滿臉憤激，卻無對付之策。

進側門、過偏殿、繞迴廊，楊龍二人挾著孫不二終於到了後殿之上。楊過回過頭來，朗聲說道：「各位請都站在殿外，誰都不可進殿一步。我二人早已豁出性命不要，若要動手，我二人和孫道長一起同歸於盡便了。」

王處一低聲道：「丘師哥，怎麼辦？」丘處機道：「暫且不動，見機行事。瞧來他也不敢加害孫師妹。」這幾人一生縱橫江湖，威名遠振，想不到臨到暮年，反受一個初出道的少年挾制，想想固然有氣，卻也不禁好笑。

楊過拉過一個蒲團，讓孫不二坐下，說道：「對不住！」伸手點了她背心的「大椎」「神堂」兩穴，令她不能走動，見羣道依言站在殿外，不敢進來，於是扶著小龍女站在王重陽畫像之前，雙雙並肩而立。

只見畫中道人手挺長劍，風姿颯爽，不過三十來歲年紀，肖像之旁題著「活死人」三字。畫像不過寥寥幾筆，但畫中人英氣勃勃，飄逸絕倫。楊過幼時在重陽宮中學藝，這畫像看之已熟，早知是祖師爺的肖像，這時猛地想起，古墓中也有一幅王重陽的畫像，雖然此是正面而墓中之畫是背影，筆法卻一般無異，說道：「這畫也是祖師婆婆的手筆。」小龍女點點頭，向他甜甜一笑，低聲道：「咱倆在重陽祖師畫像之前成親，而這畫正是祖師婆婆所繪，真是再好不過。」

楊過踢過兩個蒲團，並排放在畫像之前，大聲說道：「弟子楊過和弟子龍氏，今日在重陽祖師之前結成夫婦，此間全真教數百位道長，都是見證。」說罷跪在蒲團之上，見小龍女站著不跪，說道：「咱們就此拜堂成親，你也跪下來罷！」小龍女沉吟不語，雙目紅潤，盈淚欲滴。楊過柔聲道：「你有甚麼話說？在這裏不好麼？」小龍女顫聲道：「不，不是！」她頓了一頓，說道：「我既非清白之軀，又是個垂死之人，你何必……你何必待我這樣好？」說到這裏，淚珠從臉頰上緩緩流下。

楊過重行站起，伸衣袖給她擦了擦眼淚，笑道：「你難道還不明白我的心麼？」小龍女抬頭望著他，只聽他柔聲道：「我真願咱兩個都能再活一百年，讓我能好好待你，報答你對我的恩情。若是不能，若是老天爺只許咱們再活一天，咱們便做一天夫妻，只許咱們再活一個時辰，咱們便做一個時辰的夫妻。」小龍女見他臉色誠懇，目光中深情無限，心中激動，真不知要怎樣愛惜他才好，悽苦的臉上慢慢露出笑靨，淚珠未乾，神色已是歡喜無限，於是在蒲團上盈盈跪倒。

楊過跟著跪下。兩人齊向畫像拜倒，均想：「咱二人雖然一生孤苦，但既有此日此時，實是福緣深厚已極。過去的苦楚煩惱，來日的短命而死，全都不算甚麼。」兩人相視一笑，在蒲團上磕下頭去。

楊過低聲祝禱：「弟子楊過和龍氏真心相愛，始終不渝，願生生世世，結為夫婦。」小龍女也低聲道：「願祖師爺保佑，讓咱倆生生世世，結為夫婦。」

孫不二坐在蒲團之上，身子雖然不能移動，於兩人言語神情卻都聽得清楚，瞧得明白，但覺二人光明磊落，所作所為雖然荒誕不經，卻出乎一片至性至情，不自禁想起自己少年時和馬鈺新婚燕爾的情景來。她本來滿臉怒容，待楊龍二人交拜站起，臉上神色已大為柔和。

楊過心想：「此刻咱二人已結成夫妻，即令立時便死，也已無憾。」原先防備羣道闖入阻擋之心登時盡去，向小龍女笑道：「我是全真派的叛逆弟子，武林間眾所知聞，你卻也是個大大的叛徒。」小龍女道：「是啊。師父不許我收男弟子，更不許我嫁人，我卻沒一件遵守。咱二人災劫重重，原是罪有應得。」楊過朗聲道：「叛就叛到底了。王祖師和祖師婆婆英雄豪傑，勝過你我百倍，可是他們便不敢成親。兩位祖師泉下若是有知，未必便說咱們的不是！」他說這番話時神采飛揚，當真有俯仰百世、前無古人之概。

便在此時，屋頂上喀喇一聲猛響，磚瓦紛飛，椽子斷折，聲勢極是驚人，只見屋頂破洞中落下一口巨鐘，對準孫不二的頭頂直墮下來。

楊過與小龍女在殿上肆無忌憚的拜堂成親，全真教上下人等無不憤怒。劉處玄沉吟半晌，心生一計，俯耳與丘處機、王處一、郝大通三人說了。三道連連點頭，向門下弟子低聲囑咐幾句，乘著楊龍二人轉身向裏跪拜之時，到前殿取下一口重達千餘斤的大銅鐘，四人分托，飛身上了殿頂，料準了方位，猛地向下砸落，撞破一個大洞，對準孫不二摔將下來。四道武功了得，巨鐘雖重，落下時卻無數寸之差，只要將孫不二罩在鐘內，楊過一時傷她不得，羣道一擁而上，他二人豈不束手受縛？

楊過眼見巨鐘跌落，已知其理，立即抽玄鐵劍刺出，勢挾風雷，只聽得噹的一響，嗡嗡不絕，劍尖已刺到銅鐘。那口鐘雖重達千斤，但這一劍勁力奇強，又是從旁而至，巨鐘凌空一偏，向前斜了兩尺，這一落下，便要壓在孫不二身上。

劉處玄等四人在殿頂破洞中看得明白，齊聲驚呼，心中大慟，萬料不到這少年劍上竟有如斯神力，眼見孫不二便要血肉橫飛，給巨鐘壓得慘不可言。劉處玄雙目一閉，不敢再看，卻聽丘處機歡聲叫道：「多謝手下留情！」劉處玄睜開眼來，不由得大奇，只見那口鐘竟然仍是將孫不二全身罩住了，鐘旁既無血肢殘跡，連孫不二的道袍也沒露出一截。

原來楊過眼見這一劍推動巨鐘，孫不二非立時斃命不可，突然心想：「今日是我夫婦大喜的日子，何苦傷害人命？這老道姑只不過脾氣乖僻，又不是有甚麼過惡。」心念甫動，右手袖子著地拂出，推動孫不二身下的蒲團，將她送入了鐘底。

劉丘王郝四道在殿頂又驚又喜，均覺不便再與楊過為敵，但各人門下的弟子早已受囑，一待巨鐘落下，立時搶入進攻。他們在殿外也瞧不見鐘底的變化，只聽得巨聲突作，塵土飛揚，各人發一聲喊，挺著長劍便攻進殿來。

楊過將玄鐵劍往背上一插，伸臂抱了小龍女往殿後躍去。

丘處機叫道：「眾弟子小心，不可傷了他二人性命！」語音洪亮，雖在數百人吶喊叫嚷聲中，各人仍是聽得清清楚楚。眾弟子追向殿後，大聲呼喊：「捉住叛教的小賊！」「小賊褻瀆祖師爺聖像，別讓他走了！」「快快，你們到東邊兜截！」「長春真人吩咐，不可傷他二人性命！」

劉處玄於躍上殿頂之前，已先在殿後院子中伏下二十一名硬手。楊過剛轉過屏門，便見院子中劍光閃閃，知道有人攔截。心想：「不如從殿頂破洞中竄出。上面雖有四個高手，但這四人諒來不致對我施展殺招。」當下抱了小龍女縱回殿中。小龍女雙手抱著他頭頸，柔聲道：「反正我們已結成夫婦，在這世上心願已了。衝得出固好，衝不出也沒甚麼。」楊過道：「不錯！」右腿飛起，左腿鴛鴦連環，砰砰兩聲，將兩名道士踢出殿去。殿上不比玉虛洞前寬闊，擠滿了道人，北斗陣法施展不開，但楊過左臂抱著小龍女後，只能出腿傷敵，也是無法突出重圍，心中暗恨：「這些牛鼻子道人布不成陣法，若是我尚有一臂，焉能困得住我二人？」砰的一聲，又有一名道人被他踢開，飛身跌出，撞到了兩人。

正紛亂間，突然殿外奔進一個白鬚白髮的老者，身後卻跟著一大羣蜜蜂，正是老頑童周伯通。後殿中本就亂成一團，多了一個周伯通，眾弟子一時也沒在意，但蜜蜂飛進來後卻立時亂叮亂刺。這些蜜蜂殊非尋常，乃是小龍女在古墓中養馴的玉蜂，全真道人中有人被叮，登時痛癢難當，有的忍耐不住，竟在地下打滾呼叫，更是亂上加亂。

周伯通本來要到襄陽城去相助郭靖，但偷了小龍女的玉蜂蜜漿後，生怕再見到她，襄陽城是不去的了，於是便上終南山來，要找到趙志敬問個明白，何以膽敢害得師叔祖九死一生。他沿途玩弄玉蜂蜜漿，漸漸琢磨出了一些指揮蜜蜂的門道。道上玩弄蜜蜂，那也罷了，一到終南山上，登時惹出了禍事。山上玉蜂聞到玉蜂蜜漿的甜香，紛紛趕來。玉蜂慣於小龍女的手勢呼叱，周伯通自然驅之不動，非但驅之不動，而且不肯和他干休。老頑童見情勢不妙，只有飛奔逃入重陽宮來，想找個處所躲避，正好趕上宮中鬧得天翻地覆，熱鬧無比。

他見小龍女和楊過都在殿中，又驚又喜，忙將玉蜂蜜漿瓶子向小龍女拋去，叫道：「乖乖不得了，我服侍不了這批蜜蜂老太爺，好姑娘快來救命。」楊過袍袖拂出，兜住了瓶子，小龍女微微含笑，伸手接過。

這時殿上蜂羣飛舞，丘處機等從殿頂躍下向師叔見禮，請安問好。郝大通大叫：「快取火把來！」眾門人有的袍袖罩臉，有的揮劍擊蜂，也有數人應聲去取火把。

周伯通也不理丘處機等人，他額頭被玉蜂刺了兩下，已腫起高高兩塊，只盼找個蜜蜂鑽不進的安穩處所躲避，見地下放著一口巨鐘，心中大喜，忙運力扳開銅鐘，卻見鐘下有人。他也不看是誰，說道：「勞駕勞駕，讓我一讓。」將孫不二推出鐘外，自行鑽入，一鬆手，騰的一聲，巨鐘重又合上，心中大是得意：「任你幾千頭幾萬頭蜜蜂追來，也咬不到我老頑童一口了！」

楊過低聲道：「你指揮蜜蜂相助，咱們闖將出去。」小龍女做了楊過妻子，聽到他說話中含有囑咐之意，心中甜甜的甚是舒服，心想：「好啊，他終於不再當我是師父，真的當我是妻子了。」當即應道：「是！」聲音極是溫柔順從，舉起蜂蜜瓶子揮舞幾下，呼叱數聲。玉蜂遇到主人，片刻間便集成一團，小龍女不住揮手呼叱，大羣玉蜂分成兩隊，一隊開路，一隊斷後，擁衛著楊龍二人向後衝了出去。

周伯通這麼來一攪局，丘處機等又驚又喜，又是好笑，眼見楊龍二人退向殿後，喝住眾門人不必追趕。王處一解開了孫不二的穴道，丘處機便去扳那巨鐘。周伯通躲在鐘裏，不知鐘外情形，猛覺那鐘被人扳動，似要揭開，大叫：「乖乖不得了！」雙臂伸出，撐住鐘壁，喝聲：「下來！」丘處機內力不及他深厚，噹的一聲響，那鐘離地半尺，又蓋了下去。丘處機笑道：「周師叔又在開玩笑了，來，咱們一齊動手！」

當下丘處機、王處一、劉處玄、郝大通四人各出一掌，抵在鐘上向外推出，齊聲喝道：「起！」四股大力擠在一起，將鐘抬得離地三尺，卻見鐘底下空蕩蕩的並無人影，周伯通已不知去向。四人「咦」的一聲，一怔之間，一條人影一晃，周伯通哈哈大笑，站在鐘旁。原來適才他手腳張開，撐在鐘壁之內，連著巨鐘被一齊抬起，旁人自然瞧他不見。

丘處機等重又上前見禮。周伯通雙手亂搖，叫道：「罷了，罷了，乖孩兒們平身免禮！」這時丘處機等均已鬚髮皓然，周伯通卻仍是叫他們「乖孩兒」。

眾人正要敘話，周伯通瞥眼見到趙志敬鬼鬼祟祟的正要溜走，大喝一聲，縱上去一把抓住，罵道：「賊牛鼻子，還想逃麼？」左手將巨鐘一推，掀高兩尺，右手將他往鐘底擲去，左手鬆開，巨鐘合上，口中還是喃喃不絕的罵道：「賊牛鼻子，賊牛鼻子。」這時大殿上除他一人，其餘個個都是道人，他大罵「賊牛鼻子」，把王重陽的徒子徒孫一起都罵了。丘處機等深知師叔的脾氣，也不以為忤，不禁相對莞爾。

王處一道：「師叔，趙志敬不知怎麼得罪了您老人家？弟子定當重重責罰。」周伯通道：「嘿嘿，這賊牛鼻子引我到山洞裏去盜旗，卻原來藏著紅紅綠綠的大蜘蛛，劇毒無比，幸虧那小姑娘，咦，那小姑娘呢？蜜蜂那裏去了？」他說話顛三倒四，王處一那裏懂得，只見他東張西望的找尋小龍女。

便在此時，十餘名弟子趕來報道，楊龍二人退到了後山藏經閣樓上，眾弟子不敢用火把燒蜂，只怕焚了道藏。丘處機等吃了一驚，那藏經閣是全真教的重地，歷代道藏、王重陽和七弟子的著作，以及教中機密文卷盡數藏在閣中，若有疏虞，損失不小。丘處機道：「咱們過去瞧瞧，楊過手下留情，沒傷了孫師妹，大可化敵為友。」孫不二道：「不錯！」當下眾人一齊趕向後山藏經閣去。

王處一見門下首徒趙志敬被周伯通罩在鐘內，心想：「周師叔行事胡塗，這事未必便是志敬之錯，回頭再行詳細查問。」生怕巨鐘密不通風，悶死了他，於是奮力將鐘扳高數寸，伸足撥過一塊磚頭，墊在鐘沿之下，留出數寸空隙通氣，這才自後趕去。

到得藏經閣前，只見數百名弟子在閣前大聲呼噪，卻無人敢上樓去。丘處機朗聲叫道：「楊龍二位，咱們大家過往不咎，化敵為友如何？」過了一會，不聞閣上有何聲息。丘處機又道：「龍姑娘身上有傷，請下來共同設法醫治。敝教門下弟子決不敢對兩位無禮。丘某行走江湖數十年，從無片言隻語失信於人。」一半晌過去，仍是聲息全無。

劉處玄心念一動，說道：「他們早已走啦！」丘處機道：「怎麼？」劉處玄道：「你瞧羣蜂亂飛，四下散入花叢。」從弟子手中接過一個火把，搶先飛步上閣。

丘處機等跟著拾級上閣，果見閣中唯有四壁圖書，並無一人，居中書案上卻放著那瓶玉蜂漿。周伯通如獲至寶，一把搶起，收入懷中。眾人在閣中前後察看，見圖書並無散失，只一堆圖書放在地板上，盛書的木箱卻已不見。忽聽郝大通叫道：「他們從這裏走了！」眾人循聲走到閣後窗口，只見木柱上縛著一根繩索，另一端縛在對面山崖的一株樹上。藏經閣與山崖之間隔著一條深澗，原本無路可通，想不到楊過竟會施展輕功，抱著小龍女從繩索上越谷而去。

楊過和小龍女在重陽宮後殿拜堂成親，全真教上下均感大失威風，但此時見他二人全身而退，全真五子相視苦笑，心中倒也鬆了。孫不二本來最是憤慨，但她在殿上既見他二人情意真摯，楊過又在千鈞一髮之際饒了自己性命，不禁爽然若失，默無一語。

全真五子和周伯通回到大殿，詢問蒙古大汗降旨敕封、尹趙兩派爭鬥、小龍女突然來攻等等情由。李志常和宋德方據實一一稟告。丘處機潸然淚下，說道：「志平玷人清白，確是大錯，但他維護我教忠義，誓死不降蒙古，實是大功一件。」王處一道：「志平過不掩功，小節自然有虧，卻是大義凜然，咱們仍當認他為掌教真人。」劉處玄、郝大通等齊聲稱是。丘處機又道：「若不是龍姑娘適於此時來擋住敵人，我教已然覆沒。龍姑娘實是我教的大恩人，此後非但不可對他夫婦有絲毫無禮，還須設法報恩才是。唉，我們失手打傷了她，不知……不知……」料想她傷重難治，深自歉疚。

丘處機等忙於追詢前事，處分善後，周伯通卻絲毫沒將這些事放在心上，只是把那瓶玉蜂蜜漿拿在手中把玩，幾次想要揭開瓶塞誘蜂，總是怕招之能來、卻不能揮之而去。這時一名弟子上前稟報，說有五名弟子被玉蜂螫傷，痛癢難當，請師長設法。郝大通想起當年孫婆婆闖宮贈蜜之事，說道：「這瓶玉蜂蜜漿，料來便是龍姑娘留下給咱們治傷的。師叔，請你把蜜漿賜給五個徒孫，讓他們分服了罷。」

周伯通雙手伸出，掌中空空如也，說道：「不知怎的，忽然找不到啦。」郝大通明明見他適才還拿在手中把弄，怎麼會突然不見，定是不肯交出，但他身為長輩，卻不便用言語擠兌，不由得好生為難。周伯通袍袖一拂，在身上拍了幾下，說道：「我沒藏起來啊，你可別疑心我小氣不給。要不要我脫光衣褲給你們瞧瞧？」原來老頑童貪玩愛耍、不分輕重緩急的脾性到老不改，心想幾個牛鼻子給蜂兒叮了幾下，最多痛上半天，也不會有性命之憂，這瓶寶貴的蜜漿可不能給人，是以郝大通一開口，他便將蜜漿塞入袖中，順著衣袖溜下，沿胸至腹，肚子一縮，瓶子鑽入褲子，從褲管中慢慢溜到腳背，輕輕落在地下。他內功精深，全身肌肉收放自如，將那小瓶送到地下，竟沒發出半點聲息。

王處一心想：「師叔既不肯交出，只有待他背人取出玩弄之時，突然上前開口，叫他無法推托。只要大夥兒一走開，他定然熬不住，立時便會取出。此時處置逆徒趙志敬要緊，若不是尹志平寧死不屈，我教數十年清譽豈非便毀在這逆徒手中？」他想到此處，厲聲說道：「郝師弟，治傷之事，稍緩不妨，咱們須得先處決逆徒趙志敬！」

全真五子相交數十年，師兄弟均知王處一正直無私，趙志敬雖是他的首徒，但犯了叛教大罪，他決不致徇情迴護。各人均想：「這逆徒賣教求榮，戕害同門，決計饒他不得。」忽聽得巨鐘底下傳出一個微弱的聲音，說道：「周師叔祖，你若救弟子一命，我便把蜂漿還你，否則我一口吃得乾乾淨淨，左右也是個死罷了！」周伯通吃了一驚，踏開一步，果然那瓶蜜漿已失影蹤。原來他站在巨鐘之旁，趙志敬伏在鐘下，那小瓶正好落在他面前，聽得郝大通向周伯通求蜜漿不得，當下從磚頭墊高的空隙中伸手取過。他以這瓶小小的蜜漿要挾，企圖逃得性命，自知原是妄想，但絕望之中只要有一線生機，也要掙扎到底。周伯通聽他如此說，果然大急，叫道：「喂喂，你千萬不可把蜜漿吃了，其他一切，都好商量。」趙志敬道：「那你須得答允救我性命。」

全真五子都是一驚，心想若是師叔出口答允，便不能處置趙志敬了。丘處機急道：「師叔，此人罪大惡極，萬不可饒。」周伯通將頭貼在地下，向著鐘內只叫：「喂喂，千萬不可吃了蜜漿！」劉處玄道：「師叔，不必理他！你要蜜漿，並不為難。咱們今日已與龍姑娘釋愆解仇，待會可到古墓去求幾瓶來。龍姑娘既肯給你第一瓶，再給你十瓶八瓶也不為難！」周伯通搖頭道：「未必，未必！」心想：「你道這瓶蜜漿是她給的嗎？是我偷來的。她離藏經閣時匆匆忙忙，不及攜帶，若是再問她要，她未必便給，縱然給了，也必讓你們拿去當藥服了，那裏還有我的份兒？」

只聽一陣輕輕的嗡嗡之聲，五六隻玉蜂從院子中飛進後殿，殿門關著，在長窗上不住碰撞，無法覓路出去。周伯通心念一動，說道：「趙志敬，你拿去的只怕並非玉蜂蜜漿。」趙志敬急道：「是的，是的，為甚麼不是？」周伯通道：「好，那你將瓶塞拔開，讓我聞一聞再說。倘若不是，不用多說廢話。」趙志敬忙拔開瓶塞，道：「你聞呀，難道不是？」周伯通鼻孔深深吸氣，道：「唔，唔，好像不是！待我再聞幾下。」

趙志敬雙手緊緊抓住玉瓶，生怕他掀開巨鐘，夾手硬奪，口中只道：「你聞這股甜香，聞這股甜香！」玉蜂蜜漿芳香無比，瓶塞一開，已是滿殿馥郁。周伯通打了個噴嚏，笑道：「我傷風沒好，鼻子不大管用！」一面轉頭向丘處機等擠眉弄眼。趙志敬也猜到他是在使緩兵之計，說道：「你若伸手碰一碰銅鐘，我便把蜜漿吃個精光。」這時幾隻玉蜂已聞到蜜香，飛到了鐘邊。周伯通袍袖一揮，喝道：「進去叮他！」玉蜂未必便聽他的號令，但鐘底傳出的蜜香越來越濃，果然嗡嗡數聲，從鐘底的空隙中鑽了進去。

只聽得趙志敬大聲狂叫，跟著噹的一響，香氣陡盛，顯是玉蜂已刺了他一針，而他失手打碎了瓶子。周伯通大怒，喝道：「臭牛鼻子，怎地瓶子也拿不牢？」待要上前掀開巨鐘，後院中賸下的玉蜂聞到蜜香，紛紛湧進，都鑽進了鐘底。周伯通吃過玉蜂的苦頭，倒也不敢走近。但見鑽入鐘底的玉蜂越來越多，巨鐘之內又有多大空隙，趙志敬身上沾滿蜜漿，一舉手一搖頭都碰到玉蜂，身上已不知給刺了幾百針。眾人初時還聽到他狂呼慘叫，過了片刻，終於寂然無聲，顯是中毒過多，已然死了。

周伯通一把抓住劉處玄的衣襟，道：「好，處玄，你去向龍姑娘給我要十瓶八瓶蜜漿來罷。」劉處玄皺起眉頭，好生為難，他適才只求周伯通不可貿然答允趙志敬饒命，以致把話說得滿了，其實全真五子以一招「七星聚會」合力打傷小龍女，傷勢未必能愈，怎說得上「釋愆解仇」四字？這時給周伯通扭住胸口，只得苦笑道：「師叔放手，處玄去求便是！」轉身向後山古墓走去。

丘處機等知道此行甚是凶險，倘若小龍女平安無事，那還罷了，若是傷重而死，不知將有多少全真弟子要死在楊過手裏，齊聲說道：「大夥兒一起去。」

那古墓外的林子自王重陽以來便不許全真教弟子踏進一步，眾人恪遵先師遺訓，走到林緣而止。丘處機氣運丹田，朗聲道：「楊小俠，龍姑娘的傷勢還不妨事麼？這裏有幾枚治傷的九轉靈寶丸，請來取去。」周伯通低聲道：「是啊，是啊！要人家的蜜漿，也得拿些甚麼去換！」隔了半晌，不聽得有人回答。丘處機提氣又說了一遍，林中仍是寂無聲息，舉目往林中望去，只見陰森森濃蔭匝地，頭頂枝椏交橫，地下荊棘叢生。

劉處玄和郝大通沿著林緣走了一遍，渾不見有人穿林而入的痕跡，看來楊過和小龍女並非回到古墓，而是下終南山去了。眾人又喜又愁，回到重陽宮中，喜的是楊龍二人遠去，愁的是小龍女如若不治，全真教實有無窮後患。那老頑童也是一般的又喜又愁，愁的自是為了取不到玉蜂蜜漿，喜的卻是不必和小龍女會面，以免揭穿他竊蜜之醜。

全真五子雖在終南山上住了數十年，卻萬萬猜想不到楊過和小龍女到了何處。

楊龍二人在玉蜂掩護下衝向後院，奔了一陣，眼見一座小樓倚山而建，楊過知是重陽宮要地之一的藏經閣，抱著小龍女拾級上樓。兩人稍喘得一口氣，便聽得樓下人聲喧譁，已有數十名道人追到，但怕了玉蜂，不敢搶上。

楊過將小龍女放在椅上坐穩，察看周遭情勢，見藏經閣之後是一條深達數十丈的溪澗。山澗雖深，好在並不甚寬，他身邊向來攜帶一條長繩，用以縛在兩棵大樹之間睡覺，於是將一端縛在藏經閣的柱上，拉著繩子縱身一躍，已盪過澗去，拉直了繩子，將另一端縛在一棵大樹上，然後施展輕身功夫從繩上走回。

他走到小龍女身邊，柔聲說道：「咱們去那裏呢？」小龍女道：「你說到那裏，我便跟你到那裏。」楊過笑道：「這便叫作『嫁鷄隨鷄，嫁狗隨狗』了！」他頓了一頓，又問：「你心中最想去那裏呢？」小龍女輕輕嘆了口氣，臉上流露出嚮往之色。楊過知她最盼望的便是回古墓舊居，但如何進入卻大費躊躇，耳聽得樓下人聲漸劇，此處自是不能多耽。

他明白小龍女的心思，小龍女也知他心思，柔聲道：「我也不一定要回古墓，你不用操心啦。」微笑道：「只要跟你在一起，甚麼地方都好。」楊過心想：「這是咱們婚後她第一個心願，說不定也是她此生最後一個心願。我若不能為她做到，又怎配做她丈夫？」

茫然四顧，聽著樓下喧譁之聲，心中更亂，瞥眼見到西首書架後堆著一隻隻木箱，心念一動：「有了！」當即搶步過去，只見箱上有銅鎖鎖著，伸手扭斷鎖扣，打開箱蓋，見箱中放滿了書籍，提起箱子倒了轉來，滿箱書籍都散在地下，箱子是樟木所製，箱壁厚達八分，甚是堅固。躍起來伸手到書架頂上一摸，果然鋪滿油布，那是為防備天雨屋漏，浸濕貴重圖書而設。他扯了兩塊大油布放在箱內，踏著繩索將箱子送到對澗，然後回來抱了小龍女過去，笑道：「咱們回家去啦。」

小龍女甚喜，微笑道：「你這主意兒真好。」楊過怕她躭心，安慰道：「這劍無堅不摧，潛流中若有山石擋住箱子，一劍便砍開了。我走得快，你在箱子中不會氣悶的。」小龍女微笑道：「便只一點不好？」楊過一怔道：「甚麼？」小龍女道：「我要有好一會兒見你不著啦。」

到得對澗，楊過想起郭襄尚在山洞之中，說道：「郭伯伯的姑娘我也帶來啦，你說怎麼辦？」小龍女一呆，顫聲道：「真的？你帶來了郭大俠……郭大俠的姑娘？」楊過見她神色有異，一楞之間，已然會意，知她誤會自己帶了郭芙來，俯下頭去在她臉上輕輕一吻，低聲道：「是那個生下只有一個月、還不會斬斷人家手臂的女娃兒！」小龍女登時羞得滿臉通紅，深深藏在楊過懷裏，不敢抬起頭來。

過了一會，她才低聲道：「咱們只好把她帶到墓裏去啦，在這荒山野地中放著，再過半天便得要了她的小命。」楊過心想在重陽宮中躭擱了這麼久，不知郭襄在山洞中性命如何，心下大是惴惴，當下將小龍女放入箱中，抗在肩頭，快步尋到山洞前，卻不聞啼哭之聲，心中更驚，撥開荊棘，只見郭襄沉睡正酣，雙頰紅紅的似搽了胭脂一般。兩人大喜。小龍女伸手道：「我來抱。」楊過將郭襄放入她懷中，抗了木箱又行。

這時終南山上的道人都會集在重陽宮中，沿路無人撞見。行過一片瓜地，楊過把道人所種的南瓜摘了六七個放在箱中，笑道：「足夠咱們吃七八天的了。」過不多時，已到了溪流之邊。他低頭吻了吻小龍女的面頰，輕輕合上箱蓋，將油布在木箱外密密包了兩層，然後將箱子放入溪水，深吸一口氣，拉著箱子潛了進去。

他自在荒谷的山洪中苦練氣功，再在這小小溪底潛行自是毫不費力，溪水鑽入地底後忽高忽低，他循著水道而行，遇有泥石阻路，木箱不易通行，提劍劈削便過。生怕小龍女在箱中氣悶，行得極是迅速，不到一炷香時分，便已鑽出水面，到了通向古墓的地下隧道。

他扯去油布，揭開箱蓋，見小龍女微有暈厥之狀，自是重傷之後挨不得辛苦，郭襄卻大喊大叫，極是精神。原來她吃了一個多月豹乳，竟比常兒壯健得多。小龍女微微一笑，低聲道：「咱們終於回家啦！」再也支持不住，合上了雙目。楊過不再扶她起身，便拉著木箱，回到古墓中的居室。

但見桌椅傾倒，床几歪斜，便和那日兩人與李莫愁師徒惡鬥一場之後離去時無異。楊過眼望石室，看著這些自己從小使用的物件，心中突然生出一股難以形容的滋味，似是喜歡，卻又帶著許多傷感。他呆呆出了一會神，忽覺得一滴水點落上手背，回過頭來，只見小龍女扶椅而立，眼中淚水緩緩落下。

兩人今日結成了眷屬，長久來的心願終於得償，又回到了舊居，從此和塵世的冤仇、煩惱、愁苦不再有絲毫牽纏糾葛，但兩人心中，卻都是深自神傷，悲苦不禁。兩人都知道，小龍女受了這般重傷，既中了法王金輪撞砸，又受全真五子合力撲擊，她嬌弱之軀，如何抵受得住？

兩人這麼年輕，都是一生孤苦，從來沒享過甚麼真正的歡樂，突然之間得到了世間最大的福氣，卻立時便要生生分手！

楊過呆了半晌，到孫婆婆房中將她的床拆了，搬到寒玉床之旁重行搭起，鋪好被褥，扶著小龍女上床安睡。古墓中積存的食物都已腐敗，一罎罎的玉蜂蜜漿卻不會變壞。他倒了小半碗蜜漿，用清水調勻，餵著小龍女服了，又餵得郭襄飽飽的，這才自己喝了一碗。

他想：「我須得打起精神，叫她歡喜。我心中悲苦，臉上卻不可有絲毫顯露。」於是找了兩根最粗的蠟燭用紅布裹了，點在桌上，笑道：「這是咱倆的洞房花燭！」

兩枝紅燭一點，石室中登時喜氣洋洋。小龍女坐在床上，見自己身上又是血漬，又是污泥，微笑道：「我這副怪模樣，那像個新娘子啊！」忽然想起一事，道：「過兒，你到祖師婆婆房中去，把她那口描金箱子拿來。好不好？」

楊過雖在古墓中住了幾年，但林朝英的居室平時不敢擅入，她的遺物更是從來不敢碰觸，這時聽小龍女如此說，笑道：「對丈夫說話，也不用這般客氣。」過去將床頭幾口箱子中最底下的一口提了來。那箱子並不甚重，也未加鎖，箱外紅漆描金，花紋雅致。

小龍女道：「我聽孫婆婆說，這箱中是祖師婆婆的嫁妝。後來她沒嫁成，這些物事自然沒用的了。」楊過「嗯」了一聲，瞧著這口花飾艷麗的箱子，但覺喜意之中，總是帶著無限淒涼。他將箱子放在寒玉床上，揭開箱蓋，果見裏面放著珠鑲鳳冠，金繡霞帔，大紅緞子的衣裙，件件都是最上等的料子，雖然相隔數十年，看來仍是燦爛如新。小龍女道：「你取出來，讓我瞧瞧。」

楊過把一件件衣衫從箱中取出，衣衫之下是一隻珠鈿鑲嵌的梳妝盒子，一隻翡翠彫的首飾盒子，梳妝盒中的胭脂水粉早乾了，香油還賸著半瓶。首飾盒一打開，二人眼前都是一亮，但見珠釵、玉鈪、寶石耳環，燦爛華美，閃閃生光。楊龍二人少見珠寶，也不知這些飾物到底如何貴重，但見鑲嵌精雅，式樣文秀，顯是每一件都花過一番極大心血。

小龍女微笑道：「我打扮做新娘子，好不好？」楊過道：「你今日累啦，先歇一晚，明兒再打扮。」小龍女搖頭道：「不，今日是咱倆成親的好日子。我愛做新娘。那日在絕情谷中，那公孫止要和我成親，我可沒打扮呢！」楊過微笑道：「那算甚麼成親？只是公孫老兒的妄想罷啦！」

小龍女拿起胭脂，調了些蜜水，對著鏡子，著意打扮起來。她一生之中，這是第一次調脂抹粉，她臉色本白，實不須再搽水粉，只是重傷後全無血色，雙頰上淡淡搽了一層胭脂，果然大增嬌艷。她歇了一歇，拿起梳子梳了梳頭，嘆道：「要梳髻子，我可不會，過兒你會不會呢？」楊過道：「我也不會！你不梳還更好看些。」小龍女微笑道：「是麼？」便放下梳子，戴上耳環，插上珠釵，手腕上戴了一雙玉鐲，紅燭掩映之下，當真美艷無雙。她喜孜孜的回過頭來，想要楊過稱讚幾句。

一回頭，只見楊過淚流滿面，悲不自勝。小龍女一咬牙，只作不見，微笑道：「你說我好不好看？」楊過哽咽道：「好看極了！我給你戴上鳳冠！」拿起鳳冠，走到她身後給她戴上。小龍女在鏡中見他舉袖擦乾了淚水，再到身前時，臉上已作歡容，笑道：「我以後叫你娘子呢，還是仍然叫姑姑？」小龍女心想：「還說甚麼『以後』啊？難道咱倆真的還有『以後』麼？」但仍是強作喜色，微笑道：「再叫姑姑自然不好。娘子夫人的，又太老氣啦！」楊過道：「你的小名兒到底叫甚麼？今天可以說給我聽了罷。」小龍女道：「我沒小名兒的，師父只叫我作龍兒。」楊過說道：「好，以後你叫我過兒，我便叫你龍兒。咱倆扯個直，誰也不吃虧。等到將來生了孩兒，便叫：喂，孩子的爹！喂，孩子的媽！等到孩子大了，娶了媳婦兒……」

小龍女聽著他這麼胡扯，咬著牙齒不住微笑，終於忍耐不住，「哇」的一聲，伏在箱子上哭了出來。楊過搶步上前，將她摟在懷裏，柔聲道：「龍兒，你不好，我也不好，咱們何必理會以後。今天你不會死的，我也不會死。咱倆今兒歡歡喜喜的，誰也不許去想明天的事。」小龍女抬起頭來，含淚微笑，點了點頭。

楊過道：「你瞧這套衣裙上的鳳凰繡得多美，我來幫你穿上！」扶著小龍女身子，將金絲繡的紅襖紅裙給她穿上。小龍女擦去了眼淚，補了些胭脂，笑盈盈的坐在紅燭之旁。

這時郭襄睡在床頭，睜大兩隻烏溜溜的小眼好奇地望著。在她小小的心中，似乎也覺小龍女打扮得真是好看。

小龍女道：「我打扮好啦，就可惜箱中沒新郎的衣冠，你只好委屈一下了。」楊過道：「讓我再找找，瞧有甚麼俊雅物兒。」說著將箱中零星物事搬到床上。小龍女見他拿出一朵金花，便拿起來給他插在頭髮上。楊過笑道：「不錯，這就有點像了。」翻到箱底，只有一疊信札，用一根大紅絲帶縛著，絲帶已然褪色，信封也已轉成深黃。

楊過拿了起來，道：「這裏有些信。」小龍女道：「瞧瞧是甚麼信。」楊過解開絲帶，見封皮上寫的是「專陳林朝英女史親啟」，左下角署的是一個「喆」字。底下二十餘封，每封都是一樣。楊過知道王重陽出家之前名叫「王喆」，笑道：「這是重陽祖師寫給祖師婆婆的情書，咱們能看麼？」小龍女自幼對祖師婆婆敬若神明，忙道：「不，不能看！」

楊過笑著又用絲帶將一束信縛好，道：「孫老道姑他們古板得不得了，見咱倆在重陽祖師的遺像前拜堂成親，便似大逆不道、褻瀆神聖一般。我就不信重陽祖師當年對祖師婆婆沒有情意。若是拿這束信讓他們瞧瞧，那些牛鼻子老道的嘴臉才教有趣呢。」他一面說，一面望著小龍女，不禁為林朝英難過，心想：「祖師婆婆寂居古墓之中，想來曾不止一次的試穿嫁衣。咱倆可又比她幸運得多了。」

小龍女道：「不錯，咱倆原比祖師婆婆幸運，你又何必不快活？」

楊過道：「是啊！」突然一怔，笑道：「我沒說話，你竟猜到了我的心思。」小龍女抿嘴笑道：「若不知你的心思，怎配做你妻子？」楊過坐到床邊，伸左臂輕輕摟住了她。兩人心中都是說不出的歡喜，但願此時此刻，永遠不變。偎倚而坐，良久無語。

過了一會，兩人都向那束信札一望，相視一笑，眼中都流露出頑皮的神色，明知不該私看先師的密札，但總是忍不住一番好奇之心。

楊過道：「咱們只看一封，好不好？決不多看。」小龍女微笑道：「我也是想看得緊呢，好，咱們只看一封。」楊過大喜，伸手拿起信札，解去絲帶。小龍女道：「倘若信中的話教人難過傷心，你便不用唸給我聽。」楊過微微一頓，道：「是啊！」心想王林二人一番情意後來並無善果，只怕信中當真是愁苦多而歡愉少，那便不如不看了。小龍女道：「不用先擔心，說不定是很纏綿的話兒。」

楊過拿起第一封信，抽出一看，唸道：「英妹如見：前日我師與韃子於惡波岡交鋒，中伏小敗，折兵四百……」一路讀下去，均是義軍和金兵交戰的軍情。他連讀幾封，信中說的都是兵鼓金革之事，沒一句涉及兒女私情。

楊過嘆道：「這位重陽祖師固然是男兒漢大丈夫，一心只以軍國為重，但寡情如此，無怪令祖師婆婆心冷了。」小龍女道：「不！祖師婆婆收到這些信時是很歡喜的。」楊過奇道：「你怎知道？」小龍女道：「我自然不知，只是將心比心來推測罷啦。你瞧每一封信中所述軍情都是十分的艱難緊急，但重陽祖師在如此困厄之中，仍不忘給祖師婆婆寫信，你說是不是心中對她念念不忘？」楊過點點頭道：「不錯，果真如此。」當下又拿起一封。

那信中所述，更是危急，王重陽所率義軍因寡不敵眾，連遭挫敗，似乎再也難以支撐，信末詢問林朝英的傷勢，雖只寥寥數語，卻是關切殊殷。楊過道：「嗯，當年祖師婆婆也受過傷，後來自然好了。你的傷勢慢慢將養，便算須得將養一年半載，終究也會痊可。」

小龍女淡淡一笑，她自知這一次負傷非同尋常，若是這等重傷也能治愈，只怕天下竟有不死之人了，但說過今晚不提掃興之事，縱然楊過不過空言相慰，也就當他是真，說道：「慢慢將養便是了，又急甚麼？這些信中也無私秘，你就讀完了罷！」

楊過又讀一信，其中滿是悲憤之語，說道義軍兵敗覆沒，王重陽拚命殺出重圍，但部屬卻傷亡殆盡，信末說要再招兵馬，捲土重來。此後每封信說的都是如何失敗受挫，金人如何在河北勢力日固，王重陽顯然已知事不可為，信中全是心灰失望之辭。

楊過說道：「這些信讀了令人氣沮，咱們還是說些別的罷！咦，甚麼？」他語聲突轉興奮，持著信箋的手微微發抖，唸道：「『比聞極北苦寒之地，有石名曰寒玉，起沉疴，療絕症，當為吾妹求之。』龍兒，你說，這……這不是寒玉床麼？」

小龍女見他臉上斗現喜色，顫聲道：「你……你說寒玉床能治我的傷？」楊過道：「我不知道，但重陽祖師如此說法，必有道理。你瞧，寒玉不是給他求來了麼？祖師婆婆不是製成了床來睡麼？她的重傷不是終於痊可了麼？」

他匆匆將每封信都抽了出來，查看以寒玉療傷之法，但除了那一封信之外，「寒玉」兩字始終不再提到。楊過取過絲帶將書信縛好，放回箱中，呆呆出神：「這寒玉床具此異徵，必非無因，但不知如何方能治愈龍兒之傷？唉，但教我能知此法，……但教我立時能知此法……」

小龍女笑道：「你獃頭獃腦的想甚麼？」楊過道：「我在想怎樣用寒玉床給你治傷。不知是不是將寒玉研碎來服？還是要用其他藥引？」他不知寒玉能夠療傷，那也罷了，此時顛三倒四的唸著「起沉疴，療絕症」六個字，卻不知如何用法，當真是心如火焚。小龍女黯然道：「你記得孫婆婆麼？她既服侍過祖師婆婆，又跟了我師父多年，她給那姓郝的道人打傷了，要是寒玉床能治傷，她臨死時怎會不提？何況我師父，她……她也是受傷難愈而死的。」楊過本來滿腔熱望，聽了這幾句話，登時如有一盆冷水當頭淋下。

小龍女伸手輕輕撫著他頭髮，柔聲道：「過兒，你不用多想我身上的傷，又何必自尋煩惱？」楊過霎時間萬念俱灰，過了一會，問道：「我師祖又是怎麼受的傷？」他雖在古墓多年，卻從未聽小龍女說過她師父的死因。

小龍女道：「師父深居古墓，極少出外，有一年師姊在外面闖了禍，逃回終南山來，師父出墓接應，竟中了敵人的暗算。師父雖然吃了虧，還是把師姊接了回來，也就算了，不再去和那惡人計較。豈知那惡人得寸進尺，隔不多久，便在墓外叫嚷挑戰，後來更強攻入墓，師父抵擋不住，險些便要放斷龍石與他同歸於盡，幸得在危急之際發動機關，又突然發出金針。那惡人猝不及防，為金針所傷，麻癢難當，師父乘勢點了他的穴道，制得他動彈不得。豈知師姊竟偷偷解了他的穴道。那惡人突起發難，師父才中了他的毒手。」

楊過問道：「那惡人是誰？他武功既尚在師祖之上，必是當世高手。」小龍女道：「師父不跟我說。她叫我心中別有愛憎喜惡之念，說道倘若我知道了那惡人的姓名，心中念念不忘，說不定日後會去找他報仇。」楊過嘆道：「嗯，師祖真是好人！」小龍女微微一笑，道：「師父今日若能見到我嫁了這樣一個好女婿，可不知有多開心呢。」楊過笑道：「那也未必！她是不許你動情嫁人的。」小龍女嘆道：「我師父最是慈祥不過，縱然起初不許，到後來見我執意如此，也必順我的意。她……她一定會挺歡喜你的。」

她懷念師恩，出神良久，又道：「師父受傷之後，搬了居室，反而和這寒玉床離得遠遠的。她說我古墓派的行功與寒氣互相生剋，因此以寒玉床補助練功固是再妙不過，受傷之後卻受不得寒氣。」

楊過「嗯」了一聲，心中存想本門內功經脈的運行。玉女心經中所載內功，全仗一股純陰之氣打通關脈，體內至寒，身體外表便發熱氣，是以修習之時要敞開衣衫，使熱氣暢散，無半點窒滯，如受寒玉床的涼氣一逼，自非受致命內傷不可。尋思：「何以重陽祖師卻說寒玉能起沉痾、療絕症？這中間相生相剋的妙理，可參詳不透了。」但見小龍女眼皮低垂，頗有倦意，說道：「你睡罷！我坐在這裏陪著。」

小龍女忙睜大眼睛，道：「不，我不倦。今晚咱們不睡。」她深怕自己傷重，一睡之後便此長眠不醒，與楊過永遠不能再見，說道：「你陪我說話兒。嗯，你倦不倦？」楊過搖搖頭，微笑道：「你不想睡就別睡，合上眼養養神罷！」小龍女道：「好！」慢慢合上眼皮，低聲道：「師父曾說，有一件事她至死也想不明白，過兒你這麼聰明，你倒想想。」楊過道：「甚麼事啊？」小龍女道：「師父點了那惡人的穴道，師姊不知卻為甚麼要去給那惡人解開穴道。」楊過想了一會，只覺小龍女靠在他身上，氣息低微，已自睡去。

楊過怔怔的望著她臉，心中思潮起伏，過了一會，一枝蠟燭爆了一點火花，點到盡頭，竟自熄了。他忽然想起在桃花島小齋中見到的一副對聯：「春蠶到死絲方盡，蠟炬成灰淚始乾。」那是兩句唐詩，黃藥師思念亡妻，寫了掛在她平時刺繡讀書之處。楊過當時看了漫不在意，此刻身歷是境，細細咀嚼此中情味，當真心為之碎，突然眼前一黑，另外一枝蠟燭也自熄滅。心想：「這兩枝蠟燭便像是我和龍兒，一枝點到了盡頭，另一枝跟著也就滅了。」

他出了一會神，只聽得小龍女幽幽嘆了一口長氣，道：「我不要死，過兒……我不要死，咱兩個要活很多很多年。」楊過道：「是啊，你不會死的，將養一些時候，便會好了。你現下胸口覺得怎樣？」小龍女不答，她適才這幾句話只是夢中囈語。

楊過伸手在她額頭一摸，但覺熱得燙手。他又是憂急，又是傷心，心道：「李莫愁作惡多端，這時好好的活著。龍兒一生從未做過害人之事，卻何以要命不久長？老天啊老天，你難道真的不生眼睛麼？」

他一生天不怕地不怕的獨來獨往，我行我素，但這時面臨絕境，徬徨無計，輕輕將小龍女的身子往旁挪了一挪，跪倒在地，暗暗禱祝：「只要老天爺慈悲，保佑龍兒身子痊可，我寧願……我寧願……」為了贖小龍女一命，他又有甚麼事不願做呢？

他正在虔誠禱祝，小龍女忽然說道：「是歐陽鋒，孫婆婆說定是歐陽鋒！……過兒，過兒，你到那裏去了？」突然驚呼，坐起身來。楊過急忙坐回床沿，握住她手，說道：「我在這兒。」小龍女睡夢間驀地裏覺得身上少了依靠，立即驚醒，發覺楊過原來便在身旁，並未離去，心中大是喜慰。

楊過道：「你放心，這一輩子我是永遠不離開你的啦。將來便是要出古墓，我也是寸步不離的守在你身邊。」小龍女說道：「外邊的世界，果然比這陰沉沉的所在好得多，只不過到了外邊，我便害怕。」楊過道：「現今咱們甚麼也不用怕啦。過得幾個月，等你身子大好了，咱倆一齊到南方去。聽說嶺南終年溫暖如春，花開不謝，葉綠長春，咱們再也別掄劍使拳啦，種一塊田，養些小鷄小鴨，在南方晒一輩子太陽，生一大羣兒子女兒，你說好不好呢？」小龍女悠然神往，輕輕的道：「永遠不再掄劍使拳，那可有多好！沒有人來打咱倆，咱倆也不用去打別人，種一塊田，養些小鷄小鴨……唉，倘使我可以不死……」

忽然之間，兩顆心遠遠飛到了南方的春風朝陽之中，似乎聞到了濃郁的花香，聽到了小鷄小鴨嘰嘰喳喳的叫聲……

小龍女實在支持不住，又要矇矇矓矓的睡去，但她又實是不願睡，說道：「我不想睡，你跟我說話啊。」楊過說：「你剛才在睡夢中說是歐陽鋒，那是甚麼事？」小龍女道：「我說了歐陽鋒麼？說些甚麼？」楊過道：「你又說孫婆婆料定是他。」小龍女聽他一提，登時記起，說道：「啊！孫婆婆說，打傷我師父的，一定是西毒歐陽鋒。她說世上能傷得我師父的人寥寥無幾，只有歐陽鋒是出名的壞人。我師父至死都不肯說那惡人的名字。孫婆婆問她：『是不是歐陽鋒，是不是歐陽鋒？』師父總是搖頭，微笑了一下，便此斷氣了。那歐陽鋒可不是你的義父嗎？他武功果然了得，難怪師父打他不過。」

楊過嘆道：「現下我義父死了，師祖和孫婆婆死了，重陽祖師和祖師婆婆都死了，甚麼怨仇，甚麼恩愛，大限一到，都被老天爺一筆勾銷。倒是我師祖最看得破，始終不肯說我義父的姓名……」突然大叫：「啊，原來如此！」

小龍女問道：「你想起了甚麼？」楊過道：「我義父被師祖點了穴道，不是李莫愁解的，其實當時師祖沒有點中！」小龍女道：「沒有點中？不會的。師父的點穴手段高明得很。」楊過道：「我義父有一門天下獨一無二的奇妙武功，全身經脈能夠逆行。經脈一逆，所有穴道盡皆移位，點中了也變成點不中。」小龍女道：「有這等怪事？」

楊過道：「我試給你瞧瞧。」說著站起身來，左手撐地，頭下腳上，的溜溜轉了幾個圈子，吐納了幾口，突然躍起，將頂門對準床前石桌的尖角上撞去。小龍女驚呼：「啊喲！小心！」只見他頭頂心「百會穴」已對著石桌尖角重重一撞。「百會穴」正當腦頂正中，自前髮際至後髮際縱畫一線，自左耳尖至右耳尖橫畫一線，兩線交叉之點即為該穴所在。此穴乃太陽穴和督脈所交，醫家比為天上北極星，所謂「百會應天，璇璣（胸口）應人，湧泉（足底）應地」，是謂「三才大穴」，最是要緊不過。那知楊過以此大穴對準了桌角碰撞，竟然無礙，翻身直立，笑道：「你瞧，經脈逆行，百穴移了位啦！」小龍女嘖嘖稱奇，道：「真是古怪，虧他想得出來！」

楊過這麼一撞，雖未損傷穴道，但使力大了，腦中也不免有些昏昏沉沉，迷糊之間，似乎突然想到了一件重要之事，到底是甚麼事，卻又說不上來。小龍女見他怔怔的發獃，笑道：「傻小子，輕輕的試一下也就是了，誰教你撞得砰嘭山響，有些痛麼？」楊過不答，搖手叫她不要說話，全神貫注的凝想，但腦海中只覺有個模糊的影子搖來晃去，隱隱約約的始終瞧不清楚，似乎要追憶一件往事，又像是突然新發見了甚麼，恨不得從腦中伸出一隻手來，將那影子抓住，放在眼前，細細的瞧個明白。

他想了一會，不得要領，卻又捨不得不想，左手抓頭，甚是苦惱，道：「龍兒，我想到了一件極要緊的事兒，卻不知是甚麼。你知道麼？」二人思路混雜，有如亂絲，自己理不清頭緒，卻去詢問旁人，此事本來不合情理，但他二人長期共處，心意相通，對方的心思平時常可猜到十之八九。小龍女道：「這事十分要緊？」楊過道：「是啊。」小龍女道：「是不是和我傷勢有關呢？」楊過喜道：「不錯，不錯！那是甚麼事？我想到了甚麼事？」

小龍女微笑道：「你剛才在說你義父歐陽鋒，說他能逆行經脈，這和我傷勢有甚麼關係？我又不是他打傷的……」楊過突然躍起，高聲大叫：「是了！」

這「是了」兩字，聲音宏亮，古墓中一間間石室凡是室門未關的，盡皆隱隱發出回音，「是了，是了……」之聲不絕。楊過一把抓住小龍女的右臂，叫道：「你有救了！你有救了！我有救了！我有救了！」大叫幾聲，不禁喜極而泣，再也說不下去。小龍女見他這般興奮，也染到了他的喜悅之情，坐起身來。

楊過道：「龍兒，你聽我說，現下你受了重傷，不能運轉本門的玉女心經，以致傷勢難愈。但你可以逆行經脈療傷，寒玉床正是絕妙的補助。」小龍女若有所悟，喃喃的道：「逆行經脈……寒玉床……」楊過喜道：「你說這不是天緣麼？你倒練玉女心經，那便成了！剛好有寒玉床。」小龍女迷迷惘惘的道：「我還是不明白。」楊過道：「玉女心經順行乃至陰，逆行即為純陽。我說到義父的經脈逆行之法，隱隱約約便覺你的傷勢有救，只是如何療傷，卻摸不著半點頭腦，後來想到重陽祖師信中提及的寒玉，這才豁然而悟。」小龍女道：「難道祖師婆婆以寒玉療傷，她也是逆行經脈麼？」楊過道：「那倒不見得，這經脈逆行之法，祖師婆婆一定不會。但我猜想她必是為陰柔內力所傷，與你所受的陽剛之力恰恰相反。」小龍女含笑點頭，喜悅之情，充塞胸臆。

楊過道：「事不宜遲，咱們這便起手。」去柴房搬了幾大捆木柴，在石室角落裏點了起來，然後將最初步的經脈逆行之法傳授小龍女，扶著她坐上寒玉床。他自行坐在火堆之旁，伸出左手，和小龍女右掌對按，說道：「我引導這裏的熱氣強衝你各處穴道，你勉力使內息逆行，衝開一處穴道便是一處，待熱氣回到寒玉床上，傷勢便減了一分。」小龍女笑道：

「我也得似你這般倒過來打轉麼？」楊過道：「那倒不用。倒轉身子逆行經脈，穴道易位，臨敵時十分有用。咱們慢慢療傷，還是坐著的好。」

小龍女伸手握住他左掌，微笑道：「那位郭姑娘還不算太壞，沒斬斷你兩條手臂。」兩人經歷了適才這番生死繫於一線的時刻，於斷臂之事已視同等閒，小龍女竟拿此事說笑。楊過也笑道：「要是我雙臂齊斷，還有兩隻腳呢。只是用腳底板助你行功，臭哄哄的未免不雅。」小龍女嗤的一笑，當下默默記誦經脈逆行之法，過了一會，說道：「行了！」

楊過見火勢漸旺，潛引內息，正要起始行功，突然叫道：「啊喲！險些誤了大事！」小龍女道：「怎麼？」楊過指著睡在床腳邊的郭襄道：「咱們練到緊要關頭，要是這小鬼頭突然叫嚷起來，豈不糟糕！」小龍女低聲道：「好險！」修道人練功，最忌外魔擾亂心神。當年小龍女和楊過共練玉女心經，被尹志平及趙志敬無意中撞見，小龍女驚怒之下險些嘔血身亡。其時她身子安健尚且如此，今日重傷之下，如何能容得半點驚擾？

楊過調了小半碗蜜漿，抱起郭襄餵飽了，將她放到遠處一間石室之中，關上兩道室門，便是她大聲哭叫，也再不會聽到，這才回到寒玉床邊，說道：「你全身三十六處大穴盡數衝開，我瞧快則十日，慢須半月。本來這麼多的時日之中，免不了有外物分心，但這古墓與塵世隔絕，當真是天下最好不過之地，便是最幽靜的荒山窮谷，也總會有清風明月、鳥語花香擾人心神。」小龍女微微一笑，道：「我這傷是全真道人打的，但全真教的祖師爺造了墓室、備了寒玉床，供我安安靜靜的休息，回復安康，他們的功罪也足以相抵了。」楊過道：「那金輪法王呢？咱們可饒他不得。」

小龍女嘆道：「只要我能活著，你還有甚麼不滿足的麼？」楊過握住了她手，柔聲道：「你說得是。這次你傷好了，咱們永遠不再跟人動手。老天爺待咱們這麼好！唉。」小龍女低低的道：「咱們到南方去，種幾畝田，養些小鷄小鴨……」她出了一會神，突覺掌心一股熱力傳了過來，心中一凜，當即依楊過所傳的經脈逆行之法用起功來。

這經脈逆行和寒玉床相輔相成的療傷怪法，果然大有功效。當年一燈大師以一陽指神功替黃蓉打通周身穴道，治愈重傷，道理原是一般，只是使一陽指療傷內力耗損極大，見功卻是甚快，楊過這怪法子卻不免多費時日。再者，即令是絲毫不會武功的嬰兒受了重傷，精通一陽指神功之人也能以本身渾厚內力助其打通玄關，起死回生。但小龍女如無深湛的內功根基，而所學與楊過又非同一門派，縱然歐陽鋒復生，黃藥師親至，施治者和受治者的精微內息不能絲絲合拍，也決不能一一衝破逆通經脈的無數難關。

楊過除一日三次給郭襄餵蜜及煮瓜為食之外，極少離開小龍女身邊，遇到逆衝大穴，有時一連四五個時辰兩人手掌不能分離。當時郭靖受傷，黃蓉以七日七夜之功助他療傷，小龍女體質既遠不如郭靖壯健，受的傷又倍重之，所需時日自是更為長久。好在古墓石室密處地底，卻不若郭靖當年療傷牛家村時那般敵友紛至，干擾層出不窮。

那日黃蓉在林外以蘭花拂穴手制住李莫愁，遍尋女兒郭襄不見，自是大為憂急，出得林來，向李莫愁喝問：「你使甚麼詭計，將我女兒藏到那裏去啦？」李莫愁奇道：「那小姑娘不是好好的在棘藤中麼？」黃蓉急得幾乎要哭了出來，搖頭道：「不見了。」李莫愁撫養郭襄多日，對她極是喜愛，突然聽得失蹤，心下一怔，衝口說道：「不是楊過，便是金輪法王。」黃蓉問道：「怎麼？」

李莫愁於是將襄陽城外她如何與楊過、法王二人爭奪嬰兒之事說了，說到驚險處，黃蓉也不禁聳然動容，見李莫愁神色間甚是掛懷，確信她實不知情，於是伸手將她穴道解了，順手小指一拂，拂中了她胸口的「璇璣穴」。這麼一來，她行動與平時無異，但十二個時辰之內不能發勁傷人。李莫愁微微苦笑，站直身子，以拂塵揮去身上泥塵，說道：「若是落在楊過手中，那倒不妨，就怕是法王這賊禿搶了去。」黃蓉道：「怎麼？」李莫愁道：「楊過待這小女娃兒極好，料來決無加害之意，因此上我才瞎猜，以為是他女兒……」說到這裏急忙住口，生怕黃蓉又要生氣。

但黃蓉心中，卻在想另一件事。她在想像楊過當時如何和李莫愁及金輪法王惡鬥，出力保護郭襄，自己和郭芙卻錯怪了他，以至郭芙斬斷了他一條手臂。她內心深感歉仄，自怨自艾：「唉，過兒救過靖哥哥，救過我，救過芙兒，這次又救了襄兒……但我心中先入為主，想到他作惡多端的父親，總以為有其父必有其子，從來就信不過他……便是偶爾對他好一陣，不久又疑心他起來。蓉兒啊蓉兒，你枉然自負聰明，說到推心置腹，忠厚待人，那裏及得上靖哥哥的萬一。」

李莫愁見她眼眶中珠淚盈然，只道她是擔心女兒的安危，勸道：「郭夫人，令愛生下不過一月，迭遭大難，但居然連毛髮也無損傷。她生得如此玉雪可愛，便是我這殺人不眨眼的魔頭，也喜歡得甚麼似的，可知她生就福命，一生逢凶化吉。你儘管望安，咱倆一起去找尋罷。」

黃蓉伸袖抹了抹眼淚，心想她說得倒也不錯，又想：「誠以接物，才是至理。以後寧可讓人負我，不可我再負人了。」便伸手解開了她的「璇璣穴」，說道：「李道長願同去找尋小女，小妹感謝之至。但若道長另有要事，咱們就此別過，後會有期。」

李莫愁道：「甚麼要事？最要緊之事莫過於去找尋這小娃娃了。你等一等！」說著搶步鑽進一株大樹的樹洞，解開了豹子腳上的繩索，在牠後臀輕輕一拍，說道：「放你去罷。」那豹子低吼一聲，竄入長草之中。黃蓉奇道：「這豹子幹甚麼？」李莫愁笑道：「那是令千金的乳娘。」

黃蓉微微一笑，兩人一齊回到鎮上，只見郭芙站在鎮頭，正伸長了脖子張望。

郭芙見到黃蓉，大喜縱上，叫了聲：「媽！妹妹給……」一句話沒說完，看清楚站在母親身後的竟是李莫愁，不禁大吃一驚。她曾與李莫愁交過手，平時聽武氏兄弟說起殺母之仇，心中早當她是世上最惡毒之人。

黃蓉道：「李道長幫咱們去找你妹子。你說妹妹怎麼啦？」郭芙道：「妹妹給楊過抱了去啦，他還搶了我的小紅馬去。你瞧這把劍。」說著舉起手中彎劍，道：「他用斷臂的袖子一拂，這劍撞在牆角上，便成了這個樣子。」黃蓉與李莫愁齊聲道：「是袖子？」郭芙道：「是啊，當真邪門！想不到他又學會了妖法。」

黃蓉與李莫愁相視一眼，均各駭然。她二人自然都知一人內力練到了極深湛之境，確可揮綢成棍、以柔擊剛，但縱遇明師，天資穎異，至少也得三四十年的功力，楊過小小年紀，竟能到此境地，實是罕有。黃蓉聽說女兒果然是楊過抱了去，倒放了一大半心。李莫愁卻自尋思：「這小子功夫練到這步田地，定是得力於我師父的玉女心經。眼下有郭夫人這個強援，我助她奪回女兒，她便得助我奪取心經。我是本派大弟子，師妹雖得師父喜愛，但她連犯本派門規，這心經焉能落入男子手中？」她這麼一想，自己頗覺理直氣壯。

黃蓉問明了楊過所去的方向，說道：「芙兒，你也不用回桃花島啦，咱們一起找楊大哥去。」郭芙大喜，連說：「好，好！」但想到要見楊過，臉色又十分尷尬。黃蓉臉一沉，說道：「你總得再見他一面，不管他恕不恕你，務須誠誠懇懇的向他引咎謝罪。」郭芙心中不服，道：「幹麼啊？他不是搶了妹妹去嗎？」黃蓉簡略轉述李莫愁所說言語，道：「他若存有歹心，你妹子焉能活到今日？再說，他這袖子的一拂，若不是拂在劍上，而是對準了你的小腦袋兒，你想想現下是怎生光景？」

郭芙聽母親這麼一說，心中不自禁的一寒，暗想：「難道他當真是手下留情了麼？」但她自幼給母親寵慣了，兀自嘴硬，辯道：「他抱了妹妹向北而去，自然是去絕情谷了！」黃蓉搖頭道：「不會，他定是去終南山。」郭芙撅起嘴唇道：「媽，你儘是幫著他！他倘若真有好意，怎不抱妹妹到襄陽來還給咱們？抱去終南山又幹甚麼？」

黃蓉嘆道：「你和楊大哥從小一塊兒長大的，居然還不懂得他的脾氣！他從來心高氣傲，受不得半點折辱，突然給你斬斷一臂，要傷你性命，有所不忍，但如就此罷休，又是不甘。這才抱了你妹子去，叫咱們擔心憂急。過得一些時日，他氣消了，自會把你妹子送回。你懂了嗎？你冤枉他偷你妹子，他索性便偷給你瞧瞧！」

黃蓉回到適才打尖的飯鋪去，借紙筆寫了個短簡，給了二兩銀子，命飯鋪中店伙送到襄陽去給郭靖。那店伙道：「郭大俠保境安民，真是萬家生佛，小人能為郭大俠稍效微勞，那是磕頭去求也求不來的。」無論如何不肯收銀子，拿了短簡，歡天喜地的去了。郭芙見眾百姓對父親如此崇敬，心中甚是得意。

當下三人買了牲口，向終南山進發。郭芙不喜李莫愁，路上極少和她交談，逢到迫不得已非說不可，神色間也是冷冷的。

朝行夜宿，一路無事，這日午後，三人縱騎正行之間，突見迎面有人乘馬飛馳而來。

註：據史籍記載，尹志平繼丘處機為全真教掌教，其後相繼各任掌教依次為李志常、張志敬、王志坦、祁志誠等。至於趙志敬則為小說中的虛構人物。

第二十九回

劫難重重

——

郭芙被煙火薰得快將暈去，
嚇得連哭也哭不出了，
忽聽得東首呼呼聲響，
只見一團旋風裹著一個灰影疾捲而來，
旋風到處，火燄向兩旁分開。
風中人影便是楊過。

郭芙叫道：「是我的小紅馬，是我的……」叫聲未畢，紅馬已奔到面前。郭芙縱身上前。紅馬認得主人，不待她伸手拉韁，已斗然站住，昂首歡嘶。

郭芙看馬上乘者是個身穿黑衣的少女，昔日見過一面，是曾與她並肩共鬥李莫愁的完顏萍。只見她頭髮散亂，臉色蒼白，神情極是狼狽。郭芙道：「完顏姊姊，你怎麼了？」完顏萍伸手指著來路，道：「快……快……」突然身子搖晃，摔下馬來。郭芙驚叫一聲，伸手扶起，向母親道：「媽，她便是那個完顏姊姊。」說著向李莫愁瞪了一眼。

黃蓉心想：「她騎了汗血寶馬奔來，天下無人再能追趕得上，本來已無危險。但她手指北方，神情惶急，必是為旁人擔憂，咱們須得趕去救人。」叫女兒抱了完顏萍坐在馬上，說道：「這馬腳程太快，你千萬不可越過我頭！」郭芙問道：「為甚麼啊？」黃蓉道：「前面有重大危險，怎麼這都想不到？」說著向李莫愁一招手，兩人縱馬向北。

奔出十餘里，果然聽得山嶺彼方隱隱傳來兵刃相交之聲。黃蓉和李莫愁縱馬繞過山嶺，只見前面空地上有五人正自惡鬥。其中二人是武氏兄弟，另外一男一女，年紀均輕，黃蓉並不識得，四人聯手與一個中年漢子相抗。雖然以四敵一，但兀自遮攔多，進攻少，武氏兄弟均已負傷，只那少年一柄長劍縱橫揮舞，抵擋了那中年漢子的大半招數。旁邊空地上躺著一人，卻是武三通，不住口的吆喝叫嚷。

黃蓉見那漢子左手使柄金光閃閃的大刀，右手使柄又細又長的黑劍，招數奇幻，生平未見，自己若不出手，武氏兄弟便要遭逢奇險，向李莫愁道：「那兩個少年是我徒兒。」李莫愁淡然一笑，心想：「他們母親是我殺的，我豈不知？」見那中年漢子武功高得出奇，江湖上卻從未聽說有這號人物，心下暗自驚異，微微一笑，道：「下場罷！」拔出拂塵一拂，黃蓉也已持竹棒在手。兩人左右齊上，李莫愁拂塵攻那人黑劍，黃蓉的竹棒便纏向他金刀。

這中年漢子正是絕情谷谷主公孫止，突見兩個中年美貌女子雙雙攻來，心中一震。只聽李莫愁叫道：「一！」拂塵揮出一招，跟著又叫：「二！」原來她與黃蓉暗中較上了勁，要瞧是誰先將這漢子的兵刃打落脫手。但她一直叫到「十」字，公孫止仍是有攻有守。那少年長劍刷刷刷連刺三劍，指向公孫止後心。這三劍勢狠力沉，公孫止緩不出手來抵擋，向前縱躍丈餘，脫出圈子，心知再鬥下去，定要吃虧，向黃蓉與李莫愁橫了一眼，暗道：「那裏鑽出這兩個厲害女將來？偏又這般美貌！」刀劍互擊，嗡嗡作響，縱身再上。

黃蓉與李莫愁不敢輕敵，舉兵刃嚴守門戶，那知公孫止在空中一個轉身，落地後幾下起落，奔上了山嶺。黃蓉和李莫愁相視一笑，均想：「此人武功既強，人又狡猾，自己若是落單，只怕不是他的敵手。」

武氏兄弟手按傷口，上前向師母磕頭，一站直身子，都怒目瞪視李莫愁。

黃蓉道：「舊帳暫且不算，你們爹爹的傷不礙事麼？這兩位是誰？啊喲，不好！李姊姊快跟我來！」不及上馬，飛身向來路急奔。李莫愁沒領會她的用意，但也隨後跟去，叫道：「怎麼啊？」黃蓉道：「芙兒，芙兒正好和這人撞上！」

兩人提氣急追，但公孫止腳程好快，便在這稍一耽擱之際，已相距里許。

只見郭芙雙手摟著完顏萍，兩人騎了小紅馬正緩步繞過山嶺。黃蓉遙遙望見，提氣高叫：「芙兒——小心！」叫聲未歇，公孫止快步搶近，縱身飛躍，已上了馬背，伸手將郭芙制住，跟著拉韁要掉轉馬頭。黃蓉撮唇作哨。紅馬聽得主人召喚，便即奔來。

公孫止吃了一驚，心想：「今日行事怎地如此不順，連一頭畜生也差遣不動？」當下運勁勒馬。這一勒力道不小，紅馬一聲長嘶，人立起來。公孫止強行將馬頭掉轉，要向南奔馳，但紅馬翻蹄踢腿，竟一步步的倒退而行。黃蓉大喜，急奔近前。公孫止見紅馬倔強無比，黃蓉與李莫愁轉眼便要追到，當即兵刃入鞘，右手挾了郭芙，左手挾了完顏萍，下馬奔行。黃蓉和李莫愁都是一等一的輕功，不多時便已追近，相距不過數十步之遙。

公孫止轉過身來，笑道：「我雙臂這般一使勁，這兩個花朵般的女孩兒還活不活？」黃蓉說道：「閣下是誰？我和你素不相識，何以擒我女兒？」公孫止笑道：「這是你的女兒？原來你是完顏夫人？」黃蓉指著郭芙道：「這才是我女兒！」公孫止向郭芙看了一眼，又向黃蓉望了一眼，笑嘻嘻的道：「嘖嘖嘖，很美，母女倆都很美，很美！」

黃蓉大怒，只是女兒受他挾制，投鼠忌器，只有先使個緩兵之計，再作道理，正待說話，突然颼颼兩聲發自身後，兩枝長箭自左頰旁掠過，直向公孫止面門射去。箭去勁急，破空之聲極響。黃蓉聽得箭聲，險些喜極而呼，錯疑是丈夫到了。中原一般武林高手均少熟習箭術，而蒙古武士箭法雖精，以無渾厚內力，箭難及遠。這兩枝箭破空之聲如此響亮，除了郭靖所發之外，她生平還未見過第二人有此功力。但比之郭靖畢竟相差尚遠，箭到半路，她便知並非丈夫。

公孫止眼見箭到，張口咬住第一枝箭的箭頭，跟著偏頭一撥，以口中箭桿將第二枝箭撥在地下。黃蓉心想：「此箭若是靖哥哥所射，你張口欲咬，不在你咽喉上穿個窟窿才怪。」

心念方動，只聽得颼颼之聲不絕，連珠箭發，一連九箭，一枝接著一枝，枝枝對準了公孫止雙眉之間。這一來公孫止不由得手忙腳亂，忙放下二女，抽劍格擋。

黃蓉和李莫愁發足奔上，待要去救二女，只見一團灰影著地滾去，抱住了郭芙向路旁一滾，待要翻身站起，公孫止左手金刀尚未拔出，空掌向他頭頂擊落。

那人橫臥地下，翻掌上擋，雙掌相交，砰的一聲，只激得地下灰塵紛飛。公孫止叫道：「好啊！」第二掌加勁擊落。眼見那人難以抵擋，黃蓉打狗棒揮出，使個「封」字訣，已接過了這掌。公孫止見敵人合圍，料知今日已討不了好去，哈哈一笑，倒退三步，轉身揚長而去。這一下身法瀟灑，神態英武，黃蓉等倒也不敢追趕。

抱著郭芙那人站起身來，鬆臂放開。黃蓉見他腰掛長弓，身高膀闊，正是適才使劍的少年，那十一枝連珠箭自然是他所發了。郭芙為公孫止所制，但未受傷，說道：「耶律大哥，多謝你救我。」說著臉上一紅，甚感嬌羞。

這時武修文和另一少女也已追到，只武敦儒留在父親身邊照料。按理武修文該替各人引見，但他滿腔怒火，狠狠的瞪著李莫愁，渾忘了身旁一切，黃蓉連叫他兩聲，竟沒聽見。李莫愁卻已站得遠遠的，負手觀賞風景，並不理睬眾人。

郭芙指著適才救她的少年，對黃蓉道：「媽，這位是耶律齊耶律大哥。」指著那高身材的少女道：「這位是耶律燕耶律姊姊。」黃蓉讚道：「兩位好俊的功夫！」耶律兄妹齊稱：「郭夫人誇獎！」上前行禮。

黃蓉道：「瞧兩位武功是全真一派，但不知是全真七子中那一位門下？」她見耶律齊武功了得，少年子弟中除楊過之外罕有其匹，料想不會是全真門下的第四代子弟。耶律燕道：「我的功夫是哥哥教的。」黃蓉點了點頭，眼望耶律齊。耶律齊頗感為難，說道：「長輩垂詢，原該據實稟告。只是我師父囑咐晚輩，不可說他老人家的名諱，請郭夫人見諒。」

黃蓉一怔，心想：「全真七子那裏來這個怪規矩了？這少年武功人才兩臻佳妙，為甚麼說不得？」心念一動，突然哈哈大笑，彎腰捧腹，顯是想到了甚麼滑稽之極的趣事。郭芙奇道：「媽，甚麼事好笑？」她聽母親正自一本正經的詢問耶律齊的師承門派，驀地裏如此發笑，只怕耶律齊定要著惱，心中微感尷尬，又道：「媽，耶律大哥不便說，也就是了，有甚麼好笑？」黃蓉笑著不答。耶律齊也是笑容滿面，道：「原來郭夫人猜到了。」郭芙甚感迷惘，轉頭看耶律燕時，見她也是大惑不解，不知兩人笑些甚麼。

這時武修文左足跪地，在給完顏萍包紮傷處。她剛才給公孫止挾制了奔跑時扭脫了右足小腿關節。黃蓉問道：「修兒，你爹爹的傷勢怎樣？」武修文道：「爹爹中了那公孫老兒的一劍，傷在左腿，幸虧沒傷到筋骨。」黃蓉點點頭，過去撫摸汗血寶馬的長鬣，輕輕說道：「馬兒啊馬兒，我郭家滿門真是難以報答你的恩情。」眼見武修文始終不和郭芙說話，神色間頗有異狀，但照料完顏萍卻極是殷勤，也不知是故意做給女兒看呢，還是當真對這姑娘生了情意，一時也理會不了這許多，說道：「咱們瞧你爹爹去。」

武三通本來坐著，見黃蓉走近，叫道：「郭夫人！」站起身來，終因腿上有傷，身子微微一晃。武敦儒和耶律燕同時伸手去扶，兩人手指互碰，不由得相視一笑。

黃蓉心中暗笑：「好啊，又是一對！沒幾日之前，兩兄弟為了芙兒拚命，兄弟之情也不顧了，這時另行見到了美貌姑娘，一轉眼便把從前之事忘得乾乾淨淨。」突然間想到郭靖，心下不禁自傲，靖哥哥對自己一片真心，當真是富貴不奪，艱險不負，眼前的少年人有誰能比得上？跟著又想到了楊過，覺得他和小龍女的情愛身分不稱，倫常有乖，然而這份生死不渝的堅貞，卻也令人可敬可佩。

武氏兄弟和郭芙同在桃花島上自幼一齊長大，一來島上並無別個妙齡女子，二來日久自然情生，若要兩兄弟不對郭芙鍾情，反而不合情理了。後來忽然得知郭芙對自己原來絕無情意，自是心灰意懶，只道此生做人再無半點樂趣，那知不久遇到了耶律燕和完顏萍，竟爾分別和兩兄弟頗為投緣。這時二武與郭芙重會，心中暗地稱量，當真是情人眼裏出西施，只覺自己的意中人非但並無不及郭芙之處，反而頗有勝過。一個心道：「耶律姑娘豪爽和氣，那像你這般扭扭捏捏，儘是小心眼兒？」另一個心道：「完顏姑娘楚楚可憐，多溫柔斯文，爭似你每日裏便是叫人嘔氣受罪？」他兄弟倆本已立誓終生不再與郭芙相見，但這時狹路相逢，難以迴避，均想：「今日並非我有意前來找你，可算不得破誓。」

郭芙心中，卻儘在回想適才自己被公孫止所擒、耶律齊出手相救之事，幾次偷眼瞧他，見這人長身玉立，英秀挺拔，不禁暗自奇怪：「去年和他初會，事過後也便忘了，那知這人的武功竟如此了得。媽媽和他相對大笑，卻又不知笑些甚麼？」

黃蓉看了武三通腿上的劍傷，幸喜並無大礙。當下各人互道別來之情。

那日武三通、朱子柳隨師叔天竺僧赴絕情谷尋求解藥，剛出襄陽城，武三通便見到兩個兒子。他吃了一驚，只怕兩人又要決鬥，忙叫朱子柳陪師叔先去，搶上去揪住二武兄弟厲聲喝問，原來他兄弟倆為了曾對楊過立誓不再見郭芙之面，不願再在襄陽多耽。武三通大慰，連讚：「好孩兒，有志氣！」又道：「楊兄弟捨命救我父子，他眼下有難，如何能不設法報答？咱父子三人一起去絕情谷。」

但絕情谷便如世外桃源一般，雖曾聽楊過說過大致的所在方位，卻著實不易找到入口。三人盤旋來去，走了不少岔路，好容易尋到了谷口，天竺僧和朱子柳卻已雙雙失陷，被裘千尺派遣弟子以漁網陣擒住。武三通父子幾次救援不成，反險些也陷在谷內，只得退出，想回襄陽求救，途中偏又和公孫止遇上，說他三人擅闖禁地，動起手來。武三通不敵，腿上中了一劍。公孫止倒也不欲害三人性命，只是催迫他們快走，永遠不許再來。

便在此時，耶律兄妹和完顏萍三人在大路上並騎馳來。這三人曾和武氏兄弟聯手拒敵，當即下馬敘舊。公孫止在旁冷眼瞧著，他既和小龍女成不了親，又被妻子逐出，正在百無聊賴之際，見到完顏萍年輕美貌，不禁又起歹心，突然出手將她奪走。當下耶律兄妹、武氏父子羣起而攻。武三通若非先受了傷，六人聯手，原可和公孫止一鬥，但他腿傷後轉動不便，真正武功精強的只賸耶律齊一人，自是抵擋不住。恰好汗血寶馬自終南山獨自馳回襄陽，武修文截住寶馬，讓完顏萍騎了逃走，心想公孫止失了鵠的，終當自去，想不到黃蓉和李莫愁竟會於此時趕到。

黃蓉聽後，將楊過斷臂，奪去幼女等情也簡略說了。武三通大驚，忙解釋當日情由，說道：「楊兄弟一片肝膽熱腸，全是為了相救我那兩個畜生，免得他兄弟自殘，淪於萬劫不復之地，想不到竟生出這些事來。」想到楊過不幸斷肢，全是受了自己兩子的牽累，越想越氣，突然指著兩兄弟大罵起來。

武氏兄弟在一旁和耶律兄妹、完顏萍三人說得甚是起勁，過不多時，郭芙也過來參與談論。六人年紀相若，適才又共同經歷了一場惡戰，說起公孫止窮凶極惡，終於落荒而逃，無不興高采烈。突然之間，猛聽得武三通連珠彈般罵了起來：「武敦儒、武修文你這兩隻小畜生，楊過兄弟待你們何等大仁大義，你這兩隻畜生卻累得他斷了手臂，你們自己想想，咱們姓武的怎對得他住？」他面紅耳赤的越罵越兇，若不是腿上有傷，便要撲過去揮拳毆擊。二武莫名其妙，不知父親何以忽然發怒，各自偷眼去瞧耶律燕和完顏萍，均覺在美人之前，給父親這麼畜生長、畜生短的痛罵，實是大失面子，倘若他再抖出兄弟倆爭奪郭芙的舊事，那更是狼狽之至了。兩兄弟你望我，我望你，不知如何是好。

黃蓉見局面尷尬，勸道：「武兄也不必太過著惱，楊過斷臂，全因小妹沒有家教，把女孩兒縱壞了。當時我們郭爺也是氣惱之極，要將小女的手臂砍一條下來。」武三通大聲道：「對啊，不錯。應該砍的！」郭芙向他白了一眼，心想：「要你說甚麼『應該砍的』？」若不是母親在前，她立時便要出言挺撞。

黃蓉道：「武兄，現下一切說明白啦，實是錯怪了楊過這孩子。眼前有兩件大事，第一，咱們須得找到楊過，好好的向他陪個不是。」武三通連稱：「應得，應得。」黃蓉又道：「第二件大事，便是上絕情谷去相救令師叔和朱大哥，同時替楊過求取解藥。但不知朱大哥如何被困，刻下是否有性命之憂？」

武三通道：「我師叔和師弟是被漁網陣困住的，囚在石室之中，那老乞婆倒似還不想便即加害。」黃蓉點頭道：「嗯，既是如此，咱們須得先找到楊過，跟他同去絕情谷救人。一獲解藥，好讓他立刻服下，免得遷延時日，多生危險。」武三通道：「不錯，卻不知楊過現下是在何處？」黃蓉指著汗血寶馬道：「此馬剛由楊過借了騎過，只須讓這馬原路而回，當可找到他的所在。」武三通大喜，說道：「今日若非足智多謀的郭夫人在此，老武枉自暴跳如雷，卻不免一籌莫展了。」郭芙再也忍耐不住，說道：「可不是嗎？」

黃蓉微微一笑，她一句不提去尋回幼女，卻說得武三通甘心跟隨，又想：「武氏父子既去，那三個年輕人多半也會隨去，憑空多了幾個強助，豈不是妙？」向耶律齊道：「耶律小哥若無要事，便和我們同去玩玩如何？」耶律齊尚未回答，耶律燕拍手叫道：「好，好！哥哥，咱們一起去罷！」耶律齊忍不住向郭芙望了一眼，見她眼光中大有鼓勵之意，於是躬身道：「聽憑武前輩和郭夫人吩咐。晚輩們能多獲兩位教益，正是求之不得。」完顏萍也是臉有喜色，緩緩點頭。

黃蓉道：「嗯，咱們人雖不多，也得有個發號施令之人。武兄，大夥兒一齊聽你號令，誰都不可有違。」武三通連連搖手，說道：「有你這個神機妙算、亞賽諸葛的女軍師在此，誰還敢發號施令？自然是你掛帥印。」黃蓉笑道：「當真？」武三通道：「那還有假？」黃蓉笑道：「小輩們也還罷了，就怕你這老兒不聽我號令。」武三通大聲道：「你說甚麼，我便幹甚麼？赴湯蹈火，在所不辭。」黃蓉道：「在這許多小輩之前，你可不能說過了話不算？」武三通脹紅了臉，道：「便是無人在旁，我也豈能言而無信？」

黃蓉道：「好！這一次咱們找楊過、求解藥、救你的師叔、師弟，須得和衷共濟。舊日恩怨，暫且擱過一邊。武兄，你們父子可不能找李莫愁算帳，待得大事一了，再拚你死我活不遲。」武三通一怔，他可沒想到黃蓉這番言語相套，竟是如此用意。李莫愁和他有殺妻大恨，這一口怒氣卻如何忍得下？正自沉吟未答，黃蓉低聲道：「武兄，你眼前腿上有傷，君子報仇，十年未晚，又豈急在一時？」武三通道：「好，你說甚麼，我就幹甚麼。」

黃蓉縱聲招呼李莫愁：「李姊姊，咱們走罷！」她讓汗血寶馬領路，眾人在後跟隨。紅馬本欲回歸襄陽，這時遇上了主人，黃蓉牽著牠面向來路，便向終南山而去。

武三通和完顏萍身上有傷，不能疾馳，一行人每日只行一百餘里，也就歇了。李莫愁暗中嚴加戒備，歇宿時遠離眾人，白天趕路之時也是遙遙在後。

一路上朝行晚宿，六個青年男女閒談說笑，越來越是融洽。武氏兄弟自來為在郭芙面前爭寵，手足親情不免有所隔閡，這時各人情有別鍾，兩兄弟便十分的相親相愛起來。武三通瞧在眼裏，自是老懷彌慰，但每次均即想起：「那日兩兄弟就算不中李莫愁的毒針，他二人自相殘殺，必有一亡，而活著的那一個，我也決不能當他是兒子了。現下這兩隻小畜生居然好端端地有說有笑，楊兄弟卻斷了一條手臂。唉，真不知從何說起？該當斬下兩隻小畜生的臂膀來，接在楊兄弟身上才是道理。」至於楊過不免由此變成三隻手，他卻沒有想到。

不一日來到終南山。黃蓉、武三通率領眾人要去重陽宮拜會全真五子。李莫愁遠遠站定，說道：「我在這裏相候便了。」黃蓉知她與全真教有仇，也不相強，逕往重陽宮去。

劉處玄、丘處機等得報，忙迎出宮來，相偕入殿，分賓主坐下，剛寒暄得幾句，忽聽得後殿一人大聲吆喝。黃蓉大喜，叫道：「老頑童，你瞧是誰來了？」

這些日來，周伯通儘在鑽研指揮玉蜂的法門。他生性聰明，鍥而不捨，居然已有小成，這天正玩得高興，忽聽得有人呼叫，卻是黃蓉的聲音。周伯通喜道：「啊哈，原來是我把弟的刁鑽古怪婆娘到了！」大呼小叫，從後殿搶將出來。

耶律齊上前磕頭，說道：「師父，弟子磕頭，您老人家萬福金安。」周伯通笑道：「免禮平身！你小娃兒也萬福金安！」

眾人一聽，都感奇怪，想不到耶律齊竟是周伯通的弟子。這老頑童瘋瘋顛顛，教出來的徒弟卻是精明練達，少年老成，與他全然不同。丘處機等見師叔門下有了傳人，均甚高興，紛紛向周伯通道賀。郭芙這時方始省悟，那日母親和耶律齊相對而笑，便因猜到他師父是老頑童之故。

原來耶律齊於十二年前與周伯通相遇，其時他年歲尚幼，與周伯通玩得投機，老頑童便收他為徒。所傳武功雖然不多，但耶律齊聰穎強毅，練功甚勤，竟成為小一輩中的傑出人物。只是周伯通見他規規矩矩，不是小頑童模樣，心中終覺有憾，因此不許他自稱是老頑童的嫡傳弟子。事到如今，想賴也賴不掉了。

正熱鬧間，突然山下吹起哨吶，教中弟子傳訊，有敵人大舉來襲。當日全真教既拒蒙古大汗的敕封，復又殺傷多人，丘處機等便知這事決不能就此善罷，蒙古兵遲早會殺上山來，全真教終不能與蒙古大軍對壘相抗，早已安排了棄宮西退的方策。這時全真教的掌教由第三代弟子李志常充任，但遇上這等大事，自仍由全真五子發號施令。丘處機向黃蓉道：「郭夫人，蒙古兵攻山！時機當真不巧，不能讓貧道一盡地主之誼了。」

只聽得山下喊殺之聲大作，金鼓齊鳴。原來黃蓉等自南坡上山，蒙古兵卻自北坡上山，前後相差不到半個時辰。

周伯通道：「是敵人來了？當真妙不可言，來來來，咱們下去殺他個落花流水。」伸手抓住了耶律齊的手腕，說道：「你顯點師父教的功夫，給幾位老師兄們瞧瞧。我看也不差於全真七子。你加上去算全真八子好了。」大凡小孩有了心愛玩物，定要到處顯炫，博人稱賞，方始喜歡。他初時叫耶律齊不可洩露師承，是嫌他全無頑皮之性，半點不似老頑童如此明師的高徒。但今日師徒相見，高興之下，早將從前自己囑咐的話忘得乾乾淨淨。

丘處機道：「師叔，我教數十年經營，先師的畢生心血，不能毀於一旦，咱們今日全身而退，方為上策。」也不等周伯通有何高見，便即傳令：「各人攜帶物事，按派定路程下山。」眾弟子齊聲答應，負了早就打好的包裹，東一隊、西一隊的奔下山去。前幾日中，全真五子和李志常早已分派妥當，何人衝前，何人斷後，何處會合，如何聯絡，曾試演多次，因此事到臨頭，毫不混亂。

黃蓉道：「丘道長，貴教安排有序，足見大才，眼前小小難關，不足為患。行見日後捲土重來，自必更為昌盛。此番我們有事來找楊過，就此拜別。」丘處機一怔，道：「楊過？卻不知他是否仍在此山之中？」黃蓉微微一笑，道：「有個同伴知曉他的所在。」

說到此時，山下喊殺之聲更加響了。黃蓉心想：「全真教早有布置，自能脫身。我上山來是找楊過、接女兒，別混在大軍之中，誤了要事。」當下和丘處機等別過，招呼一同上山的諸人，奔到重陽宮後隱僻之處，對李莫愁道：「李姊姊，就煩指引入墓之法。」

李莫愁問道：「你怎知他定在古墓之中？」黃蓉微微一笑，道：「楊過便不在古墓，玉女心經一定在的。」李莫愁一凜，暗道：「這位郭夫人當真厲害，怎地知悉我的心事？」

李莫愁隨著眾人自襄陽直至終南，除黃蓉外，餘人對她都毫不理睬，沿途甚是沒趣，自不必說，武氏父子更虎視眈眈的俟機欲置之死地。黃蓉心想：「她對襄兒縱然喜愛，也決不肯干冒如此奇險，必定另有重大圖謀。」一加琢磨，想起楊過與小龍女曾以玉女心經的劍術擊敗金輪法王，而李莫愁顯然不會這門武功，否則當日與自己動手，豈有不使之理？她自是既想取玉女心經，又怕七人先入古墓取了經去。兩下裏一湊合，便猜中了她的心意。

李莫愁心想你既然知道了，不如索性說個明白，便道：「我助你去奪回女兒，你須助我奪回本門武經。你是丐幫幫主、揚名天下的女俠，可不能說了話不算。」黃蓉道：「楊過是我們郭爺的故人之子，和我小有誤會，見面即便冰釋。小女倘若真在他處，他自會還我，說不上甚麼奪不奪。」李莫愁道：「既然如此，咱們各行其是，便此別過。」說著轉身欲行。

黃蓉向武修文使個眼色。武修文長劍出鞘，喝道：「李莫愁，今日你還想活著下終南山麼？」

李莫愁心想：單黃蓉一人自己已非其敵，再加上武氏父子、耶律兄妹等人，那裏還有生路？她本來頗有智計，但一遇上黃蓉，竟是縛手縛腳，一切狡獪伎倆全無可施，當下淡淡的道：「郭夫人精通奇門之變，楊過既然在此山上，郭夫人還愁找不到麼？何必要我引路？」

黃蓉知她以此要挾，說道：「要找尋古墓的入口，小妹卻無此本事。但想楊過和龍姑娘雖在墓中隱居，終須出來買米打柴。我們七個人分散了慢慢等候，總有撞到他的日子。」意思說你若不肯指引，我們便立時將你殺了，只不過遲幾日見到楊過，也沒甚麼大不了。

李莫愁一想不錯，對方確是有恃無恐。在這平地之上，自己寡不敵眾，但若將眾人引入地下墓室，那時憑著地勢熟悉，便能設法逐一暗害，說道：「今日你們恃眾凌寡，我別無話說，反正我也是要去找楊過，你們跟我來罷！」穿荊撥草，從樹叢中鑽了進去。

黃蓉等緊跟在後，怕她突然逃走。見她在山石叢中穿來插去，許多處所明明無路可通，但東一轉，西一彎，居然別有洞天。這些地勢全是天然生成，並非人力布置，因此黃蓉雖然通曉五行奇門之術，卻也不能依理推尋，心想：「有言道是『巧奪天工』，其實天工之巧，豈是人所能奪？」

行了一頓飯時分，來到一條小溪之旁，這時蒙古兵吶喊之聲仍然隱隱可聞，但因深處林中，聽來似乎極為遙遠。

李莫愁數年來處心積慮要奪玉女心經，上次自地底溪流出墓，因不諳水性，險些喪命，此後便在江河中熟習水性，此次乃有備而來。她站在溪旁，說道：「古墓正門已閉，若要開啟，須費窮年累月之功。後門是從這溪中潛入，那幾位和我同去？」

郭芙和武氏兄弟自幼在桃花島長大，每逢夏季，日日都在大海巨浪之中游泳，因此精通水性，三人齊道：「我去！」武三通也會游水，雖然不精，但也沒將這小溪放在心上，說道：「我也去。」

黃蓉心想李莫愁心狠手辣，若在古墓中忽施毒手，武三通等無一能敵，本該自己在側監視，但產後滿月不久，在寒水中潛泳只怕大傷中元，正自躊躇，耶律齊道：「郭伯母你在這兒留守，小姪隨武伯父一同前往。」

黃蓉大喜，此人精明幹練，武功又強，有他同去，便可放心，問道：「你識水性麼？」耶律齊道：「游水是不大行，潛水勉強可以對付。」黃蓉心中一動，道：「是在冰底練的麼？」耶律齊道：「是。」黃蓉又問：「在那裏練的？」耶律齊道：「晚輩幼時隨家父在斡難河畔住過幾年。」原來蒙古苦寒，那斡難河一年中大半日子都是雪掩冰封。蒙古武士中體質特強之人常在冰底潛水，互相賭賽，以遲出冰面為勝。

黃蓉見李莫愁等結束定當，便要下溪，當下無暇多問，只低聲道：「人心難測，多加小心。」她對女兒反而不再囑咐，這姑娘性格莽撞，叮嚀也是無用，只有她自己多碰幾次壁，才會得到教訓。

耶律、完顏二女不識水性，與黃蓉留在岸上。李莫愁當先引路，自溪水的一個洞穴中潛了下去。耶律齊緊緊跟隨。郭芙與武氏父子又在其後。

耶律齊等五人跟著李莫愁在溪底暗流中潛行。地底通道時寬時窄，水流也是忽急忽緩，有時水深沒頂，有時只及腰際，潛行良久，終於到了古墓入口。李莫愁鑽了進去。五人魚貫而入，均想：「若非得她引路，焉能想到這溪底居然別有天地？」這時身周雖已無水，卻仍是黑漆一團，五人手拉著手，唯恐失散，跟著李莫愁曲曲折折的前行。

又行多時，但覺地勢漸高，腳下已甚乾燥，忽聽得軋軋聲響，李莫愁推開了一扇石門，五人跟著進去。只聽得李莫愁道：「此處已是古墓中心，咱們少憩片刻，這便找楊過去。」自入古墓，武三通和耶律齊即半步不離李莫愁身後，防她使奸行詐，然伸手不見五指，只有以耳代目，凝神傾聽。郭芙和武氏兄弟向來都自負大膽，但此刻深入地底，雙目又如盲了一般，都不自禁的怦怦心跳。

黑暗之中，寂然無聲。李莫愁忽道：「我雙手各有一把冰魄銀針，你們三個姓武的，怎不過來嚐嚐滋味？」武三通等吃了一驚，明知她不懷好意，但也沒料到竟會立即發難。武氏父子都吃過她毒針的苦頭，實不敢絲毫輕忽，各自高舉兵刃，傾聽銀針破空之聲，以便辨明方向來勢，擋格閃避，只是各人聚集一起，縱然用兵刃將毒針砸開，仍不免傷及自己人。耶律齊心想若容她亂發暗器，己方五人必有傷亡，只有冒險上前近身搏擊，叫她毒針發射不出，才有生路。郭芙心中也是這個主意，兩人不約而同的向李莫愁發聲處撲去。

豈知李莫愁三句話一說完，當眾人愕然之際，早已悄沒聲的退到了門邊。耶律齊和郭芙縱身撲上，使的都是近身搏鬥的小擒拿法，勾腕拿肘，要叫李莫愁無法發射暗器。兩人四手一交，郭芙首先發覺不對，「咦」的一聲叫了出來。耶律齊雙手一翻一帶，已抓住了兩隻手腕，但覺肌膚滑膩，鼻中跟著又聞到一陣香氣，直到聽得郭芙呼聲，方始驚覺。

只聽得軋軋聲響，石門正在推上。耶律齊和武三通叫道：「不好！」搶到門邊，但聽得風聲颼颼，兩枚銀針射了過來，兩人側身避過，伸手再去推石門時，那門已然關上，推上去竟是如撼山丘，紋絲不動。

耶律齊伸手在石門上下左右摸了一轉，既無鐵環，亦無拉手。他隨即沿牆而行，在室中繞了一圈，察覺這石室約莫兩丈見方，四周牆壁盡是粗糙堅厚的石塊。他拔出長劍，用劍柄在石門上敲了幾下，但聽得響聲鬱悶，顯是極為重實。這石門乃是開向室內，只有內拉方能開啟，但苦於光禿禿的無處可資著手。郭芙急道：「怎麼辦？咱們不是要活活的悶死在這兒麼？」耶律齊聽她說話聲音幾乎要哭了出來，安慰道：「別擔心。郭夫人在外接應，定有相救之策。」一面四下摸索，尋找出路。

李莫愁將武三通等關在石室之中，心中極喜，暗想：「這幾個傢伙出不來啦。師妹和楊過只道我不識水性，說甚麼也料不到我會從秘道進來偷襲。只不知他二人是否真的在內？」心知只有不發出半點聲息，才有成功之望，否則當真動手，只怕此時已然敵不過二人中任何一個，於是除去鞋子，只穿布襪，雙手都扣了冰魄銀針，慢慢的一步步前行。

連日來小龍女坐在寒玉床上，依著楊過所授的逆衝經脈之法，逐一打通周身三十六處大穴。這時兩人正以內息衝激小龍女任脈的「膻中」穴。此穴正當胸口，在「玉堂」穴之下一寸六分，古醫經中名之曰「氣海」，為人身諸氣所屬之處，最是要緊不過。兩人全神貫注，不敢有絲毫怠忽。小龍女但覺頸下「紫宮」、「華蓋」、「玉堂」三穴中熱氣充溢，不住要向下流動，同時寒玉床上的寒氣也漸漸凝聚在臍上「鳩尾」、「中庭」穴中，要將頸口的一股熱氣拉將下來。只是熱氣衝到「膻中穴」處便給撞回，無法通過。她心知只要這股熱氣一過膻中，任脈暢通，身受的重傷十成中便好了八成，只是火候未到，半點勉強不得。她性子向來不急，古墓中日月正長，今日不通，留待明日又有何妨？因此內息綿綿密密，若斷若續，殊無半點躁意，正合了內家高手的運氣法要。

楊過卻甚性急，只盼小龍女早日痊可，便放卻了一番心事，但也知這內息運功之事欲速則不達，何況逆行經脈，比之順行又是加倍艱危？但覺小龍女腕上脈搏時強時弱，雖不勻淨，卻無凶兆，當下緩緩運氣，加強衝力。

便在這寂無聲息之中，忽聽得遠處「嗒」的一響。這聲音極輕極微，若不是楊過凝氣運息，心神到了至靜的境地，決計不會聽到。過了半晌，又是「嗒」的一聲，卻已近了三尺。

楊過心知有異，但怕小龍女分了心神，當這緊急關頭，要是內息走入岔道，輕則傷勢永遠難愈，重則立時斃命，豈能稍有差池？因此心中雖然驚疑，只有故作不知。但過不多時，又是輕輕「嗒」的一響，聲音更近了三尺。他這時已知有人潛入古墓，那人不敢急衝而來，只是緩緩移近。過了一會，軋軋兩聲輕響，停一停，又是軋軋兩響，敵人正在極慢極慢的推開石門。倘若小龍女能於敵人迫近之前衝過「膻中穴」，自是上上大吉，否則可凶險萬分，此時已是騎虎難下，便欲停息不衝，也已不能。

只聽得「嗒」的一聲輕響，那人又跨近了一步。楊過心神難持，實不知如何是好，突覺掌心震盪，一股熱氣逼了回來，原來小龍女也已驚覺。楊過忙提內息，將小龍女掌上傳來的內力推了轉去，低聲道：「魔由心生，不聞不見，方是真諦。」練功之人到了一定境界，常會生出幻覺，或耳聞雷鳴，或劇痛奇癢，只有一概當其虛幻，毫不理睬，方不致走火入魔。

這時楊過聽腳步聲清晰異常，自知不是虛相，但小龍女正當生死繫於一線的要緊關頭，只有騙她來襲之敵是心中所生的魔頭，任他如何兇惡可怖，始終置之不理，心魔自消。小龍女聽了這幾句話，果然立時寧定。

其時古墓外紅日當頭，墓中卻黑沉沉的便如深夜。楊過耳聽腳步聲每響一次，便移近數尺，心想世上除自己夫妻之外，只有李莫愁和洪凌波方知從溪底潛入的秘徑，那麼來者必是她師徒之一。憑著楊過這時的武功，本來自是全不畏懼，只是早不來，遲不來，偏偏於這時進襲，不由得徬徨焦慮，苦無抵禦之計。敵人來得越慢，他心中的煎熬越是深切，凶險步步逼近，自己卻只有束手待斃。他額上漸漸滲出汗珠，心想：「那日郭芙斬我一臂，劍鋒倏然而至，雖然痛苦，可比這慢慢的煎迫爽快得多。」

又過一會，小龍女也已聽得明明白白，知道決非心中所生幻境，實是大難臨頭，想要加強內息，趕著衝過「膻中穴」，但心神稍亂，內息便即忽順忽逆，險些在胸口亂竄起來。就在此時，只聽腳步之聲細碎，倏忽間到了門口，颼颼數聲，四枚冰魄銀針射了過來。

這時楊過和小龍女便和全然不會武功的常人無異，好在兩人早有防備，一見毒針射到，同時向後仰臥，手掌卻不分離，四枚毒針均從臉邊掠過。李莫愁沒想到他們正自運功療傷，生怕二人反擊，因此毒針一發，立即後躍，若她不是心存懼怕，四針發出後跟著又發四針，他二人決計難以躲過。

李莫愁隱隱約約只見二人並肩坐在寒玉床上。她一擊不中，已自惴惴，見二人並不起身還手，更不明對方用意，當即斜步退至門邊，手執拂塵，冷冷的道：「兩位別來無恙！」

楊過道：「你要甚麼？」李莫愁道：「我要甚麼，難道你不知麼？」楊過道：「你要玉女心經，是不是？好，我們在墓中隱居，與世無爭，你就拿去罷。」李莫愁將信將疑，道：「拿來！」

這玉女心經刻在另一間石室頂上，楊過心想：「且告知她真相，心經奧妙，讓她去慢慢參悟琢磨就是。我們只消有得幾個時辰，姑姑的『膻中穴』一通，那時殺她何難？」但此時小龍女內息又是狂竄亂走，楊過全神扶持，無暇開口說話。

李莫愁睜大眼睛，凝神打量兩人，朦朦朧朧見到小龍女似乎伸出一掌，和楊過的手掌相抵，心念一動，登時省悟：「啊，楊過斷臂重傷，這小賤人正以內力助他治療。此刻行功正到了要緊關頭，今日不傷他二人性命，此後怎能更有如此良機？」她這猜想雖只對了一半，但忌憚之心立時盡去，縱身而上，舉起拂塵便往小龍女頂門擊落。

小龍女只感勁風襲頂，秀髮已飄飄揚起，只有閉目待死。便在此時，楊過張口一吹，一股氣息向李莫愁臉上噴去。他這時全身內力都用以助小龍女打通脈穴，這口氣中全無勁力，只是眼見小龍女危急萬分，唯一能用以攖敵的也只是吹一口氣罷了。

李莫愁卻素知楊過詭計多端，但覺一股熱氣撲面吹到，心中一驚，向後躍開半丈，她自因智力不及而慘敗在黃蓉手下之後，處處謹慎小心，未暇傷敵，先護自身，躍開後覺得臉上也無異狀，喝道：「你作死麼？」

楊過笑道：「那日我借給你的一件袍子，今日可帶來還我麼？」李莫愁想起當日與鐵匠馮默風激鬥，全身衣衫都被火紅的大鐵錘燒爛，若非楊過解袍護體，那一番出醜可就狼狽之極了。按理說，單憑這贈袍之德，今日便不能傷他二人性命，但轉念一想，此刻心腸稍軟，他日後患無窮，當下欺身直上，左掌又拍了過去。

危難之中，楊過斗然間情急智生，想起先幾日和小龍女說笑，曾說我若雙臂齊斷，你只好抓住我的腳板底了，耳聽得掌風颯然，李莫愁的五毒神掌又已擊到，當下不遑細想，猛地裏頭下腳上，倒豎過來，同時雙腳向上一撐，揮脫鞋子，喝道：「龍兒，抓住我腳！」左掌斜揮，拍的一聲，和李莫愁手掌相交。他身上一股極強的內力本來傳向小龍女身上，突然內縮，登時生出黏力，將李莫愁的手掌吸住。便在同時，小龍女也已抓住了他的右腳。

李莫愁忽見楊過姿式古怪，不禁一驚，但隨即想起那日他抵擋自己的「三無三不手」便曾這般怪模怪樣，也沒甚麼了不起，當下催動掌力，要將楊過斃於當場。當年她以五毒神掌殺得陸家莊上雞犬不留之時，掌力已極為凌厲，經過這些年的修為，更是威猛悍惡。楊過但覺一股熱氣自掌心直逼過來，竟不抗拒，反而加上自己的掌力，一齊傳到了小龍女身上。

這麼一來，變成李莫愁和楊過合力，協助小龍女通關衝穴。李莫愁所習招數雖不如楊龍二人奧妙，但說到功力修為，自比他二人深厚得多。小龍女驀地裏得了一個強助，只覺一股大力衝過來，「膻中穴」豁然而通，胸口熱氣直至丹田，精神大振，歡然叫道：「好啦，多謝師姊！」鬆手放脫楊過右腳，躍下寒玉床來。

李莫愁一愕，她只道是小龍女助楊過療傷，因此催動掌力，想乘機震傷楊過心脈，豈知無意中反而助了敵人。楊過大喜，翻轉身子，赤足站在當地，笑道：「若非你趕來相助，你師妹這膻中大穴可不易打通呢。」李莫愁躊躇未答，小龍女突然「啊」的一聲，捧住心口，摔倒在寒玉床上。楊過驚問：「怎麼？」小龍女喘道：「她，她，她手掌有毒。」

這時楊過頭腦中也是大感暈眩，已知李莫愁運使五毒神掌時劇毒逼入掌心，適才與她手掌相交，不但劇毒傳入自己體內，更傳到了小龍女身上。

楊過提起玄鐵重劍，喝道：「快取解藥來！」舉劍當頭砍下。李莫愁舉拂塵擋架，錚的一聲，精鋼所鑄的拂塵柄斷為兩截，虎口也震得鮮血長流。她這柄拂塵以柔力為主，不知會過天下多少英雄豪傑，但被人兵刃震斷，卻是從所未有之事，只嚇得她心驚膽戰，急忙躍出石室。楊過提劍追去，左臂前送，眼見這一劍李莫愁萬難招架得住，不料體內毒性發作，眼前金星亂冒，手臂酸軟無力，噹的一聲，玄鐵劍掉落在地。

李莫愁不敢停步，向前竄出丈餘，這才回過頭來，只見楊過搖搖晃晃，伸手扶住牆壁，心想：「這小子武功古怪之極，我稍待片刻，讓他毒發跌倒，才可走近。」

楊過咽喉乾痛，頭脹欲裂，當下勁貫左臂，只待李莫愁近前，一掌將她擊斃，那知她站得遠遠的竟不過來。楊過「啊」一聲，仆跌在地，手掌已按住玄鐵劍的劍柄。李莫愁這時已成驚弓之鳥，不敢貪功冒進，算定已立於不敗之地，仍是站著靜觀其變。

楊過心想多挨一刻時光，自己和小龍女身上的毒便深一層，拖延下去，只於敵人有利，當下吸一口氣，內息流轉，暈眩少止，握住玄鐵劍劍柄，站了起來，反身伸臂抱住小龍女腰間，喝道：「讓路！」大踏步向外走出。李莫愁見他氣勢凜然，不敢阻攔。

楊過只盼走入一間石室，關上室門讓李莫愁不能進來，小龍女任督兩脈已通，只須半個時辰，兩人便可將體內毒液逼出。此事比之打通關脈易過百倍。楊過幼時中了李莫愁銀針之毒，一得歐陽鋒傳授，即時將毒液驅出，眼前兩人如此功力，自是毫不為難。

李莫愁自也知他心意，那容他二人驅毒之後再來動手？她不敢逼近襲擊，不即不離的跟隨在後，和楊過始終相距五尺。楊過站定了等她過來，她也即站定不動。

楊過但覺胸腔中一顆心越跳越是厲害，似乎要從口中竄將出來，實在無法再行支持，跌跌衝衝的奔進一間石室，將小龍女在一張石桌上一放，伸手扶住桌面，大聲喘氣，明知李莫愁跟在身後，也顧不得了。稍過片刻，才知竟是來到停放石棺之處，自己手上所扶、小龍女置身的所在，乃是一具石棺。

李莫愁從師學藝之時，在古墓中也住過不少時候，暗中視物的本事雖然不及楊龍二人，卻也瞧清楚石室中並列五具石棺，其中一具石棺棺底便是地下秘道的門戶，她適才正是由此進來，心想：「你們想從這裏再逃出去嗎？這次可沒這麼容易了。」

三人一坐一站，另一個斜倚著身子，一時石室中只有楊過呼呼喘氣之聲。

楊過身子搖晃幾下，嗆啷一聲，玄鐵劍落地，隨即仆跌下去，撲在小龍女身上，跟著手中一物飛出，拍的一聲輕響，飛入一具空棺之中，叫道：「李莫愁，這玉女心經總是不能讓你到手。啊喲……」長聲慘叫，便一動也不動了。

室中五具石棺並列，三具收斂著林朝英師徒和孫婆婆，另外兩具卻是空的，其中一具是秘道門戶，棺蓋推開兩尺有餘，可容出入，另一具的棺蓋則只露出尺許空隙。李莫愁見楊過將「玉女心經」擲入這具空棺，又驚又喜，但怕又是他的狡計，過了片刻，見他始終不動，這才俯身去摸他臉頰，觸手冰涼，顯已死去，哈哈大笑，說道：「壞小廝，饒你刁惡，也有今日！」當即伸手入棺中去取心經。

但楊過這麼一擲，將「心經」擲到了石棺的另一端，李莫愁拂塵已斷，否則便可用帚尾捲了出來。她伸長手臂摸了兩次，始終抓不到，於是縮身從這尺許的空隙鑽入石棺，爬到石棺彼端，這才抓住「心經」，入手猛覺不妙，似乎是一隻鞋子。

便在此時，楊過仰起身子，左臂向前急送，玄鐵劍的劍頭抵住棺蓋，發勁猛推，棺蓋合縫，登時將李莫愁封在棺中！

李莫愁自始不知「玉女心經」其實是石室頂上的石刻，總道是一部書冊。楊過假裝慘呼跌倒，撲在小龍女身上，立時除下她腳上一隻鞋子，擲入空棺，軟物碰在石上，倒也似是一本書冊。他擲出鞋子後當即經脈倒轉，便如殭死一般。其實他縱然中毒而死，也不會瞬息之間便已全身冰冷，一個人心停脈歇，至少也得半個時辰之後全身方無熱氣。李莫愁大喜之下，竟至失察。此舉自是凶險萬分，李莫愁倘若不理他死與不死，在他頂門先補上一掌五毒神掌，楊過自不免假死立變真死，但身處絕境，也只有行險以求僥倖，居然一舉成功。

楊過推上棺蓋，勁貫左臂，跟著又用重劍一挑，喝一聲：「起！」將另一具空棺挑了起來，砰的一聲巨響，壓在那棺蓋之上。這一棺一蓋，本身重量已在六百斤以上，加之棺蓋的筍頭做得極是牢固，合縫之後，李莫愁武功再高，無論如何也逃不出來了。

楊過中毒後心跳頭痛，隨時均能暈倒不起，只是大敵當前，全憑著一股強勁的心意支持到底，待得連挑兩劍，已是神困力乏，拋下玄鐵劍，掙扎著走到小龍女身旁，以歐陽鋒所授之法，先將自身的毒質逼出大半，然後伸左掌和小龍女右掌相抵，助她驅毒。

郭芙、耶律齊等被困於石室之中，眾人從溪底潛入，身上攜帶的火摺盡數浸濕，難以著火，黑暗中摸索了一會，那裏找得著出路？五人無法可施，只得席地枯坐。

武三通不住的咒罵李莫愁陰險惡毒。郭芙本已萬分焦急愁悶，聽武三通罵個不停，更是煩躁，忍不住說道：「武伯伯，那李莫愁陰險惡毒，你又不是今天才知，怎麼你毫不防備？這時再來背後痛罵，又有何用？」武三通一怔，答不出話來。

武氏兄弟和郭芙重會以來，各懷心病，當和耶律兄妹、完顏萍等在一起之時，大家有說有笑，但從不曾相互交談，這時武修文聽她出言搶白父親，忍不住道：「咱們到古墓中來，是為了救你妹子，既然不幸遭難，大家一起死了便是，你又發甚麼小姐脾氣了……」他還待要說，武敦儒叫道：「弟弟！」武修文這才住口，他說這番話時心意激動，但話一出口，自己也是大為詫異。他從來對郭芙千依百順，怎敢有半分衝撞，豈知今日居然厲聲疾言的數說她起來？

郭芙也是一怔，待要還嘴，卻又說不出甚麼道理，想到不免要生生悶死在這古墓之中，從此不能再見父母之面，心中一痛，黑暗中也看不清周遭物事，伏在一塊甚麼東西上面，嗚嗚咽咽哭了起來。武修文聽她哭泣，心中過意不去，說道：「好啦，是我說得不對，跟你陪不是啦。」郭芙哭道：「陪不是又有甚麼用？」哭得更加厲害起來，順手拉起手邊一塊布來擤了擤鼻涕，猛地發覺，原來是靠在一人的腿上，拉來擦鼻涕的竟是那人的袍角。

郭芙一驚，急忙坐直身子，她聽武三通父子都說過話，那三人都不是坐在她身邊，只有耶律齊始終默不作聲，那麼這人自然是他了。她羞得滿臉通紅，囁嚅著道：「我……」

耶律齊忽道：「你聽，甚麼聲音？」四人側耳傾聽，卻聽不到甚麼。耶律齊道：「嗯，嗯，是嬰兒啼哭。郭姑娘，定是你的妹子。」這聲音隔著石壁，細若遊絲，若不是他內功修為了得，耳音特強，決計聽不出來。他站起身來走了幾步，哭聲登時減弱，心中一動：「嬰兒哭聲既能傳到，這石室或有通氣之處。」當下留神傾聽，要分辨哭聲自何處傳入。

他向西走幾步，哭聲略輕，向東退回，哭聲又響了些，斜趨東北，哭聲聽得更是清晰。於是走到東北角上，伸劍在石牆上輕輕刺擊，刺到一處，空空的聲音微有不同，似乎該處特別薄些。他還劍入鞘，雙掌抵住石塊向外推去，全無動靜，他吸一口氣，雙掌力推，跟著使個「黏」字訣，掌力急收，砰的一聲，那石塊竟爾被他掌力吸出，掉在地下。

郭芙等驚喜交集，齊聲歡呼，奔上去你拉我扳，又起出了三塊石塊。此時身子已可通過，眾人魚貫鑽出，循聲尋去，到了一間小小的石室。郭芙黑暗中聽那孩子哭得極響，當即伸手抱起。

這嬰兒正是郭襄。楊過為了相助小龍女通脈，又和李莫愁對敵，錯過了餵食的時刻，因此她哭得甚是厲害。郭芙竭力哄她，又拍又搖，但郭襄餓狠了，越哭越兇。郭芙不耐煩起來，將妹子往武三通手裏一送，道：「武伯伯，你瞧瞧有甚麼不對了。」

耶律齊伸手在桌上摸索，摸到了一隻燭台，跟著又摸到火刀火石，當下打火點燭。眾人在沉沉黑暗之中悶了半日，眼前突現光明，都是胸襟大爽，齊聲歡呼。

武三通究竟生過兒子，聽了郭襄如此哭法，知是為了肚餓，見桌上放有調好了的蜜水，又有一隻木雕小匙，便舀了一匙蜜水餵她。蜜一入口，郭襄果然止哭。耶律齊笑道：「若不是小郭姑娘餓了大哭，只怕咱們都要死在那間石室裏了」

武三通恨恨的道：「這便找李莫愁去。」各人拉斷桌腿椅腳，點燃了當作火把，沿著甬道前行。每到轉角之處，武敦儒便用劍尖劃了記號，生怕回出時迷失道路。

五人進了一室又是一室，高舉火把，尋覓李莫愁的蹤跡，見這座古墓規模龐大，通道曲折，石室無數，均是驚詫不已，萬想不到一條小溪之下，竟會隱藏著如是宏偉的建構。

待走進小龍女的臥室，見到地下有幾枚冰魄銀針。郭芙以布裹手，拾起兩枚，說道：「待會我便用這毒針還敬那魔頭一下。」

楊過以內力助小龍女驅出毒質，眼見她左手五隻指尖上微微滲出黑水，只須再有一頓飯時分便可毒質盡除，忽聽得通道中有腳步聲響，共有五人過來。楊過暗暗吃驚，心想每當緊急關頭，總是有敵人來襲，李莫愁一人已難應付，何況更有五人？小龍女關脈初通，內力不固，毒質若不立即驅出，勢必侵入要穴。正自徬徨，突見遠處火光閃動，那五人行得更加近了。楊過伸臂抱起小龍女，躍進壓在李莫愁之上的那空棺之中，伸掌推攏棺蓋，只是不合筍頭，以防難以出來。

他二人剛躲入石棺，耶律齊等便即進來。五人見室中放著五具石棺，都是一怔，隱約均覺這事太過巧合，大是惡兆。郭芙忍不住道：「哼，咱們這兒五個人，剛好有五口棺材！」

楊過和小龍女在石棺中聽到郭芙的聲音，均感奇怪：「怎麼是她？」楊過左掌仍是不離小龍女手掌，要趕著驅出毒質。他聽來者五人之中有郭芙在內，雖覺奇怪，卻是心中一寬，料想她還不致乘人之危，當下一聲不響，全心全意的運功驅毒。

耶律齊已聽到石棺中的呼吸之聲，心想李莫愁躲在棺中，必有詭計，這次可不能再上她當，當即做個手勢，叫各人四下裏圍住。郭芙見棺蓋和棺身並未合攏，從縫中望進去尚可見到衣角，料定必是李莫愁躲著，哈哈一笑，心想：「即以其人之道，還治其人之身！」左掌用力將棺蓋一推，兩枚冰魄銀針便激射進去。

這兩枚銀針發出，相距既近，石棺中又無空隙可以躲閃。楊龍二人齊叫：「啊喲！」一針射中了楊過右腿，另一針射中小龍女左肩。

郭芙銀針發出，正大感得意，卻聽石棺中竟傳出一男一女的驚呼聲，她心中怦然一跳，也是「啊喲」一聲叫了出來。耶律齊左腿飛出，砰嘭一響，將棺蓋踢在地下。楊過和小龍女顫巍巍的站起來，火把光下但見二人臉色蒼白，相對悽然。

郭芙不知自己這一次所闖的大禍更甚於砍斷楊過一臂，心中只略覺歉仄，陪話道：「楊大哥，龍姊姊，小妹不知是你兩位，發針誤傷。好在我媽媽有醫治這毒針的靈藥，當年我的兩隻鵰兒給李莫愁銀針傷了，也是媽媽給治好的。你們怎麼好端端的躲在棺材之中？誰又料得到是你們呢？」

她想自己斬斷了楊過一臂，楊過卻弄曲了她的長劍，算來可說已經扯平，何況爹爹媽媽又為此狠狠責罵過自己，心想：「我不來怪你，也就是了。」她自幼處於順境，旁人瞧在她父母份上，事事趨奉容讓，因此她一向只想到自己，絕少為旁人打算，說到後來，倒似楊龍二人不該躲在石棺之中，以致累得她嚇了一跳。她那知小龍女身中這枚銀針之時，恰當體內毒質正要順著內息流出，突然受到如此劇烈的一刺，五毒神掌上的毒質盡數倒流，侵入周身諸處大穴，這麼一來，縱有靈芝仙丹，也已無法解救。李莫愁的銀針不過是外傷，但教及時醫治，原本無礙，然毒質內侵，厲害處卻相差不可以道里計了。

小龍女在一剎那之間，但覺胸口空蕩蕩的宛似無物，一顆心竟如不知到了何處，轉頭瞧楊過時，只見他眼光之中又是傷心，又是悲憤，全身發顫，便似一生中所受的憂患屈辱盡數要在這時候發洩出來。小龍女不忍見他如此悽苦，輕聲道：「過兒，咱們命該如此，也怨不得旁人，你別太氣苦了。」伸手先替他拔下腿上銀針，然後拔下自己肩頭的毒針。這冰魄銀針是她本師所傳，和李莫愁自創的五毒神掌毒性全然不同，本門解藥她是隨身攜帶的，取出來給楊過服了一顆，自己服了一顆。楊過恨極，呸的一聲，將解藥吐在地下。

郭芙怒道：「啊喲，好大的架子啊。難道我是存心來害你們的嗎？我向你們陪了不是，也就是了，怎麼發這般大的脾氣？小小一兩枚針兒，又有甚麼了不起啦？」

武三通見楊過臉上傷心之色漸隱，怒色漸增，又見他彎腰拾起地下一柄黑黝黝的大劍，知道情勢不對，忙上前勸道：「楊兄弟請別生氣。我們五人給李莫愁那魔頭困在石室之中，好容易逃了出來，郭姑娘一時魯莽，失手……」

郭芙搶著道：「怎麼，是我魯莽了？你自己也以為是李莫愁，否則怎地不作聲？」武三通瞧瞧楊過，瞧瞧郭芙，不知如何勸說才好。

小龍女又取出一顆解藥，柔聲道：「過兒，你服了這顆藥。難道連我的話你也不聽了？」

楊過聽小龍女這般溫柔纏綿的勸告，張開口來，吞了下去，想起兩人連日來苦苦在生死之間掙扎，到頭來終成泡影，再也忍耐不住，突然跪倒，伏在石棺上放聲大哭。

武三通等面面相覷，均想他向來十分硬朗，怎地今日中了小小一枚銀針，便如此痛哭起來？

小龍女伸手撫摸楊過頭髮，說道：「過兒，你叫他們出去罷，我不喜歡他們在這裏。」她從不疾言厲色，「我不喜歡他們在這裏」這句話中，已含了她最大的厭憎和憤慨。

楊過站起身來，從郭芙起始，眼光逐一橫掃過去，他雖怒極恨極，終究知道郭芙發射銀針實是無心之過，除了怪她粗心魯莽之外，不能說她如何不對，何況縱然一劍將她劈死，也已救不了小龍女的性命。他提劍凝立，目光如炬，突然間舉起玄鐵重劍，噹的一聲巨響，火花一閃，竟爾將他適才躲藏在內的石棺砍為兩段。這一劍不單力道沉雄絕倫，其中更蘊蓄著無限傷心悲憤。

郭芙等見他這一劍竟有如斯威力，不禁都驚得呆了。眼見這石棺堅厚重實，係以花崗石鑿成，一個石匠若要將之斷為兩截，非用大斧大鑿窮半日之功不可。倘若楊過用的是開山巨斧或厚背大砍刀，猶有可說，長劍卻自來以輕捷靈動為尚，便是寶劍利刃，和這般堅石硬碰也是非損即折，豈知這柄劍斫石如泥，刃落棺斷。

楊過見五人愕然相顧，厲聲喝道：「你們來做甚麼？」武三通道：「楊兄弟，我們是隨著郭夫人來找你的。」楊過怒道：「你們要來奪回她的女兒，是不是？為了這小小嬰兒，你們便忍心害死我的愛妻。」武三通驚道：「害死你的愛妻？啊，是龍姑娘。」他見小龍女穿的是新娘服飾，登時會意，忙道：「你夫人中了毒針，郭夫人有解藥，她便在外邊。」楊過呸的一聲，喝道：「你們這麼來一攪，毒質侵入了我愛妻周身大穴。郭夫人便怎麼了？她難道還有起死回生的本事麼？」武三通因楊過有救子之恩，對他極是尊敬，雖聽他破口斥責，也絲毫不以為忤，只喃喃的道：「毒質侵入了周身大穴，這便如何是好？」

這一旁卻惱了郭芙，聽楊過言語中對她母親頗有不敬，勃然大怒，喝道：「我媽媽甚麼地方對你不起了？你幼時無家可歸，不是我媽收留你的麼？她給你吃，給你著，你，哼，你到頭來反而忘恩負義，搶我的妹子。」這時她早知妹子雖落入楊過手中，並非他存有歹意，但既和他鬥上了口，想不到甚麼話可以反唇相稽，便又牽扯上了這件事。

楊過冷笑道：「不錯，我今日正要忘恩負義。你說我搶這孩子，我便搶了永遠不還，瞧你拿我怎麼？」郭芙左臂一緊，牢牢抱住妹子，右手高舉火把，擋在身前。武三通急道：「楊兄弟，你夫人既然中毒，快設法解毒要緊……」

楊過悽然道：「武兄，沒有用的。」突然間一聲長嘯，右袖捲起一拂，郭芙等五人猛覺一陣疾風掠過，臉上猶似刀割，熱辣辣的生疼，五枝火把一齊熄滅，眼前登時漆黑一團。郭芙大叫一聲「啊喲！」耶律齊生怕楊過傷害於她，縱身搶上，只聽得郭襄「啊啊」一聲啼哭，已出了石室。眾人驀地一驚，哭聲已在數丈之外，身法之快，宛如鬼魅。

郭芙叫道：「我妹子給他搶去啦。」武三通叫道：「楊兄弟，龍姑娘！楊兄弟，龍姑娘！」卻那裏有人答應？各人均無火摺，黑沉沉瞧不見周遭情勢。耶律齊道：「快出去，別給他關在這裏。」武三通怒道：「楊兄弟大仁大義，怎會做這等事？」郭芙道：「他仁義個……還是快走的好，在這裏幹甚麼？」剛說了這句話，忽聽得石棺中喀喀兩響，因有棺蓋相隔，聲音甚是鬱悶。

郭芙大叫：「有鬼！」拉住了身旁耶律齊的手臂。武三通等聽清楚聲音確是從石棺中發出，似乎有殭屍要從棺中爬將出來。黑暗之中，人人毛骨悚然。

耶律齊向武三通低聲道：「武叔叔，你在這邊，我在那邊。殭屍若是出來，咱們四掌齊施，打他個筋折骨斷。」他反手握住郭芙手腕，拉她站在自己身後，生怕鬼物暴起傷人。

只聽得呼的一響，棺中有物飛出。武三通和耶律齊早已運勁蓄勢，聽到風聲，同時拍擊下去。兩人手掌碰到那物，齊叫：「不好！」原來擊到的竟是一條長長的石塊，卻是放置在棺中的石枕。兩人這一擊用足了全身之力，將那石枕猛擊下去，撞上石棺，碎片紛飛，石枕裂為數塊，同時風聲颯然，有物掠過身邊。武三通和耶律齊待要出掌再擊，那物已然飄然遠去，但聽得室外「嘿嘿」幾下冷笑，隨即寂然無聲。

武三通驚道：「李莫愁！」郭芙叫道：「不，是殭屍！李莫愁怎會在石棺之中？」耶律齊「嗯」的一聲，並不接口。他不信世上竟有甚麼鬼怪，但若說是李莫愁，卻又不合情理，她明明和自己一起進來，楊過和小龍女卻已在古墓多日，她怎會處於楊龍二人身下的棺中？武三通道：「然則李莫愁那裏去了？」耶律齊道：「這墓中到處透著邪門，咱們還是先出去罷。」郭芙道：「我妹子怎生是好？」武三通道：「咱們沒法子，你媽媽必有妙策，大家出去聽她吩咐便了。」

當下眾人覓路而出，潛回溪水。剛從水底鑽上，眼前一片通紅，溪左溪右的樹林均已著火，一股熱氣撲面而來。郭芙驚叫：「媽，媽！」卻不聞應聲。驀地裏一棵著了火的大樹直跌下來，耶律齊拉著她向上游急躍，這才避過。此時正當隆冬，草木枯槁，滿山已燒成一片火海。五人雖然浸在溪水之中，大火逼來，臉上仍感滾熱。

武三通道：「必是蒙古兵攻打重陽宮失利，放火燒山洩憤。」郭芙急叫：「媽，媽！你在那裏啊？」忽見溪左一個女子背影正在草間跳躍避火。郭芙大喜，叫道：「媽，媽！」從溪水中縱身而出，奔了過去。武三通叫道：「小心！」喀喇、喀喇幾響，兩株大樹倒下，阻斷了他的眼光。

郭芙冒煙突火的奔去。當她在溪水中時，一來思母心切，二來從黑沉沉的古墓中出來，眼前突然光亮異常，目為之炫，不易看得清楚，待得奔到近處，才見背影不對，一怔之間，那人斗然回過身來，竟是李莫愁。

原來她被楊過壓在石棺之下，本已無法逃出，後來楊過盛怒下揮劍斬斷上面一口石棺，連下面的棺蓋竟也斬裂，李莫愁死裏逃生，先擲出石枕，再跟著躍出。

她閉在棺中雖還不到一個時辰，但這番注定要在棺中活生生悶斃的滋味，實是人生最苦最慘的處境，在這短短的時刻之中，她咬牙切齒，恨極了世上每一個還活著的人，心中只想：「我死後必成厲鬼，要害死楊過，害死小龍女，害死武三通，害死黃蓉……」不論是誰，她都要一一害死。後來她雖僥倖逃得性命，心中積蓄的怨毒卻是絲毫不減，忽然見到郭芙，當即臉露微笑，柔聲道：「郭姑娘，是你啊，大火燒得很厲害，可要小心了。」

郭芙見她神色親切，頗出意料之外，問道：「見到我媽媽麼？」李莫愁走近幾步，指著左首，道：「那邊不是麼？」郭芙順著她手指望去。李莫愁突然欺近，一伸手點中她腰下穴道，笑道：「別性急，你媽就會來找你的。」一眼見大火從四面八方逼近，若再逗留，自己性命不保，縱身一躍，疾馳而西。郭芙軟癱在地，只聽李莫愁淒厲的歌聲隔著烈燄傳了過來：「問世間，情是何物，直教生死相許？」

歌聲漸遠，驀地裏一股濃煙隨風捲至，裹住了郭芙。她四肢伸動不得，被濃煙嗆得大聲咳嗽。武氏父子和耶律齊站在溪水之中，滿頭滿臉都是焦灰，小溪和郭芙之間烈火沖起兩三丈高，四人明知她處境危急，但如過去相救，只有陪她一起送命，決計救她不出。

郭芙被煙火薰得快將暈去，嚇得連哭也哭不出了，忽聽得東首呼呼聲響，轉過頭來，只見一團旋風裹著一個灰影疾颳而來，旋風到處，火燄向兩旁分開，頃刻間已颳到她身前。風中人影便是楊過。郭芙本以為有人過來相救，正自歡喜，待得看清卻是楊過，身外雖然炙熱，心頭宛如一盆冷水澆下，想道：「我死到臨頭，他還要來譏嘲羞辱我一番。」她究竟是郭靖、郭芙之女，狠狠的瞪著楊過，竟是毫不畏懼。

楊過奔到她身邊，挺劍刺去，劍身從她腰下穿過，喝道：「小心了！」左臂向外揮出。玄鐵劍加上他渾厚內力，郭芙便如騰雲駕霧般飛上半空，越過十餘株燒得烈燄衝天的大樹，撲通一聲，掉入了溪水。耶律齊急忙奔上，扶了起來，解開她被封的穴道。郭芙頭暈目眩，隔了一會，才哇的一聲哭了出來。

原來楊過帶著小龍女、郭襄出墓，見蒙古兵正在燒山。楊龍二人在這些大樹花草之間一起渡過幾年時光，忽見起火，自是甚為痛惜，眼見蒙古軍勢大，無力與抗。楊過不知小龍女毒質侵入要穴與臟腑之後還能支持得多久，當下找了個草木稀少的石洞暫且躲避。

過不多久，遙遙望見郭芙為李莫愁所害，大火即將燒到身邊。楊過道：「龍兒，這姑娘害了我不夠，又來害你，今日終於遭到如此報應。」小龍女明亮的眼光凝視著他，奇道：「過兒，難道你不去救她？」楊過恨恨的道：「她將咱們害成這樣，我不親手殺她，已是對得起她父母了。」小龍女嘆道：「咱們不幸，那是命苦，讓別人快快樂樂的，不很好嗎？」

楊過口中雖如此說，但望見大火燒近郭芙身邊，心裏終究不忍，澀然道：「好！咱們命苦，人家命好！」除下身上浸得濕透的長袍，裹在玄鐵劍上，催動內力急揮，劍上所生風勢逼開大火，救了郭芙脫險。他回到小龍女身邊，頭髮衣衫都已燒焦，褲子著火，雖即撲熄，但腿上已燒起了無數大泡。

小龍女抱著郭襄，退到草木燒盡之處，伸手給楊過整理頭髮衣衫，只覺嫁了這樣一位英雄丈夫，心中不自禁的得意，俏立勁風烈燄之間，倚著楊過，臉上露出平安喜樂的神色。楊過凝目望著她，但見大火逼得她臉頰紅紅的倍增嬌艷，伸臂環著她的腰間。在這一刹那時，兩人渾忘了世間的一切愁苦和哀傷。

她二人站在高處，武氏父子、郭芙、耶律齊五人從溪水中隔火仰望，但見他夫婦衣袂飄飄，姿神端嚴，宛如神仙中人。郭芙向來瞧不起楊過，這時猛然間自慚形穢。

楊過和小龍女站立片刻，小龍女望著滿山火燄，嘆道：「這地方燒得乾乾淨淨，待花草樹木再長，將來不知又是怎生一副光景？」楊過不願她為這些身外之物難過，笑道：「咱倆新婚，蒙古兵放煙火祝賀，這不是千千萬萬對花燭麼？」小龍女微微一笑。楊過道：「到那邊山洞中歇一忽兒罷，你覺得怎樣？」小龍女道：「還好！」兩人並肩往山後走去。

武三通忽地想起一事，縱聲叫道：「楊兄弟，我師叔和朱師弟被困絕情谷，你去不去救他們啊？」楊過一怔，並不答話，自言自語道：「我還管得了這許多麼？」

他心中念頭微轉，腳下片刻不停，逕自向山後草木不生的亂石堆中走去。小龍女中毒雖深，一時尚未發作，關穴通後，武功漸復，抱著郭襄快步而行。兩人走了半個時辰，離重陽宮已遠，回頭遙望，大火燒得半邊天都紅了。

北風越颳越緊，凍得郭襄的小臉蘋果般紅。小龍女道：「咱們得去找些吃的，孩子又冷又餓，只怕支持不住。」楊過道：「我也真傻，搶了這孩子來不知幹甚麼，徒然多個累贅。」小龍女俯頭去親親郭襄的臉，道：「這小妹妹多可愛，你難道不喜歡麼？」楊過笑道：「人家的孩子，有甚麼希罕？除非咱倆自己生一個。」小龍女臉上一紅，楊過這句話觸動了她心底深處的母性，心想：「若是我能給你生一個孩兒……唉，我怎能有這般好福氣？」

楊過怕她傷心，不敢和她眼光相對，抬頭望望天色，但見西北邊灰撲撲的雲如重鉛，便似要壓到頭上來一般，說道：「瞧這天怕要下大雪，得找家人家借宿才好。」他們為避火勢，行的是山後荒僻無路之處，滿地亂石荊棘，登高四望，十餘里內竟然全無人煙。楊過道：「這一場雪定然不小，倘若大雪封山，那可糟了，說不得，只好辛苦一些，今日須得趕下山去。」

小龍女道：「武三叔、郭姑娘她們不知會不會遇上蒙古兵？全真教的道士們不知能否逃得性命？」語意之中，極是掛念。楊過道：「你良心也真忒好了，這些人對你不起，你還是念念不忘的掛懷。難怪當年師祖知你良心太好，怕你日後吃苦，因此要你修習得無情無欲，甚麼事都不過問。可是你一關懷我，十多年的修練前功盡棄，對人人都關懷起來。」

小龍女微微一笑，說道：「其實啊，我為你擔心難過，苦中是有甜的。最怕的是你不要我關懷你。」楊過道：「不錯，大苦大甜，遠勝於不苦不甜。我只能發癡發顛，可不能過太太平平、安安靜靜的日子。」小龍女微笑道：「你不是說咱倆要到南方去，種田、養鷄、晒太陽麼？」楊過嘆道：「我只盼能夠這樣。」

又行出數里，天空飄飄揚揚的下起雪來。初時尚小，後來北風漸勁，雪也越下越大。兩人自不放在心上，在大風雪之下展開輕功疾行，另有一番興味。

小龍女忽道：「過兒，你說我師姊到那裏去了？」楊過道：「你又關心起她來了。這一次沒殺了她，也不知……也不知……」他本待說「也不知咱們能活到幾時，日後能不能再殺了她」，但怕惹起小龍女傷心，便不再說下去。小龍女道：「師姊其實也是很可憐的。」楊過道：「她不甘自己獨個兒可憐，要弄得天下人人都如她一般傷心難過。」

說話之間，天色更加暗了。轉過山腰，忽見兩株大松樹之間蓋著兩間小小木屋，屋頂上已積了寸許厚白雪。

楊過喜道：「好啦，咱們便在這兒住一晚。」奔到臨近，但見板門半掩，屋外雪地中並無足跡，他朗聲說道：「過路人遇雪，相求借宿一宵。」隔了一會，屋中並無應聲。

楊過推開板門，見屋中無人，桌凳上積滿灰塵，顯是久無人居，於是招呼小龍女進屋。她關上板門，生了一堆柴火。木屋板壁上掛著弓箭，屋角中放著一隻捕兔機，看來這屋子是獵人暫居之處。另一間屋中有床有桌，床上堆著幾張破爛已極的狼皮。楊過拿了弓箭，出去射了一隻獐子，回來剝皮開膛，用雪一擦洗，便在火上烤了起來。

這時外邊雪愈下愈大，屋內火光熊熊，和暖如春。小龍女咬些熟獐肉嚼得爛了，餵在郭襄口裏。楊過將獐子在火上翻來翻去，笑吟吟的望著她二人。

松火輕爆，烤肉流香，荒山木屋之中，別有一番溫馨天地。

第三十回

離合無常

周伯通晃身搶近小龍女，
一伸臂便托著她腰，將她放上了箱頂。
慈恩生怕給小龍女趕上，全神貫注的疾奔。
小龍女坐在箱上，平穩安適，猶勝於騎馬。

這段寧靜平安也無多時。郭襄睡去不久，東邊遠遠傳來擦擦擦的踏雪之聲，起落快捷。楊過站起身來，向東窗外張去。只見雪地裏並肩走來兩個老者，一胖一瘦，衣服襤褸，瞧模樣是丐幫中人，勁風大雪之際，諒是要來歇足。楊過此時不願見任何世人，對武林人物更是厭憎，轉頭道：「外邊有人，你到裏面床上睡著，假裝生病。」小龍女抱起郭襄，依言走進內室躺在床上，扯過床邊一張七孔八穿的狼皮蓋在身上。

楊過抓起一把柴灰，塗抹臉頰頭頸，將帽沿壓得低低的，又將玄鐵劍藏入內室，耳聽得兩人走近，接著便來拍門。楊過將獐肉油膩在衣衫上一陣亂抹，裝得像個獵人模樣，這才過去開門。

那肥胖老丐道：「山中遇上這場大雪，當真苦惱，還請官人行個方便，讓叫化子借宿一宵。」楊過道：「小小獵戶，老丈稱甚麼官人？儘管在此歇宿便是。」那胖老丐連聲稱謝。楊過心想自己曾在英雄會上大獻身手，莫要被他們認出了，於是撕下兩條烤熟的獐腿給了二人，說道：「乘著大雪正好多做些活。明兒一早便得去裝機捉狐狸，我不陪你們啦。」胖老丐道：「小官人請便。」

楊過粗聲粗氣的道：「大姐兒他媽，咳得好些了嗎？」小龍女應道：「一變天，胸口更是發悶。」說著大聲咳了一陣，伸手輕輕搖醒郭襄。女人咳聲中夾著嬰孩的哭叫，這一家三口的獵戶真是像得不能再像。

楊過走進內室，砰的一聲掩上了板門，上床躺在小龍女身旁，心想：「這胖化子恁地面熟，似在甚麼地方見過。」一時卻想不起來。

胖瘦二丐只道楊過真是荒山中的一個窮獵戶，毫沒在意，吃著獐腿，說起話來。瘦丐道：「終南山上大火燒通了天，想是已經得手。」胖丐笑道：「蒙古大軍東征西討，打遍天下無敵手，要剿滅全真教小小一羣道士，便似踏死一窩螞蟻。」瘦丐道：「但前幾日金輪法王他們大敗而回，那也是夠狼狽了。」胖丐笑道：「這也好得很啊，好讓四王子知道，要取中國錦繡江山，終究須靠中國人，單憑蒙古和西域的武士可不成。」瘦丐道：「彭長老，這次南派丐幫要是能起得成，蒙古皇帝要封你個甚麼官啊？」

楊過聽到這裏，猛地記起，這胖老丐曾在大勝關英雄會上見過，只是那時他披裘裹氈，穿的是蒙古人裝束，時時在金輪法王耳畔低聲獻策的，便是此人了，心想：「原來兩個傢伙都是賣國賊，這就儘快除了，免得在這裏打擾。」

這胖老丐正是丐幫中四大長老之一的彭長老，早就降了蒙古。只聽他笑道：「大汗許的是『鎮南大將軍』的官，可是常言道得好：討飯三年，皇帝懶做。咱們丐幫裏的人，還想做甚麼官？」他話是這麼說，語調中卻顯然滿是熱中和得意之情。瘦丐道：「做兄弟的先恭喜你了。」彭長老笑道：「這幾年來你功勞不小，將來自然也少不了你的份兒。」

那瘦丐道：「做官我倒不想。只是你答應了的攝魂大法，到底幾時才傳我啊？」彭長老道：「待南派丐幫正式起成，我一當上幫主，咱兩個都空閒下來，我自便傳你。」那瘦丐道：「你當上了南派丐幫的幫主，又封了大蒙古國鎮南大將軍的官，只有越來越忙，那裏還會有甚麼空閒？」彭長老笑道：「老弟，難道你還信不過做哥哥的麼？」那瘦丐不再說話，鼻中哼了一聲，顯是不信。楊過心道：「天下只有一個丐幫，自來不分南北，他要起甚麼南派丐幫，定是助蒙古人搗鬼。」

只聽那瘦丐又道：「彭長老，你答應了的東西，遲早總得給。你老是推搪，好教人心灰意懶。」彭長老淡淡的道：「那你便怎樣？」那瘦丐道：「我敢怎麼樣？只是我武功低，膽子小，沒一項絕技傍身，卻跟著你去幹這種欺騙眾兄弟的勾當，日後黃幫主、魯幫主追究起來，我想想就嚇得渾身發抖，那還是乘早洗手不幹的好。」楊過心想：「瘦老兒性命不要了，膽敢說這樣的話？那彭長老既然胸懷大志，自然心狠手辣。你這人啊，當真是又奸又胡塗。」彭長老哈哈一笑，道：「這事慢慢商量，你別多心。」那瘦丐不語，隔了一會，說道：「小小一隻獐腿吃不飽，我再去打些野味。」說著從壁上摘下弓箭，推門而出。

楊過湊眼到板壁縫中張望，只見那瘦丐一出門，彭長老便閃身而起，拔出短刀，躲在門後，耳聽得他腳步聲向西遠去，跟著也悄悄出門。楊過向小龍女笑道：「這兩個奸徒要自相殘殺，倒省了我一番手腳。那胖化子厲害得多，那瘦的決不是他的對手。」小龍女道：「最好兩個都別回來，這木屋安安靜靜的，不要有人來打擾。」楊過道：「是啊。」突然壓低聲音道：「有腳步聲。」只聽西首有人沿著山腰繞到屋後。

楊過微微一笑，道：「那瘦老兒回來想偷襲。」推窗輕輕躍出。果見那瘦丐矮著身子在壁縫中張望。他不見彭長老的影蹤，似乎一時打不定主意。楊過走到他的身後，「嘻」的一聲笑。

那瘦丐出其不意，急忙回頭，只道是彭長老到了身後，臉上充滿了驚懼之色。楊過笑道：「別怕，別怕。」伸手點了他胸口、脅下、腿上三處穴道，將他提到門前，放眼盡是白茫茫的大雪，童心忽起，叫道：「龍兒，快來幫我堆雪人。」隨手抄起地下白雪，堆在那瘦丐的身上。小龍女從屋中出來相助，兩人嘻嘻哈哈的動手，沒多久間，已將那瘦丐周身堆滿白雪。這瘦丐除了一雙眼珠尚可轉動之外，成為一個肥胖臃腫的大雪人。

楊過笑道：「這精瘦乾枯的瘦老頭兒，片刻之間便變得又肥又白。」小龍女笑道：「那個本來又肥又白的老頭兒呢，你怎生給他變一變？」楊過尚未回答，聽得遠處腳步聲響，低聲道：「胖老兒回來啦，咱們躲起來。」兩人回進房中，帶上了房門。小龍女搖動郭襄，讓她哭叫，口中卻不斷安慰哄騙：「乖寶乖，別哭啦。」她一生從不作偽，這般精靈古怪的勾當她想都沒想過，只是眼見楊過喜歡，也就順著他玩鬧。

彭長老一路回來，一路察看雪地裏的足印，眼見瘦老丐的足印去了又回，顯是埋伏在木屋左近。他隨著足印跟到木屋背後，又轉到屋前。楊過和小龍女在板縫中向外張去，但見他矮身從窗孔中向屋內窺探，右手緊握單刀，全神戒備。

瘦老丐身上寒冷徹骨，眼見彭長老站在自己身前始終不覺，只要伸手揮落，便能擊中他要害，苦在身上三處要穴被點，半分動彈不得。

彭長老見屋中無人，甚是奇怪，伸手推開了板門，正在猜想這瘦丐到了何處，忽聽得遠遠傳來腳步之聲。彭長老臉上肌肉一動，縮到板門背後，等那瘦丐回來。

楊過和小龍女都覺奇怪，那瘦丐明明已成為雪人，怎麼又有人來？剛一沉吟，已聽出來的共有兩人，原來又有生客到了。彭長老耳音遠遜，直到兩人走近，方才驚覺。

只聽得屋外一人說道：「阿彌陀佛，貧僧山中遇雪，向施主求借一宿。」彭長老轉身出來，見雪地裏站著兩個老僧，一個白眉長垂，神色慈祥，另一個身材矮小得多，留著一部蒼髯，身披緇衣，雖在寒冬臘月，兩人衣衫均甚單薄。

彭長老一怔之間，楊過已從屋中出來，說道：「兩位大和尚進來罷，誰還帶著屋子走道呢？」便在此時，彭長老突然見到了瘦丐所變成的雪人，察看之下，便即認出，見他變得如此怪異，心下大是驚詫，轉眼看楊過時，但見他神色如常，似是全然不知。

楊過迎著兩個老僧進來，尋思：「瞧這兩個老和尚也非尋常之輩，尤其那黑衣僧相貌兇惡，眼發異光，只怕和這彭長老是一路。」說道：「大和尚，住便在此住，我們山裏窮人，沒床給你們睡，你兩位吃不吃野味？」那白眉僧合什道：「罪過，罪過。我們帶有乾糧，不敢勞煩施主。」楊過道：「這個最好。」回進內室，在小龍女耳邊低聲道：「兩個老和尚，看來是很強的高手。」小龍女一皺眉頭，低聲道：「世上惡人真多，便是在這深山之中，也教人不得清靜。」

楊過俯眼板壁縫中張望，只見白眉僧從背囊中取出四團炒麵，交給黑衣僧兩團，另兩團自行緩緩嚼食。楊過心想：「這白眉老和尚神情慈和，舉止安詳，當真似個有道高僧，可是世上面善心惡之輩正多，這彭長老何嘗不是笑容可掬，和藹得很？那黑衣僧的眼色卻又如何這般兇惡？」

正尋思間，忽聽得嗆啷啷兩響，黑衣僧從懷中取出兩件黑黝黝的鐵鑄之物。彭長老本來坐在凳上，立即躍起，手按刀柄。黑衣僧對他毫不理睬，喀喀兩響，將一件黑物扣在自己腳上，原來是副鐵銬，另一副鐵銬則扣上了自己雙手。楊過和彭長老都詫異萬分，猜不透他自銬手足是何用意，但這麼一來，對他的提防之心便減了幾分。

那白眉僧臉上大有關懷之色，低聲道：「又要發作麼？」黑衣僧道：「弟子一路上老是覺得不對，只怕又要發作。」突然間跪倒在地，雙手合什，說道：「求佛祖慈悲。」他說了那句話後，低首縮身，一動不動的跪著，過了一會，身子輕輕顫抖，口中喘氣，漸喘漸響，到後來竟如牛吼一般，連木屋的板壁也被吼聲震動，簷頭白雪撲簌簌地掉將下來。彭長老固是驚得心中怦怦而跳，楊過和小龍女也相顧駭然，不知這和尚幹些甚麼，從吼聲聽來，似乎他身上正經受莫大的苦楚。楊過本來對他頗懷敵意，這時卻不自禁的起了憐憫之心，暗想：「不知他得了甚麼怪病，何以那白眉僧毫不理會？」

再過片刻，黑衣僧的吼聲更加急促，直似上氣難接下氣。那白眉僧緩緩的道：「不應作而作，應作而不作，悔惱火所燒，證覺自此始……」這幾句偈語輕輕說來，雖在黑衣僧牛吼一般的喘息之中，仍令人聽得清清楚楚。楊過吃了一驚：「這老和尚內功如此深厚，當世不知有誰能及？」只聽白眉僧繼續唸偈：「若人罪能悔，悔已莫復憂，如是心安樂，不應常念著。不以心悔故，不作而能作，諸惡事已作，不能令不作。」

他唸完偈後，黑衣僧喘聲頓歇，呆呆思索，低聲唸道：「若人罪能悔，悔已莫復憂……師父，弟子深知過往種種，俱是罪孽，煩惱痛恨，不能自已。弟子便是想著『諸惡事已作，不能令不作。』心中始終不得安樂，如何是好？」白眉僧道：「行罪而能生悔，本為難得。人非聖賢，孰能無過？知過能改，善莫大焉。」

楊過聽到這裏，猛地想起：「郭伯伯給我取名一個『過』字，表字『改之』，說是『知過能改，善莫大焉』的意思。難道這位老和尚是聖僧，今日是來點化我嗎？」

黑衣僧道：「弟子惡根難除。十年之前，弟子皈依吾師座下已久，仍然出手傷了三人。今日身內血煎如沸，難以自制，只怕又要犯下大罪，求吾師慈悲，將弟子雙手割去了罷。」白眉僧道：「善哉善哉！我能替你割去雙手，你心中的惡念，卻須你自行除去。若是惡念不去，手足縱斷，有何補益？」黑衣僧全身骨骼格格作響，突然痛哭失聲，說道：「師父諸般開導，弟子總是不能除去惡念。」

白眉僧喟然長嘆，說道：「你心中充滿憎恨，雖知過去行為差失，只因少了仁愛，總是惡念難除。我說個『佛說鹿母經』的故事給你聽聽。」黑衣僧道：「弟子恭聆。」說著盤膝坐下。楊過和小龍女隔著板壁，也是肅然靜聽。

白眉僧道：「從前有隻母鹿，生了兩隻小鹿。母鹿不慎為獵人所捕，獵人便欲殺卻。母鹿叩頭哀求，說道：『我生二子，幼小無知，不會尋覓水草。乞假片時，使我告知孩兒覓食之法，決當回來就死。』獵人不許。母鹿苦苦哀告，獵人心動，縱之使去。

「母鹿尋到二子，低頭鳴吟，舐子身體，心中又喜又悲，向二子說道：『一切恩愛會，皆由因緣合，會合有別離，無常難得久。今我為爾母，恒恐不自保，生死多畏懼，命危於晨露。』二鹿幼小，不明其意。於是母鹿帶了二子，指點美好水草，涕淚交流，說道：『吾期行不遇，誤墮獵者手；即當應屠割，碎身化糜朽。念汝求哀來，今當還就死；憐汝小早孤，努力活自己。』」

小龍女聽到這裏，念及自己命不長久，想著「生死多畏懼，命危於晨露」、「憐汝小早孤，努力活自己」這幾句話，忍不住淚水流了下來。楊過明知白眉僧說的只是佛家寓言，但其中所述母子親情悲切深摯，也是大為感動。

只聽白眉僧繼續講道：「母鹿說完，便和小鹿分別。二子鳴啼，悲泣戀慕，從後緊緊跟隨，雖然幼小奔跑不快，還是跌倒了重又爬起，不肯離開母親。母鹿停步，回頭說道：『兒啊！你們不可跟來，如給獵人見到，母子一同畢命。我是甘心就死，只是哀憐你們稚弱。世間無常，皆有別離。我自薄命，使你們從小便沒了母親。』說畢，便奔到獵人身前。兩小鹿孺慕心切，不畏獵人弓箭，追尋而至。

「獵人見母鹿篤信死義，捨生守誓，志節丹誠，人所不及；又見三鹿母子難分難捨，惻然憫傷，便放鹿不殺。三鹿悲喜，鳴聲咻咻，以謝獵者。獵人將此事稟報國王，舉國讚歎，為止殺獵惡行。」

黑衣僧聽了這故事，淚流滿面，說道：「此鹿全信重義，母慈子孝，非弟子所能及於萬一。」白眉僧道：「慈心一起，殺業即消。」說著向身旁的彭長老望了一眼，似乎也有向他開導之意。黑衣僧應道：「是！」白眉僧道：「若要補過，唯有行善。與其痛悔過去不應作之事，不如今後多作應作之事。」說著微微歎息，道：「便是我，一生之中，何嘗不是曾做了許多錯事。」說著閉目沉思。

黑衣僧若有所悟，但心中煩躁，總是難以克制，抬起頭來，只見彭長老笑咪咪的凝望自己，眼中似發光芒。黑衣僧一怔，覺得曾在甚麼地方和此人會過，又覺得他這眼色瞧得自己極不舒服，當即轉頭避開，但過不片刻，忍不住又去望了他一眼。彭長老笑道：「下得好大的雪啊，是不是？」黑衣僧道：「是，好大的雪。」彭長老道：「來，咱們去瞧瞧雪景。」

說著推開了板門。黑衣僧道：「好，去瞧瞧雪景。」站起身來，和他並肩站在門口。楊過雖隔著板壁，也覺彭長老眼光甚是特異，心中隱隱有不祥之感。

彭長老道：「你師父說得好，殺人是萬萬不可的，但你全身勁力充溢，若不和人動手，心裏便十分難過，是不是啊？」黑衣僧迷迷糊糊的應道：「是啊！」彭長老道：「你不妨發掌擊這雪人，打罷，那可沒有罪孽。」黑衣僧望著雪人，雙臂舉起，躍躍欲試。這時離二僧到來之時已隔了小半個時辰，瘦丐身上又堆了一層白雪，連得他雙眼也皆掩沒。彭長老道：「你雙掌齊發，打這雪人，打啊！打啊！打啊！」語音柔和，充滿了勸誘之意。黑衣僧運勁於臂，說道：「好，我打！」

白眉僧抬起頭來，長長歎了口氣，低聲道：「殺機既起，業障即生。」

但聽得砰的一聲響，黑衣僧雙掌齊出，白雪紛飛。那瘦丐身上中掌，震鬆穴道，「啊」的一聲大叫，聲音慘厲，遠遠傳了出去。小龍女輕聲低呼，伸手抓住了楊過手掌。

黑衣僧大吃一驚，叫道：「雪裏有人！」白眉僧急忙奔出，俯身察看。那瘦丐中了黑衣僧這一下功力深厚之極的鐵掌，早已斃命。黑衣僧神不守舍，呆在當地。

彭長老故作驚奇，說道：「這人也真奇怪，躲在雪裏幹甚麼？咦，怎麼他手中還拿著刀子？」他以「攝魂大法」唆使黑衣僧殺了瘦丐，心中自是得意，但也不禁奇怪：「這廝居然有這等耐力，躲在雪中毫不動彈。難道白雪塞耳，竟沒聽到我叫人出掌搏擊嗎？」

黑衣僧只叫：「師父！」瞪目呆視。白眉僧道：「冤孽，冤孽。此人非你所殺，可也是你所殺。」黑衣僧伏在雪地之中，顫聲道：「弟子不懂。」白眉僧道：「你只道這是雪人，原無傷人之意。但你掌力猛惡，出掌之際，難道竟無殺人之心麼？」黑衣僧道：「弟子確有殺人之心。」

白眉僧望著彭長老，目不轉睛的瞧了一會，目光甚是柔和，充滿了悲憫之意，便只這麼一瞧，彭長老的「攝魂大法」竟爾消於無形。黑衣僧突然叫了出來：「你……你是丐幫的長老，我記起了！」彭長老臉上笑咪咪的神色於剎那間影蹤不見，眉宇間洋溢乖戾之氣，說道：「你是鐵掌幫的裘幫主啊，怎地做了和尚？」

這黑衣僧正是鐵掌幫幫主裘千仞。當日在華山絕頂頓悟前非，皈依一燈大師座下為僧。這位白眉老僧，便是與王重陽、黃藥師、歐陽鋒，及洪七公齊名的一燈大師。裘千仞受剃度後法名慈恩，誠心皈佛，努力修為，只是往日作孽太多，心中惡根難以盡除，遇到外誘極強之際，不免出手傷人，因此打造了兩副鐵銬，每當心中煩躁，便自銬手足，以制惡行。這一日一燈大師在湖廣南路隱居之處接到弟子朱子柳求救的書信，於是帶同慈恩前往絕情谷去。那知在這深山中遇到彭長老，慈恩卻無意間殺了一人。

慈恩出家以來，十餘年中雖有違犯戒律，但殺害人命卻是第一次，一時心中迷惘無依，只覺過去十餘年的修為頃刻間盡付東流。他狠狠瞪著彭長老，眼中如要噴出烈火。

一燈大師知道此時已到緊急關頭，如以武功強行制住他不許動手，他心中惡念越積越重，終有一日堤防潰決，一發而不可收拾，只有盼他善念滋長，惡念潛消，方能入於證道之境。他站在慈恩身旁，輕輕唸道：「阿彌陀佛，阿彌陀佛！」直唸到七八十聲，慈恩的目光才離開彭長老身上，回進木屋坐倒，又喘起氣來。

彭長老早知裘千仞武功卓絕，卻不認得一燈大師，但見他白眉如雪，是個行將就木的衰僧，渾不放在意下，本想只消以「攝魂大法」制住裘千仞，便可為所欲為，那知道一燈的目光射來，自己心頭便如有千斤重壓，再也施展不出法術，這一來登時心驚膽戰，沒了主意，倘若發足逃走，這裘千仞號稱「鐵掌水上飄」，輕功異常了得，雪地中足跡清楚，那是決計逃不了的，只盼他肯聽白眉老和尚勸人為善的話，不來跟自己為難。他縮在屋角，心中惴惴不安。慈恩喘氣漸急，他一顆心也是越跳越快。

楊過聽一燈講了三鹿的故事，想起有生之物莫不樂生惡死，那瘦丐雖然行止邪惡，死有餘辜，但突然間慘遭不測，卻也頗為憮然，又見慈恩掌力大得異乎尋常，暗想這和尚不知是誰，竟有如此高強武功？

但聽得慈恩呼呼喘氣，大聲道：「師父，我生來是惡人，上天不容我悔過。我雖無意殺人，終究免不了傷人性命，我不做和尚啦！」一燈道：「罪過，罪過！我再說段佛經給你聽。」慈恩粗聲道：「還聽甚麼佛經？你騙了我十多年，我再也不信啦。」格喇、格喇兩聲，手足鐵銬上所連的鐵鍊先後崩斷。一燈柔聲道：「慈恩，已作莫憂，勿須煩惱。」

慈恩站起身來，向一燈搖了搖頭，驀地裏轉身，對著彭長老胸口雙掌推出，砰的一聲巨響，彭長老撞穿板壁，飛了出去。在這鐵掌揮擊之下，自是筋折骨斷，便有十條性命也活不成了。

楊過和小龍女聽得巨響，嚇了一跳，攜手從內室出來，只見慈恩雙臂高舉，目露兇光，高聲喝道：「你們瞧甚麼？今日一不做，二不休，老子要大開殺戒了。」說著運勁於臂，便要使鐵掌功拍出。

一燈大師走到門口，擋到楊龍二人身前，盤膝往地下一坐，口宣佛號，說道：「迷途未遠，猶可知返。慈恩，慈恩，你當真要沉淪於萬劫不復之境麼？」慈恩臉上一陣青、一陣紅，心中混亂已極，善念和惡念不住交戰。此日他在雪地裏行走時胸間已萬分煩躁，待得給「攝魂大法」一擾，又連殺兩人，再也難以自制。眼中望將出來，一燈大師一時是救助自己的恩師，一時卻成為專跟自己作對的大仇人。

如此僵立片刻，心中惡念越來越盛，突然間呼的一聲，出掌向一燈大師劈去。一燈舉手斜立胸口，身子微晃，擋了這一掌。慈恩怒道：「你定是要和我過不去！」左手又是一掌，一燈大師伸手招架，仍不還招。慈恩喝道：「你假惺惺作甚？快還手啊，你不還手，枉自送了性命，可別怨我！」

他雖神智混亂，這幾句話卻說得不錯，他的鐵掌功夫和一燈大師的一陽指各擅勝場，當年本在武林齊名。一燈的佛學修為做他師父而有餘，說到武功，要是出一陽指全力周旋，或可勝得一招半式，掌上功夫卻有所不及，這般只挨打而不還手，時候稍久，縱不送命，也必重傷。可是一燈抱著捨身度人的大願大勇，寧受鐵掌撞擊之禍，也決不還手，只盼他終於悔悟。這並非比拚武功內力，卻是善念和惡念之爭。

楊過和小龍女眼見慈恩的鐵掌有如斧鉞般一掌掌向一燈劈去，劈到第十四掌時，一燈「哇」的一聲，一口鮮血噴了出來。慈恩一怔，喝道：「你還不還手麼？」一燈柔聲道：「我何必還手？我打勝你有甚麼用？你打勝我有甚麼用？須得勝過自己、克制自己！」慈恩一楞，喃喃的道：「要勝過自己，克制自己！」

一燈大師這幾句話，便如雷震一般，轟到了楊過心裏，暗想：「要勝過自己的任性，要克制自己的妄念，確比勝過強敵難得多。這位高僧的話真是至理名言。」卻見慈恩雙掌在空中稍作停留，終於呼的一聲又拍了出去。一燈身子搖晃，又是一口鮮血噴出，白鬚和僧袍上全染滿了。

楊過見他接招的手法和耐力，知他武功決不在黑衣僧之下，但這般一味挨打，便是鐵石身軀終於也會毀了。這時他對一燈已然欽佩無已，明知他要捨身點化惡人，但決不能任他如此喪命，心想憑自己單掌之力，擋不了黑衣僧的鐵掌，回身提起玄鐵重劍，繞過一燈身側，待慈恩又揮掌拍出，便即挺劍直刺。

玄鐵劍激起勁風，和慈恩的掌風一撞，兩人身子都是微微一搖。

慈恩「咦」的一聲，萬萬想不到荒山中一個青年獵人竟有如此高強武功。一燈大師瞧了楊過一眼，也十分詫異。慈恩厲聲喝道：「你是誰？幹甚麼？」楊過道：「尊師好言相勸，大師何以執迷不悟？不聽金石良言，已是不該，反而以怨報德，竟向尊師猛下毒手。如此為人，豈非禽獸不如？」慈恩大怒，喝道：「你也是丐幫的？跟那個鬼鬼祟祟的長老是一路的麼？」楊過笑道：「這二人是丐幫敗類，大師除惡即是行善，何必自悔？」慈恩一怔，自言自語：「除惡即是行善……除惡即是行善……」

楊過隔著板壁聽他師徒二人對答，已隱約明白了他的心事，知他因悔生恨，惡念橫起，又道：「那二人是丐幫叛徒，意圖引狼入室，將我大漢河山出賣於異族。大師殺此二人，實是莫大功德。這二人不死，不知有多少善男女家破人亡。我佛雖然慈悲，但遇到邪魔外道，不也要大顯神通將之驅滅麼？」

楊過所知的佛學盡此而已，實在淺薄之至，但慈恩聽來卻極為入耳。他緩緩放下手掌，一轉念間，猛地想起自己昔日也曾受大金之封，也曾相助異族侵奪大宋江山，楊過這幾句話無異是痛斥自己之非，突然提掌向他劈去，喝道：「小畜生，你胡說八道些甚麼？」

這一掌既快且狠，楊過只道已用言語打動了他，那料他竟會忽地發難，霎時間掌風及胸，危急中不及運勁相抗，索性順著他掌力縱身後躍，砰嘭喀喇兩聲響，木屋板壁撞破了一個大洞，楊過飛身到了屋外。一燈大師大吃一驚，暗道：「難道這少年便也如此喪命？瞧來他武功不錯啊！唉，我怎不及時救他性命？」心下好生懊惱。

驀地裏屋中柴火一暗，板壁破洞中颳進一股疾風，楊過身隨風至，挺劍向慈恩刺去，喝道：「好，你我今日便較量較量。」慈恩右掌斜劈，欲以掌力震開他劍鋒。可是楊過這路劍法實是獨孤求敗的絕技，雖然年代相隔久遠，不能親得這位前輩的傳授，但洪水練劍，蛇膽增力，仗著神鵰之助，楊過所習的劍法已彷彿於當年天下無敵的劍魔。慈恩一掌擊出，楊過劍鋒只稍偏數寸，劍尖仍是指向他左臂。慈恩大駭，向右急閃，才避過了這一劍，立即還掌劈出。兩人各運神功，劍掌激鬥。

一燈越看越奇，心想這少年不過二十有餘，竟能與當代一流高手裘鐵掌打成平手，自己見多識廣，卻也認不出他的武功是何家數，這柄劍如此沉重，亦奇妙之至。一回頭間，見小龍女手抱嬰兒，站在門邊，容顏佳麗，神色閒雅，對兩人惡鬥殊不驚惶，暗想：「這個少女也非尋常人物。」隨即見她眉間與人中隱隱有一層黑氣，不禁叫了聲：「啊喲！」小龍女報以一笑，心道：「你瞧出來了。」

這時兩人一劍雙掌越鬥越激烈，楊過在兵刃上佔了便宜，慈恩卻多了一條手臂，可說扯了個直。只聽得砰的一聲，木板飛脫一塊，接著格喇聲響，柱子又斷了一條，木屋既小，又非牢固，實容不下兩個高手的劇鬥。劍刃和掌風到處，木板四下亂飛，終於喀喇喇一聲大響，木柱折斷，屋面壓了下來。小龍女抱起郭襄，從窗中飛身而出，一燈在後相護，揮袖拂開了幾塊碎木。

北風呼呼，大雪不停，兩人惡鬥不休。慈恩十餘年來從未與人如此酣戰，打得興發，大吼聲中鐵掌翻飛，堪堪拆到百餘招外，但覺對方劍上勁力不住加重，他年紀衰邁，漸漸招架不住。楊過挺劍當胸刺去，見他斜走閃避，當即鐵劍橫掃，疾風捲起白雪，直撲過去。慈恩雙目被雪蒙住，忙伸手去抹，猛覺玄鐵劍搭上了右肩，斗然間身上猶如壓上了千鈞之重，再也站立不住，翻身跌倒。楊過劍尖直刺其胸，這劍雖不鋒利，力道卻是奇大，只壓得他肋骨向內劇縮，只能呼氣出外，不能吸進半口氣來。

便在此刻，慈恩心頭如閃電般掠過一個「死」字。他自練成絕藝神功之後，縱橫江湖，只有他去殺人傷人，極少遇到挫折，便是敗在周伯通手下，一直逃到西域，最後還是憑巧計將老頑童嚇退，此時去死如是之近，卻是生平從未遭逢，一想到「死」，不由得大悔，但覺這一生便自此絕，百般過惡，再也無法補救。一燈大師千言萬語開導不了的，楊過這一劍卻登時令他想到：「給人殺死如是之慘，然則我過去殺人，被殺者也是一樣的悲慘了。」

一燈大師見楊過將慈恩制服，心想：「如此少年英傑，實在難得。」走上前去，伸指輕輕在劍刃上一點，楊過只覺左臂一熱，玄鐵劍立時盪開。

慈恩挺腰站起，跟著撲翻在地，叫道：「師父，弟子罪該萬死，弟子罪該萬死！」一燈微笑，伸手輕撫其背，說道：「大覺大悟，殊非易易。還不謝過這位小居士的教誨？」

楊過本就疑心這位老和尚是一燈大師，給他一指盪開劍刃，心想這一陽指功夫和黃島主的彈指神通真有異曲同工之妙，當世再無第三人的指力能與之並駕齊驅，當即下拜，說道：「弟子楊過參見大師。」見慈恩向自己跪倒，忙即還禮，說道：「前輩行此大禮，可折煞小人了。適才多有得罪。」指著小龍女道：「這是弟子室人龍氏。快來叩見大師。」小龍女抱著郭襄，斂衽行禮。

慈恩道：「弟子適才失心瘋了，師父的傷勢可厲害麼？」一燈淡然一笑，問道：「你可好些了麼？」慈恩歉仄無已，不知說甚麼才好。

四人坐在倒塌的木柱之上。楊過約略述說如何識得武三通、朱子柳及點蒼漁隱，又說到自己如何在絕情谷中毒，天竺神僧及朱子柳如何為己去求解藥被困。一燈道：「我師徒便是為此而去絕情谷。你可知這慈恩和尚，和那絕情谷的女谷主有何淵源？」

楊過聽彭長老說過「鐵掌幫的裘幫主」，便道：「慈恩大師俗家可是姓裘，是鐵掌幫的裘幫主？」見慈恩緩緩點頭，便道：「如此說來，絕情谷的女谷主便是令妹了。」慈恩道：「不錯，我那妹子可好麼？」楊過難以回答，裘千尺四肢被丈夫截斷筋脈，成為廢人，實在說不上個「好」字。慈恩見他遲疑，道：「我那妹子暴躁任性，若是遭到了孽報，也不足為奇。」楊過道：「令妹便是手足有了殘疾，身子倒是挺安健的。」慈恩嘆了口氣，道：「隔了這許多年，大家都老了……嗯，她一向只跟她大哥說得來……」說到這裏，呆呆出神，追憶往事。

一燈大師知他塵緣未斷，適才所以悔悟，只因臨到生死關頭，惡念突然消失，其實心中孽根並未除去，將來再遇極強的外感，不免又要發作，自己能否活得那麼久，到那時再來維護感化，一切全憑緣法了。

楊過見一燈瞧著慈恩的眼光中流露出憐憫之情，忽想：「一燈大師武功決不在他弟子之下，始終不肯還手，定有深意。我這出手，只怕反而壞了事。」忙道：「大師，弟子愚不解事，適才輕舉妄動，是否錯了，請大師指點。」

一燈道：「人心難知，他便是將我打死了，也未必便此能大徹大悟，說不定陷溺更深。你救我一命，又令他迷途知返，怎會是錯？老衲深感盛德。」轉頭望著小龍女，問道：「小娘子如何毒入內臟？」楊過聽他一問，似在沉沉黑暗之中突然見到一點光亮，忙道：「她受傷之後正在打通關脈治療，豈知恰在那時中了餵有劇毒的暗器。大師可能慈悲救她一命？」

說著不由自主的雙膝跪地。

一燈伸手扶起，問道：「她如何打通關脈？內息怎生運轉？」楊過道：「她逆運經脈，又有寒玉床及弟子在旁相助。」一燈聽了他的解釋，不由得嘖嘖稱奇，道：「那位歐陽兄當真是天下奇人，開創逆運經脈之法，實是匪夷所思，從此武學中另闢了一道蹊徑。」伸指搭了小龍女雙手腕脈，臉現憂色，半晌不語。

楊過怔怔的瞧著他，只盼他能說出「有救」兩個字來。小龍女的眼光卻始終望著楊過，她早便沒想到能活至今日，見楊過臉色沉重，只為自己擔憂，緩緩的道：「生死有命，豈能強求？過兒，憂能傷人，你別太過關懷了。」

一燈自進木屋以來，第一次聽到小龍女說話，聽她這幾句話語音溫柔，而且心情平和，達觀知命，不禁一怔。他不知小龍女自幼便受師父教誨，靈台明淨，少受物羈，本想這姑娘小小年紀，中毒難治，定然憂急萬狀，那知說出話來竟是功行深厚的修道人口吻。心想：「這一對少年夫婦實是人間龍鳳，男的武功如此了得，女的參悟生死，更是不易。我生平所遇，只有郭靖、黃蓉夫婦，方能和他們比肩，我那些弟子無一能及。唉，只是她中毒既深，我受傷後又使不出一陽指神功。」微一沉吟，說道：「兩位年紀輕輕，修為卻著實不凡，老衲不妨直言……」楊過聽到這裏，一顆心不由得沉了下去，手心冰冷。

只聽一燈續道：「小夫人劇毒透入重關，老衲倘若身未受傷，可用一陽指功夫助她體內毒質暫不發作。然後尋覓靈藥解毒。如今嘛……好在小夫人幼功所積頗厚，老衲這裏有藥一顆，服後保得七日平安。咱們到絕情谷去找到我師弟……」楊過拍腿站起，叫道：「啊，不錯，這位天竺神僧治毒的本事出神入化，必有法子解毒。」

一燈道：「倘若我師弟也不能救，那是大數使然。世上有的孩子生下來沒多久便死了，小夫人嫁人之後方始不治，也不為夭。」說到這裏，想起當年周伯通和劉貴妃所生的那個孩子，只因自己由妒生恨，堅不肯為其治傷，終於喪命；而那個孩子，卻是慈恩打傷的。

楊過睜大了眼睛望著一燈，心想：「龍兒能否治愈，尚在未定之天，你卻不說一句安慰的言語。」小龍女淡淡一笑，道：「大師說得很是。」眼望身周大雪，淡淡的道：「這些雪花落下來，多麼白，多麼好看。過幾天太陽出來，每一片雪花都變得無影無蹤。到得明年冬天，又有許許多多雪花，只不過已不是今年這些雪花罷了。」

一燈點了點頭，轉頭望著慈恩，道：「你懂麼？」慈恩點了點頭，心想日出雪消，冬天下雪，這些粗淺的道理有甚麼不懂？

楊過和小龍女本來心心相印，對方即是最隱晦的心意相互也均洞悉，但此刻她和一燈對答，自己卻是隔了一層。似乎她和一燈相互知心，自己反而成為外人，這情境自與小龍女相愛以來從所未有，不由得大感迷惘。

一燈從懷中取出一個鷄蛋，交給了小龍女，說道：「世上鷄先有呢，還是蛋先有？」這是個千古無人能解的難題。楊過心想：「當此生死關頭，怎地問起這些不打緊的事來？」

小龍女接過蛋來，原來是個磁蛋，但顏色形狀無一不像。她微一沉吟，已明其意，道：「蛋破生鷄，鷄大生蛋，既有其生，必有其死。」輕輕擊碎蛋殼，滾出一顆丸藥，金黃渾圓，便如蛋黃。一燈道：「快服下了。」小龍女心知此藥貴重，於是放入口中嚼碎嚥下。

次晨大雪兀自未止，楊過心想此去絕情谷路程不近，一燈的丸藥雖可續得七日性命，但必須全力趕路，毫不躭擱，方能及時到達，說道：「大師，你傷勢怎樣？」一燈傷得著實不輕，但想救援師弟、朱子柳和小龍女三人，都是片刻延緩不得，當下袍袖一拂，說道：「不礙事。」提氣發足，在雪地裏竄出丈餘。楊過三人隨後跟去。

小龍女服了丸藥後，只覺丹田和緩，精神健旺，展開輕功，片刻間便趕在一燈大師之前。慈恩吃了一驚，心想這嬌怯怯的姑娘原來武功竟也這生了得，驀地裏好勝心起，腿下發勁，向前急追。一個是輕功天下無雙的古墓派傳人，一個是號稱「鐵掌水上飄」的成名英雄，霎時之間趕出數十丈，在雪地中成為兩個黑點。楊過生怕慈恩忽又惡性發作，加害小龍女，當即追上相護。他輕功不及二人，但內功既厚，腳下勁力自長，初時和二人相距甚遠，行不到半個時辰，前面二人的背影越來越是清晰。

忽聽身後一燈笑道：「小居士內力如此深厚，真是難得。師承是誰，能見告麼？」楊過腳步略慢，和他並肩而行，說道：「晚輩武功是我妻子教的。」一燈奇道：「尊夫人可不及你啊？」楊過道：「近數月來，晚輩不知怎的忽地內力大進，自己也不明白是何緣故。」

一燈道：「你可服了甚麼增長內力的丹藥？或者是成形的人參、千年以上的靈芝？」楊過搖了搖頭，說道：「晚輩吃過數十枚蛇膽，吃後力氣登時大了許多，不知可有干係？」一燈道：「蛇膽？蛇膽只能驅除風濕，並無增力之效。」楊過道：「這是一種奇蛇之膽，那毒蛇身上金光閃閃，頭頂生有肉角，形狀十分怪異。」一燈沉吟片刻，突然道：「啊，那是菩斯曲蛇。佛經上曾有記載，原來中土也有。聽說此蛇行走如風，極難捕捉。」楊過道：「是一頭大鵰啣來給弟子吃的。」一燈讚嘆：「這真是曠世難逢的奇緣了。」

兩人口中說話，足下毫不停留，又行一會，和小龍女及慈恩二人更加近了。一燈和楊過相視一笑。他二人輕功雖不及小龍女和慈恩，但長途奔馳，最後決於內力深厚。再看前面兩人時，小龍女已落後丈許，以內力而論，她自是不及慈恩。疾行間轉過一個山坳，楊過指著前面道：「咦，怎地有三個人？」

原來小龍女身後不遠又有一人快步而行。楊過一瞥之間，便覺此人輕身功夫實不在小龍女和慈恩之下，只見他背上負著一件巨物，似是一口箱子，但仍然步履矯捷，和小龍女始終相隔數丈。一燈也覺奇怪，在這荒山之中不意連遇高人，昨晚遇到一對少年英秀的夫妻，今日所見此人卻顯然是個老者。

小龍女給慈恩超越後，不久相距更遠，聽得背後腳步聲響，只道楊過跟了上來，說道：「過兒，這位大和尚輕功極好，我比他不過，你追上去試試。」身後一個聲音笑道：「你到箱子上來歇一歇，養養力氣，不用怕那老和尚。」小龍女聽得語音有異，回頭一看，只見一人白髮白鬚，卻是老頑童周伯通。

他笑容可掬的指著背上的箱子，說道：「來，來，來！」這木箱正是重陽宮藏經閣中之物，想來裝著全真教的道藏經書，他才這般巴巴的背負出來。小龍女微微一笑，尚未回答，周伯通突然身形晃動，搶到她身邊，一伸臂便托著她腰，將她放上了箱頂。這一下身法既快，出手又奇，小龍女竟不及抗拒，身子已在木箱之上，不禁暗自佩服：「全真派號稱天下武學正宗，果有過人之處，重陽宮的道人打不過我，只是沒學到師門武功的精髓而已。」

這時楊過和一燈也均已認出是周伯通，只有慈恩生怕小龍女趕上，全神貫注的疾奔，不知身後已多了一人。周伯通邁開大步跟隨其後，低聲道：「再奔半個時辰，他腳步便會慢下來。」小龍女笑道：「你怎知道？」周伯通道：「我跟他鬥過腳力，從中原直追到西域，又從西域趕回中原，幾萬里跑了下來，那能不知？」小龍女坐在箱上，平穩安適，猶勝騎馬，低聲笑道：「老頑童，你為甚麼幫我？」周伯通道：「你模樣兒討人歡喜，又不似黃蓉那麼刁鑽古怪。我偷了你的蜜糖，你也不生氣。」

這般奔了半個多時辰，果如周伯通所料，慈恩腳步漸慢。周伯通道：「去罷！」肩頭推聳，將小龍女送出丈餘，她養足力氣，縱身奔跑，片刻間便越過慈恩身旁，側過頭來微微一笑。慈恩一驚，急忙加力。但兩人輕功本在伯仲之間，現下一個休憩已久，一個卻是一步沒停過，相距越來越遠，再也追趕不上。

慈恩生平兩大絕技自負天下無對，但一日一夜之間，鐵掌輸於楊過，輕功輸於小龍女，不由得大為沮喪，但覺雙腿軟軟的不聽使喚，暗自心驚：「難道我大限已到，連一個小姑娘也比不過了？」他昨晚惡性大發，出手打傷了師父，一直怔忡不安，這時用足全力追趕小龍女不上，更是心神恍惚，但覺天下事全是不可思議。

楊過在後看得明白，見周伯通暗助小龍女勝過慈恩，頗覺有趣，加快腳步走到他身邊，笑道：「周老前輩，多謝你啊。」周伯通道：「這裘千仞好久沒見他了，怎麼越老越胡鬧，剃光了頭做起和尚來？」楊過道：「他拜了一燈大師為師，你不知道麼？」說著向後一指。

周伯通大吃一驚，叫道：「段皇爺也來了麼？」回頭遙遙望見一燈，叫道：「出行不利，溜之大吉！」當即斜刺裏竄出，鑽進了樹林。楊過也不知「段皇爺」是甚麼，但見樹分草伏，周伯通霎時間去得無影無蹤，暗道：「這人行事之怪，真是天下少有。」

一燈見周伯通躲開，快步上前，見慈恩神情委頓，適才的剛勇強悍突然間不知去向，說道：「你對勝負之數，還是這般勘不破麼？」慈恩惘然不語。一燈道：「有所欲即有所蔽。以你武功之強，若非一意爭勝，豈能不知背後多了一人？」

四人加緊趕路，起初五日行得甚快，到第六日清晨，一燈傷勢不輕，漸漸支持不住。楊過道：「大師還是暫且休息，保養身子為要。此去絕情谷已不在遠，晚輩夫婦隨慈恩大師趕去谷中，好歹也要救神僧和朱大叔出來。」一燈微笑道：「我留著可不放心。」稍停片刻，又道：「只怕谷中變故甚多，老僧還是親去的好。」慈恩道：「弟子背負師父前往。」說著將一燈負在背上，大踏步而行。

午時過後，一行人來到谷口。楊過向慈恩道；「咱們是否要報明身分，讓令妹出來迎接大師？」慈恩一怔，尚未回答，忽聽得谷中隱隱傳來兵刃相交之聲。慈恩掛念妹子，生怕是她在和武三通等人交手，任誰一方傷了都不好，說道：「咱們快去制止動手要緊。」施展輕功向前急衝。他不識谷中道路，楊過一路指點。

四人奔到鄰近，只見七八名綠衣弟子各執兵刃，守在一叢密林之外，兵刃聲從密林中傳將出來，卻不見相鬥之人。

綠衣弟子突見又有外敵攻到，發一聲喊，衝將過來，奔到近處，認出了楊過和小龍女，一齊住足。領頭的弟子上前兩步，按劍說道：「主母請楊相公辦的事，大功已成麼？」

楊過反問道：「林中何人相鬥？」那綠衣弟子不答，側目凝視，不知他此來居心是善是惡。楊過微笑道：「小弟此來，並無惡意。公孫夫人安好？公孫姑娘安好？」那弟子心中去了幾分敵意，道：「託福，主母和姑娘都好。」又問：「這兩位大和尚是誰？各位和林中四個女子可是一路麼？」楊過道：「四個女子，那是誰啊？」那弟子道：「四個女子分作兩路闖進谷來，主母傳令攔阻，她們大膽不聽，現已分別引入情花坳中。那知她們一見面，自己卻打了起來。」

楊過聽到「情花坳」三字，不禁一驚，猜不出四個女子是誰，倘是黃蓉、郭芙、完顏萍、耶律燕，四人怎會互鬥？說道：「便煩引見一觀，小弟若是相識，當可勸其罷鬥，一同叩見谷主。」那弟子心想反正這四個女子已經被困，讓你見識一下，也可知我絕情谷的厲害，便引四人走進密林。果見四個女子分作兩對，正自激鬥。

楊過和小龍女一見，暗暗心驚。原來四個女子立足處是一片徑長兩丈的圓形草地，外邊密密層層的圍滿了情花，不論從那個方位出來，都有八九丈地面生滿情花。任你輕功再強，也決不能一躍而出，縱然躍至半路也是難能。

小龍女叫道：「是師姊！」南向而鬥的兩個女子一是李莫愁，另一個是她弟子洪凌波。兩人各持長劍，想是李莫愁的拂塵在古墓中折斷後，倉卒間不及重製。

敵對的兩女一個手持柳葉刀，另一個兵刃似是一管洞簫，兩人身形婀娜，步法迅捷，武功也自不弱，但和李莫愁相抗總是不及。楊過一驚：「是她們表姊妹倆？」這時洪凌波身子略側，穿淡黃衫子的少女回過半面，穿淺紫衫的少女跟著斜身，正是程英和陸無雙。

四人局處徑長兩丈的草地之中，便似擂台比武或斗室惡鬥一般，地形有限，不能踏錯半步，這麼一來，武功較差的更是處處縛手縛腳。幸得李莫愁兵刃不順手，洪凌波對陸無雙顧念昔日之情，不肯猛下殺手，因此程陸二女雖處下風，還在勉力支持。

楊過問那領頭的綠衣弟子道：「她們四人好端端的，怎會闖到這圓圈中去打架？」那綠衣人甚是得意，傲然道：「這是公孫谷主布下的奇徑。我們把奸細逼進情花坳，再在進口處堆上情花，那裏還能出來？」楊過急道：「她們都已中了情花之毒麼？」那綠衣人道：「就算沒中，也不久了。」

楊過心想：「憑你們的武功，怎能將李莫愁逼入情花坳中？啊，是了，定是使出帶刀漁網陣絕惡的法門。倘若程陸二女再中情花之毒，世上已無藥可救。」當即朗聲說道：「程姊姊，陸姊姊，小弟楊過在此。你們身周花上有刺，劇毒無比，千萬小心了。」

李莫愁早瞧出情花模樣詭異，綠衣弟子既用花樹攔路，其中必有緣故，因此一入情花坳後，便低聲囑咐洪凌波小心，須得遠離花樹。程英和陸無雙也均乖巧伶俐，如何看不出來？四人料想花樹中不是安有機關陷阱，便有毒箭暗器，這時聽楊過一叫，對身周花樹更增畏懼，向草地中心擠攏，近身而搏，鬥得更加兇了。

程英和陸無雙聽得楊過到來，心下極喜，急欲和他相見，苦於敵人相逼極緊，難以脫身。李莫愁卻想只有殺了兩女，鋪在情花上作墊腳石，方能踏著她們身子出去。楊過和小龍女之來，原使她大吃一驚，好在中間有情花相隔，他們不能過來援手，厲聲喝道：「凌波，你再不出全力，自己的小命要送在這兒了。」洪凌波忙應道：「是！」劍上加勁，併力向程英刺去。

程英舉簫擋架，李莫愁長劍向她咽喉疾刺。陸無雙搶上提刀橫架。李莫愁冷笑一聲，長劍微晃，飛起左腿，踢中她的手腕。陸無雙柳葉刀脫手飛出，跌入情花叢中。李莫愁長劍閃動，向程英連刺三劍。程英招架不住，向後急退。她只要再退一步，左腳便得踏入花叢，陸無雙驚叫：「表姊，不能再退。」李莫愁微笑道：「不能再退，那便上前罷！」說著斜後讓開一步。程英明知她決無善意，但自己所站之處實在過於危險，只得跟著踏前。李莫愁冷笑道：「好大的膽子！」長劍抖動，閃出十餘點銀光，劍尖將她上半身盡數罩住了。

楊過在外瞧得明白，知是古墓派劍法的厲害招數，叫做「冷月窺人」，倘若不明這一招的來龍去脈，十九會盡力守護上身，小腹便非中劍不可，眼見程英舉簫在自己胸前削下，忙從地下拾起一塊小石，放在拇指和中指之間，颼的一聲，彈了出去，石子去勢勁急，直取李莫愁雙目。便在此時，李莫愁劍尖驀地下指，離程英的小腹已不過數寸。她斗見石子飛到，不及挺劍殺敵，只得迴劍擊開石子。

楊過所使的正是黃藥師傳授的彈指神通功夫，但火候未到，只能聲東擊西，引敵迴救。倘是黃藥師親自出手，這顆石子便擊在李莫愁劍上，將長劍震落或是盪開，那就萬無一失，但也虧得當時傳了楊過這手功夫，他晚年所收的女弟子方始保住了性命，縱然如此，楊過和程英都已嚇出了一身冷汗。

李莫愁見程英這一下死裏逃生，本來白嫩的面頰嚇得更是全無血色，知她心神未定，喝道：「又來了！」長劍抖動，仍是這一招「冷月窺人」。程英學了乖，知她此招攻上盤是虛而攻中盤是實，當即簫護丹田。那知李莫愁詭變百出，劍尖果然指向程英丹田，跟著欺近身去，左手食指伸出，點中了她胸口的「玉堂穴」。程英一呆之際，李莫愁左腳橫掃，先將陸無雙踢倒，跟著足尖又點中了程英膝彎外側的「陽關穴」，這幾下變招快速無比，霎時間程陸二人齊倒，楊過欲待相救，已然不及。

李莫愁抓起程英背心，奮力遠拋，跟著又將陸無雙擲去，喝道：「凌波，踏在她二人身上……」話猶未畢，楊過已縱身而入，伸左臂接住程英，跟著又向前躍。程英胸口與腿上雖被點了穴道，雙臂無恙，當即抱住了陸無雙，叫道：「楊大哥，你……」她對楊過本來一往情深，此時見他不惜踏入情花叢中，捨身相救，更是難以自已。

楊過接住二女後倒退躍出，將她們輕輕放在地下。程英左腿麻木，立足不穩，小龍女給她解了穴道。三女一齊望著楊過，只見他褲腳給毒刺扯得稀爛，小腿和大腿上鮮血淋漓，不知多少毒刺刺傷了他。程英眼中含淚，陸無雙急得只說：「你……你……不用救我，誰教你這樣？」楊過朗笑一聲，道：「我身上情花之毒未除，多一點少一點沒甚麼不同。」

但人人都知，毒深毒淺實是大有分別，他這麼說，只是安慰眼前這三個姑娘而已。

程英含淚瞧著楊過右手空袖。陸無雙又叫：「傻蛋，你……你的右臂呢？怎麼斷了？」小龍女見二女對楊過極是關懷，頃刻間已將她二人當作是最要好的朋友看待，微笑道：「你怎麼叫他傻蛋，他可不傻啊？」陸無雙「啊」了一聲，歉然道：「我叫慣了，一時改不過口來。」和程英對望一眼，道：「這位姊姊是？」楊過道：「那就是……」程英接口道：「那定是小龍女前輩了。」陸無雙道：「是了。我早該想到，這樣仙女般的人物。」程陸二人以前見楊過對小龍女情有獨鍾，心中不能不含妒念，此刻一見，不由得自慚形穢，均想：「我怎能和她相比？」

陸無雙又問：「楊大哥，你手臂到底是怎生斷的？傷勢可痊愈了麼？」楊過道：「早就好了。是給人斬斷的。」陸無雙怒道：「是那個該死的惡賊？他定然使了卑鄙的奸計，是不是？是那萬惡的女魔頭麼？」

忽然背後一個女子聲音冷笑道：「你這般背後罵人，難道便不卑鄙麼？」陸無雙等吃了一驚，回過頭來，只見說話的是個美貌少女，正是郭芙。她手持劍柄，怒容滿面，身旁男男女女站著好幾個人。

陸無雙奇道：「我又沒罵你，我是罵那斬斷楊大哥手臂的惡賊。」

刷的一響，郭芙長劍從鞘中抽出了一半，說道：「他的手臂便是我斬斷的。我陪不是也陪過了，給爹爹媽媽也責罰過了，你們還在背後這般惡毒的罵我……」說到這裏，眼眶一紅，心中委屈無限。

原來武三通、郭芙、耶律齊、武氏兄弟等在小溪中避火，待火勢弱了，才緣溪水而下，和黃蓉及完顏萍、耶律燕相遇，便到絕情谷來。一行人比一燈、楊過等早到了半日，只是在谷前谷後遍尋天竺僧和朱子柳被困之處不獲，躭擱了不少時光。至於李莫愁師徒和程英姊妹進入絕情谷，卻均是被周伯通童心大發而分別引來。

當下黃蓉、武三通等向一燈行禮，各人互相引見。程英從未見過黃蓉，但久聞這位師姊的大名，一直十分欽仰，當下恭恭敬敬的上前磕頭，叫了聲：「師姊！」黃蓉從楊過口中早知父親暮年又收了個女徒，這時見她丰神秀美，問起父親，得知身體安健，更是歡喜。

守在林旁的綠衣弟子見入谷外敵會合，聲勢甚盛，不敢出手攔阻，飛報裘千尺去了。

郭芙和陸無雙怒目對視，心中互相憎恨。郭芙聽母親吩咐，竟要對程英長輩稱呼，更是不喜，那一聲「師叔」叫得異常勉強。

楊過和小龍女攜手遠遠的站著。楊過向小龍女臂彎中抱著的郭襄瞧了一眼，說道：「龍兒，把這女孩兒還給她母親罷。」小龍女舉起郭襄，在她頰上親了親，走過去遞給黃蓉，說道：「郭夫人，你的孩兒。」黃蓉稱謝接過，這女孩兒自出娘胎後，直到此刻，她方始安安穩穩的抱在懷裏，這份喜悅之情自是不可言喻。

楊過對郭芙朗聲說道：「郭姑娘，你妹子安好無恙，我可沒拿她去換救命解藥。」郭芙怒道：「我媽媽來了，你自然不敢。你若無此心，抱我妹妹到此來幹麼？」按照楊過往日的脾性，立時便要反唇相稽，但他近月來迭遭生死大變，於這些口舌之爭已不放在心上，只淡淡一笑，便和小龍女攜手走開。

陸無雙向郭襄看了一眼，對程英道：「這是你師姊的小女兒嗎？但願她長大以後，別要橫蠻刁惡才好。」郭芙如何聽不出這句話是譏刺自己，接口道：「我妹妹橫蠻不橫蠻，干你甚麼事？你說這話是甚麼用意？」陸無雙道：「我又沒跟你說話。橫蠻刁惡之人，天下人人管得，怎能不干我事？」在陸無雙心坎兒裏，念茲在茲的便只楊過一人。她和程英見楊過手臂被郭芙斬斷，原是一般的心痛惱怒，但她不如表姊沉得住氣，雖在眾人之前，仍是發作了出來。郭芙大怒，按劍喝道：「你這跛腳……」黃蓉喝道：「芙兒，不得無禮！」

便在此處，只聽得遠處「啊」的一聲大叫，眾人回過頭去，但見情花叢中，李莫愁將洪凌波的身子高高舉起，這一聲喊叫便是洪凌波所發。眾人忙於廝見，一時把隔在情花叢中的李莫愁師徒忘了。陸無雙驚叫：「不好，師父要把師姊當作墊腳石，快，快想法子救……」眾人一楞之間，只見李莫愁已將洪凌波擲出，摔在情花叢中，跟著飛身躍出，左腳在洪凌波胸口一點，人又躍高，雙腳甩起，右手卻抓住洪凌波又向外擲了數丈，然後再落在她身上。

她兩次落下借力，第三次躍起便可落在情花叢外，她生怕黃蓉等上前截攔，躍出的方位和眾人站立之處恰恰相反。她縱身又要躍起，洪凌波突然大叫一聲，跟著躍起，抱住了她左腿。李莫愁身子往下一沉，空中無從用力，右腳飛出，砰的一聲，踢中洪凌波的胸口，這一腳好不厲害，登時將她踢得臟腑震裂，立時斃命，但洪凌波雙手仍是牢牢抱住她左腿不放，兩人一齊摔下，跌落時離情花叢邊緣已不過兩尺。然而終於相差了這兩尺，千萬根毒刺一齊刺進了李莫愁體內。

這一變故淒慘可怖，人人都是驚心動魄，眼睜睜的瞧著，說不出話來。陸無雙感念師姊平素相待的恩情，傷痛難禁，放聲大哭，叫道：「師姊，師姊！」楊過想起當日戲弄洪凌波的情景，也不禁黯然神傷。

李莫愁俯身扳開洪凌波的雙手，但見她人雖死了，雙眼未閉，滿臉怨毒之色。李莫愁心想：「我既中花毒，解藥定須在這谷中尋求。」待要繞過花堆，覓路而行，忽聽黃蓉叫道：「李姊姊，請你過來，我有句話跟你說。」李莫愁一愣，微一躊躇，走到數丈外站定，問道：「甚麼？」暗盼她肯給解藥，至少也能指點尋覓解藥的門徑。

黃蓉道：「你要出這花叢，原不用傷了令徒性命。」李莫愁倒持長劍，冷冷的道：「你要教訓我麼？」黃蓉微笑道：「不敢。我只教你一個乖，你只須用長劍掘土，再解下外衫包兩個大大的土包，擲在花叢之中，豈不是絕妙的墊腳石麼？不但你能安然脫困，令徒也可絲毫無傷。」

李莫愁的臉自白泛紅，又自紅泛白，悔恨無已，黃蓉所說的法子其實毫不為難，只是惶急之際沒有想到，以致既害了世上唯一的親人，自己卻也擺脫不了禍殃，不由得恨恨的道：「這時再說，已經遲了。」黃蓉道：「是啊，早就遲了。其實，這情花之毒，你中不中都是一樣。」李莫愁瞪視著她，不明白她言中之意。黃蓉嘆道：「你早就中了癡情之毒，胡作非為，害人害己，到這時候，嗯，早就遲了。」

李莫愁傲氣登生，森然道：「我徒兒的性命是我救的，若不是我自幼將她養大，她早已活不到今日。自我而生，自我而死，原是天公地道之事。」黃蓉道：「每個人都是父母所生，但便是父母，也不能殺死兒女，何況旁人？」

武修文仗劍上前，喝道：「李莫愁，你今日惡貫滿盈，不必多費口舌、徒自強辯了。」跟著武敦儒、武三通，以及耶律齊、耶律燕、完顏萍、郭芙六人分從兩側圍了上去。

程英和陸無雙分執簫刀，踏上兩步。陸無雙道：「你狠心殺我全家，今日只要你一人抵命，算是便宜了你。不說你以往過惡，單是害死洪師姊一事，便已死有餘辜。」郭芙回頭向陸無雙望了一眼，冷笑道：「你拜的好師父！」陸無雙瞪眼以報，說道：「一人便有天大的靠山，那也是自作孽，不可活！你別學這魔頭的榜樣！」

李莫愁聽陸無雙說到「靠山」兩字，心中一動，提聲叫道：「小師妹，你便絲毫不念師門之情麼？」她一生縱橫江湖，任誰都不瞧在眼裏，此時竟向小龍女求情，實因自知處境凶險無比，而殺洪凌波後內心不免自疚，終於氣餒。

小龍女一時不知如何回答。楊過朗聲道：「你背師殺徒，還提甚麼師門之情？」李莫愁嘆了一口氣道：「好！」長劍一擺，道：「你們一齊上來罷，人越多越好。」

武氏兄弟雙劍齊出，程英、陸無雙自左側搶上。武三通、耶律齊等兵刃同時遞出。適才見了她殺害洪凌波的毒辣手段，人人均是極為憤恨，連一燈大師也覺若容這魔頭活在世上，只有多傷人命。但聽得兵刃之聲叮噹不絕，李莫愁武功再高，轉眼便要給眾人亂刀分屍。

突然之間，李莫愁左手一揚，叫道：「看暗器！」眾人均知她冰魄銀針厲害，一齊凝神注目，卻見她縱身躍起，竟然落入了情花叢中。眾人忍不住出聲驚呼。原來李莫愁突然想到，倘若情花果有劇毒，反正我已遍體中刺，再刺幾下也不過如此，她這一回入花叢，連黃蓉和楊過也沒料及，但見她對穿花叢，直入林中去了。

武修文道：「大夥兒追！」長劍一擺，從東首繞道追去，但林中道路盤旋曲折，只跑出數丈，眼前出現三條歧路。他正遲疑間，忽見前面走出五個身穿綠衣的少女，當先一人手提花籃，身後四人卻是腰佩長劍。

當先那少女問道：「谷主請問各位，大駕光臨，有何指教？」楊過遙遙望見，叫道：「公孫姑娘，是我們啊。」這少女正是公孫綠萼。她一聽到楊過的聲音，矜持之態立失，快步上前，喜道：「楊大哥，你大功告成了罷？快見我媽媽去。」楊過道：「公孫姑娘，我給你引見幾位前輩。」於是先引她拜見一燈，然後再見慈恩和黃蓉。

公孫綠萼不知眼前這黑衣僧人便是自己的親舅舅，行了一禮，也不以為意，但聽楊過稱黃蓉為郭夫人，知她便是母親日夜切齒的仇人，楊過非但沒殺她，反而將她引入谷來，不覺疑心大起，退後兩步，不再行禮，說道：「家母請眾位赴大廳奉茶。」暗想此中變故必多，一切當由母親作主，於是引導眾人來到大廳。

裘千尺坐在廳上椅中，說道：「老婦人手足殘廢，不能迎客，請恕無禮。」

慈恩心中所記得的妹子，乃是她與公孫止成親時的閨女，當時盈盈十八，嬌嫩婀娜，不意此刻眼前竟是個禿頭皺面的醜陋老婦，回首前塵，心中一陣迷惘。

一燈見他目中突發異光，不由得為他擔憂。一燈生平度人無算，只有這個弟子總是不能大徹大悟，悔惡行善，只因他武功高深，當年又是一幫之主，實是武林中了不起的人物，昔日陷溺愈深，改過也便愈難。他以往十餘年隱居深山，倒還安穩，這時重涉江湖，所見事物在在引他追思往昔。常言道「不見可欲，其心不亂」，但若一見可欲，其心便亂，那裏談得上修為自持？一燈這次帶慈恩上絕情谷來，固是為了相救師弟和朱子柳，但也有使他多歷磨難、堅其心志的深意。

裘千尺見楊過逾期不返，只道他早已毒發而死，突然見他鮮龍活跳的站在面前，心下大奇，問道：「你還沒死麼？」楊過笑道：「我服了解毒良藥，早把你的花毒消了。」裘千尺「嗯」了一聲，心想：「世上居然尚有解藥能解情花之毒，這倒奇了。」突然心念一動，冷笑道：「撒甚麼謊？倘若真有解毒良藥，那天竺和尚跟那姓朱的書生又巴巴的趕來作甚？」楊過道：「裘老前輩，天竺神僧和朱前輩給你關在甚麼地方？晚輩既已親到，請你放了他們罷！」裘千尺冷笑道：「縛虎容易縱虎難！」她這話倒也不假。她四肢殘廢，全憑一門漁網陣才擒了天竺僧和朱子柳。倘若釋放，天竺僧不會武功，倒也罷了，朱子柳必要報復，絕情谷眾弟子可沒一個是他對手。

楊過心想只要他跟親兄長見面，念著兄妹之情，諸事當可善罷，於是微笑道：「裘老前輩，你仔細瞧瞧，我給你帶了誰來啦？你見了定是歡喜不盡。」

裘千尺和兄長睽別數十年，慈恩又已改了僧裝，她雖知兄長出家，但心中所記得的兄長乃是個剽捷勇悍的青年，一時之間那裏認得出這個老僧？她聽了女兒稟報，知道殺兄大仇人黃蓉已到，眼光從眾人臉上逐一掃過，終於牢牢瞪住黃蓉，咬牙道：「你是黃蓉！我哥哥是死在你手裏的。」

楊過吃了一驚，本意要他兄妹相見，她卻先認出了仇人，忙道：「裘老前輩，這事暫且不說，你先瞧瞧還有誰來了？」

裘千尺喝道：「難道郭靖也來了嗎？妙極，妙極！」她向武三通瞧瞧，又向耶律齊瞧瞧，只覺一個太老，一個太少，都似乎不對，心下一陣惘然，要在人叢中尋出郭靖來，斗然間眼光和慈恩的眼光相觸，四目交投，心意登通。

慈恩縱身上前，叫道：「三妹！」裘千尺也大聲叫了出來：「二哥！」二人心有千言萬語，真是一時不知如何說起。過了半晌，裘千尺問道：「二哥，你怎麼做了和尚？」慈恩問道：「三妹，你手足怎地殘廢了？」裘千尺道：「中了公孫止那奸賊的毒計。」慈恩驚道：「公孫止？是妹丈麼？他到那裏去了？」裘千尺恨恨的道：「你還說甚麼妹丈？這奸賊狼心狗肺，暗算於我。」慈恩怒氣難抑，大叫：「這奸賊那裏去了？我將他碎屍萬段，跟你出氣。」

裘千尺冷冷的道：「我雖受人暗算，幸而未死，大哥卻已給人害死了。」慈恩黯然道：「是！」裘千尺猛地提氣喝道：「你空有一身本領，怎地到今日尚不給大哥報仇？手足之情何在？」慈恩瞿然而驚，喃喃道：「給大哥報仇？給大哥報仇？」裘千尺大喝道：「眼前黃蓉這賤人在此，你先將她殺了，再去找郭靖啊。」慈恩望著黃蓉，眼中異光陡盛。

一燈緩步上前，柔聲道：「慈恩，出家人怎可再起殺念？何況你兄長之死，是他自取其咎，怨不得旁人。」慈恩低頭沉思，過了片刻，低聲道：「師父說得是，三妹，這仇是不能報的。」

裘千尺向一燈瞪了一眼，怒道：「老和尚胡說八道。二哥，咱們姓裘的一門豪傑，大哥給人害死，你全沒放在心上，還算是甚麼英雄好漢？」慈恩心中一片混亂，自言自語：「我算得甚麼英雄好漢？」裘千尺道：「是啊！想當年你縱橫江湖，『鐵掌水上飄』的名頭有多大威風，想不到年紀一老，變成個貪生怕死的懦夫，裘千仞，我跟你說，你不給大哥報仇，休想認我這妹子！」

眾人見她越逼越緊，都想：「這禿頭老太婆好生厲害。」黃蓉當年中了裘千仞一掌，幸蒙一燈大師仗義相救，才得死裏逃生，自然知他了得，霎時之間，心中已盤算了好幾條脫身之策。郭芙卻再也忍耐不住，喝道：「我媽只是不跟你一般見識，難道便怕了這你這糟老太婆？你再嚕囌不休，姑娘可要對你不客氣了。」黃蓉正要喝阻，但轉念一想：「眼見那裘千仞便要受她之激，按捺不住，芙兒出來一打岔，倒可分散他的心神。」郭芙見母親不出聲攔阻，又道：「我們遠來是客，你不好好接待，卻如此無禮，還誇甚麼英雄好漢？」裘千尺冷笑的望著她，說道：「你便是郭靖和黃蓉的女兒嗎？」郭芙道：「不錯，你有本事便自己動手。你哥哥早已出家做了和尚，怎能再跟人打打殺殺？」

裘千尺喃喃的道：「好，你是郭靖和黃蓉的女兒，你是郭靖和黃蓉的……」那「女兒」兩字尚未說出，突然「呼」的一聲，一枚鐵棗核從口中疾噴而出，向郭芙面門激射過去。她上一句說了「你是郭靖和黃蓉的女兒」，下句再說「你是郭靖和黃蓉的」這八個字，人人都以為她定要再說「女兒」兩字，那知在這一霎之間，她竟會張口突發暗器。這一下突如其來，而她口噴棗核的功夫更是神乎其技，連公孫止武功這等高明也給她射瞎了右眼，郭芙別說抵擋，連想躲避也沒來得及想。

眾人之中，只有楊過和小龍女知她有此奇技，小龍女沒料到她會暴起傷人，楊過卻時時刻刻均在留心，目光沒一剎那間曾離開她的臉，但見她口唇一動，不是說「女兒」兩字的模樣，當即疾躍上前，抽出郭芙腰間長劍，回手急掠。噹的一聲，接著嗆啷一響，長劍竟被鐵棗核打得斷成兩截，半截劍掉在地下。

眾人齊聲驚呼，黃蓉和郭芙更是嚇得花容失色。黃蓉心下自警：「我料得她必有毒辣手段，但萬萬想不到她身不動、足不抬、手不揚、頭不晃，竟會無影無蹤的驀地射出如此狠辣暗器。」棗核打斷長劍，勁力之強，人人都瞧得清楚，均想：「若不是楊過這麼一擋，郭姑娘那裏還有命在？他出手如此之快，也真令人驚詫。」

裘千尺瞪視楊過，沒料到他竟敢大膽救人，冷冷的道：「你今日再中情花之毒，刻下縱然未發，決計挨不過三日。世上僅有半枚丹藥能救你性命，難道你不信麼？」

楊過出手相救郭芙之時，在那電光石火般的一瞬間怎有餘裕想到此事，這時經裘千尺一提，不由得氣餒，上前一躬到地，說道：「裘老前輩，晚輩可沒得罪你甚麼，若蒙賜予丹藥，終身永感大德。」裘千尺道：「不錯，我重見天日，也可說受你之賜。但我裘老太婆有仇必報，有恩卻未必記在心上。你應承取郭靖、黃蓉首級來此，我便贈藥救你。豈知你非但沒遵約言，反而救我仇人，又有何話說？」

公孫綠萼眼見事急，說道：「媽，舅舅的怨仇可跟楊大哥無干。你……你就發一次慈悲罷。」裘千尺道：「我這半枚丹藥是留給我女婿的，不能輕易送給外人。」公孫綠萼一聽，滿臉脹得通紅，又羞又急。

郭芙連得楊過救援，直到此時，才相信楊過仁俠為懷，實無以妹子來換解藥之意，回思自己一再損傷於他，而他始終以德報怨，大聲道：「楊大哥，小妹以前全都想錯了，請你見諒。」然而不知如何，心中對他的嫌隙總是難解，這句話剛說過，立時便想：「你一再救我，也不過是想向我賣弄本領，要我服你，感激你，顯得你雖只一條手臂之人強得多，哼，好了不起嗎？」

楊過微微一笑，笑容之中卻大有苦澀之意，心想：「你出言認錯，最是容易不過，卻不知我和龍兒為你受了多大的苦楚。」但見裘千尺一雙眼睛牢牢的瞪著自己，顯然若不允娶她女兒，她決不肯給那半枚救命的靈丹，再僵持下去，徒然使公孫綠萼和小龍女為難，朗聲道：「我已娶龍氏為妻，楊過死則死矣，豈能作負義之徒？」說著便即轉身，攜了小龍女的手，走向廳門，尋思：「讓你們在廳中爭鬧，我正好去救天竺神僧和朱大叔。」

裘千尺冷笑道：「好，好！你自願送命，與我無干。」轉頭對慈恩道：「二哥，聽說黃蓉是丐幫的幫主，咱們鐵掌幫不敢得罪她罷。」慈恩道：「鐵掌幫？早就散了夥啦，還有甚麼鐵掌幫？」裘千尺說道：「怪不得，怪不得，你無所依仗，膽子就更加小了……」

她不住的發言相激，公孫綠萼不再聽母親的言語，只是眼望著楊過一步步的出廳。她突然奔出，叫道：「楊過，你這般無情無義，算我瞎了眼睛。」楊過愕然停步，心想這位姑娘向來斯文守禮，怎地忽然如此失常，難道是聽得我和龍兒成婚，因而恚怒難當麼？他微感歉仄，回過頭來，說道：「公孫姑娘……」公孫綠萼罵道：「好奸賊，我叫你入谷容易出谷難……」她口中雖罵，臉上神色卻柔和溫雅，同時連使眼色。楊過一見，早知別有緣故，也大聲喝道：「我怎麼了？諒你這區區絕情谷也難不了人。」他面向大廳，裘千尺看得明白，因此眉目之間不敢絲毫有異。

綠萼罵道：「我恨不得將你一劈兩半，剖出你的心來瞧瞧……」口一張，噗的一聲，吐出一枚棗核，向楊過迎面飛去。

楊過伸手接住，冷笑道：「快快給我回去，我便不來傷你，諒你這點雕蟲小技，能難為得我了？」綠萼使個眼色，命他快走，忽地雙手掩面，叫道：「媽，他……他欺負人！」奔回大廳。她一番相思盡成虛空，意中人已與旁人結成良緣，這份傷心卻是半點不假。裘千尺見她淚流滿面，喝道：「萼兒，這成甚麼樣了？那小子性命指日難保。」綠萼伏在她的膝頭，嗚咽不止。

這一番做作，廳上眾人都被瞞過，只有黃蓉卻暗暗好笑，心道：「她假意惱恨楊過，好叫母親不防，便可俟機盜藥。想不到楊過這小子到處惹下相思，竟令這許多美貌姑娘為他顛倒。」想到此處，向程英和陸無雙望了一眼。

楊過接了棗核，快步便行，只覺綠萼的話很是奇怪，一時想不透是何用意。小龍女見了綠萼的臉色和眼神，也知她喝罵是假，道：「過兒，她假意惱你，是不是叫她母親不防，以便偷盜丹藥？」楊過道：「似乎是這樣。」

兩人轉了個彎，楊過見四下無人，提手看掌中棗核，卻是個橄欖核兒，中心隱隱有條細縫。楊過手指微一用力，欖核破為兩半，中間是空的，藏著一張薄紙。小龍女笑道：「這姑娘的話中藏著啞謎兒，甚麼『一劈兩半，剖出心來瞧瞧』，原來是這個意思。」

楊過打開薄紙，兩人低首同看，見紙上寫道：「半枚丹藥母親收藏極密，務當設法盜出相贈，天竺僧及朱前輩囚於火浣室中。」字旁繪著一張地圖，通路盤旋曲折，終點寫著「火浣室」三字。楊過大喜，道：「咱們快去，正好此時無人阻攔。」

金庸作品集 11

神鵰俠侶

3 神鵰重劍

The Giant Eagle and Its Companion, Vol. 3

作者／金庸

副總編輯／鄭祥琳
特約編輯／李麗玲、沈維君
封面與內頁設計／林秦華
內頁插畫／姜雲行
排版／連紫吟、曹任華
行銷企劃／廖宏霖

發行人／王榮文
出版發行／遠流出版事業股份有限公司
地址／臺北市中山北路一段 11 號 13 樓
電話／（02）2571-0297 傳真／（02）2571-0197 郵撥／0189456-1
著作權顧問／蕭雄淋律師

1987 年 2 月 1 日 初版一刷
2023 年 1 月 1 日 五版二刷
平裝版 每冊 380 元（本作品全四冊，共 1520 元）

ISBN 978-957-32-9800-7（套：平裝）
ISBN 978-957-32-9798-7（第 3 冊：平裝）
Printed in Taiwan

遠流博識網 http://www.ylib.com E-mail: ylib@ylib.com
金庸茶館粉絲團 https://www.facebook.com/jinyongteahouse

封面圖片／ Sakura tree photo created by jcomp - www.freepik.com

神鵰俠侶 . 3, 神鵰重劍 = The giant eagle and its companion. vol.3 ／金庸著 . – 五版 . -- 臺北市：遠流 , 2022.11
面；　公分 --（金庸作品集；11）
ISBN 978-957-32-9798-7（平裝）

857.9　　111015843